Os novos moradores

Francisco Azevedo

Os novos moradores

4ª edição

EDITORA RECORD
RIO DE JANEIRO • SÃO PAULO
2025

CIP-BRASIL. CATALOGAÇÃO NA PUBLICAÇÃO
SINDICATO NACIONAL DOS EDITORES DE LIVROS, RJ

A987n
4ª ed.

Azevedo, Francisco
   Os novos moradores / Francisco Azevedo. – 4ª ed. – Rio de Janeiro: Record, 2025.

ISBN: 978-85-01-11057-2

Romance brasileiro. I. Título.

17-40484

CDD: 869.93
CDU: 821.134.3(81)-3

Copyright © Francisco Azevedo, 2017

Todos os direitos reservados. Proibida a reprodução, armazenamento ou transmissão de partes deste livro, através de quaisquer meios, sem prévia autorização por escrito.

Texto revisado segundo o novo Acordo Ortográfico da Língua Portuguesa.

Direitos exclusivos desta edição reservados pela
EDITORA RECORD LTDA.
Rua Argentina, 171 – Rio de Janeiro, RJ – 20921-380 – Tel.: (21) 2585-2000.

Impresso no Brasil

ISBN 978-85-01-11057-2

Seja um leitor preferencial Record.
Cadastre-se em www.record.com.br e receba informações sobre nossos lançamentos e nossas promoções.

Atendimento e venda direta ao leitor:
sac@record.com.br

Aos que perdoam.

O destino destina, mas o resto é comigo.

Miguel Torga

De um certo ponto em diante, não há mais retorno.
Esse é o ponto que deve ser alcançado.

Franz Kafka

*É uma compulsão e um imperativo moral pensar alto;
se digo tudo sobre mim, tudo se resolve.*

Louise Bourgeois

*Qualquer amor já é um pouquinho de saúde,
um descanso na loucura.*

João Guimarães Rosa

Quase prefácio

Meio da noite, meio de mim. Alguém chega e me fala: somos os misteriosos seres ditos humanos — porque inventamos a palavra para assim nos batizar: humanos. Bichos assustados, temos o mau hábito de nos trancar em nossas casas e, por medo maior, o estranho dom de nos esconder no próprio corpo ainda que estejamos nus. Quem ousa se revelar por inteiro tendo se conhecido no pior de si mesmo? Por instinto de sobrevivência, somos todos caracóis. Vamos nos arrastando lenta e diuturnamente, carregando nossas bagagens secretas. Peso inútil. Até o fim. Tão bom seria, em dia abençoado, nos livrarmos dos velhos baús! Sem temor e sem defesa alguma, diríamos tudo ao outro e, com paciência zen, ouviríamos tudo do outro — as verdades mais sombrias vindo à tona — e, então, sem pôr em balança o certo e o errado, nos absolveríamos reciprocamente com desmedida generosidade, sem cobranças ou penitências. Céus, que alívio nos daríamos! Amores desalgemados, ninguém mais inconfesso a sete chaves. Anda, vem. Vamos sacudir nossos lençóis. Nos revirar, nos traduzir, nos decifrar. Vem, me abraça, me beija, me adentra. É para isso que estamos aqui. Nosso tempo é precioso e nossa carne é nosso ímã: atrai ou repele. Vem, que estamos do lado certo que chama. Grudados e imantados, seremos vários, seremos um. E juntos nos libertaremos. Anda, vem. A verdade está tão perto...

Interrupção súbita. Espanto, suor, resfôlego. Decepção por ter despertado justo na hora da irresistível entrega, da promessa prestes a ser cumprida, do tato ansiosamente desejado — verdade que voa assustada para o desconhecido. Por mais que me esforce, não a tenho de volta. Inútil fechar os olhos e implorar o sonho a quem decide — se é que isso existe. Não compreendo. Como é possível experiência vivida se tornar miragem? De onde vieram a fala e os outros tantos sons? Havia a cama e o jardim e árvores e cheiros e cores e sol e vento e muito mais! Como é possível todo esse exuberante cenário desaparecer em passe de mágica? E a voz que me inspirava, me convencia, me convidava? De quem era? Quem terá vindo me insuflar, me seduzir, me atiçar? Se homem, se mulher, se anjo caído, não faço ideia. E, por fim, quem terá me cortado a luz quando o prazer estava ao alcance? Terei sido eu mesmo, acovardado diante da verdade e do gozo iminente? Até que ponto lá ficção? Até que ponto aqui realidade? Até que ponto tudo se une e interage em uma só paisagem? Fronteiras são artificiais, pura imaginação, sabemos.

Vou até o banheiro, lavo bem o rosto, me olho no espelho. Confiro minha identidade molhada: a barba grisalha, os poucos cabelos, a pele marcada pelo tempo que continua impassível aqui do meu lado descontando meus dias em silêncio... Está tudo certo. Tudo no seu devido lugar: os remédios, a escova e o dentifrício, o sabonete que ajuda a tirar o sujo aparente. As toalhas de banho foram trocadas hoje. Está tudo certo. Volto para o quarto, já conformado com o sonho perdido. Vejo que os livros, amigos sempre disponíveis, continuam na estante. Está tudo certo. As contas estão quase pagas, este mês sobrará algum dinheiro. Vou para o papel, que é meu refúgio, minha trincheira enquanto a verdade não chega a galope e, ao som de corneta, me traz reforços para enfrentar a lida insana. Enquanto a verdade não chega...

Penso na história das casas geminadas da rua dos Oitis e em seus humanos caracóis. Penso no que esconderam aquelas paredes, no que se passou por trás daquelas portas. Penso na chegada dos novos moradores. No que causou o simples girar de uma maçaneta: o flagrante, a cena inimaginável. Qual o pior castigo: a dor dos pais ou o pavor dos filhos? Penso no que uma família é capaz de suportar e superar quando o amor prevalece. Na força transformadora do perdão, que liberta quem é perdoado e sobretudo quem perdoa. Penso na troca de comando que o tempo impõe a todos os lares. Num estalar de dedos, nossos filhos se tornam protagonistas e nós, os pais, com toda a experiência de vida, nos contentamos com papel menor. É assim e pronto — nada a fazer senão aceitar as regras do jogo.

Em uma das casas, Zenóbio, Carlota, Cosme e Damiana. Em outra, Pedro, Inês, Amanda e Estevão. Ponho-me na pele de cada um deles — pais e filhos — e não atiro pedra, que meu telhado sempre foi de vidro. Milimétrico vidro. Sei que em qualquer idade somos capazes de vilanias e gestos admiráveis, ponderações e arrebatamentos. Não temos a menor ideia de como reagiremos a determinada situação até passarmos por ela. Melhor, portanto, deixarmos de prosa. De dizer que faríamos assim ou assado. Tudo suposição. Se na teoria a mente dá as cartas, na prática, quando o sangue ferve, o coração é quem manda. Na ação, ainda podemos nos camuflar. Mas, na reação, somos sempre autênticos. Quem há de discordar? Somos feitos de carne, ossos e sentimentos contraditórios. Quebramos à toa, só que não temos coragem de exibir o aviso que sempre ajuda a evitar acidentes: "Cuidado, frágil." Preferimos correr o risco de nos espatifarmos em mãos alheias e manter as aparências. Fingir que o material é resistente e está bem embalado.

Dentro de casa é exatamente igual. Apesar dos tantos medos e incertezas que nos assombram, precisamos transmitir segurança aos nossos filhos, protegê-los de todos os perigos e ameaças. Devemos ser exemplo de correção e força para tudo. Aconselhamos, ditamos as regras: isto pode, aquilo não pode. Assumimos o papel de mais elevada autoridade com tamanho empenho e gosto e o representamos tão bem que acabamos por nos afeiçoar a ele. Passamos então a nos iludir — saudável mecanismo de defesa. O beijo inesperado, o abraço mais apertado e já acreditamos que, para nossos filhos, seremos sempre os atores principais, que o hoje é eterno e que em nosso núcleo familiar nada mudará. Ah, o que se passa dentro de uma casa e as reviravoltas do tempo! Os dramas e as comédias cotidianas, as peripécias que se urdem. Só mesmo achando graça. Tiramos um cochilo rápido e, quando abrimos os olhos, já somos meros coadjuvantes. Ah, os filhos! Ainda ontem eram crianças! Chegavam para perguntar... Para perguntar... o que mesmo? Ainda ontem... Meu Deus, ainda ontem não saíam sozinhos de casa! Ainda ontem é tempo que não acaba mais. O menino engrossou a voz, já faz a barba, diz que vai a uma festa e não tem hora para voltar. A menina menstrua, usa maquiagem, diz que vai sair com as amigas e não tem hora para voltar. Onipotentes, agora. Para eles, o futuro é ficção científica. Não têm nada a aprender com aqueles a quem davam a mão para atravessar a rua. E nunca envelhecerão, é claro — mas não éramos assim também?

Os pais? Morremos de vergonha quando pedimos a um filho para nos explicar algo no computador ou no celular. Tantos caminhos inesperados no mundo virtual! Tantos aplicativos, tantos atalhos e infinitas conexões! Nossos adolescentes se sentem o máximo, é lógico. Ainda não sabem que a tecnologia engana. Acreditam que é só tocar levemente a tela e, pronto, têm o comando!

Pior era na minha geração. Achávamos que tínhamos o comando com uma simples máquina de escrever manual. Batíamos furiosamente nas teclas duríssimas — quanta força nos dedos, quanto vigor, quanto poder em nossas mãos! Grandes ideias nasceram, de fato, em textos datilografados, valiosos ensinamentos para as futuras gerações, mas já não era assim antes das máquinas? Ah, a tradição! Essa venerável senhora que, impiedosamente, nos obriga a passar o comando. De pai para filho desde não sei quando...

Quando será que a gente se dá conta de que não tem o comando? Os papéis se invertem de um momento para outro. É sem aviso prévio. O revés acontece, assim de repente, e a gente se dá conta de que não tem o comando. A doença que nos leva para a cama, assim de repente, e a gente se dá conta de que não tem o comando. Uma briga à toa, uma discussão por nada, a confiança que se quebra, assim de repente, e a gente se dá conta de que não tem o comando. A paixão que nos invade e enlouquece, alguém que se altera e se levanta da mesa, que sai de casa e bate a porta, assim de repente, e a gente se dá conta de que não tem o comando. O que terá sido? Onde foi que erramos? Que mal é esse que nos aflige e nos impõe novo silêncio em nossa bagagem?

De nada serve nos torturarmos com perguntas inúteis. Bobagem. Dissonantes ou afinados, pais e filhos somos chamados a seguir viagem compartilhando o mesmo tempo, dividindo o mesmo espaço, nos revezando no comando e nas histórias de nossas famílias. Alimentamos nossos bebês sem saber o que será deles e enterramos nossos mortos sem saber o que será deles, e, ainda assim, celebramos aniversários e bodas, e mantemos alguma fé, uma esperança qualquer, e levamos a vida adiante — é nossa missão e sina. De pai para filho desde não sei quando... É também nossa luz, nossa força, acredito. Mérito que, a meu ver, nos redime de todos os erros. Porque encaramos nosso trágico destino com coragem — naturalidade até — e criamos certezas onde só há dúvidas. E, com engenho e arte, produzimos o bom e o belo, apesar de tanto sofrimento à nossa volta. Porque, insanos, espezinhamos nossos castelos de areia, destruímos o mundo inteiro — e a nós mesmos — quando nos sentimos ameaçados ou por medo. Porque choramos feito crianças e fazemos as pazes e reparamos os estragos sempre que possível. Porque, com panos e artifícios infantis, disfarçamos a decadência de nossos corpos e nos olhamos no espelho com vaidade. E, nas festas, velhos alegres e convencidos, ainda conseguimos sorrir e posar para fotografias. Porque mortais, ambicionamos conceber a eternidade e ansiamos por mais vida e mais vida e mais vida, tentando em vão prolongar o gozo — qualquer que seja ele. Porque órfãos de ciência que nos explique, recorremos à mágica e à poesia, que nos encantam e nos conduzem lisérgicas a paraísos fantásticos. Porque temos mil inventos e parques de diversões — com pipoca, maçã caramelada e algodão-doce! — que nos excitam e distraem e nos ajudam a suportar o insuportável. Porque, pais e filhos, damos gargalhadas contando e ouvindo piadas bobas. Porque trapaceamos no jogo e no amor e nos contentamos com tão pouco. Desde não sei quando...

Penso nas trocas de comando que presenciei em minha própria família — umas, com harmonia; outras, por desavença. Penso nos dramas pessoais vividos por meus pais, avós e antepassados, dramas que ficaram guardados com eles e foram embora com eles — pela união e para o bem de todos? Penso naqueles que hoje estão no comando de seus lares e, com suas limitações e talentos, protegem suas crias e carregam seus fardos como podem. Penso em você que me lê agora e que, bem ou mal, vai lidando com seus arquivos secretos. Penso, por fim, nos moradores das casas geminadas da rua dos Oitis — amigos queridos que se tornaram especiais, porque, humanos e falíveis caracóis, sentiram na carne as dores e os prazeres que aqui serão narrados. Porque, mesmo postos à prova, resistiram bravamente em suas casas — suas cascas —, me fazendo acreditar que, nesta breve e imprevisível aventura terrena, apesar das recalcitrantes interrogações e sonhos interrompidos, a felicidade é possível. E que vale procurar um sentido, vale resistir desarmado, vale aguardar a verdade, porque ao fim o amor sempre vence. Pode parecer ingênuo e até risível, mas é assim que acontece. Nos contos de fada ou na realidade — seja esta vida o que for.

Francisco Azevedo, março de 2014

As casas geminadas

Idênticas na simplicidade dos traços. Duas fachadas em perfeita simetria — como se um só corpo a se olhar no espelho. Na aparência, amantes inseparáveis, unidas por invejável equilíbrio. Na intimidade, estranhas siamesas coladas pelo destino ou pelo acaso, quem poderá saber? Hoje, com o distanciamento e a isenção da maturidade, Cosme reconhece que, temperamentos opostos, ambas foram essenciais em sua vida. A casa de cá — onde viveu até os 23 anos —, fria, desconfiada e tediosa. Enquanto a casa de lá — para onde se mudou depois —, atrevida, imprevisível, dionisíaca. Já era assim na época de Vicenza Dalla Luce, cantora lírica de gloriosa memória, conhecida por sua raríssima voz e pelos lautos almoços e jantares que promovia — festas animadíssimas que, é claro, infernizavam a vida dos Soares Teixeira, seus vizinhos.

Quando, no verão de 1985, Vicenza, espírito independente e irrequieto, decidiu que era tempo de viver longe dali, os pais de Cosme sentiram-se aliviados. Enquanto o imóvel esteve à venda, Zenóbio e Carlota se deliciaram com o abençoado silêncio. Para Damiana, a irmã caçula, tanto faziam os barulhos de Vicenza, já que embalada em outra frequência vivia cantarolando com fones nos ouvidos. Só ele, o desconsolado Cosme, sofria a falta de Vicenza, sua amiga, sua cúmplice e, que ninguém se espante, sua primeira mulher. Quase trinta anos mais velha, que importa? Na paixão, tinham a mesma idade, entregavam-se febris em doses maciças. Ele, com o sabor e o cheiro da juventude, a consistência da carne, a perversão inocente, a infatigável virilidade. Ela, com o que era inédito para o atrapalhado aprendiz: a intimidade e a nudez femininas, o corpo que se deixa possuir e penetrar, o gozo acompanhado. Sim, foi Vicenza — a ruiva e alvíssima Vicenza — que, com paciência materna, o iniciou na arte das carícias. E era Vicenza a toda ouvidos para as suas loucuras e devaneios de adolescente. Às escondidas, Cosme sempre arrumava um modo de visitá-la. Valia a pena se aventurar, correr o risco de ser descoberto pelos pais. A casa de Vicenza era cheia de paixão, de humor, histórias fantásticas. Bem diferente da sua, onde a severidade e a amargura o asfixiavam sem trégua.

A conta-gotas, seguem as semanas e os meses. 18 de setembro de 1985. Quando Damiana entra na sala com a novidade, ficam todos pasmos. O quê?! É exatamente isso que estão ouvindo: Vicenza vendeu a casa. Como assim? Impossível. Mesmo vigilante, Carlota nunca viu por ali corretor algum, avaliador algum, pretendente ou visitante algum. Ninguém sequer para abrir uma janela, arejar os cômodos, verificar o estado do imóvel ou o que fosse. Mas Damiana está certa: a placa com o aviso de "vende-se" foi retirada. Estranho, muito estranho: a casa, aquele tempo todo abandonada, ser vendida assim de uma hora para outra sem o menor movimento, um mínimo sinal de comprador. Cosme guarda a esperança secreta de que sua amiga possa estar de volta.

Três ou quatro dias depois, nova surpresa: de um vistoso furgão, estacionado bem em frente à casa de lá, saltam cinco homens falantes e dispostos. Os uniformes e a propaganda estampada na carroceria do veículo mostram que são empregados da OSA Engenharia e Arquitetura Ltda. — empresa especializada em construção civil, restauro de fachadas e reformas em geral.

Pela janela entreaberta, Carlota acompanha a movimentação da equipe que é liderada por um entusiasmado jovem de camiseta branca, jeans e rabo de cavalo. Será que Vicenza desistiu de vender a casa e decidiu agora reformá-la? Não, isso não. Deus é grande. Tudo menos ter de suportar novamente aquela maluca. Com duas leves buzinadas, o conversível vermelho avisa que quem dá as ordens chegou — um senhor alto, forte e grisalho. Pela classe que exibe e pelas atenções que recebe, Carlota presume que seja o novo proprietário. Sem esconder seu contentamento, decide que será de bom-tom lhe dar as boas-vindas. É só trocar o vestido, ajeitar o cabelo, passar um batom e pronto. Já é mais que tempo de ela saber o que acontece na casa de lá.

Alguns passos são suficientes e o dedo decidido na campainha quer resolver de vez tanto mistério. O rapaz de camiseta branca, jeans e rabo de cavalo vem atender a porta. Um bom dia, outro bom dia. Um muito prazer, eu sou a vizinha aqui da casa geminada e gostaria, por gentileza, de falar com o senhor que chegou há pouco. Carlota é convidada a entrar. Impressiona-se com o vazio, sente até certa angústia ao ver o ambiente assim despido, as paredes nuas. Repassa as vezes que ali esteve na época em que ainda se dava com Vicenza. A decoração era clássica: móveis de estilo, muitos quadros, muitas porcelanas — ambiente luxuoso e bastante excêntrico para o seu gosto. No hall, lembra-se perfeitamente, havia uma enorme mesa com retratos autografados de artistas, políticos e cantores de ópera. Os de Luciano Pavarotti, Plácido Domingo e Maria Callas, com suas afetuosas dedicatórias, ficavam na frente. A seu ver, puro exibicionismo que...

O senhor grisalho chega e a falação silenciosa de Carlota para por aí. Educado, apresenta-se com simpatia — Orlando Salvatori Andretti. Lamenta não poder dar muita atenção, precisa orientar os operários e ainda tem reunião com clientes agora ao meio-dia em Ipanema. Carlota entende, será breve. Trata-se apenas de rápida visita de cortesia. Quer dar as boas-vindas, os parabéns pela bela compra e dizer que está à disposição para o que for preciso. Não, ele não é o novo vizinho. É amigo de longa data de Vicenza Dalla Luce e também do casal que comprou o imóvel. Foi ele que intermediou o negócio. Carlota se desconcerta, pede desculpas. Orlando acha graça, não é para tanto. Explica que recebeu carta branca e tem trânsito livre para comandar a reforma da casa. Pedro e Inês moram em Curitiba e só vão se mudar quando estiver tudo pronto. Poderão, é claro, vir vez ou outra para trocar ideias e ver o andamento da obra. Se o casal tem filhos? Sim! Amanda e Estevão, jovens encantadores. Aliás, toda a família é fora de série. Pedro, professor universitário, ensina literatura. Inês é artista plástica, pintora de renome, com exposições inclusive no exterior. Tem certeza de que serão excelentes vizinhos. Carlota assim espera, embora pense que adolescentes sejam sempre uma incógnita. Tem dois em casa, Cosme e Damiana. Rebeldes, temperamentais, cada um do seu jeito. Cosme então, nem se fala. Não lhe dá sossego, é freio curto o tempo inteiro. E nesses loucos anos 1980, com todas as facilidades que encontra, fica praticamente impossível vigiá-lo, só mesmo contando com a proteção divina. Orlando concorda por concordar, quer abreviar o discurso desatado. Demonstrando certa impaciência, olha cerimoniosamente o relógio, pede licença, precisa voltar ao trabalho. O tempo da obra? Acredita que de três a quatro meses, se tudo correr conforme programado: parte elétrica, hidráulica, pintura interna e externa, a reforma do jardim, a nova divisão de alguns cômodos, enfim, muita coisa a ser feita. Carlota levanta as sobrancelhas, franze o cenho, prevê que haverá poeira e barulho. Ele lamenta, espera compreensão. Infelizmente, obra é assim mesmo. O que se há de fazer, não é verdade? Carlota não dá alívio, meio alfinetando e meio brincando, diz que para os novos moradores é bastante confortável: acompanham a quebradeira de longe e só chegam quando está tudo terminado. Os pobres vizinhos que suportem o incômodo da reforma. Orlando apenas ouve, mas registra a indelicadeza bem dosada. Silêncio quase constrangedor. Nada mais a ser dito. Pelo menos, por enquanto. Resta apenas o passar bem, foi um prazer conhecê-lo. Igualmente, minha senhora. Dois sorrisos formais encerram o diálogo e, pelo que tudo indica, inauguram nova fase de beligerância entre as casas geminadas.

A última visita, a festa e um pouco mais

Insanidade querer tocar, sentir, reviver Vicenza. Cosme não se convence, não há meios — se não pode voltar ao tempo, volta ao espaço. Agora, então, que a venda da casa de lá é certeza, o desejo incontido lhe dá ordens e o leva a arriscar uma última visita ao antigo e verdadeiro lar. Louco. Ainda guarda a chave da porta lateral que sua amada lhe deu. Beija-a com devoção. O cérebro questiona o romantismo exagerado: pura inutilidade o acesso ao que não lhe pertence. De que serve perambular por cômodos vazios? Conversas intermináveis já não há, alimento ou bebida de espécie alguma. Antes, sim, ter dois lares excitava. Em um, era solteiro, cama estreita, mesa de estudo e cadeira, quarto de estudante secundário sem muita conversa e paciência com a família e a humanidade. Em outro — contraste —, o homem feito que se espalhava em uma *king size*! Antes, sim, fazia sentido esconder-se em vida dupla com tão pouca idade. Na casa de lá, esquecia-se do mundo. E não era só o sexo, evidente que não. Eram as experiências compartilhadas, os sonhos alardeados e os ambiciosos projetos de se tornar escritor. Eram os desabafos embriagados, as confissões mais íntimas no colo de quem o aninhava e lhe afagava os cabelos. Com Vicenza Dalla Luce, havia espaço para ser inteiro. Portanto, para o claro e para o escuro, para o riso e para o choro.

Quantas vezes percorreu a mesma rota de fuga? Quando todos dormiam, ou mesmo durante o dia, se não houvesse ninguém por perto, esgueirava-se pelo pátio de trás e pulava o muro — assaltante que não mede consequências. Depois, só uns passos e pronto, era dono e senhor que sabia muito bem onde pisava. Vicenza já o esperava, cúmplice. Mas agora? Que prazer existe em adentrar o nada, ser recebido por ninguém? É que a casa de lá tem vida — Cosme insiste. Vida! Nela, o tijolo é carne, o cimento é pele. E o que a mantém de pé não é vigamento de ferro, é estrutura óssea. Nela, tudo respira, tudo transpira. As portas têm bocas e as janelas têm olhos — é só prestar atenção. Nas paredes, correm veias de água doce, quente ou fria, e feixes de nervos de luz. Nela, o coração bate solto por toda parte. Solto! Por isso, a última visita e a festa secreta que logo acontecerá.

Duas da madrugada. O extremo cuidado, o avançar atento, o vigiar os lados. A mochila é estorvo, mas tem de ir junto. O muro, a vista de cima, o pulo, o limite transposto e o susto: latido de cão desperto e mais outro e outro. Tensão. Depois, alívio — Cosme já conhece os avisos que vêm das casas vizinhas. Melhor esperar em todo caso, ficar quieto onde está, porque ali agora o dono pode ser hostil. Vai que alguém da obra seja vigia, vai que tenha percebido movimento, vai que esteja armado. Nunca se sabe. Cosme abraça a mochila e aguarda. Algum medo. Arrependimento, nenhum — está onde deve estar, ele sente e sabe. A certeza espanta os fantasmas e lhe dá atrevimento, porque a velha casa já o reconheceu e lhe acena que a passagem está livre. Ele, o sempre querido, pode fazer o que bem quiser e entender. Cosme é receptivo às boas-vindas, segue naturalmente em direção à entrada lateral. Fálico e decidido, mete a chave na porta e, no apaixonado girar adolescente, penetra a alma de tudo.

Dentro é mesmo outro mundo. Cosme vai direto ao interruptor da cozinha. Luz. Os operários já fizeram grande estrago: paredes no osso, canos à mostra, entulho. Na visita a outros cômodos, mais luzes acesas, mais surpresas. Paredes vieram abaixo, muita coisa mudou. No segundo andar, a suíte e o banheiro de Vicenza permanecem intatos. Ótimo. Ali ele passará a noite, ali será a festa.

Prenúncio de felicidade? Cosme acha que sim, porque escancara o antigo sorriso quando abre a mochila e tira dois pratos, dois cálices e o envelope branco com seu nome e endereço desenhados em bela caligrafia. Ainda há mais: as uvas e o pão, o vinho e a água, como requer o ritual. Velas, incensos e fósforos. O imenso lençol de seda amarela — histórico — e, por fim, o som portátil, algumas fitas cassetes, sabonete e toalha de banho. É que a ocasião exige e o corpo pede o açoite da ducha como nos bons tempos. Cosme não pensa duas vezes, tira a roupa, entra no boxe, torneiras abertas ao máximo como era hábito seu. A generosa catadupa bate-lhe nas costas, no peito, no rosto. Olhos fechados, água escorrendo forte, ele relembra trechos da carta que lhe chegou na véspera. Descobre então que aquela última visita não celebra apenas a casa que lhe é tão especial. Celebra mais. Celebra a promessa feita a Vicenza de manter o espírito independente e livre! Ali mesmo, quando se despediram, ela lhe disse que, em dia não muito distante, ele entenderia que ambos haviam cumprido os seus papéis e que era hora de se aventurar em novas histórias, novos amores. Quem sabe algum assim da sua idade, excessivo e visionário como ele?

Cosme já não precisa da toalha, deixa-a lá mesmo caída no banheiro — para quem está no paraíso, nudez é traje adequado. No quarto, o cenário pronto: velas e incensos acesos, os poucos itens harmoniosamente dispostos no chão que é todo ele mesa e todo ele cama. Vicenza se faz presente com a "Bachiana número 5", de Villa-Lobos. O vinho é servido nos cálices, o pão é partido e posto nos pratos. A mão direita brinda com a esquerda aquele momento único. Juntas, como se numa oferenda pagã, levam à boca o sangue de Dionísio. Depois, o pão molhado no vinho é corpo triturado por impiedosos dentes. Corpo mastigado e ingerido sem o menor cuidado, porque o corpo de Dionísio não foi dado por nós nem nos redime os pecados. Porque o corpo de Dionísio é luxúria e êxtase e saudável perdição. Mais vinho e bagos de uva. Alguma água é essencial, Vicenza lhe ensinava. É boa mistura, tempera a libido, faz parte da celebração. A esse ponto, o envelope branco é acariciado e aberto. Duas folhas de papel aéreo e a letra inconfundível.

Paris, 4 de outubro de 1985.

Cosme, meu sempre amado,

Quando nos despedimos, eu lhe disse que não haveria cartas nem ligações internacionais para a casa de seus pais. Mesmo já separados, combinamos preservar ao máximo nossa intimidade, lembra? Entretanto, corro o risco de lhe escrever, em nome da bela amizade que construímos — muito além do romance que, sabíamos desde o início, tinha data de validade.

A essa altura, já deve ser de seu conhecimento que consegui vender a casa. Parece contraditório, mas sinto grande alívio por me desfazer e me desapegar de vez daquela que, durante tantos anos, me foi a mais doce e querida das amigas. Conversamos a respeito e você bem sabe o quanto eu precisava voltar para Paris, viver um pouco mais esta cidade que me deu tanto e eu tão pouco a ela. Aqui, tenho família, amizades de longa data, antigos amores e sempre muitos convites para apresentações pela Europa. Com toda a saudade que sinto de tudo e de todos que deixei no Rio de Janeiro, estou feliz e realizada com os novos ares, acredite. Faz três meses, comprei meu apartamento. É lindo! Claro, amplo e arejado. Nele, posso muito bem receber e dar as minhas festas! Quem sabe no futuro você me vem visitar? Há um confortável quarto de hóspedes à sua disposição. Enfim, fica desde já o convite.

Agora, vamos ao que interessa e que é a razão desta carta: você. Penso frequentemente em como estará se saindo aí com seus pais e irmã — você, meu delirante sonhador, que sempre vai na contramão do mundo. Faço ideia. Mas, olhe, tenho boas notícias. A primeira: um grande amigo meu, Orlando Salvatori Andretti, foi quem me representou na venda da casa. Orlando é especial, homem como poucos. Íntegro, trabalhador, inteligente, discreto, todas as qualidades que você pode imaginar. Contei a ele sobre nós dois, falei de minha preocupação com você e da dificuldade em nos comunicarmos. Acredita que, na hora, ele se ofereceu para nos servir de ponte? Fiquei encantada com o gesto de afeto. Portanto, junto, vai o cartão dele, meu endereço e os telefones para que você entre em contato quando quiser ou precisar falar comigo. Ligue a cobrar sem nenhum constrangimento.

Orlando me assegurou que os compradores são "alto-astral", como você diz. Pedro e Inês Paranhos. Eu os conheço apenas socialmente. Estiveram em um daqueles meus jantares, lembro-me bem. Animadíssimos, dançaram a noite inteira. Como poderia imaginar que ali diante de mim estavam os futuros proprietários? O destino sempre a tecer sua invisível trama. Pelo que sei, têm dois filhos, uma moça e um rapazote que devem regular com você e a Damiana, um pouco mais jovens, talvez. Portanto, ainda que de outra forma e com outros protagonistas, "nossa" casa ganhará vida novamente. Tem tudo para voltar a ser movimentada, alegre e festiva.

Por enquanto, é o que tenho a lhe dizer. Despeço-me com a esperança de que esta carta não seja interceptada e chegue a salvo às suas mãos. Cuide-se muito, meu querido. Você é bom e generoso. Trouxe luz e frescor à minha vida. Merece o que há de melhor neste mundo.

Um grande e saudoso beijo de sua
Vicenza.

P.S.: Ah, sim! Não encontrei, na rouparia que veio, um dos lençóis de seda amarela, o de cobrir. Será que você não o terá levado como recordação nossa? A perda me entristeceria, mas a ideia do provável "furto" me alegra. Se quiser o jogo completo, mando-lhe depois pelo correio as fronhas e o forro.

Terminada a leitura, Cosme enrola-se no lençol feito criança. Cheira, beija o pano. Faz graça, faz tenda, faz túnica, é árabe, é indiano, é imperador romano! Mais vinho: um brinde ao lençol! E outro ao "amarelo vida"! Como esquecer a cena? Tudo tão nítido! Aquela noite antes de toda a mágica ser embalada e partir em caminhão de mudanças: o sexo feito, os corpos que saíam vitoriosos do embate e se misturavam no agradecido cansaço. Vicenza e Cosme sabiam que não haveria próxima vez. Nenhuma conversa, palavra sequer — o silêncio era saudade antecipada, ensaio para a separação. Mas a alegria — que mora na casa e sempre desconcerta — foi logo avisando que era cedo para viver lembranças... Gesto súbito, Cosme fez das suas: o lençol solto, estendido para o alto, caindo aberto sobre os corpos nus — grande tenda amarela! Fuga da realidade? Os dois ali aconchegados no mesmo útero de seda, protegidos do mundo lá fora. Portanto, nada de promessas, nada de quem sabe um dia? Apenas a fala em voz baixa de sua companheira — embrulhado assim nesse lençol, você é e será sempre meu maior presente, meu ouro, meu "amarelo vida"! A cor que Vicenza acabava de inventar reproduzia com fidelidade o que ela também significava para ele: o amarelo que ambos carregam na alma, o amarelo em sua plenitude. Saído da paleta de Van Gogh, talvez...

Agora, celebrando sozinho no mesmo quarto, Cosme impede que o futuro vá logo se apoderando de tudo. Por isso, quer fazer durar esta última visita, demorar-se. Só mais um pouco. Não sabe o pouco, porque não levou relógio e desconhece as horas — será tarde para quem dorme e cedo para quem acorda. O presente é relativa eternidade, aprendeu: fio condutor do tempo que é sempre outro. O vinho, que há instantes foi felicidade e euforia, agora traz aperto no coração e algum sono. O gole final não vem de nenhuma das taças, vem do gargalo. Só mais um pouco, depois veste-se, recolhe tudo, volta para a casa dos pais e apaga. Só mais um pouco, é justo, ele pondera. Afinal é fim de festa, fim de seu venturoso reinado naqueles domínios, e enquanto estiver acordado é hoje ainda. No amanhã, curiosidade que não acaba: como serão Pedro e Inês, Amanda e Estevão, que mesmo antes da chegada tiram o sossego de sua mãe? Como se relacionarão na intimidade? Queria ser bicho só para ficar zanzando por ali e saber. Os novos moradores. Viraram proprietários em um estalar de dedos. Sorte a deles. Talvez Vicenza esteja certa: a casa deverá ganhar vida novamente, ser movimentada, festiva. Pois que assim seja. E que a mágica, com bons punhados de alegria e atrevimento, volte escondida no próximo caminhão de mudanças!

O presente — já com ares de passado — dá sinais de cansaço. E o futuro, em pensamento, se apressa. Cosme faz da mochila travesseiro. Enrosca-se, caracol, no lençol amarelo. Alguma tristeza. Para ele, de agora em diante, muda tudo: a casa, de portas abertas e tão intensamente vivida, será apenas aparência. De que adianta conhecê-la do porão ao sótão, pelo direito e pelo avesso, se só poderá vê-la de fora? É certo isso? Se, da casa, até os pequenos defeitos ele sabe onde se escondem: a porta dos fundos que range bem no início do movimento, a janela da área que emperra se não for aberta com jeito, o taco meio solto no canto esquerdo da sala de jantar e tantas outras imperfeições que, amorosamente, ele recorda e releva. Por isso, meio embriagado, dá de ombros para o que a vida escreveu para ele até aqui e para o que ainda escreverá. Como Vicenza lhe lembrava, se somos protagonistas de nossa própria trama, mergulhemos com paixão no papel que nos cabe.

O engraçado é que, contraditoriamente, para os novos moradores, não muda nada: A velha mangueira, que cresceu junto ao muro, continuará a sombrear generosamente os dois jardins e a desconhecer, soberana, o limite dos terrenos. Para os novos moradores, o sol manterá seu curso e baterá na sala pela manhã. O quarto de Vicenza será sempre o mais silencioso e o de hóspedes terá a melhor vista. E se abrirem as janelas da frente e deixarem a porta do corredor aberta, correrá uma brisa, mesmo no verão. Para os novos moradores, o que realmente importa é o espaço livre que será ocupado com planejada felicidade. O resto são lembranças que foram embora com quem já não está. Para os novos moradores, o vazio não será sinal de saudade nem de ausência. Ao contrário, será estímulo para sonhar e criar uma outra história. Mesmo que, precavidos, eles repitam o antigo gesto de mudar as chaves da porta.

O despertar

Manhã seguinte, pouco depois das sete. Embarcado em sono profundo, Cosme não se mexeu do lugar — ainda enroscado no lençol amarelo, a mochila como travesseiro. Do quarto, não há como ouvir o movimento dos que chegam nem as vozes. Muito menos perceber os passos de quem, minutos depois, sobe as escadas, vem pelo corredor e se surpreende ao entrar e se deparar com a cena. Pensamento boquiaberto: o que significa isso?! Atônito, o olhar em volta revela quase tudo: o rapaz que dorme, os cálices, a garrafa de vinho vazia, restos de vela, cinzas de incensos, o som portátil, as várias fitas cassetes... A esticada até o banheiro completa o quadro: a toalha de banho no chão, o par de tênis, a camiseta e a calça jeans. Sobre a bancada da pia, uma carteira de lona, que é logo aberta para rápida averiguação. Pouco dinheiro, identidade, um santinho de São Cosme e São Damião e — surpresa maior — o retrato de Vicenza Dalla Luce. Pronto, é o quanto basta. O homem indignado se transforma no amigo que procura apenas entender o que aconteceu ali — pelo jeito, a farra foi boa. Por algum tempo, ainda observa o invasor abusado. Aproxima-se devagar, bate-lhe no ombro de leve.

— Cosme... Acorda, rapaz...

De nada adiantam a voz baixa e o cuidado, o susto é grande. Cosme levanta-se de um salto. Ainda sonolento, sente-se ridículo flagrado daquele jeito, escondendo sua nudez em um lençol — vergonha de Adão expulso do Paraíso.

— Ahn?! Como é que você sabe o meu nome?!

— Calma. Eu abri a carteira que está em cima da pia do banheiro e vi sua identidade. Sou Orlando Andretti, amigo de Vicenza. Ela me falou de você.

A fala serena lhe inspira confiança. Apesar de atordoado, Cosme se recompõe. O forte aperto de mão é sinal de amizade inaugurada.

— Poxa, que sorte...

— Sorte mesmo.

Cosme sente que a resposta veio com doses iguais de afeto e reprovação.

— Desculpa, foi mal. Não queria causar problema.

— Tudo bem, não é tão grave assim. Também aprontei muito quando tinha a sua idade.

— Tem mais alguém lá embaixo?

— Só o Carlos, meu assistente. Fica tranquilo. Quem passou a noite aqui com você?

— Ninguém.

— Ninguém? E os dois pratos, os dois cálices, a toalha molhada no chão do banheiro?

Ajeitando-se no lençol, Cosme se constrange ao dizer a verdade.

— Doideira minha. Fiquei sozinho o tempo todo. Homenagem à Vicenza, à carta que ela me mandou, ao que a gente viveu junto nesta casa, tudo misturado, sei lá.

Orlando vê sinceridade na justificativa.

— Anda, vai se vestir e trata de arrumar essa bagunça. Se o Pedro e a Inês chegarem, temos que encontrar um bom pretexto para você estar aqui.

— Eles estão vindo para cá?!

— Não só eles. Os filhos, também. Vieram todos passar o fim de semana no Rio. Estão ansiosos para ver as obras na casa.

— Melhor então eu acelerar.
— Também acho. Vou descer e falar com o Carlos.

Cosme se veste como pode. Com agilidade, vai se equilibrando em uma perna e em outra enquanto calça as meias e os tênis. Agora, tem mais é que pôr os pés na Terra e encarar a realidade: espana as cinzas dos incensos, recolhe os cotos de vela, embrulha rápido os copos, os pratos, embola o lençol e a toalha de qualquer maneira, guarda tudo na mochila. Depois, olhos bem abertos, confere cada canto. Nenhum vestígio de que esteve ali. Nenhum resquício de sonho ou poesia. Conforma-se, está tudo certo. Esquecido de propósito, fica apenas o sabonete no boxe do chuveiro. Cosme — o incorrigível — decide que, neste real e solene momento de despedida, deve presentear a casa com algo pessoal e íntimo. Acredita que aquele sabonete usado passou a ser um pedaço do seu corpo. Claro. Ensaboou-se por inteiro com ele, esfregou-se vigorosamente e várias vezes com ele. Sua pele está ali, o seu tato, o seu cheiro, a sua energia. Portanto, decide, o sabonete fica. Quem sabe assim criem-se novos e apaixonados vínculos com a casa?

Lá embaixo, mais vozes, movimento. Ao descer apressado, Cosme dá de cara com o rapaz de rabo de cavalo que, simpático, logo se apresenta. É Carlos. Diz que Orlando está na cozinha conversando com os operários que acabaram de chegar. Hoje o dia vai ser duro. Surgiram alguns imprevistos e decisões importantes deverão ser tomadas com os proprietários. Ferramentas em punho, dois homens passam por eles e cumprimentam. Carlos dá algumas instruções, diz que também já está subindo. Mais uma palavra e outra. Um até já amigável e o eficiente assistente some escada acima.

Cosme segue mecanicamente em direção à cozinha. À luz do dia, a casa é outra. Os estragos da obra — sim, estragos — são ainda mais visíveis. O andar de baixo está irreconhecível. Dá a impressão de maior e mais arejado, admite. O mal é que, sem as antigas paredes, parte da história parece ter ido embora. O quadro *Paciente pescador* que o fascinava tanto ficava bem exposto onde agora não há nada. Por que será que a reforma age desse modo radical? Será mesmo preciso apagar a antiga identidade da casa? Os novos moradores podem chegar a qualquer momento com seus projetos de felicidade. E ele? Vai dizer o quê? Que sua alma ainda vive ali? Que conhece cada desvão da casa e que dela sentirá saudade? Talvez seja melhor ir logo embora, não ser visto assim com aquela cara de noite maldormida, roupa surrada, mochileiro mal-ajambrado. São essas as razões que dá ao se despedir e devolver a chave da porta por onde entrou.

— Foi Vicenza que me deu.

— Fique com ela, se é importante para você. De qualquer forma, todas as fechaduras serão trocadas.

— Obrigado. Vou guardar como lembrança de hoje, também.

— Tem certeza de que não quer mesmo esperar por eles? Agora que já nos conhecemos, seria uma boa oportunidade para você ser apresentado à família. Vão estar todos juntos.

— Sei lá. Fico meio sem graça.

— Bom, você é quem sabe. Pedro e Inês são informais e afetuosos.

— Prefiro ir.

— Tudo bem. Vou com você até lá fora. Quando quiser falar com Vicenza, já sabe, é só me ligar e a gente combina. Ela vai ficar feliz com um telefonema seu.

— Obrigado, Orlando. Nem sei como agradecer. Preferia que você não tivesse me conhecido desse jeito.

— Deixe de bobagem. Não há do que se envergonhar. Pelas histórias que Vicenza me contou, esta casa é um pouco sua, sim. Venha cá, me dê um abraço.

Surpreso com o convite, Cosme aproxima-se do amigo. O encaixe é fácil. Sente-se protegido, aconchegado. Sente-se filho, portanto. Incrível — pensa naquele instante de entrega —, seu pai nunca o chamou para um abraço. Nunca. Os poucos que se deram, por imposição de alguma data especial, foram duros, desajeitados. É que Zenóbio nunca o abraçou assim de frente. Sempre de lado, osso de quadril batendo em osso de quadril, estranhíssimo. Com Orlando, ao contrário, conforto de almas que bem se conhecem e logo se entendem.

Manhã perfeita. Cosme intimamente agradece, despede-se da casa de lá feliz da vida. Outra hora arruma jeito e encontra os novos moradores. Outra hora? Outra hora quando? O destino — que vive a pregar peças, que lê pensamentos e conhece intenções — já tem tudo programado.

São eles!

Encaminhando-se com Orlando à porta de saída, Cosme custa a acreditar no que vê. Cena de filme, pintura em movimento? A súbita chegada daquela família ficará gravada para sempre em sua memória: alvoroço de boas-novas, de boas falas, de boas-vindas! Orlando recebe os amigos em clima de festa.

— Pedro, Inês! Chegaram na hora certa!

— Que loucura, Orlando! Já é outra casa! Quase não a reconheço!

— Calma, amigo, você ainda não viu nada. E você, minha querida? Sempre mais jovem e mais bonita! Em vez de pintora, deveria ser modelo!

Inês gosta do elogio, brinca, desalinha o cabelo cortado *à la garçon*, faz pose de manequim, acha graça. No auge dos seus 35 anos, mesmo usando jeans e uma simples bata, está deslumbrante. Orlando se diverte ao beijar as crianças. Sim, para ele, crianças.

— Estevão, Amanda, vocês não param de crescer?

— Nem é bom falar. A roupa dura três meses, se tanto. Ontem, a Inês levou o Estevão para comprar tênis novos.

— Com que idade estão?

Pedro não sabe. Inês responde por ele.

— Estevão tem 12 e Amanda fez 13, mês passado.

— Meu Deus, parece que foi ontem que levei esses dois no colo.

Orlando pega Estevão de surpresa, com algum esforço o levanta e o mantém no alto.

— E então, garoto? O velho Andretti ainda tem força!

Pedro se preocupa com o exibicionismo do amigo, pede que tenha cuidado, que não vá arrumar alguma torção. Inês desaprova o comentário — a expressão do rosto não deixa a menor dúvida, mas, antes que fale algo e vá além com a censura, recebe um beijo que a desconcerta e cala. Pedro é assim. Sedutor, sempre a desarma. Posto de volta no chão, Estevão quer logo saber onde será seu quarto. Orlando sai pela tangente, diz que isso não é com ele. Que pergunte aos pais.

Em diferente sintonia, Amanda e Cosme se descobrem de longe e não se inibem. Ao contrário, se encaram e sustentam os olhares. Atração à primeira vista, simples brincadeira de adolescentes ou o quê? Impossível saber agora o que a sorte aprontará com os dois. Por enquanto, digo apenas o que nesses segundos se passou na cabeça de um e de outro. Ela — signo de escorpião — só pretende chamar a atenção do rapaz mais velho, exibir beleza. Acha-o estranho. Não sabe definir, mas há algo nele que a desagrada: o desleixo da roupa, o cabelo, talvez. Ele — o conhecemos bem — já imagina enredo. Fareja que, se não tomar cuidado, Amanda lhe causará problemas. Aquele inesperado enfrentamento não é por acaso. O primeiro de muitos, pressente. O mistério cria tramas impossíveis. O mistério habita o cotidiano. O mistério, bem ali diante dele, olhos verdes e cabelos castanhos, um dia será desvendado...

— Cosme, chegue aqui, por favor.

O chamado de Orlando o traz de volta à Terra, e é ele quem desvia o olhar primeiro. Amanda ganha o jogo — se é que foi jogo.

— Cosme é nosso vizinho, mora com os pais e a irmã na casa ao lado.

— Não me diga. Muito prazer, Pedro Paranhos.

Um bom aperto de mãos.

Para justificar a presença do rapaz, Orlando capricha na encenação, mente com sinceridade. Afirma que os dois já se conhecem há tempos... Três anos ou mais? A amizade veio através de Vicenza. Cosme é ainda melhor ator, finge fazer cálculos, acha que é isso mesmo, uns três anos, por aí. Demonstrando orgulho, Orlando lhe enaltece as qualidades e a inteligência. Futuro brilhante, certamente. Mas é o emblema da Escola Parque em sua camiseta que mais chama a atenção de Inês e de algum modo a felicita. Por coincidência, é onde Amanda e Estevão irão estudar. Desencontro: Este é o último ano de Cosme na escola. Em 1986, está confiante, já terá passado para a faculdade de Comunicação. Sua irmã, sim, continuará cursando os dois anos que ainda lhe faltam para concluir o segundo grau. Como ela se chama? Damiana.

Inês é receptiva à combinação dos nomes.

— Cosme e Damiana. Curioso. Sua mãe deve ser devota dos santos.

Muito devota. A história é longa, não dá para contar no momento. Cosme diz apenas que, quando nasceu, causou decepção — a mãe tinha certeza de que seriam gêmeos. Depois, quando engravidou de novo, jurava por tudo o que há de mais sagrado que teria outro menino para compor a dupla. Era o sonho dela, o enxoval do neném foi todo azul. Só que não teve jeito, porque nasceu uma mulher!

Inês discorda.

— Claro que teve jeito. Tanto é que a filha se chama Damiana. Sua mãe deve ser daquelas pessoas que não desistem facilmente. Admiro alguém assim.

— Bom, pelo menos alguma coisa ela acertou: Damiana nasceu onze meses depois de mim. De agosto a setembro, ficamos com a mesma idade. Somos falsos gêmeos.

Achando graça, Inês dá o arremate.

— Viu só? Acabou que ela conseguiu o que queria.

Carlos chega, pede licença, diz que os operários já terminaram o serviço no telhado e estão à disposição. Ótimo. Orlando explica a Inês que é essencial definir logo onde ela quer o ateliê. A melhor opção continua sendo a parte de trás da casa, área ociosa que pode ser muito bem aproveitada. Agora, todos falam ao mesmo tempo. Comentam com entusiasmo esse ou aquele detalhe da reforma. Pedro parece reverenciar o amplo espaço para os livros — campo sagrado. Abraçada com o pai, Amanda não tira os olhos de Cosme. Estevão percebe. Enciumado, vai e puxa a irmã para outro ambiente. Entre risos e segredos, ela faz algum comentário que o irrita. Reflexo condicionado, ele se afasta. O que terá sido? À distância, duelam por meio de expressões e gestos: mímica fraterna que ninguém consegue decifrar. As provocações duram pouco, logo estão juntos. De mãos dadas — ela mais alta que ele —, decidem se aventurar por outros cantos da casa. Cosme, que os mantém sob o olhar, posiciona-se de modo a acompanhá-los até os perder de vista. Amanda, já com ares de mulher, exala inteligência, sensualidade e alguma irreverência. É a mãe sem tirar nem pôr. Fisicamente, Estevão se parece com o pai. Rosto expressivo, os olhos transmitem franqueza. Vê-se logo que a irmã tem ascendência sobre ele.

Cosme gosta da companhia de Pedro e Inês, da maneira afetuosa com que é tratado. Sente-se confortável, como se estivesse em casa novamente. Outra família, outros hábitos, outro tipo de convivência... Seja como for, já criou algum vínculo de amizade com os novos moradores, e isso o alegra. Por destino ou livre-arbítrio, volta a ser o traço de união entre as casas geminadas. Quem dera Vicenza soubesse dessa proeza! Pensando bem, mais uma vez, contou com a ajuda dela. Afinal, se não fosse a boa vontade de Orlando, não estaria ali.

Enquanto isso, Amanda e Estevão confabulam no andar de cima. Estão radiantes com a perspectiva de virem morar no Rio de Janeiro. Adoram a cidade, muito o que ver e fazer. Bom demais serem assim amigos! Talvez a maneira como foram criados, a dedicação dos pais, ou mesmo as afinidades descobertas depois de sério episódio no colégio, eles ainda eram bem pequenos. Até nas brigas se entendem. Nenhuma dura mais que uma hora. Essa de há pouco, por exemplo, foi por bobagem, Estevão reconhece. E é sobre isso que conversam agora. Ele pede desculpas por ter puxado a irmã pela mão daquela maneira. É que não gostou do jeito entrado do vizinho. O tio Orlando não tinha nada que convidá-lo. Logo hoje?! Coisa mais chata ter que ficar olhando para aquela cara amarrotada. Amanda acha graça. Isso mesmo, a cara dele é amarrotada! Ainda bem que não vão estudar juntos. É, mas tem a irmã, esqueceu? A Damiana! — os dois falam o nome ao mesmo tempo e caem na gargalhada.

Amanda vai até o banheiro que era de Vicenza, mira-se no espelho, faz pose, instiga: Cosme ficou apaixonado por ela, tem certeza. Estevão, sempre colado, não gosta do que ouve, dá o troco. Pelo que viu, ela também caiu de amores.

— Está maluco?!
— Ué?! Não ficou olhando para ele um tempão?
— O que é que tem isso de mais? Fiz só para provocar.
— Sei.
— Melhor mudar de assunto senão a gente vai acabar brigando de novo.
— Também acho.
— A mamãe está feliz.
— O papai também. Tomara que eles se acertem de vez.
— É só ele não aprontar com alguma aluna aqui no Rio.
— Para, Amanda! O papai não vai aprontar nada!

Amanda entra no boxe do chuveiro, pega o sabonete que está à vista e, com gestos sensuais, finge tomar banho.

— Será que não? Duvido.

Estevão abre o chuveiro, fecha rápido a porta do boxe e corre. Amanda leva uma boa ducha fria, sai atrás do irmão que está no quarto morrendo de rir. Tenta alcançá-lo, mas não consegue.

— Cretino! Idiota!

Estevão não dá trégua, continua zombando da irmã. Ela taca o sabonete nele, pega na testa. A pancada é forte.

— Estúpida! Me machucou!

— Quem mandou abrir o chuveiro? Bem feito, foi para machucar mesmo. Olha aí o que você fez! Seu imbecil!

Estevão olha para a irmã toda molhada, cai de novo na gargalhada. Amanda acaba também achando graça, mas não deixa barato.

— Vou mostrar para a mamãe, ela vai adorar me ver assim. A gente tem um almoço para ir, lembra?

Cosme já de saída. Amanda e Estevão chegam rindo. Ela, com a blusa e os cabelos totalmente molhados, mais linda do que nunca. Metade menina, metade mulher. Apresenta-se à mãe, ar travesso.

— Não me olha assim, não. Culpa do Estevão.

— Foi sem querer.

— Mentira, ele abriu o chuveiro de propósito.

— Você é que entrou no boxe para fingir que estava tomando banho e depois ainda tacou o sabonete em mim. Me machucou.

Os dois se olham, cúmplices como sempre. Perdidos de riso, não conseguem mais falar. E nem precisam. Cosme ouviu o suficiente. Tem certeza agora de que, seja como for, fará parte daquela família. Como havia sonhado, a mágica voltou com bom punhado de alegria e atrevimento antes mesmo do caminhão de mudanças! Não importa que os irmãos o tenham ignorado, que a cena vá continuar sem ele. Nem que saia assim sem ser visto — já se despediu de Pedro, Inês e Orlando. Sabe que é de casa. E o sabonete usado mostrou muitíssimo bem o seu feitiço.

A casa de cá

Cosme tem a impressão de que se passaram séculos desde a noite de ontem. Pudera. Tanta coisa aconteceu: sua festa solitária em homenagem a Vicenza, o homem que o flagrou dormindo em território alheio e se tornou amigo, a chegada de surpresa dos novos moradores... Depois das aventuras que viveu na casa de lá, difícil voltar para o domínio dos pais, lidar com a rotina de pessoas que em nada combinam com ele. Como é possível ser filho de Zenóbio e Carlota? Não consegue entender as razões que impossibilitam o diálogo que os tornaria seus melhores amigos. Seria tão bom dizer a eles tudo o que pensa e sente... Damiana não se preocupa nem um pouco com esse assunto. Perda de tempo. E por que abriria sua vida pessoal para o pai e a mãe? Nada a ver. Outra geração, outra cabeça, outro modo de encarar a vida! Nem para ele, que é irmão, ela fala alguma coisa. As amigas do colégio, sim, podem entender uma intimidade revelada, um desabafo por decepção amorosa ou algo do gênero. Cosme discorda. Não estivessem a anos-luz de distância, pai e mãe é que deveriam ser os primeiros a saber da intimidade dos filhos e vice-versa. Utopia coisa nenhuma. Por que não se dar a conhecer aos que moram debaixo do mesmo teto e se veem diariamente, aos que irão socorrê-lo nos momentos mais difíceis e estar ao seu lado em caso de acidente ou de doença grave? Não se conforma que as conversas com eles tenham de ser burocráticas e superficiais.

Do pai, já desistiu faz tempo: suporta quem está no comando e pronto. Mas com a mãe ainda há esperança de aproximação e troca. Caráter formado, barba na cara, decide que já é tempo de ser honesto e verdadeiro pelo menos com ela. Abrirá o jogo ainda hoje. Talvez até agora, se for bom momento.

— Mãe?

Carlota pendura duas camisas do marido no armário. Coloca os cabides perfeitamente alinhados com os demais. Responde sem se virar.

— Oi, filho, tudo bem?

— Tudo. E você?

— Aqui, vendo se a Jussara passou direito as camisas do Zenóbio.

Irritante essa subserviência da mãe aos caprichos do pai, mas não é hora de enfrentamento, melhor não criticar. Carlota finalmente fecha o armário.

— Chegou mais cedo hoje, não teve aula?

— Só as duas primeiras.

Cosme sente-se mal com a resposta. Se está disposto a acabar com as mentiras, é hora de respirar fundo, arregaçar as mangas e mostrar serviço.

— Mãe, a gente precisa conversar.

— Sobre?

— Muita coisa. É papo sério e longo.

— Qual o problema? A garota está grávida?

— Assim fica difícil, deixa para lá.

— Filho, espera.

Cosme atende. Quer muito ter a conversa, e o momento parece ideal.

— Meu dia começou torto. Seu pai e eu discutimos feio.

— Para variar, não é?

— Fez o maior escândalo com a pobre da Jussara por causa de um botão que faltava na camisa que ele escolheu para vestir, acredita?

— Culpa sua, que aceita e atura tudo. E vai ser sempre assim. Quantas vezes eu já vi esse filme?

— Esquece, já passou. Vem, senta aqui perto de mim.

Cosme acomoda-se na cama junto à mãe, ocupa significativamente o lugar do pai. O convite cria clima favorável ao diálogo, mas a proximidade excessiva combinará com o que será dito? A fala exigirá cuidados.

— Agora me lembrei de quando você era pequeno e vinha dormir comigo quando o Zenóbio viajava. Você sempre foi tranquilo. Em compensação, depois que cresceu...

Cosme aproveita a deixa.

— Você sabe tão pouco a meu respeito, mãe. A gente foi ficando cada vez mais distante um do outro...

— Você é que se afastou. Não só de mim, mas também de seu pai.

— Eu e ele vivemos em mundos diferentes. Sem condição de conversa.

— Opção sua, que está sempre fora de casa ou enfiado no quarto.

— Não tenho alternativa, tenho? É só eu abrir a boca que ele me tira do sério. E você nunca me apoia, mesmo que pelas costas me dê razão.

Cosme e Zenóbio não se falam há quase um ano. Avulso. Foi assim que seu pai o definiu: avulso — como aquela peça solta na caixa de ferramentas que não casa com coisa alguma. Se ficar com a família lhe era tão penoso, melhor que saísse de casa, fosse morar em outro lugar às suas custas. Terminado o bate-boca, Cosme procurou o dicionário para aprender mais sobre a palavra e, portanto, sobre si mesmo. Admitiu que as tantas definições traduziam a mais pura verdade: "isolado, insulado, desirmanado", "separado do todo de que faz parte". Seu pai estava certo. Não se entrosava mesmo com ninguém ali dentro, encarou como elogio o que havia sido dito para depreciá-lo. Avulso lhe caía bem. Avulso. A palavra mais bonita que recebeu do pai. Agradecido, guardou-a como boa lembrança.

Carlota, mais uma vez, se justifica.

— Eu jamais poderia ter ficado do seu lado. Foi horrível ver você tomar partido da Vicenza contra o Zenóbio. Aquela última festa que ela deu foi a pior de todas. Acho que ele fez muito bem de ter chamado a polícia.

— Era sábado, mãe. Festa de despedida, passava só um pouco da meia-noite... Maior exagero dele, destempero total.

— Destempero total foi ela entrar aqui em casa aos berros daquele jeito. Louca, desaforada. E você defendendo ela.

— A louca e desaforada era minha mulher. Eu estava defendendo a minha mulher.

— O quê?!

— Isso mesmo que você acabou de ouvir: quando houve aquela briga, a Vicenza e eu já nos relacionávamos há quase dois anos. Nunca falei nada porque havia prometido a ela.

Carlota não acredita no que acaba de ouvir. Vicenza, mais uma vez, entra em sua vida sem pedir licença e a surpreende mesmo estando longe. Típico! E pensar que chegaram a ser amigas, que trocaram tantas confidências! — esses flashes de secretas lembranças são o que mais a enraivece. Levanta-se, fala enquanto anda pelo quarto.

— Só podia ser. Aquela sua fúria contra seu pai e até contra mim, a audácia de defendê-la na frente de todos nós. Claro. Você já estava envolvido com aquela vagabunda desfrutável!

— Não fala assim da Vicenza!

— Estou na minha casa, falo do jeito que eu quiser!

— Sua casa, sua casa! Pode esfregar na minha cara à vontade: sua casa!!! Pena que você não tenha essa mesma coragem para enfrentar o papai!

Cosme dá as costas para a mãe, Carlota o segura pelo braço.

— Não vai embora, não! Quero saber essa história direitinho!

— Me solta, mãe!

— Você não queria conversar? "Papo sério e longo?"

Com gesto brusco, Cosme se desvencilha.

— Queria conversar, sim. Mas como dois adultos, duas pessoas civilizadas! Coisa impossível com qualquer um de vocês!

Carlota não se conforma. Agora tudo faz sentido: os frequentes desaparecimentos... E ela achando que o filho estava nas habituais aventuras, trilhando a Pedra da Gávea ou aqueles matos por lá... Também as noites em que ela ia ao seu quarto e encontrava a cama vazia. Nem conseguia dormir de tanta preocupação... Zenóbio se irritava, dizia que eram noitadas com colegas do colégio, que era para ela sossegar, virar para o canto e dormir...

— Suas viagens nos fins de semana "a convite dos amigos"... Aposto que era tudo mentira. Você estava era bem aqui do lado com ela nos fazendo de palhaços!

— Eu nem pensava em vocês! Lá era outro universo! Tão distante de tudo... Vicenza foi o que de melhor aconteceu na minha vida. Um grande amor...

Carlota acha graça. Nervosa, acende um cigarro.

— Grande amor! Posso muito bem imaginar!

— Não, minha mãe, nem de longe você pode imaginar! Durante todo esse tempo, Vicenza foi amante, confidente, companheira... Minha melhor amiga!

— E trocava as suas fraldas. A melhor babá, talvez.

— A melhor babá, não sei. Mas, pelos conselhos que me dava, pelo carinho e paciência comigo, certamente ela foi minha melhor mãe.

A dura resposta pega firme, dói.

— Vá embora, me deixe sozinha.

— Mãe, você já está sozinha faz tempo. Aliás, todos nesta casa vivemos sozinhos. Esse é o problema da nossa família. Apenas dividimos o mesmo espaço. Mas até quando?

— A vida não é só poesia e romance, como você sonha, Cosme. Amadureça, tenha um pouco mais de juízo. Um dia você vai me dar razão.

— A vida é o que a gente faz dela.

— Ah, mas não é mesmo! Antes fosse!

— Mãe, raciocina! Você e o papai ainda são novos! Toda essa amargura, essa animosidade por besteirinhas à toa! Ah, mas o Dr. Zenóbio, tão exigente, inferniza a vida de todo mundo por causa de um botão! Dá um tempo, vai! Me lembro de você reclamando do vovô Otávio e da vó Amélia, que viviam se maltratando. Eu ia lá ficar com eles e não via nada disso. Os dois sempre foram muito legais comigo.

— É porque você nunca morou com eles! Era o netinho querido e sempre de passagem! Aí, é fácil!

— Tudo bem, acredito. Mas de que adiantou a experiência ruim se eles já estão mortos e enterrados, e você repete a receita que não deu certo? Será que estamos condenados a cometer sempre os mesmos erros?

— Estamos, sim. Porque a vida obriga. E já nem acho que são erros. São recursos de sobrevivência. Pouco a pouco, as ilusões vão ficando pelo caminho e, queira ou não queira, você acaba tendo de encarar a realidade.

Carlota dá uma longa tragada, solta a fumaça como se suspirasse.

— Às vezes, um acontecimento muda tudo... O acidente que eu sofri na sua gravidez, por exemplo. Eu podia ter morrido e quase perdi você... Naquele momento, meu único desejo era que você se salvasse e nascesse saudável.

Carlota se emociona, controla o choro. Outra tragada. Desabafa.

— Depois que você e a Damiana nasceram, minhas prioridades mudaram, passei a não me importar tanto comigo. Nem com seu pai, e talvez esse tenha sido meu maior erro.

— Bonito. Quer dizer então que Damiana e eu somos os responsáveis pelo fracasso do seu casamento.

— Claro que não. Pelo contrário. Eu já estava decepcionada com ele. E, admito, não me esforcei muito para melhorar a relação. Dava todo o meu tempo a você e à sua irmã. Por compensação, fuga, sei lá... Com seu pai, eu cumpria apenas o meu papel. Como cumpro até hoje.

— Felicidade nenhuma, pelo que a gente vê.

— Tenho tido meus momentos felizes, sim.

— Vendo novelas, cuidando da casa, fazendo compras no shopping, sabendo e comentando o que acontece na vida das amigas...

— Não seja cruel, Cosme.

— Mas é verdade, mãe. Sua vida se resume a isso. Fora os compromissos sociais, você e papai raramente fazem um programa juntos. Companheirismo zero.

— Era essa a conversa? Colocar seu pai e eu no banco dos réus?

— Lógico que não. Eu só queria que fôssemos honestos um com o outro, falando olho no olho...

Cosme avalia antes de completar.

— E, se você quer saber, acho até que não estamos nos saindo tão mal assim.

Com expressão de ceticismo, bem característica, Carlota dá uma última tragada, apaga o cigarro.

— Ainda não entendi o motivo disso tudo. Só para me dizer que você e a cantora tiveram um caso? Para quê? Ela já não está em Paris se divertindo com outros garotos?

— Não, Dona Carlota. O motivo disso tudo é querer que a gente se entenda e conviva numa boa, mesmo pensando tão diferente. Já não digo com meu pai — seria sonhar alto demais, mas com você. Quem sabe vamos descobrindo alguns pontos em comum, algumas afinidades? Queria tanto que a gente fosse amigo e não escondesse nada um do outro...

— Com esse seu jeito, sempre com quatro pedras na mão... Acho pouco provável.

Cosme abre a carteira, tira a imagem de papel de São Cosme e São Damião.

— Ficam o tempo todo comigo. Pode ser superstição, mas por sua causa não me separo deles.

O gesto e a fala desconcertam, quebram a rispidez materna. Silêncio demorado. Carlota reconhece que foi importante conversarem e ele dizer a verdade, mas pede ao filho que lhe dê algum tempo. Precisa digerir o que ouviu. Saber do romance dele com Vicenza Dalla Luce foi prato meio indigesto. Ainda bem que tudo acabou e ela só teve o pesadelo depois de acordada. Bendito oceano Atlântico!

— E não precisa fazer essa cara de quem comeu e não gostou. Estou sendo sincera — não é isso que você quer?

Bandeira branca. Desarmado, Cosme vai, abraça e beija a mãe.

— Sim, é isso que eu quero. Mas se prepare, porque ainda vem comida pesada por aí!

Mesmo com riso e em tom de brincadeira, o aviso arrepia. O que mais ela não sabe? Nada sério, bobagem — Cosme a tranquiliza. Outra hora, voltam a conversar, o principal foi dito. Carlota, já desacompanhada, sente alívio. Por hoje, está mesmo de bom tamanho. E o beijo, o abraço que ganhou no susto? Passa a mão no rosto, nos braços, nem se lembra da última vez que recebeu carinho assim. Não pode reclamar. Sempre preocupada com o perfeito andamento da casa e ao mesmo tempo tão ausente da vida do filho — com Damiana, é igual. Que contradição! Acaba de ter pequena amostra de que não sabe nada sobre eles. Dois estranhos que entram e saem. Mesmo presentes em alguma refeição ou outra, quase não falam. Monossilábicos, respondem às perguntas com má vontade e enfado. Não foi por falta de amor quando menores. Quanto tempo dedicado aos passeios, quantas noites em claro, quantas vezes levando ao colégio e trazendo de volta, explicando lições de casa, ensinando, educando, fazendo-lhes ver o certo e o errado... Quantas vezes chorou escondida por ter dado a eles o merecido castigo? Adiantou? Cosme talvez tenha razão: todos ali vivem sozinhos e, pior, acostumaram-se a isso. Ela e Zenóbio podem não perceber, mas depois de vinte anos de casados o que os une é o cigarro e a necessidade de silêncio — estas, as afinidades que restaram. E agora, assim do nada, seu adolescente mais rebelde vem e faz aquele barulho todo dentro dela. Somando e subtraindo, está bem satisfeita com a inesperada conversa. Ora, veja só! Ele leva o santinho de São Cosme e São Damião na carteira! Parecia um menino ao exibi-lo — aquele toco de gente que pedia a ela que lhe penteasse o cabelo, porque não conseguia fazer a risca certa do lado. Imagens-relâmpago de passado distante. Por que será que os filhos vivem nos surpreendendo? Trazendo alegria ou decepção, são mestres na arte de assustar. Depois, vão embora bem lampeiros, nossos corações que se arrumem e retomem os batimentos de rotina.

Carlota e Zenóbio

Onde se perdeu o amor desses dois? Em que canto da casa? Sim, no início houve amor apaixonado — que chegou com o tempero libertário dos anos 1960. Jovens de famílias tradicionais, se acharam capazes de conciliar o impossível e embarcaram juntos no mesmo sonho. Tamanha ingenuidade. Desde quando coração e cérebro falam a mesma língua? Desde quando liberdade e segurança andam de mãos dadas? Acontece que já não acreditavam na receita de seus pais. Viam que o romantismo hollywoodiano só existia no cinema. Na vida real, o contraste. Uma grande mentira, a pose feliz dos noivos naqueles porta-retratos de prata que ficavam expostos na sala de visitas. Carlota e Zenóbio tinham histórias de família parecidas. Durante o namoro, riam-se das coincidências que encontravam em seus lares: o pai e a mãe eram iguais, as brigas e picuinhas, as implicâncias com os respectivos parentes! Jamais repetiriam aquelas maldades cotidianas. Às vezes, se perguntavam como as pessoas conseguiam suportar uma vida inteira assim: se machucando com naturalidade, se agredindo com voz pausada. Não, com eles seria tudo diferente! Sairiam de seus quartos de solteiro — seus refúgios — para construir um mundo próprio de diálogo e companheirismo, do qual fariam parte seus filhos e netos. Mostrariam a seus pais a fórmula certa de se relacionar e seriam exemplo para as gerações futuras — a fantasia era essa.

Conheceram-se em 1963, ficaram noivos e se casaram dois anos depois como mandava o figurino. Ela ganhou belo enxoval, e não coube em si de alegria quando a mãe lhe deu de presente os brincos de pérolas que usou no dia do casamento. Correu para o espelho. Quanta emoção, nossa! Para dar sorte, a mãe lhe disse. Sorte? Que sorte? Repetir aquela triste rotina? Mas ela — vá entender — sinceramente acreditou. Vestiu-se de branco, véu e grinalda, buquê com flores de laranjeira. De braço dado com o pai, passos nervosos, se comoveu e borrou um pouquinho a maquiagem durante a marcha nupcial quando, ao som de "Magnificat", viu seu grande amor em pé lá no altar. Ele, barba escanhoada e cabelo impecavelmente cortado. Fraque, cravo branco na lapela e excelente emprego na firma de engenharia de um grande amigo do sogro. O casal estava pronto, portanto, para levar adiante sua revolução de costumes — a fantasia era essa. Harmonizariam os contrários até nos LPs que poriam na vitrola: a estridência do rock e a suavidade da bossa nova. De um lado, guitarras elétricas, Beatles e Rolling Stones. De outro, violão baixinho, João Gilberto, Tom e Vinicius. No Brasil, o fim da utopia dos anos JK, os militares no poder para moralizar o país e pôr ordem na casa. Não se falava em golpe, falava-se em revolução — a fantasia era essa. E Zenóbio se encantou com as belas promessas fardadas. Profissional brilhante, entusiasmado pelas obras faraônicas do governo, teve carreira meteórica — graças à sua competência e talento, é bom que se diga. Sempre foi apaixonado por Brasília. Como não ser? Símbolo de prosperidade no meio do ermo, a nova capital realizava sonhos impossíveis com arquitetura que, desafiando cálculos matemáticos, dava asas ao concreto armado. O jovem engenheiro exultava. Quanta ousadia, quanta criatividade! As viagens ao Planalto Central se tornaram frequentes. Mangas arregaçadas e muita disposição para as oportunidades inesgotáveis de trabalho. No Rio de Janeiro, um apartamentinho bacana em Ipanema, quadra da praia. Carlota era total dedicação. A empregada dormir no emprego como na casa dos pais? De jeito nenhum. Uma diarista duas vezes por semana bastava. De tudo mais, ela daria conta. A privacidade do casal em primeiro lugar. Que delícia! Conversas que se estendiam noite adentro, uísque, cigarro e sexo assíduo — fórmula perfeita de felicidade. O filme *Um homem e uma mulher*, que deu o que falar e eles viram bem abraçadinhos, era prova real e dos nove de que estavam antenados com o que fosse vanguarda.

Sim, no início houve amor, companheirismo. Mas o tempo — sempre ele — logo começou a fazer caretas. Zenóbio passava mais tempo em Brasília que no Rio, e Carlota já não via sentido em se dedicar tanto a uma casa para ficar semanas e semanas sozinha. Vieram as inevitáveis cobranças. Aquilo não era a vida com que eles haviam sonhado. Será que ele, tão egoísta, não enxergava que suas ausências prolongadas estavam acabando com a relação? Egoísta, ele?! — falou alto pela primeira vez. Como egoísta?! Matava-se de trabalhar naquele fim de mundo, pensando na segurança e no conforto dela, sem ter diversão nenhuma, só o estresse com as responsabilidades na firma! Carlota não se convencia. E ela?! — também falou alto pela primeira vez. Ficava o tempo todo feito uma pateta dentro de casa! Devia era ter continuado os estudos, cursado faculdade, ter também uma profissão como sua amiga Júlia! Casou porque quis, Zenóbio respondeu de pronto. Não a obrigou a nada. A tal da Júlia — para ele, uma mulher intragável — podia ser médica, bem-sucedida, o que fosse, mas e sua vida pessoal? Algum homem se aproximaria dela para algo sério? Pediu que respondesse com sinceridade olhando bem nos olhos dele. Triste silêncio. Carlota não quis levar a discussão adiante. Para quê? Acendeu outro cigarro, pôs mais gelo no copo e renovou a dose de uísque. Zenóbio fez o mesmo, e foi até a vitrola e girou o disco que já estava no prato — era música para dançar de rosto colado. Ainda havia paixão, é claro. Os corpos grudaram um no outro sem resistência e logo fizeram as pazes. Por enquanto, o tão sonhado modelo de relacionamento estava salvo. Depois do beijo na boca, Zenóbio tentou ser engraçado falando baixinho que, se ela ficasse grávida, ia ser bonito vê-la na faculdade amamentando o filho em sala de aula, na frente dos colegas... Carlota achou o comentário idiota, tentou se desvencilhar do abraço, não queria mais dançar. O marido não deixou, a música tinha apenas começado. Era preciso que acertassem o passo e mantivessem o clima romântico até o fim. Era preciso que fossem leves e delicados como os móveis pés de palito que decoravam a sala.

O ano de 1968 foi decisivo. Zenóbio direto em Brasília, obra importantíssima com prazo de entrega. Carlota grávida, não se sentia bem, enjoos, carência, tudo misturado. Onze e meia da noite, precisava desabafar, só um pouco de carinho. Telefonou para o Hotel das Nações. Quarto 1015, por gentileza. Atendeu voz de mulher, Zenóbio estava no banho, poderia deixar recado se quisesse. Não teve coragem de se identificar, de perguntar quem era. Agradeceu, disse que ligaria outra hora. Foi tudo muito rápido. As três ou quatro talagadas de uísque, a culpa que sentia por se recusar a acompanhar o marido nas viagens, detestava o clima de Brasília, a frieza da cidade, o povo de lá. Foi uma única vez e jurou que não poria mais os pés naquele barro horroroso. Foi tudo muito rápido. O pegar as chaves do carro, o sair com a roupa do corpo, o dirigir em velocidade e sem destino pela orla. Foi tudo muito rápido. O chorar convulsivo, o embaçar os olhos, o se desgovernar e o bater no poste ao tentar a curva na rua Francisco Otaviano. Sorte dela que dois policiais faziam a ronda e presenciaram o acidente — eram os chamados Cosme e Damião, treinados para socorros e urgências. Foram eles que lhe deram atendimento imediato, salvando-lhe a vida e a gravidez. Carlota ficou uma semana hospitalizada. Chorava convulsivamente pedindo perdão à família pela irresponsabilidade. Felizmente, contou com o apoio e o carinho dos pais — que jamais a culparam ou repreenderam pela imprudência. Um grande milagre não ter acontecido nada com o bebê, todos concordaram. Deus é grande! Zenóbio pegou o primeiro voo que encontrou. Também se sentia culpado, é claro. Por que a vida tinha de ser assim? Ainda haveria chance de reconciliação e entendimento? Espaço para a paixão, é certo, já quase não havia. Para o amor, sim. Os dois ficavam horas de mãos dadas no quarto do hospital, com mil projetos para o filho. Ou filha, quem saberia dizer? No auge da crise, Carlota cismou que seriam gêmeos e ela lhes daria o nome de Cosme e Damião em homenagem àqueles dois anjos que a salvaram. Gêmeos?! Zenóbio fingiu direitinho que gostava da ideia e até comprou a imagem dos santos que ela pediu a ele de presente. Assim, naquela prova difícil, mesmo sem estar bem preparado, o casal tirou cinco e meio e foi aprovado.

 Cosme acabara de completar dois anos, e Damiana ensaiando os primeiros passos, quando Zenóbio e Carlota decidiram comprar a casa de cá da rua dos Oitis. Mais quartos, cômodos maiores, um bom pátio e um jardim na parte de trás do terreno — ótimo para as crianças. E a Gávea, sem dúvida alguma, bairro bem mais tranquilo que Ipanema. Chegaram no outono de 1970. Curioso o que aconteceu logo nos primeiros dias depois da mudança. A família voltava de um pequeno passeio pelas redondezas. Queria conhecer melhor as ruas vizinhas, o comércio local, essas coisas. Para orgulho do pai, Cosme ia andando na frente — um homenzinho. Damiana dormia no colo da mãe. Já estavam em frente de casa quando uma bela mulher, saindo da porta ao lado, acenou carinhosamente para o menino e ele, incontido, correu para os braços dela. O gesto a surpreendeu e encantou sobremaneira. Pegou-o no colo e o encheu de alegres beijos. Que criança linda! Que simpatia! Cosme, gaiato, sentiu que estava agradando e se deixou ficar bem aninhado no colo de Vicenza Dalla Luce. Sim, era ela mesmo, a famosa cantora lírica de cabelos cor de fogo. Feitas as devidas apresentações e trocadas as gentilezas, Carlota pediu educadamente que Zenóbio pegasse Cosme de volta. Já chegava de graça, hora de ir para dentro que ela ainda ia ter de fazer almoço. Damiana começou a choramingar, acelerando as despedidas e o prazer em conhecê--los. Vicenza lhes deu os parabéns pelo privilégio de terem um filho tão amoroso e educado.

Os primeiros anos na Gávea foram de relativa tranquilidade. Zenóbio já não ia tanto a Brasília, as principais obras da firma estavam aqui no Rio de Janeiro. Portanto, podia passar mais tempo com a mulher e os filhos. Pena que o doce durou pouco. A história da tal voz feminina que atendeu o telefone no Hotel das Nações nunca ficou bem explicada. Secretária dando expediente às onze e meia da noite? Zenóbio jurou de pés juntos que era verdade. A secretária era uma senhora de cabelos brancos. Além do mais, não estavam em um quarto. Era suíte com saleta anexa, havia bastante privacidade entre os dois cômodos. Enfim, tudo bem. Aconselhada pela mãe, Carlota não se aprofundou no caso e aceitou as desculpas. Afinal, Brasília e a voz eram águas passadas. Acontece que a voz se mudou para o Rio de Janeiro. Não havia a menor dúvida — o timbre, o sotaque, a ligeira afetação. Por mais que Zenóbio negasse, a voz que tivera a petulância de procurá-lo em casa era igual à de Brasília. Para piorar, a chamada foi feita justo quando Carlota reclamava da excessiva vaidade do marido, de suas religiosas idas à academia e ao clube, do chegar cada vez mais tarde em casa, às vezes nem vindo para o jantar. Era óbvio demais.

A desconfiança chegou acompanhada de mágoa. Tornou-se certeza: a voz tinha nome e sobrenome — o caso era antigo. O triste é que, a partir daí, Carlota começou a se sentir insegura no casamento, com medo de ser abandonada por aquele que, com todos os defeitos, era o pai de seus filhos, o homem que, por amor, ela havia escolhido como companheiro de estrada — pensava exatamente assim. Fazer o quê? Ela não diz, mas, nessa ocasião, ainda era muito amiga de Vicenza, que, naturalmente, ficava indignada com o que ouvia, e sobretudo com a passividade da vizinha diante dos desmandos do marido. Tomou ojeriza a Zenóbio, deixou de cumprimentá-lo até. Por que Carlota não o mandava aos diabos? Sinceramente, não entendia. Ela era jovem, rica, independente — herdara há pouco a fortuna dos pais. Pegasse os filhos, que já estavam crescidinhos, e recomeçasse a vida longe do traste. O desgraçado que fizesse a amante de empregada. Queria ver quanto tempo a paixão durava! Mal-acostumado, ia era voltar com o rabo entre as pernas para o bem-bom. Carlota agradecia a força e o apoio que Vicenza lhe dava, prometia que ia mudar... Mudava? Coisa nenhuma. Pelo contrário, afastou-se da amiga, porque o marido a viu saindo certa vez da casa de lá em horário suspeito — estopim para o acirramento das intransigências de Zenóbio e para o rompimento definitivo entre as casas geminadas da rua dos Oitis. Vicenza lastimou o fato. Chegou à conclusão de que nesta vida cada um tem mesmo o que procura e o que merece.

Será? Carlota acha que poderia ter tido melhor sorte no casamento, embora não se arrependa de nada que tenha feito ou suportado. Orgulha-se de manter a família unida e de levar o seu barco com alguma dignidade. Tem certeza de que a recente conversa com Cosme não aconteceu por acaso, e a aproximação que ele propõe será benéfica para ambos. Acontece que amor materno é diferente, impõe limites à amizade. Portanto, quanto ao "não esconder nada um do outro", sente muito, mas impossível atender o pedido. Para proteger o filho, nunca aceitaria troca tão injusta. Afinal, o que mais ele poderá lhe dizer de tão secreto? Que outra revelação a decepcionará? Em compensação — ela até acha graça —, se resolvesse fazer o mesmo e lhe contasse um único fato de sua vida íntima, quanto espanto causaria ao jovem sonhador... Nem é bom pensar. Como boa mãe, terá o dever de sempre manter o fato bem escondido dentro dela. Como mulher e amiga verdadeira... Ah! Que alívio, que presente dos Céus, pudesse contar a ele toda a verdade!

O amarelo vida: a mudança que chega

Orlando foi conversar completamente desarmado, bateu à porta dos Soares Teixeira com boa expectativa. Afinal, as duas casas precisavam de pintura há tempos. Generosos, Pedro e Inês pagariam todas as despesas de mão de obra, os vizinhos só teriam que comprar metade da tinta e do material necessário. Animado, Orlando levou várias amostras de cores com a sugestão de que escolhessem juntos algo que desse alguma leveza às fachadas. Carlota apreciou o gesto, foi receptiva, mas Zenóbio logo torceu o nariz, irredutível. Exigia o cinzento de sempre, que era mais prático e durável. De nada valeram os esforços e argumentos do arquiteto: pelo menos, um cinza mais claro, para alegrar. Não, de jeito nenhum — Zenóbio não cedia um milímetro sequer, deixou claro, inclusive, que preferia até contratar os pintores para fazer o serviço. Orlando concluiu que não havia a mínima possibilidade de acordo, pura perda de tempo permanecer ali. Amarrou a cara, fechou a pasta e se retirou. Que fossem felizes! Carlota, que mal opinou, não precisava se incomodar em acompanhá-lo até a porta, ele conhecia a saída.

 Quando souberam do entrevero, Pedro e Inês ficaram revoltados. A cor sugerida, mesmo discreta, incomoda? O tom areia não serve? Nem mesmo um cinza mais claro? Pois então, pinte-se a casa de amarelo! Que fique escancarada a divisão das fachadas! — decidiram de comum acordo. Esse tal de Zenóbio e a mulher vão saber com quem estão lidando!

A ordem, dada de Curitiba por telefone, foi imediatamente cumprida e causou o impacto desejado na casa de cá. As reações variaram: Damiana, com os eternos fones nos ouvidos, teve um acesso de riso imaginando a cara do pai e da mãe quando vissem aquilo. Cosme, mochila nas costas, comemorou emocionado o revide corajoso dos novos moradores. Incontido, abraçou Orlando e cumprimentou os pintores como se fossem heróis. Delírio, armações de Van Gogh ou o quê?! A verdade é que o seu "amarelo vida" assumia o comando da casa de lá — sua querida casa! Carlota levou um choque, mal podia acreditar no que os olhos viam. O contraste era insuportável e deixava ainda mais visível o sujo de sua antiga fachada. Tentou convencer o marido a ceder um pouco, a aceitar o cinza claro ou até mesmo aquele tom areia que, na opinião dela, era o mais bonito. E ele lá é homem de voltar atrás em decisão tomada? Na semana seguinte, contrataria sua própria equipe de profissionais. A casa de cá seria pintada de cinzento escuro, um tom até mais fechado. Zenóbio, ainda engasgado, vive repetindo que, na batalha das cores, não houve vencedores. Cosme discorda da pobre rima paterna. Exultante, afirma que a casa de lá saiu vitoriosa do embate, sim. Que deliciosa vingança! A diplomacia não resolve? A intransigência torna o diálogo impossível? Declara-se guerra, proclama-se a independência! — dura lição para a casa de cá.

Dois meses depois — na manhã do dia 26 de março de 1986, para ser preciso —, o caminhão de mudanças da família Paranhos chega à rua dos Oitis. As casas geminadas, já com cores contrastantes ou, como prefere Cosme, com suas personalidades bem definidas, não se falam nem se cumprimentam. Ele é o único a ser bem-vindo e a ter acesso ao território vizinho. Mas prefere, por estratégia, manter certa distância para não parecer entrado. Esteve lá, há umas duas semanas. Encontrou-se do lado de fora com Inês e foi convidado a ver a reforma terminada. Ficou entusiasmado com tudo. Inês aproveitou para tocar no assunto das cores. Disse lamentar a atitude extrema que tomaram, mas ela e Pedro ficaram indignados com o que houve. Cosme lhes deu razão, minimizou o fato, já havia inclusive conversado com Orlando a respeito. Argumentou que o pai era mesmo intratável. Elogiou a mãe e a defendeu o quanto pôde. Pediu compreensão, tinha certeza de que, apesar do desentendimento, as duas iriam acabar amigas e se dando bem. Torcia muito por isso. Inês gostou do que ouviu, achou bonito o jeito com que ele arrematou o discurso, quando, com brilho nos olhos, disse que, desde menino, imaginava as duas casas com fachadas amarelas e janelas brancas, exatamente como eles a haviam pintado. Quem sabe um dia seu sonho se realizaria por inteiro? Inês brincou: naquele momento, o sonho dela era que a transportadora confirmasse logo a data de chegada da mudança. Não aguentava mais ficar com a família hospedada em hotel e longe de suas coisas. Aquele período era o pior de todos: nem lá nem cá. Sentia-se suspensa no vazio, sem chão, sem referência alguma. Como somos dependentes da matéria!

Pois é, agora que o caminhão acaba de estacionar e os móveis e as caixas começam a descer, o coração da casa de lá bate mais forte. Amanda e Estevão não param quietos, euforia adolescente. Sobem e descem as escadas, entram e saem dos respectivos quartos mil vezes. Hoje, finalmente, poderão dormir em suas camas! Que delícia! No hall de entrada, Pedro e Inês acompanham os primeiros movimentos. Expectativa ao ver a vida deles desembarcar assim, depois de ter encarado estrada, viajado quilômetros e quilômetros, no bom e no mau tempo. Alguma coisa sempre se quebra ou se perde no caminho — eles sabem, todos sabemos. Mas há tanto o que fazer e decidir e organizar que quase não sobra espaço para apreensões. Mesmo assim, cada objeto frágil desembalado é verdadeiro nascimento: Que bom! Chegou perfeito! Ponha ali em cima da cômoda, por gentileza. Inês se movimenta, onipresente. De repente, para e presta atenção no homem grisalho que, com habilidade oriental, desembrulha cálice por cálice e os vai dispondo sobre a bancada da cozinha. No que pensa ao devassar a história alheia? Se ele soubesse o que celebraram esses cálices... e a discussão que quase os fez em cacos...

O recheio visível descreve os novos moradores. O estilo dos móveis, por exemplo. No rústico, não há luxo; há conforto e simplicidade. Embora descontraídos, os ambientes começam a ganhar jeito de fazenda. Os objetos de arte, os do dia a dia e os de estimação complementam a atmosfera informal. Contraste: com autoridade histórica, o carrilhão, que era da bisavó, vai para a sala de jantar. Ficou perfeito naquele canto, parece sob medida! Inês faz questão de já acertá-lo, esperando cada bater de hora. Depois, é só dar corda, pôr o pêndulo em movimento e pronto: o resto é com os ponteiros, os dias e as noites. Pedro entra, olha ao redor como quem confere — mãos na cintura, cansaço bom. Inês sorri para ele e se pergunta. Valerá o esforço? Haverá felicidade guardada naquele chão? Mundo descoberto, brotando novamente. Cada espaço é conquistado e preenchido com referências de um e de outro. O recomeçar, o refazer... O risco. Dará certo?

A essa altura, Estevão e Amanda perderam o pique, estão de conversa na cozinha. Ué?! Desanimaram? — Inês provoca. É que arrumar armário não tem a menor graça. E quem disse que é preciso ter graça? Melhor pegarem ritmo, porque não são só os quartos dos dois, há muito o que fazer e ajudar aqui embaixo. E nem adianta reclamação: se ficarem ali, atrapalham. Amanda é a mais reativa.

— Está bem, está bem, a gente já está subindo, não precisa empurrar!

A mãe toca a parelha. E lá vão eles, com aquela má vontade típica de adolescentes empacados. Haja paciência!

Os engradados com as telas? Para o pavilhão que fica na parte de trás do terreno. Melhor levá-los pela garagem ao lado da casa e seguir direto pelo jardim. Será mais seguro abri-los no ateliê. Os cavaletes e as duas pranchetas, para o mesmo lugar. Ao chegarem lá, atenção com as portas de vidro de correr, por favor. Caixas 120 a 132, todas no pavilhão. É material de trabalho, não precisa abrir. Inês respira fundo. Já retiraram quase tudo do caminhão. Ufa!

Livros e mais livros. Os carregadores se espantam com a quantidade de pacotes, as incontáveis idas e vindas dos carrinhos abarrotados. Pilhas e pilhas se amontoam. Pedro pede que acomodem tudo no fundo da sala. Ele mesmo se encarregará de organizar o abençoado caos. Sua biblioteca, seu oxigênio! Pega a faca, abre uma das caixas, só por gosto: literatura francesa. Tira um livro ao acaso: Albert Camus. Cheira e afaga *L'homme révolté*, edição original, 1951! Torna a guardá-lo como relíquia. O que seria dele sem esses amigos tão íntimos? Nem consegue imaginar. Mal pode esperar para vê-los todos separados e arrumados nas estantes que forram aquelas paredes. Orlando Andretti é um mestre. Que acabamento impecável, que solução genial...

Vinda do hall de entrada, a voz de Inês é puro alívio.

— Pedro, dá um pulo aqui, por favor? Os rapazes já terminaram.

Notas fiscais, assinaturas, gratificações e os parabéns pela qualidade do serviço. Pedro, que aprendeu a pegar no batente desde menino, valoriza trabalho honesto e suado, faz questão de cumprimentar os empregados da transportadora um a um.

A gentileza os felicita de tal forma que parece até lhes atenuar o cansaço — impressiona como esses pequenos gestos de consideração são capazes de causar tanta alegria nas pessoas. O chefe da equipe agradece em nome de todos e se despede satisfeito com o reconhecimento do cliente. Tão bom fosse sempre assim...

    O trovão inesperado assusta, dá o alerta. Mais um em seguida e ainda outro. Rajada de vento forte bate a janela da sala e a porta da cozinha. A casa toda aberta, vulnerável. Algo cai e se quebra na varanda. Sem acreditar, Pedro e Inês olham para o céu: o sol súbito desaparece, o tempo fecha, mostra a carranca. Nuvens escuras não estão para brincadeira, nova sequência de estrondos. Estevão e Amanda são convocados a verificar se as janelas dos quartos estão bem fechadas.

    Pingos fortes começam a salpicar a calçada lá fora, a turma de carregadores corre para recolher ferramentas e se acomodar dentro do contêiner. Mal o caminhão dá a partida, o temporal desaba. Pelo vidro da varanda, Inês aprecia o espetáculo. O vento sacode e esfrega as árvores, a água lava e enxágua a paisagem com vontade. Bênção para a família que chega? O barulho da chuva apascenta, e os novos moradores, bichos na toca, aconchegam-se na biblioteca de prateleiras ainda vazias — histórias que hão de vir. Feito filhote, Estevão senta-se no chão ao lado de Pedro. Amanda acomoda-se do outro lado, abraça-o apertado a ponto de desequilibrá-lo — o melhor pai do mundo e o mais lindo! Pedro gosta daquele chamego com os filhos, faz cócegas, faz festa, lambe as crias. Os armários já estão arrumados? Nem respondem, fazem-se de desentendidos. Exausta, Inês chega e se atira na primeira poltrona que encontra.

    — Puxa, que sorte! Imagina se essa chuva toda tivesse caído antes!

E alguém ouve o que ela diz? Estão os três de provocações e brincadeira.

Faísca no céu, Inês aperta os olhos, tampa os ouvidos. O estampido faz estardalhaço maior do que o esperado, causa assombro que arregala. Ela pula para junto do marido e das crianças. Medo, excitamento, amor, sonho, carência, felicidade: cabe tudo naquele coletivo abraço.

Presente furtado com mentira pregada

Anoitece. Embora trovoada e ventania tenham passado, a chuva não dá trégua, obriga à reclusão — nariz fora da porta, só em último caso. Por diferentes motivos, todos na casa de cá se perguntam sobre o que estará acontecendo na casa de lá. Primeiro dia, mudança recém-chegada, seria natural haver vozes e movimento. Mas não há. Diante de tamanho silêncio, o que lhes resta é fantasiar hipóteses. Até Damiana, que nunca se interessou pela rotina de ninguém, daria tudo para conhecer alguma intimidade de Amanda. São colegas de classe e — talvez por influência do desentendimento havido entre os pais — se detestaram de cara. Separadas por uns poucos metros, a partir de hoje as duas terão que se tolerar também como vizinhas. Assim é a vida.

 Quando Zenóbio chega do trabalho, o *Yellow Submarine* — apelido que ele deu à casa de lá — continua mergulhado em profundo mistério. Bom, pelo menos não nos incomodam! Que permaneçam assim submersos no reino de Netuno! Carlota não consegue entender a calmaria. Sem que ninguém veja, cola o ouvido na parede em comum do segundo andar, tentando perceber algum sinal de vida... e nada. Durante o dia, sim, a barulheira foi grande, com homens falando alto, montando e arrastando móveis. Que importa? Para ela, o que interessa agora é descobrir os horários e os hábitos da família com a qual terá de conviver. Arrepende-se de não ter apoiado o arquiteto Orlando Andretti na questão das cores — um senhor educado, que afinal sempre foi gentil e atencioso com ela. Como foi fraca! Deveria ter batido o pé pelo tom areia, que era perfeito... Por ter secundado o marido, comprou briga que não queria e contribuiu para o presente mal-estar entre as duas famílias.

Mesmo tendo acesso aos novos vizinhos, Cosme ainda sente falta do livre trânsito em seus antigos domínios. Quanta saudade de Vicenza! Amanhã, ligará para Paris a cobrar. Ela ficará feliz, aposta. Será verdadeiro e dirá que não está se saindo tão bem quanto o prometido. Ainda se sente muito só, ninguém com quem conversar de coração aberto. Tem se dado melhor com a mãe, avanços consideráveis, mas é diferente. O modo de tratar, a natural reserva... Dirá também que voltou a fazer suas escaladas e até descobriu novas trilhas. Encontrou boas amizades na faculdade. Amor nenhum, paixão nenhuma, por enquanto. Admitirá que Amanda mexe bastante com sua imaginação e lhe inspira altas fantasias, embora não veja a menor possibilidade de namoro. Ela tem 13 anos, não vai querer nada com ele.

Sim, amanhã sem falta ligará para Vicenza para lhe contar as novidades. A melhor de todas: Pintada de amarelo, a casa de lá revelou sua personalidade, seu rosto, sua alma. Prova de que há fatos que transcendem nosso entendimento. Prova de que os novos moradores não vieram por acaso. Nem a ideia que acaba de lhe ocorrer: visitá-los agora pela primeira vez. Ou, para ser honesto, ir ver Amanda e tentar saber um pouco mais sobre ela. Oito e meia da noite, horário civilizado. Não chegará de mãos vazias, é claro. O presente? O vaso de antúrios que pegará no jardim sem que sua mãe saiba. É por boa causa, tem certeza de que depois, mesmo contrariada, ela aprovará o gesto.

Carlota e Zenóbio veem televisão. Damiana, enfurnada no quarto. Ótimo! Cosme sai pela porta dos fundos e segue pela área descoberta até o portão da frente. Como o vaso é grande, atrapalha-se um pouco para segurá-lo e abrir o cadeado. O pior é que ainda chove — pouco, mas chove. Molhar-se é o de menos, aperta o passo e pronto. Quer é entregar logo o presente com discurso ensaiado. Já à porta da casa de lá, apruma-se, respira fundo. A família continua reunida na biblioteca, situada na ala mais afastada da casa — por isso, o aparente silêncio. Algumas caixas de livros abertas, e a conversa girando em torno do que deverá ser feito nos próximos dias. A campainha surpreende. Inês levanta-se para abrir a porta. Pedro, de pé, dirige-se ao hall de entrada.

— Deixa. Eu atendo.
— Eu vou com você.

Mais afastados, Estevão e Amanda acompanham os pais. Através do olho mágico, ao ver quem é, Pedro abre imediatamente a porta.

— Cosme?! O que você está fazendo aí na chuva com esse vaso? Vamos, entre!
— Não quero incomodar. Vim apenas trazer esse presente de minha mãe.

Cosme oferece as flores a Inês. Encantada e surpresa, ela o ajuda a pousar o vaso no apoio mais próximo. Os antúrios são lindos! E quantos! E que tons de vermelho! É que há anos Carlota cuida deles com o maior carinho.

— Assim fico até sem jeito. Veja, Pedro!
— Realmente, belíssimos.
— E ela abrir mão de flores de que vem cuidando há tanto tempo! Me dê o telefone de sua casa, quero agradecer agora mesmo!
— Acho melhor não.
— Não? Por quê?!

Cosme faz suspense, coça a cabeça e encena seu número.

— É que o presente é só dela. Eu tive de vir escondido, meu pai não sabe de nada. O telefone fica perto da televisão, onde eles estão agora. Ela não vai conseguir falar direito.

— Tudo por causa daquela briga das cores.

— É. A briga das cores...

— Fique tranquilo. Quando encontrar com ela, eu agradeço.

Cosme avista Estevão e Amanda. Amigavelmente, acena para eles de longe. Sem nenhum entusiasmo, os dois retribuem o aceno. A fria recepção o desaponta.

— Bom, vim mesmo só para entregar o presente e...

Em compensação, com a habitual simpatia, Pedro convida-o a ficar mais um pouco. Orgulhoso, exibe seu universo.

— Olhe para isso, Cosme! Dá para imaginar o trabalho que terei para organizar todos os livros que estão nessas caixas?

— Muito livro mesmo. Que viagem!

— Que tipo de leitura você prefere?

— Romances e biografias. Temos poucos livros em casa. Meu pai é engenheiro, só leituras técnicas, e mamãe não gosta muito de ler. O que eu li até hoje cabe na estante do meu quarto.

— Bom, agora você já sabe que há uma biblioteca colada à sua casa. Venha consultá-la quando quiser.

Cosme agradece. Virá, com certeza. Inês pergunta sobre a faculdade. Pelo que se lembra, ele optou por Comunicação. Exato. Até pensou em fazer Letras, mas desistiu, porque o campo de trabalho seria bem menor. Ontem, foi conhecer a Órion, agência de publicidade do pai de um colega. Ficou impressionado com a ilha de edição de vídeos que eles acabaram de comprar. Estevão se entusiasma. Apaixonado pelo assunto, lê tudo o que encontra a respeito. Cosme se surpreende com o interesse do garoto, passa a falar olhando para ele. Que equipamento! A sala, os painéis, os teclados. Parece cenário de ficção científica. Maior vontade de trabalhar com aquela turma.

— Se quiser, Estevão, levo você lá para conhecer.
— Claro que eu quero!
— O convite é para você também, Amanda.
— Obrigada, mas minha área é outra.

Ligeiro ar de superioridade, ela cruza os braços, e mais não diz. Inês preenche o silêncio deixado. Revela que a filha sonha ser estilista, desenha muitíssimo bem.

— Para, mãe! Eu nem sei se é isso mesmo que eu quero...
— Mas fala de moda o tempo todo.

Pedro completa os elogios.

— Já vi vários modelos criados por ela. São bem interessantes.

Cosme é solidário ao desconforto de Amanda, afirma que até ele, estando na faculdade, ainda não está seguro quanto à profissão. Sente-se atraído por fotografia e vídeo, mas gosta mesmo é de escrever. Roteirista cinematográfico? Talvez. A maior ambição é se tornar grande romancista ou dramaturgo. Poxa, não é pouca coisa! — Pedro se diverte. Estevão, já entrosado, sonha junto. Quer fazer cinema, ir morar no exterior. Inês pergunta por Damiana. Ela já decidiu o que vai ser?

— Não faço ideia. A gente quase não se fala. Falta de afinidade...

Pedro lamenta. Muito triste, irmãos que não se entendem. É o que ele e a mulher mais pedem aos filhos: que sejam unidos e que, apesar das diferenças, mantenham o diálogo franco e aberto. Afinal, é no contraditório que todos crescemos e evoluímos. Aponta para Amanda e Estevão. Ainda bem que nesse ponto os dois não dão problema. Pelo menos, por enquanto. Amanda abraça e beija o irmão. Em tom de brincadeira, explica que eles é que têm de dar o bom exemplo ao pai. Pedro acha graça.

— É verdade. Reconheço que já tirei nota baixa em comportamento. Foram eles que me fizeram ver o que era certo. Eles... e minha paciente professora...

Inês atenua. O aluno é rebelde, mas tem inúmeras qualidades. Cosme presta atenção no que ouve. As comparações são inevitáveis. Quando veria algo parecido em sua casa? Quando ele e a irmã se abraçariam com tanto afeto? Quando seu pai teria uma conversa assim? Se já gostava de Pedro, agora o admira. Professor universitário de renome, afirmar com a maior naturalidade que aprende com a mulher e os filhos adolescentes. Tudo isso na frente de um estranho. Sim, afinal se conheceram há pouco tempo. E Inês? Declara que o marido é aluno rebelde, mas sua fala, o tom da voz e o olhar apaixonado a contradizem. Na verdade, vê-se que ali Pedro é o maestro. É ele que rege a família, que a norteia, que a inspira e, ao se reconhecer também aprendiz, mais cresce aos olhos de todos.

De conversa, faz tempo, Cosme precisa ir. Estevão confirma que quer mesmo visitar a tal agência de publicidade, é só chamar que ele vai. Amanda chega a esboçar um sorriso ao dar tchau, parece sincera. Pedro e Inês, aquela festa de sempre, impressão de que se conhecem há anos. Presente furtado com mentira pregada e tudo dá certo. Quer mais o quê? Agora, terá que se entender com a mãe, convencê-la de que seus históricos antúrios estarão em boas mãos e, o principal, criaram a possibilidade de diálogo entre a casa cinzenta e a casa amarela.

Silvano Bellini

Carlota não disse palavra a Zenóbio ou a Damiana sobre o romance de Cosme e Vicenza. Ganhou a confiança do filho, e várias outras conversas aconteceram. Por elas, ficou sabendo da manhã em que Orlando o flagrou dormindo na casa de lá, como se tornaram amigos e como ele conheceu a família Paranhos. Com crescente cumplicidade, Cosme chegou a lhe contar sobre o lençol amarelo, mostrando, coração acelerado, a carta que Vicenza lhe havia escrito de Paris. Emocionada com algumas passagens, Carlota desculpou-se pela forma com que se havia referido à antiga vizinha. Fez relatos divertidos do tempo em que eram amigas e, pela primeira vez, reconheceu que Vicenza foi apoio fundamental em fase dramática de sua vida. Um dia, quem sabe, lhe revelaria tudo com detalhes. Cosme fantasiou mil situações, pediu a ela que lhe contasse logo. Carlota cortou o assunto. Não estariam indo rápido demais? Há alguns meses, aquele tipo de conversa seria inimaginável.

Relação mãe e filho requer mesmo certos limites. Quer prova? Agora, por exemplo, diante do furto dos antúrios, a indignação, a revolta por Cosme ter agido sem permissão, o eu não acredito, o você não podia ter feito uma coisa dessas! E ele, o abaixar a cabeça, o reconhecer o erro, o gaguejar a justificativa e, por fim, o se você quiser eu vou lá e conto a verdade. Depois, silêncio. Os dois querem se entender. Mas é ela, com a reconhecida autoridade, que deve lhe relevar ou não a falta — rituais de parentesco.

— Ainda bem que estamos sós.

Cosme insinua um sorriso. No instante, não cabe mais que isso.

— Faz tanto tempo... Você era muito criança, não sabe por que eu cuidava daqueles antúrios com tanto amor. Paixão, até.

Cosme espera por mais. Pressente que a amiga íntima tomou novamente o lugar da mãe. Que a amiga íntima, tão carente e frágil, deixou escapar a palavra-chave. Afirmativo, ele pergunta.

— Paixão.

Carlota põe um cigarro na boca, desiste de acendê-lo. Como se quisesse fazer voltar o tempo, devolve-o cuidadosamente ao maço. Que descuido, que leviandade estava a ponto de cometer contando ao filho o segredo há tantos anos guardado. Engaveta a coragem e corrige rápido.

— Paixão idealizada.

Carlota mente. O romance foi real, sim, e intensamente vivido. Levou-a ao céu e ao inferno. Porque Silvano Bellini também se apaixonou por ela, e lhe propôs jogar tudo para o alto, terminar de vez com o casamento falido e irem embora para a Itália. O marido já não assumira o caso com outra mulher? Não eram vistos de mãos dadas em lugares públicos? Esperava mais o quê?! Levariam as crianças e começariam vida nova. Ambos independentes financeiramente, e ainda jovens: Ele com 28 anos e ela com 32. Tanto tempo para serem felizes juntos! Tudo tão claro e tão certo! Os encontros duraram quase cinco meses e se davam na casa de lá, é claro. Silvano era amigo de Vicenza. Biólogo, com especialização em botânica, viera ao Brasil estudar algumas raridades de nossa flora — reconhecida como a mais rica do mundo. Não imaginava que, tão perto, morava a mulher que lhe daria prazer desmedido, mas, insensível aos seus pedidos de relacionamento sério, lhe causaria sofrimento ainda maior. Encantou-se com ela não tanto pela beleza, mas pelo tato, pelo ar de abandono — a inexplicável lógica dos sentidos!

Tudo aconteceu de modo inesperado. Carlota precisava de uma palavra rápida com Vicenza, não sabia que ela estava com hóspede. Foi sem avisar, cabelo preso, rosto lavado e as mãos sujas de terra — as mãos sujas de terra, repito. Silvano a surpreendeu ao abrir a porta. Com largo sorriso e português arrevesado, pediu desculpas pelo susto involuntário. Sem jeito, ela se identificou como a vizinha da casa ao lado. A ela, sim, caberia desculpar-se por chegar daquela maneira e pela aparência... É que trabalhava no jardim e... Não acrescentou mais nada. Em segundos, a troca de olhares disse mais que qualquer fala. E Carlota, incontida, lhe estendeu a mão, travando o movimento no ar, ao se dar conta da terra que lhe sujava as unhas e lhe enfeava os dedos. Enfeava? Não, ao contrário! Para Silvano, a terra era belo sinal de vida e viço! Portanto, foi a terra que, com sensual aspereza, temperou aquele primeiro toque de mãos e, com as bênçãos de Vicenza, inspirou a brevíssima história que veio em seguida.

Ah, os amantes! Combinavam em tudo e a cada dia faziam novos planos. Viam-se nas frequentes e habituais ausências de Zenóbio — que se tornaram muito bem-vindas! Os beijos na boca davam a Carlota delicioso gosto de vingança. A felicidade há muito esquecida a absolvia de qualquer pecado. Pena que, na hora da decisão, seu medo foi maior que a paixão já crescida e o amor que brotava. Sim, o medo. Foi ele que semeou dúvidas e criou dificuldades e, por fim, determinou o rompimento. O medo. Sempre o medo. Na véspera de embarcar para Roma, Silvano ainda tentou convencê-la a ficar com ele. Voltaria ao Brasil pelo tempo que fosse, se ela estivesse disposta a conversar com o marido para lhe propor o divórcio. Carlota, dividida, angustiada. Vicenza, vendo a aflição de ambos, se prontificou a ajudá-los. Foi pior. As duas acabaram discutindo feio. O caos, o inferno. Raios! Quer viver sempre infeliz, sentindo-se rejeitada?! Então, viva! Aos prantos, Carlota finalmente admitiu que não estava preparada para mudança tão radical, quem sabe até ainda gostasse do marido? Que a achassem submissa, covarde, o que fosse, não se importava. Decidiu abreviar logo aquele sofrimento, melhor que não se vissem mais... E o diabo apronta: Justo quando saía da casa de lá, Zenóbio a encontra completamente transtornada. Para se justificar com o desconfiado inquiridor, foi obrigada a pregar mentira convincente que justificasse aquele estado. A história inventada selou de vez o seu destino. Silvano partiu sem que ao menos pudesse se despedir. Vicenza e ela deixaram de se falar. Acomodaram-se na indiferença recíproca. Decidiram que era melhor assim. Fim da amizade. Triste fim.

Para o filho, com tesoura de censura, Carlota diz apenas que foi apaixonada por um jovem italiano, que também se apaixonou por ela. Mas vai logo garantindo que não houve absolutamente nada entre eles. O rapaz estava de passagem pelo Brasil. Foi mesmo amor platônico, paixão idealizada. Carlota continua a mentir com meias verdades — que são as mentiras mais bem fundamentadas e, portanto, as mais críveis. Por desfecho, seleciona a verdade que lhe interessa: lembra a única vez que ele foi à sua casa. Nem entrou, ficou lá fora com o grande vaso de antúrios que lhe levou de presente — as mãos sujas de terra, de propósito. Entre as flores, destacavam-se duas, imensas e bem encarnadas, que ele beijou e batizou de *Cuore* e *Amore*.

— Com ele, aprendi que, também para as plantas, o afeto era mais importante que a terra, o adubo, a luz e a rega. Que era preciso identificar e reconhecer cada flor. E assim eu fiz.

Passei a dar nome aos meus antúrios e a conversar com eles. *Cuore* e *Amore* duraram várias gerações. Quando morreram, guardei os dois em uma pequena caixa de prata que tenho lá na cômoda do quarto...

Carlota respira fundo.

— Silvano Bellini... Este era o nome do rapaz que se apaixonou por mim.

Cosme vai até ela e a abraça.

— Poxa, mãe. Me desculpe. Pode deixar que trago os seus antúrios de volta.

— Não, de jeito nenhum!

— Por quê?

Carlota fica com os olhos cheios d'água.

— Mãe, o que houve?

Carlota se recompõe.

— Lembranças, só isso... Os antúrios estão onde deveriam estar há muito tempo. Vicenza foi tão leal e compreensiva comigo. E eu, tão ingrata com ela... Como me arrependo de ter terminado nossa amizade daquele jeito torto... Quando você me contou do romance que teve com ela, fiquei apavorada. Não pelo romance, é lógico. Mas pelo que, na intimidade, ela poderia ter lhe contado a meu respeito.

— Mãe, Vicenza nunca falou mal de você. Sentia pena pela oportunidade que a vida lhe deu e você jogou fora, só isso. Mas nunca me contou nada, por mais que eu perguntasse. Agora, eu entendo. Ela deveria estar se referindo a esse rapaz italiano...

Carlota não quer esticar demais o elástico. No fundo, sente-se confortável com a iniciativa do filho. Os antúrios, na casa amarela, onde ela também viveu sua paixão. Encerra a conversa sendo sincera.

— Você fez bem em dar o presente. O melhor é que, depois disso, posso ter uma relação mais tranquila com nossos novos vizinhos.

Cosme já se gaba de sua iniciativa. Diz que Inês ficou impressionada com o presente, queria telefonar na hora para agradecer, ele é que não deixou. Ela e o marido são gente boa. A família é ótima, simples, unida, e por aí vai. Carlota o observa, olhar característico de mãe. Tempera afeto e resignação. Não sabe a quem ele saiu assim, romântico, abusado. Algum antepassado esquecido, talvez.

Inês e Pedro

Pois é. Saíram do Sul e vieram parar no Rio de Janeiro. Caminhos traçados pelo desmesurado desejo carnal que manda e desmanda na vida dos dois. Onde encontram equilíbrio? No amor pelos filhos. Não descuidam de suas crias um segundo sequer. Amanda e Estevão são, portanto, os frutos dessa recíproca e incurável fixação. Fixação, sim, desde o início. Inês e Pedro: Que força os fricciona e — súbita centelha — os acende e incendeia? Ela, a aluna que se apaixonou por excessiva admiração. Ele, o professor que embarcou na louca aventura — história comum que se repete e as pessoas não se cansam. Engraçado, isso. Com eles, não foi aventura passageira, fogo de palha, como quase sempre acontece. Foram labaredas em madeira de lei, toras incandescentes, braseiro. Deu no que deu.

Por opção e sem alarde, Inês já havia saído da casa dos pais para ser dona do próprio destino. Com disposição, havia arrumado trabalho e alugado apartamento com alguns colegas: dois rapazes e uma moça. Na bem-comportada Curitiba, em uns poucos metros quadrados, os quatro insurgentes haviam fundado a "república dos sentidos". Amigos que se amavam sem posse, sem exclusividade. Estudavam, divertiam-se e aprendiam juntos. Sentiam-se livres e felizes assim.

Quando Pedro entrou na história, tudo mudou. Sem hesitar, Inês trancou a matrícula no último período da faculdade para assumir a relação com o homem mais velho, de histórico bastante complicado. Inconformados, os colegas achavam que ela se afastava de seus ideais de liberdade e, perigosamente, se apegava a quem não devia. Sofrimento certo, apostaram. Inês não deu ouvidos. Se o encaixe foi perfeito e a cola era boa... resistir por quê? Os corpos grudaram feito chicletes mascados, mais saliva que açúcar. Muito mais saliva. Impossível separá-los depois que foram à boca em macerada mistura, união tornada unidade. Tormentas? Sim, que às vezes chegam de surpresa, mas não impedem o seguir adiante. A mais recente balançou o barco um bocado. Proa ora empinada, ora mergulhada em mar revolto, e os dois, firmes no leme, superaram. Grande susto, nenhum enjoo. Faz um mês hoje que a mudança chegou à rua dos Oitis. A casa, arrumada. Tarde da noite. Estevão e Amanda, em seus respectivos quartos. Pedro separa alguns livros na biblioteca. Inês entra com um pedaço de papel dobrado e entrega a ele.

— O que é isso?

— Abre e lê.

Pedro desdobra o papel, acha graça.

— Você ainda guarda essa bobagem?

— Claro. É a prova de que resisti o quanto pude.

Pedro lê em voz alta o primeiro bilhete que escreveu para Inês.

— "Passei o dia todo à tua espera, mas a campainha da porta não tocou. Nem o telefone. O abraço não veio, o beijo não veio. Por isso, o vinho fechado, os copos vazios na mesa. E o brinde calado. Ao nada."

A leitura sentida mexe com Inês.

— Até hoje não sei se me apaixonei por você ou pelo bilhete.

— Vamos supor que tenha sido por mim. Que Pedro terá sido?

— O Pedro do primeiro encontro que, com palavras e mãos habilidosas, me ajudou a voar alto. Não o Pedro que fui descobrindo com o tempo.

— Você não descobriu nada, Inês. Eu é que fui me revelando. Arqueólogo de mim mesmo. Sempre à cata de alguma civilização esquecida dentro de mim. Um caco de cerâmica, ao menos...

— E encontrou alguma coisa?

— Não, nada. Nem um caquinho.

— Eu sei. Civilização não é o seu forte, mas isso não importa. Os bárbaros têm lá os seus encantos. Alguns até lecionam em faculdades de Letras e escrevem bilhetes apaixonados.

— Vamos supor então que tenha sido pelo bilhete.

— Ok. Vamos supor.

— Que parte do bilhete a comoveu?

— Bárbaro pretensioso. Você me assusta, mas nunca me comoveu.

— Está bem. Que parte a convenceu da importância do encontro?

— Faz tanto tempo...

— Faz nada. Foi ontem que nos conhecemos. Você aquela menina esfogueada e eu aquele homem aos seus pés.

— Tem razão. Foi tudo ontem. Eu a aluna CDF e você o mestre com delírios de Henry Miller, Burroughs, Kerouac... Cambada de gringos, todos loucos e drogados.

— E que você lia, um atrás do outro, sem parar. Amava! Devorava todos eles!

— Eu os devorava e você me comia.

Pedro se aproxima de Inês.

— Pelo menos nossa paixão antropofágica foi "made in Brazil".

Inês atiça.

— O tempo do verbo está perfeito: foi.

Pedro a abraça com firmeza.

— Foi? Tem certeza? A parte do bilhete, anda, me diz. Qual?

— Aquela que você não escreveu. A ausência de fecho e de nome que assinasse. Achei criativo.

Inês continua, o rosto bem próximo ao dele.

— Foi aí que você me ganhou. E eu aceitei o segundo convite, e telefonei, e toquei a campainha. Vieram então brindes e mais brindes à paixão, ao êxtase... Veio a cama, veio o sexo alucinado... Mas a tal declaração de amor nunca veio.

Pedro solta Inês.

— Nem de mim, nem de você. Por que a iniciativa do "eu te amo" deveria ser minha?

— Tem razão. Desde o começo já íamos a mil por hora... e pela contramão. Como você disse, eu também era uma menina esfogueada.

— Sobrevivemos até hoje pelos nossos corpos. Pelo tato. Somos viciados um no outro. O que há de errado nisso, se há consentimento?

— Absolutamente nada.

Pedro insiste em verdades.

— O amor nunca nos fez falta. Fez?

O silêncio cruza os braços, não tem pressa. É que a dúvida machuca e a aluna, tão aplicada, não estudou esse ponto da matéria. Tristeza estampada no rosto, responde com a inevitável pergunta.

— Admiração é amor?

— Talvez...

Inês abaixa a voz como se falasse consigo.

— Loucura, essa conversa. Loucura...

— Cada um é do jeito que é, Inês. Já nos conhecemos assim. Não vamos mudar agora.

Inês está a ponto de chorar, não passa recibo. Entra radicalmente em outro assunto.

— Estevão e Amanda estão felicíssimos com a vinda para o Rio. Perfeitamente adaptados. Sentem-se em casa.

— Pronto, está vendo só? Nossos filhos estão aí como prova de que não somos tão insensíveis e pervertidos assim. O amor que não sentimos um pelo outro vai todo para eles. Doação desinteressada. Saudável rivalidade para ver qual de nós dois tem mais afeto para dar!

Inês alivia o semblante, chega a esboçar um sorriso.

— O pódio é seu. Medalha de ouro, com certeza.

Pedro aproveita o momento favorável, volta a se aproximar de Inês. Sedutor, passa a mão em seus cabelos, beija-lhe a nuca. Ela gosta, permite a carícia. O sinal verde lhes sopra que uma cama vazia não é nada, que um corpo só não é nada, e que dois corpos na mesma cama são excelente começo.

— Vamos nos deitar?

Não importa quem convida. O que vale é o beijo que aceita. Silencioso entendimento — que é o melhor e o mais perfeito.

Duas camas de casal, quatro camas de solteiro

Mais importante que o mundo, o país ou a cidade é a rua dos Oitis. E muito mais importante que a rua são as casas geminadas. E mais que as casas são os quartos. E mais que os quartos são as camas onde agora dormem os meus queridos. Todos entregues. A outros universos? Aos sonhos? Ao nada? Comove-me observá-los assim tão indefesos e vulneráveis em suas intimidades. Luz bem fraca, escrevo baixo para não os acordar.

    Na casa de lá, vejo Pedro e Inês. Já era bem tarde quando se deitaram. Mas ainda houve sexo demorado e muitas palavras ditas — palavras que sempre trazem verdades e excitam. Ressonam entrelaçados, é hábito. No abraço, seus corpos às vezes lhes servem como travesseiro ou lençol. A janela do quarto aberta porque corre um vento leve que refresca. Com o que sonham, não sei. Sei é que a transparência para eles é bússola que norteia. Por isso, mesmo sem se amarem — como dizem —, buscam corajosamente se revelar um ao outro e relevar defeitos. O desafio é serem quem são, mergulharem juntos em suas trevas, irem fundo. E voltarem à tona de mãos dadas a salvo. O voo avesso que se propõem é descer ao âmago da Terra, lá onde o céu não alcança, onde habitam todos os males e medos, e deixá-los sair, trazê-los à luz, libertá-los. O prazer que os une virá daí? Pedro e Inês. Na cama, o mais humano e, portanto, o mais frágil par. Como sinto não os ter podido ajudar... Fiz apenas ouvir, ser solidário na imensa dor que ainda terão de viver.

No extremo oposto do segundo andar, porta sempre fechada, Amanda dorme de barriga para baixo, abraçada com o travesseiro. Noites, carente. Noites, possessiva — depende de como foi seu dia. Em um mundo incompreensível, a família para ela é o mistério maior. É paixão turbulenta e aconchego, é alegria e desespero. É útero, é esconderijo de onde anseia sair para, verdadeiramente, nascer. Com o que sonha, não sei. Sei é que ainda não conhece o nome do travesseiro a quem se entrega. O travesseiro que vive recebendo beijos porque, além de conforto e proteção, lhe dará um dia eterno amor, transformado em companheiro de carne e osso — ela confia.

No quarto em frente, porta sempre aberta, Estevão deita na cama e apaga. Impressionante, parece ter interruptor. Dorme de lado, em posição de feto, com dois travesseiros. Um, ele põe entre as pernas dobradas. Quase não se mexe, quase pedra. Inteligência aguçada e curiosíssimo. O que perguntará de olhos fechados? Com o que sonha, não sei. Sei é que, por inconsciente gratidão, vive colado na irmã desde pequeno. Tudo por causa de uma briga no colégio. Covardia de menino bem mais forte que batia nele com fúria incontida e ninguém com coragem para separar. Amanda vendo a desvantagem do irmão, correu e quebrou a garrafa de guaraná que tinha nas mãos na cabeça do agressor. Filete de sangue, susto grande, gritaria no recreio. O infeliz ficou desacordado no chão. Pela palidez, pensavam até que tinha morrido, mas não. Amanda pegou castigo pesado. Nem assim se arrependeu. Faria de novo, e de novo, repetia com raiva ao escrever suas mil linhas de não devo. Estevão chorou muito, choro de revolta por tamanha injustiça. Prontificou-se até a ser punido no lugar da irmã — heroína que sozinha o havia salvado. A diretora elogiou-lhe o gesto, mas não permitiu a troca. O fato, nunca esquecido, marcou a infância dos dois.

Na casa de cá, vejo Carlota e Zenóbio. Com o que sonham, não sei. Sei é que, embora pouco se toquem ou se olhem, estão atados um ao outro por fios invisíveis que eles mesmos teceram... Foram dormir logo depois que terminou o jornal das onze — a que assistem juntos, é hábito. Ainda bem que o horário de desligar a televisão e ir para a cama coincide. Ele usa o banheiro primeiro. Depois, ela. Os dois gostam do quarto bem escuro. Quando Carlota corre as cortinas, Zenóbio já está deitado, de lado, virado para a porta fechada. Ela acomoda-se em seguida. Também de lado, de costas para o marido, olhando para a janela que não vê. Hoje, apagaram a luz sem uma palavra sequer, às voltas com conversas secretas. Zenóbio e seus ressentimentos. Sempre deu o melhor à família. Para quê? Todos uns ingratos, não reconhecem nada que ele faça de bom. Cosme, então, nem se fala... Um estranho debaixo do mesmo teto. Melhor não tivesse filho. Às vezes, pensa em sair de casa, morar longe dali. Depois, desiste. Eles que o aturem no comando, eles que se conformem e... Pela respiração, Carlota sabe que o marido pegou no sono. Fantasias lhe ocorrem ao se sentir sozinha no breu ao lado dele. O que aconteceria se ela se despisse e o acordasse aos beijos pedindo sexo? Acha graça ao imaginar a cena. Depois, contraste, se dá conta de que é triste o desconhecimento gradativo do corpo que já foi tão íntimo. O corpo distante que está ali ao alcance. Por que então a vontade sincera de continuar junto, de recomeçar tudo do início, bem lá do início, quando o amor que sentia por ele tinha fôlego de eternidade? Hoje, no Shopping da Gávea, deu de cara com a Júlia, aquela sua amiga que se formou em Medicina e de quem Zenóbio desdenhava. Encenou o essencial: continuava casada, vida confortável, não tinha do que reclamar. Júlia também resumiu sua felicidade. Bom marido, filhos amorosos e, detalhe importantíssimo, realizada na profissão. Pois é, quem diria? A Júlia. Cumpriu o que havia prometido a si mesma: primeiro ser alguém. Depois, sim, formar família. Por onde andará Silvano Bellini? Que coisa pensar nele assim de repente... Águas passadas. Às tantas, Carlota vira o travesseiro, precisa dormir. O comprimido que a acalenta começa a fazer efeito. E ela dorme. Profundamente. Cotidiana saída de emergência.

No extremo oposto do segundo andar, porta fechada, Cosme vai a sono solto, esparramado na cama como gosta. Seu quarto nada tem de especial, salvo pelo teto e as paredes, que lhe servem como cinco imensas folhas em branco. Nelas, escreve o que lhe vem à cabeça: pensamentos, poemas, filosofias de bolso, pequenas histórias, desabafos... tudo criação sua. Faz tempo que começou com essa mania. A caligrafia firme em diversos tamanhos e os textos dispostos em espaços bem definidos produzem efeito original. No alto e ao redor, só palavras que lhe escapam da alma, trabalho bonito de se ver. Será arte? Com o que sonha, não sei. Sei é que, lá fora, continua ligado a Amanda e, ali dentro, abriga-se naquele seu livro gigante. Vê-se autor e personagem, vê-se impresso em pedra e cal, vê-se nas mãos de alguém que não conhece. Nas mãos dele mesmo?

No quarto em frente, sua irmã se tranca por dentro, duas voltas na chave. Damiana, a que não participa de nada e nem quer saber. Por causa dos fones, até a música que ouve é silêncio. Pelas caras que faz, vê-se pelo menos que gosta do que lhe entra pelos ouvidos. Em casa, Damiana é ninguém, por opção. Assim, segundo ela, não sofre nem faz sofrer. Dorme sem travesseiro e com o lençol cobrindo a cabeça. Com o que sonha, não sei. Sei é que, desde pequena, tem medo da noite, mas nunca correu para a cama dos outros — este é seu maior valor e trunfo. O projeto de vida? Ser médica veterinária. Só assim irá superar a tristeza de, mesmo morando em casa, nunca ter tido um cachorro para suprir sua solidão. Quantas vezes pediu à mãe e ao pai? Até que cansou. Zenóbio não se importava, mas Carlota bateu o martelo e sentenciou definitiva: bicho solto para infernizar a vida? Nem pensar. Se quisesse um passarinho, comprava, com gaiola bonita e tudo. Passarinho?! A menina não entendia a razão do presente. Se já havia tantos voando em liberdade no jardim... Damiana coleciona bichos de pelúcia. Cada noite, leva um para a cama.

Ah, as camas! Sempre disponíveis e acolhedoras. Nelas, deixamos nossos cansaços e procuramos proteção como crianças que correm para o colo materno. Nelas, encolhidos e carentes, enfrentamos nossos fantasmas e embarcamos em nossas fantasias, nos digladiamos com nossas crenças e ajustamos nossas contas cotidianas. São elas a continuação simbólica de nosso corpo, a projeção de nossas almas. Portanto, sem censura e sem pudor, o que passamos com nossas camas em segredo interfere no humor e no desempenho do dia seguinte. Noites bem-dormidas, noites de insônia, noites de paz, noites de horror: nossas camas estarão sempre conosco, respirando no mesmo compasso cardíaco. É preciso lhes ouvir o batimento. A ele, estar atento. As camas somos nós.

Madrugada alta. Em duas camas de casal e quatro camas de solteiro, meus queridos viajam por sonhos que não sei. Sei é que, vivido às escondidas em uma delas, um amor puro e proibido trará o caos. E também a luz — a luz que nos pareceria impossível.

Três anos de trégua

As casas geminadas passam a respeitar suas cores contrastantes. O armistício amarelo-cinzento permite boa convivência entre as famílias Paranhos e Soares Teixeira, embora mantida a prudente distância. Sempre que se encontram, Inês e Carlota tratam de amenidades, assuntos ligeiros que logo as liberem. Dão-se muito bem assim e a vida segue sem sobressaltos. Dias produtivos ou inúteis, de ânimo ou de fadiga — não é o que também ocorre em tempos de paz? Pequenas contrariedades e contratempos, e inesperadas alegrias que todos merecemos. Nada de extraordinário, bobagens que nos felicitam, como se aventurar de automóvel em Copacabana e encontrar aquela vaga impossível bem em frente ao local desejado — foi o que aconteceu com Zenóbio ao visitar a amante, que, pelo que parece, está a ponto de ser dispensada, porque as conversas rarearam, o prazer diminuiu e os gastos já não compensam. Por outro lado, depois de uma pneumonia que o obrigou a um mês de hospital, o relacionamento com Carlota melhorou de modo surpreendente. O baita susto surtiu efeito milagroso. Só vendo para crer. Certa noite, ele já curado, os dois chegaram a sair para jantar fora, coisa que não faziam há séculos. Optaram pelo Guimas — boa comida, ambiente agradável e ali perto. Foram a pé. Escolheram o mesmo prato, tomaram vinho. Na última taça, Zenóbio propôs um brinde ao que a vida lhes havia proporcionado de bom, apesar dos desencontros, e lhe agradeceu comovido os cuidados durante a doença. No caminho de volta, abraçados, concordaram que Pedro e Inês eram vizinhos que não incomodavam. Carlota então arriscou que era tempo de proporem pintar a fachada das casas de uma só cor. Quem sabe aquele tom areia?

    A boa vizinhança pode ser explicada sem mistérios. Os novos moradores são sossegados, vivem a vida em família. Pedro adaptou-se rapidamente à rotina de trabalho. De casa até a universidade, um pulo, trânsito nenhum. Entusiasmado pelo que faz, ocupa grande parte do seu tempo dando aulas ou escrevendo para cadernos literários e publicações acadêmicas. O convívio quase diário com gente jovem lhe dá imenso prazer. Muito querido, embora rigoroso, é sempre cercado por alunos depois das aulas — foi eleito paraninfo logo no ano em que chegou. Costuma afirmar que professor é ator. Deve saber projetar a voz, ter máscara cênica, ritmo de comédia e, sobretudo, conhecer pausas dramáticas que prendam a atenção dos alunos. Na sua opinião, a sala de aula é a mais difícil e rebelde das plateias. Os filhos, os alunos mais exigentes. Mas também os mais amados. São eles que lhe dão sentido à vida, estímulo para aprender mais sobre si mesmo, não ser tão imprevisível, tão passional.

    Quanto a Inês, em fase bastante criativa, já tem escolhidos os quadros que estarão na exposição individual marcada para o próximo mês de março. Está radiante. Seus dias no Rio de Janeiro têm sido abençoados e o ano de 1989 promete. Quando olha para trás, acha graça de tudo que aprontou em Curitiba. E pensar que escrevendo cartazes para supermercado foi que descobriu e aprimorou o seu talento. Isso mesmo. Ao desenhar os preços e os nomes dos produtos, dava sempre um toque de originalidade que agradava o cliente. Assim se manteve durante os anos em que alugava apartamento com os colegas insurgentes da faculdade. Só depois que passou a morar com

Pedro é que se lançou em projetos mais ambiciosos até chegar ao sucesso. Hoje, o ateliê é seu universo, outra realidade onde transita.

Tão apreciado por Zenóbio e Carlota, o recolhimento da casa de lá é incompreensível para Cosme. Que Pedro e Inês vivam concentrados em seus trabalhos, ainda entende. Mas Amanda e Estevão? Por que sempre arredios? Nesses três anos, só se falaram superficialmente. Houve, sim, um período de maior aproximação, sobretudo depois da visita que fizeram à Órion — a tal agência de publicidade. Amanda acabou indo junto e, como o irmão, se entusiasmou com tudo o que viu. Foi quando chegou a pensar em um possível romance. Vezes seguidas, puro pretexto para vê-la, ia à casa de lá consultar a biblioteca e pegar algum livro emprestado. O hábito, que deixava Pedro Paranhos orgulhoso, durou mais de ano. Eram visitas rápidas, mas que serviam pelo menos para manter contato. Depois, maior decepção. Os irmãos passaram a evitá-lo. O afastamento veio gradual, sem motivo aparente. Muito estranho. Vá entender o que se passa na cabeça das pessoas, principalmente de gente nova. A mudança nos dois jovens foi acentuada em todos os sentidos. Estevão ganhou corpo. E Amanda, agora no esplendor de seus 17 anos, mostra-se ainda mais inacessível.

Com o distanciamento, Cosme vai tirando da cabeça a fantasia de que, por destino, estaria vinculado à casa que lhe parecia tão especial. Grande equívoco, ele se convence. Especial era quem morava lá. A sua Vicenza. De vez em quando se falam por telefone. Conversas deliciosas. Ontem, feliz da vida, fez surpresa e, pela primeira vez, ligou sem ser a cobrar. É que tinha excelente notícia. Recém-formado, conseguira colocação como roteirista numa importante produtora cinematográfica — indicação do Maurício, amigo seu lá da Órion. Está até com planos de dividir com ele o aluguel de um quarto e sala em Botafogo. Como o apartamento é colado ao trabalho, economizará tempo e dinheiro de passagem.

Pois é. Muita coisa tem acontecido. Vicenza pergunta por Damiana. Cosme acha graça. Está virando gente depois que passou para a faculdade de medicina veterinária. É sério. Aposentou até os fones que usava. Agora, quer é ser ouvida enquanto fala com entusiasmo de seus estudos. Enfim, sempre gostou de animais, está realizando antigo sonho. Parece ter se humanizado com os bichos, e isso é bom. Sobre Amanda? Tristemente escravizado, reconhece. Pelo mistério que a envolve e pelo jogo de sedução que, com a ajuda de Estevão, parece alimentar. Tentou mil maneiras de tirá-la da cabeça, namorou outras garotas, tudo inútil. Toda vez que se veem, é martírio: o desconforto de quem não consegue disfarçar o que sente. Raiva.

Vicenza, conhecendo bem o interlocutor, é prática e objetiva. Sugere que ele deixe de se torturar com suposições e converse com Amanda sem rodeios. O tom incisivo com que o conselho é dado provoca em Cosme reação inesperada: fará exatamente o contrário. Isso mesmo. Agilizará sua mudança para o apartamento em Botafogo. Não como fuga, mas como retirada estratégica. Vingança, até — ele admite. Não dará mais a Amanda o gostinho de sempre se exibir ao passar por ele. Dar adeus de longe e seguir adiante como se lhe tivesse feito favor. Contará a novidade quando tudo já estiver decidido, quer ver como ela reage. Na ausência, o vínculo que os prende há de se desfazer ou estreitar. E ele aposta que, estando longe, sua presença será valorizada. Aposta alto. Se ele dá bandeira, Amanda também dá. Seu ar de superioridade, o manter-se à distância não serão mecanismos de defesa? Uma forma de desconforto diante dele?

De repente, uma lembrança: o sabonete. Sim, o sabonete com que esfregou apaixonadamente todo o corpo e deixou de presente para a casa de lá. Amanda não o tomou para si encenando o falso banho? Não o sentiu na pele e na roupa? Não o terá usado com tamanha fantasia a ponto de despertar no irmão o desejo de lhe abrir a ducha para que o verdadeiro banho se realizasse? A lembrança lhe sinaliza que aquele sabonete é o traço de união entre ele e Amanda, que a força do desejo há de encontrar boa razão para aproximá-los.

Um átimo, um passo em falso

E tudo muda. 24 de março de 1989, feriado da Semana Santa, Sexta-feira da Paixão. Entusiasmado com seus novos planos, Cosme combina subir a Pedra da Gávea com dois amigos do tempo de faculdade. Conhece bem a trilha. Para ele, mais passeio que aventura. Saem cedo de casa para aproveitar o dia. Em boa caminhada, chegam com facilidade ao ponto do Navio, de onde já se tem bela vista da Barra da Tijuca. Subindo mais um pouco, matam a sede na fonte que ele batizou de "choro de Vênus", e, logo depois, uma parada rápida para admirarem as asas-deltas saltando da Pedra Bonita. Animados, seguem em ritmo batido até a famosa Carrasqueira, trecho de rocha bastante íngreme que requer cuidado, embora possa ser escalado sem o uso de cordas. Cosme vai à frente, despreocupado, sente-se confortável no seu habitat. De repente, sem entender como acontece, escorrega feio, e só consegue se equilibrar porque amparado pelo amigo que vem logo abaixo. Susto grande e maior sorte, reconhece ao chegar ao topo. No momento da queda viu o rosto da mãe, e agora, mesmo tendo alcançado o ponto mais alto da Pedra, lugar privilegiado, não celebra, não se entusiasma como nas vezes anteriores.

Sentado em uma das extremidades — seu canto predileto —, pede aos amigos que o deixem por um momento. Logo vai ter com eles, garante. Quer ficar só, precisa entender o que se passa em sua mente. Vistas do alto, todas aquelas montanhas sempre lhe pareceram tão pequenas! O Corcovado, a floresta da Tijuca, São Conrado, os Dois Irmãos, a lagoa Rodrigo de Freitas, o Pão de Açúcar, Niterói ao fundo, tudo ínfimo aos seus olhos, sempre! Antes? A cidade inteira, um brinquedo, uma maquete! Por que então hoje, e neste instante, a perspectiva se inverte? Por que a natureza toda desmedida e ele inseto ali pousado? Bicho desimportante, decide provar a si mesmo que de alguma ousadia é capaz. Será por Amanda que se aventura em novo abismo, no perigo desconhecido, no que, acredita, lhe dará algum sentido? Não importa o apelo dos amigos para que não vá adiante. A experiência é essencial e o risco, calculado. Cada passo é superação, conquista que lhe dá tamanho. Até que aquela mesma imagem de sua mãe lhe ordena que volte. E ele obedece feito menino.

Coincidência ou não, longe dali a morte já causou estrago. Um átimo, um passo em falso de Carlota ao descer a escada e tudo muda. Inacreditável, parece ficção. Quando revelado em suas tramas paralelas, o destino concebe maldades: a vida de Cosme é outra e ele não sabe. O acidente foi justo no momento em que viu o rosto da mãe ao se desequilibrar — terá sido aviso? Despedida? Pois bem. Como Zenóbio também havia saído para os exercícios diários, os momentos de maior dor foram reservados a Damiana. O grito e o barulho do tombo, a mãe estirada no chão, o querer acudir, o não saber o que fazer, o chamar desesperadamente por todos que não estavam em casa. O pai ausente, o irmão ausente e, pelo feriado de Páscoa, até Jussara, a empregada, ausente. O jeito foi bater na casa de lá para pedir socorro. Amanda abriu a porta, a primeira a ouvir o apavorado relato. Abalada, esqueceu todas as rivalidades, as antipatias, deu apoio, gritou pelo pai e a mãe que logo chegaram. Pedro impôs ordem. Calma, Damiana, calma! Não há de ser nada! Assustado, Estevão também apareceu. E vieram todos para a casa de cá. A casa cinzenta.

Enquanto Inês e os filhos se ocupavam de Damiana, Pedro chamava a ambulância, que chegou em minutos. Pelo visto, Carlota calculou errado o nível do degrau e caiu de altura considerável. De acordo com o laudo médico, houve forte lesão do bulbo, área que estabelece a comunicação entre o cérebro e a medula espinhal. O crescente hematoma acabou paralisando a respiração e o batimento cardíaco. Morreu a caminho do hospital. De nada serviram a sirene, a alta velocidade, a experiência do exímio motorista, os recursos da medicina... As providências agora passam a ser outras.

Transpirando muito, Zenóbio chega feliz da caminhada. A vaidade em pessoa. Três horas de exercício puxado, excelente condicionamento físico — tão bom ter largado o cigarro! Não entende a porta de casa aberta e, quando entra... os vizinhos, toda aquela cena. Damiana corre para ele, atira-se em seus braços, aos prantos, enquanto Inês explica o que aconteceu. O que Zenóbio sente? Dor, por Carlota tê-lo deixado sem ao menos se despedir. Também vergonha, ao ver sua casa assim devassada. Ele, suadíssimo, naqueles trajes. A mulher, morta em um hospital acompanhada de um estranho. E raiva, porque Cosme não está. Na hora principal, o filho lhe falta, como de costume. Sem abrir a boca, pergunta a Carlota o porquê da partida tão radical e intempestiva, logo agora que tudo parecia melhorar... Essa, sim, a maior traição — a definitiva, a irremediável. Revide há muito planejado? Olhos cheios d'água, põe as agruras em sua máquina de moer e vai girando a manivela. Com voz firme e algum afeto, ordena que Damiana se controle. Agradece cerimoniosamente o apoio de Inês, Amanda e Estevão. Constrangido, pede que fiquem com a filha mais um pouco, precisa tomar um banho rápido e trocar de roupa. Claro, nem precisava pedir.

Antes de subir para o quarto, encara a escada por alguns segundos, tenta visualizar o momento exato da tragédia. Absurdo. Onde estaria no momento da queda? Sua libido, seus pensamentos, onde? Passou por tanta gente saudável, tanta juventude, tanta sensualidade... Onde estariam os seus olhos? Em alguma bela mulher? E por que os sentidos não lhe deram sinal da desgraça? Existirá vida após a morte? Carlota ainda estará ali por perto? Castigo divino? Não, isso não. Se fosse, ela teria ido naquele acidente de automóvel com filho na barriga e tudo. Aí, sim, a culpa teria sido grande. Hoje? Depois de tantos anos de casados, não há mais como avaliar coisa alguma. Os erros, os acertos, quem magoou quem... Tudo especulação.

O banho será rapidíssimo, a roupa será a primeira que encontrar no armário. Tem é que ver os papéis, estar no hospital o mais cedo possível, tratar do enterro, anúncio em jornal, comunicar aos amigos... E a tripulação do *Yellow Submarine* lá na sala com a filha. Pesadelo. Cosme, seu inútil! Nos últimos tempos tão íntimo de Carlota, tão cheios de chamegos os dois... Para quê? Damiana, que nunca recebia agrado algum, foi quem segurou a barra no final das contas. Mas de agora em diante tudo será diferente. Estará sozinho no comando, as regras ali dentro serão outras ou ele não se chama Zenóbio Soares Teixeira. Sozinho no quarto, dá de cara com a cama impecavelmente bem-arrumada, feita por Carlota, é claro. Ela ajustava os lençóis, estendia a colcha e acomodava os travesseiros, enquanto ele se preparava para o jogging. Não se preocupe se eu me demorar — foi sua fala, amarrando o tênis com força. Concentrada no que fazia, Carlota parecia feliz. Respondeu também sem olhar para ele. Demore o quanto quiser, estarei bem. Essas últimas palavras, ditas agora pela memória, machucam e muito. O choro é de pura revolta, revolta que o fortalece. Há uma infinidade de providências a serem tomadas, não pode fraquejar — tenta se convencer enquanto joga uma água no corpo.

No andar de baixo, Márcia e Helena, duas amigas de Damiana, chegam para lhe fazer companhia. Beijos e abraços emocionados de solidariedade, o legal vocês terem vindo e o estaremos sempre juntas dão abertura para o contar novamente como tudo aconteceu — é quando Amanda acha que ela e Estevão já podem ir embora. Inês libera os filhos, mas prefere esperar que Zenóbio desça. Quer lhe oferecer ajuda no que for preciso — nessas horas, a presença de alguém centrado e de pulso é sempre bem-vinda. Enquanto aguarda, acomoda-se em poltrona mais distante. Visivelmente abalada, Inês mal pode acreditar que, há menos de uma semana, a vizinha e o filho estiveram com ela em seu vernissage. Carlota estava divertidíssima naquela noite e, estimulada por Cosme, comprara um dos quadros mais caros da exposição: *Amor impossível* — uma explosão de tons de vermelho, com traços amarelos, que lhe lembrou antúrios e Silvano Bellini. A tela, ainda na galeria, estará exposta até o final de abril. Depois, seria justo que Cosme ficasse com a pintura. Inês olha ao redor — só então repara na arrumação da sala, é a primeira vez que entra ali. Móveis pés de palito, ambiente anos 1950, simples e confortável. Volta a aflição. Meu Deus, por onde andará o Cosme? Já pensou quando ele entrar por aquela porta e receber a notícia?

Pronto para sair, Zenóbio toma decisões sem pestanejar. Irá sozinho ao hospital, melhor que Damiana fique em casa com as amigas. Agradece e aceita imediatamente o oferecimento de Inês. Será excelente se ela puder ligar para os nomes que constam da agenda de Carlota, Damiana poderá ajudá-la identificando parentes e amizades mais próximas. Assim que tiver resolvido tudo, telefonará para informar sobre a transferência do corpo para a capela e a hora exata do enterro, que, certamente, será amanhã de manhã, no São João Batista. Então, até mais. Quando o filho chegar, digam a ele que o aguarde aqui.

Fim de tarde. Cosme encerra o passeio. Sem pressa alguma, despede-se dos amigos, toma o ônibus de volta para casa. Não a antiga casa, previsível, mas a casa inesperada, que ele ainda não conhece. Senta-se no último banco, nenhum passageiro perto. Sono e olhar distante, cabeça encostada no vidro da janela, pensamentos embaralhados, paisagens que passam. Tudo segue como antes: os planos de morar em Botafogo e o não desistir de Amanda. A mãe, provavelmente, não vai gostar da ideia, o pai sentirá alívio e a irmã lhe será indiferente. Pensem e sintam o que quiserem. Para Cosme, o que importa é sua declaração de independência — em relação à família e à paixão mal resolvida que vive lá ao lado. Hoje não, que está exausto, e o corpo pede cama. Amanhã, com certeza, conversará com Carlota. Dirá a ela que não precisa ficar triste, que irá sempre visitá-la, e ela também poderá vê-lo quando quiser, é claro. Quem sabe não se anima a ir com ele no domingo conhecer o apartamento? Já que não comemoram mesmo a Páscoa, de lá bem que poderiam sair os dois para almoçar em algum lugar bacana, convite dele. Isso. Decidido. Animado com a ideia, apruma-se, acomoda-se melhor no banco. É quando, assim do nada, lhe ocorre cena rara de infância: Damiana e ele, exultantes de um lado para outro, procurando ovos de chocolate no jardim. E Zenóbio e Carlota, provocando com o está frio e o está quente. A cada doce encontrado, corriam para abraçar e beijar os pais. Nossa, que ano terá sido isso?! Tão bom se a vida tivesse prolongado o flash e continuado assim... Na sua cabeça inventiva e meio doida, em cima do passado que já vai longe, Cosme imagina o contraste mais lindo e ridículo que poderia haver: neste domingo de Páscoa agora, a mãe e o pai, exultantes de um lado para outro, procurando ovos de chocolate no jardim. E ele e Damiana, provocando com o está frio e o está quente. A cada doce encontrado, correriam para abraçar e beijar os filhos e... O ônibus chega ao ponto desejado. Rindo sozinho de si mesmo, Cosme faz sinal e desce. Vai contar à mãe essa sua maluquice, é claro. E já sabe até como ela vai reagir.

Filho e pai se falam

Por que o diálogo haveria de ser retomado assim? Parece de propósito. Seis e meia da tarde, Damiana ainda com as amigas no quarto. Inês, já em casa, depois de haver prestado ajuda inestimável. No hall de entrada, Zenóbio não para quieto, tecla vários números no telefone sem fio. Impaciente, desliga e torna a teclar. As ligações não se completam, ele desiste. Raios! Não há mesmo como localizar o filho, o jeito é esperar. E ele espera e espera e, enquanto espera, pensa em sua família agora desfalcada, pensa em como Cosme reagirá à trágica perda. E ele, por ironia, o que terá de lhe dar a notícia. Vá entender. Ambos estarão armados até os dentes, porque a desconfiança é recíproca. Mas de que servirá uma declaração de guerra se pisam em terreno minado? O perigo vem do que está escondido no fundo de cada um. E ele lembra e rumina fatos, e pondera e releva faltas, e acusa e defende e condena com irrefletida paixão seja lá quem for dentro de sua cabeça. No instante em que aos prantos Damiana correu para os seus braços, esta avalanche de pesares e pensares lhe desabou em cima e o soterrou em morte simbólica. Tudo o que ele quer agora é respirar um pouco. Falta-lhe o ar porque lhe falta o afeto e a fala daquela que ele amou um dia lá atrás faz tempo, e amou com tal intensidade que é impossível avaliar o quanto — verdade, tem certeza, jura por tudo que há de mais sagrado mesmo sem acreditar em coisa alguma. A amante era outra história, era saudável complemento, era o que aconteceu por acaso, era... Ele se dá explicações e, diante do espelho, naquele canto morto, espaço que ninguém usa, não há como fugir do ajuste de contas que a consciência lhe cobra, porque não há mais nada com que ocupar a mente. Todas as providências já foram eficientemente tomadas sem economias. Carlota — com vestido que ele mesmo escolheu — está muitíssimo bem acomodada em caixão confortável na melhor capela, a mais ventilada, com vista ampla e a vantagem de estar próxima à saída. Depois de conversar com o filho, irá a esse purgatório de vivos passar a noite com aquela que foi sua companheira. Se Cosme quiser ir, que vá também. Ficarão os dois de guarda, lados opostos, a lhe disputar a atenção. Quem há de prevalecer: a mulher ou a mãe? Qual o amor mais forte? O que entrou em seu corpo ou o que saiu dele? O que lhe pôs a boca no peito para lhe dar prazer ou o que só se aquietava ao lhe sugar o alimento? Covardia essa disputa entre pai e filho, porque ao fim o pai sempre perde.

Quase sete da noite. Será que esse menino não chega nunca? Ahn? Menino? Referiu-se ao filho como "menino"? Talvez a vontade inconsciente de fazer voltar o tempo, quando os dois ainda se amavam sem rivalidade, porque, para o filho, ele era o super-herói, o mais forte e o mais inteligente dos homens. Durou pouco. Logo veio o distanciamento, até que se tornou o oposto. Rei destronado, impostor, zero à esquerda. Crueldade. Um dia ele será pai e saberá o que é isso. Será pai? Não consegue imaginar Cosme lhe dando um neto. Esse pensamento absurdo e fora de hora, que coisa! Esse súbito aperto no peito, essa aflição...

Chave na porta. É ele!

Estranhamento: as luzes do hall de entrada acesas? O pai ali naquela poltroninha dura onde ninguém senta? Telefone sem fio na mão e com aquela roupa de sair? Normalmente, passaria por ele sem cumprimentar, mas há algo inexplicável que o detém. Embora não faça ideia do que seja, intui que é sério. O coração já acelera porque o diálogo que interromperam há anos terá de ser retomado naquele inesperado encontro que lhe é tão incômodo quanto a presença paterna.

— O que aconteceu? Que cara é essa?

Zenóbio se levanta, dá alguns passos em direção ao filho. Sempre pronto e direto nas respostas, titubeia. Ganha tempo para criar coragem. Alguns segundos já servem.

— Onde você estava até essa hora?

— Todo mundo sabe onde eu estava. Mamãe, Damiana, inclusive você, que ouviu a conversa ontem durante o jantar. Que cena é essa? Por que ficar aqui no hall com esse telefone na mão?

Zenóbio mal consegue segurar a emoção. Pavio curto, cautela.

— Estava te esperando enquanto tentava te localizar. Liguei várias vezes para a casa do Patrick e do Gustavo, mas...

— Pai, fala logo, pelo amor de Deus, o que foi que aconteceu?

— Sua mãe...

— O que tem a mamãe?!

— Ela sofreu uma queda violenta hoje de manhã quando descia a escada...

— O quê?!

— O acidente foi muito sério. Só a Damiana estava em casa com ela. Pedro, Inês e os filhos é que vieram prestar socorro, chamar a ambulância... Foi tudo muito rápido.

Cosme se desespera, lembra-se do rosto da mãe quando ele escorregou ao escalar a Carrasqueira. Segura o pai pelos braços.

— Eu quero vê-la! Onde ela está?!

— Carlota não resistiu, Cosme.

— Como não resistiu? Que história é essa?!

A notícia é cruel e completamente absurda. Olhos faiscando, Cosme sacode o pai com violência. O berro que ordena vem com raiva do mais fundo, do mais escuro da alma.

— Como não resistiu?! Fala!!!

Como lutador experiente, que fareja o momento exato do revide, Zenóbio aproveita a fragilidade do filho e o surpreende, puxando-o com força para o abraço que o imobiliza amorosamente contra o seu peito. A voz baixa lhe confirma ao ouvido o que Cosme já sabe.

— Sua mãe morreu.

Inútil querer se desvencilhar. O pai não deixa. Ao contrário, a cada golpe de seu desafiante, aperta-o ainda com mais força para mostrar com superioridade física quem está no comando. Rebele-se à vontade, garoto, dê-lhe socos nas costas com fúria jovem e grunhidos de animal ferido, nada o fará aliviar a pressão do abraço que — tem certeza — é vital. Como vital é o beijo que ele lhe dá no rosto colado, pai falível e caco todo-poderoso que lambe e protege a cria.

Cansado da luta estúpida, Cosme recorre ao *clinch* que implora amparo para não ir à lona. Zenóbio entende a silenciosa entrega e sustenta o filho como se carregasse seu peso morto. Isso, meu menino. Aconchegue-se em mim e chore. Chore a perda da mulher amada, chore e soluce a raiva que sente por não ter sido eu no lugar dela, chore o nosso desamparo.

Terminado o embate, Cosme vai se recompondo. Zenóbio sabe que pode afrouxar o abraço agora. Pai e filho respiram fundo todo o ar que encontram, e novamente, e ainda uma vez, aquietando-se, como se viessem juntos do mesmo orgasmo. Deixam-se estar assim em provisória paz. Por fim, se encaram, encharcados de dor. Cosme esboça um sorriso que não se completa. O pai reconhece o esforço de agradecimento. E o abraço se desfaz em silêncio.

Os dois se afastam, talvez ao se darem conta da cena que por instinto protagonizaram depois de anos de hostilidades. Mútuo constrangimento pela intimidade havida, consentida e desejada — é que a pureza dos bichos já os abandonou. Agora, com eles, apenas a vergonha dos homens que inibe e desconcerta o gesto de afeto. Ambos sabem disso, sentem isso na alma, na pele. Portanto, algo familiar precisa ser verbalizado para que, sem tanta ojeriza, a rotina volte a movê-los.

— E Damiana?

— No quarto, com duas amigas. Está transtornada. Seu apoio será importante.

— Vou lá falar com ela. Você vem comigo?

Feito com naturalidade, o convite pega Zenóbio desprevenido e internamente o felicita.

— Claro.

Reflexo condicionado, o pai põe a mão no ombro do filho e o acompanha. Devagar, sobem juntos a escada, dividem o peso da ausência, cada um arrastando seus arquivos. Quem poderia prever a cena? Vida em família é mistério. Mais que a morte, a vida em família é o desconhecido que nos fascina e assombra.

No tempo certo

O desaparecimento de alguém com 45 anos impressiona. Ainda mais de pessoa saudável e ativa como Carlota. Em casa, mesmo contando com a ajuda da empregada, vivia se ocupando com isto ou aquilo. A própria Jussara haverá de reconhecer que a patroa não era de se encostar. Talvez para compensar a frustração de não ter tido diploma universitário, "formou-se com pós-graduação" em prendas do lar e, verdade se diga, na prática, saiu-se magnificamente bem. Portanto, a todos espanta que, em um estalar de dedos, tenha desaparecido — esta é a palavra mais precisa — aquela mulher tão presente e dedicada às tarefas domésticas. A que sabia onde estavam a tesoura, a agulha e a linha. O alicate, o martelo e a chave de parafuso. Os medicamentos de urgência, o termômetro, o algodão e o band-aid. Os telefones de todos os prestadores de serviço: jardineiro, bombeiro, eletricista, carpinteiro, pintor... E a eles só recorria quando para tarefas mais pesadas ou complexas. Na cozinha, a mesma competência. Os pratos sofisticados, Jussara aprendeu a preparar com ela. A feira e as compras do mês? Faziam juntas. Eram companheiras no religioso vaivém.

 Agora, quase oito e meia da noite, Zenóbio diz aos filhos que vai à capela ficar com Carlota. Cosme quer ir também. Damiana reclama de dor de cabeça e fome, precisa comer alguma coisa antes. Os três descem até a cozinha. Jussara certamente deixou comida pronta, mas a mãe é que a iria aquecer e servir para eles na mesa. Cosme abre a geladeira para ver o que encontra. Zenóbio, meio perdido, procura o jogo americano que, pelo que lembra, deveria ficar guardado no armário ao lado da pia. Damiana abre a gaveta dos talheres, mas adianta? Se nem sabe o que vão comer... Talvez seja melhor fazer um sanduíche. É, um sanduíche, todos concordam. Já descobriram que tem presunto, queijo e manteiga. Melhor pôr pão na torradeira que sujar panela ou acender forno. Segunda-feira, quando a Jussara chegar, tentam organizar outra rotina.

O mesmo vazio dentro do carro. Damiana vai sentada na frente. Cosme não se importa, pelo contrário, sente alívio ao se acomodar sozinho no banco de trás. Há séculos não pegava carona com o pai, portanto ainda nem havia entrado nesse modelo, comprado no ano anterior. A conversa durante o trajeto é difícil — pelo cansaço generalizado, pela situação inédita, pelo peso do feriado que lembra a morte de Cristo, talvez. Vão quase o tempo todo em silêncio, cada um com seus botões: Cosme se lembra da história dos ovos de Páscoa que, neste momento, já teria contado à mãe. E, assim do nada, ocorre a Zenóbio que, ainda na véspera, ele e Carlota haviam combinado conversar com Pedro e Inês sobre a pintura das casas. Ela, animadíssima. Que loucura. Como tudo se transforma em segundos, como perdemos tempo e nos desgastamos com orgulhos inúteis, como não controlamos absolutamente nada... Damiana pensa na refeição que a mãe já teria esquentado e que ela, como de costume, teria comido por comer sem dar o devido valor. Pensa também em Jussara. Já imaginou quando ela souber? Será que ela vai querer continuar a trabalhar para eles? Sem a autoridade da dona de casa que impunha ordem e imprimia ritmo em tudo, não vai ser fácil tocar aquele barco.

Na capela, não há ninguém. Ao entrar, Damiana segura e aperta a mão do pai. Os dois se posicionam à esquerda do caixão. Cosme, que vem logo atrás, dá a volta e fica do lado oposto.

E assim, espontaneamente, forma-se o quadro da nova família. Aquela Carlota, ali inerte e de olhos fechados, nada mais pode fazer por eles. Aquela Carlota, ali por pouquíssimo tempo, é o que resta. A outra Carlota — espírito que já estará longe ou ainda por perto — não conta, são apenas conjecturas. Há ainda uma terceira Carlota. Sim. Aquela que, muito em breve, se dará a conhecer e surpreenderá pelo que deixou de herança em testamento.

Damiana continua abraçada com o pai, não se separa dele por nada. Natural. Presenciou a agonia da mãe, seus últimos minutos. O trauma foi grande e, pelo que parece, não será superado facilmente. Zenóbio e Cosme terão de ter paciência com ela. Desde a hora do acidente, seu comportamento tem sido imprevisível. Às vezes, dá a impressão de estar bem. De repente, entra em crise, o corpo começa a tremer e ela chora, não de tristeza, mas de medo, confessa. Mal chegaram à capela e ela já pede para voltar para casa. O pai diz que sim, é claro. Pergunta se Cosme não quer vir também. Não, ele prefere ficar. Precisa. Só não sabe por quanto tempo mais. Depende de como irá se sentir. Zenóbio se despede com leve aceno de cabeça e sai amparando a filha. Pela primeira vez, Cosme repara detidamente no rosto paterno. Acha-o envelhecido. Lastima o tanto tempo que tiveram e que estupidamente jogaram fora. Enfim, leite derramado. Chega. Esse tipo de pensamento não serve para nada. Só machuca. Melhor se aconchegar naquela mãe que ainda está visível, ficar ao lado dela enquanto pode e lhe fazer alguma companhia. Alguma.

— Hoje de manhã, você foi se despedir de mim lá na Pedra da Gávea, não foi? Eu já não estava legal, talvez tenha pressentido sua partida, sei lá... Pela hora... Na realidade, pode ter sido só coincidência mesmo. Apenas uma coincidência sem graça e sem mistério. É tudo tão complicado de se entender. Agora, por exemplo. Posso parecer maluco, falando sozinho nesta capela. Ou pode ser que você esteja aqui do meu lado me ouvindo e a conversa lhe esteja fazendo bem. Sabe do que eu acabo de me lembrar? Daquela vez que você me falou da doença prolongada da avó Amélia, do quanto ela sofreu com as idas e vindas do hospital e com aqueles procedimentos dolorosíssimos que, ao fim, se provaram inúteis. Você me disse que, quando chegasse a sua vez, preferia ir bem rápido. Pedia a Deus todas as noites por esse presente. Seria melhor para todos, porque a morte da pessoa que amamos é mais fácil de suportar e transcender do que a doença que castiga até o fim sem piedade. Talvez você tenha razão, mãe. Olhando agora para o seu rosto, vejo tanta serenidade... Bom, na verdade, você já deve ter se dado conta de que, enfim, vai poder descansar da trabalheira que sempre lhe demos. Não sei se você estava lá na cozinha com a gente, mas a cena de nós três procurando o que comer agora no jantar foi deprimente. Chegou a ser engraçada. A Jussara não tem ideia do que espera por ela na segunda-feira... Se você lê pensamentos, já sabe o que me passou pela cabeça há pouco quando vi a Damiana naquele estado de medo e desamparo voltando para casa com papai. Pois é. Não quero contrariar as suas ordens, mas vou comprar um cachorro para ela, ok? Vai dar um pouco de alegria e movimento à casa. Fala, sinceramente, não acha uma boa? Ela vai ficar radiante, aposto. Eu conto uma mentirinha, digo que foi sonho, que você deixou. Ela sempre quis um basset, você sabe. Não, mãe. Não pretendo mais me mudar para Botafogo. Pelo menos, por enquanto. Não faz sentido sair de casa agora, faz? Dr. Zenóbio Soares Teixeira é capítulo à parte. Você deve ter visto o abraço de frente e o beijo que ele me deu... O que foi aquilo, mãe? Ele lá no hall me esperando, aguentou firme os socos de meu destempero raivoso, me segurou, me deu apoio, quase me pôs no colo. E eu agarrado nele feito bicho assustado. Misturamos nossa respiração, nossos cheiros. Que doideira. Até agora não caiu a ficha. Culpa sua que nos deixou assim sem avisar. Será que fizemos as pazes? Acho impossível ele esquecer aquela briga violenta sem ao menos um pedido meu de desculpas. O pior é que nossos temperamentos não combinam mesmo. Triste. Mas não quero estragar tudo com este meu gênio difícil. Vou tentar me entender com ele, juro. Puxar e ter assunto é que vai ser o mais trabalhoso, concorda? Poxa vida, mãe... Você tinha de ser tão radical? Nesses últimos anos a gente conversava e vinha se entendendo... Até o seu mau humor e o seu cigarro eu já aceitava na boa. Eu ainda precisava lhe contar tanta coisa... Por que você nos deixou, mãe? Por quê?

Cosme corta o pensamento e espera pela resposta que não vem, cessa o diálogo interior. O súbito silêncio o aflige e frustra — por experiência, todos sabemos que, quando a fé desanima, a fria razão sempre chega para nos reduzir ao pó que somos. Cosme afaga os cabelos de Carlota, beija-lhe a testa. Incontido, chora copiosamente. Sem que ele perceba — terão sido as lágrimas? — o pensamento lhe volta e permite que a conversa recomece. É como se a mãe, pegando-lhe a voz emprestada, lhe dissesse ao ouvido: Não tenha pressa, meu filho. Tudo acontecerá no tempo certo.

Irrefreável teimosia

Nada planejado. Decidiu assim de repente. Bem ela. Amanda quer porque quer ver Cosme. E tem de ser logo, de preferência agora. Argumenta que estiveram presentes na casa vizinha enquanto foi preciso e ficaram um tempão dando força a Damiana. Cosme, que, de todos naquela família, é o mais próximo a eles, não recebeu sequer um abraço, um pingo de atenção. Pedro e Inês concordam, mas ponderam que já é quase meia-noite. Não tem cabimento irem lá tocar a campainha ou mesmo telefonarem. Quando chegou com Damiana, Zenóbio não disse que Cosme tinha decidido ficar um pouco mais com a mãe? Não prometeu avisar assim que ele chegasse? Então? Ou ele ainda está na capela ou chegou e foi direto dormir. O rapaz deve estar exausto! Amanda insiste. Pede ao pai que a leve com Estevão até o São João Batista. Pedro acha absurdo.

— Não vai adiantar nada sairmos daqui assim. Vamos todos estar com ele amanhã no enterro.

— Pai, amanhã é outro lance! Um monte de gente, não tem nada a ver! Não é a mesma coisa que dar apoio agora que ele está sozinho.

— Amanda, não teima. Eu também estou cansado, poxa! Você esquece que fui eu que tive de chamar o socorro, acompanhar a mãe dele naquela ambulância e segurar toda a barra lá no hospital até que o Zenóbio chegasse?

— Tudo bem, esquece.

— Vai subir com essa cara e sem dar boa noite?
— Boa noite.

Estevão parece aliviado. Meio sonolento, beija os pais, balbucia um até amanhã quase inaudível e sobe atrás da irmã. Os dois seguem para seus respectivos quartos. Pouco depois, Pedro e Inês apagam as luzes da casa e se recolhem. Acontece que Amanda não desiste fácil. Vai no escuro mexer com quem já está deitado e quieto. Abre a porta, fala baixo.

— Estevão... Você ainda está acordado?
— Não. Já estou dormindo faz tempo.
— Palhaço. Vai querer ir lá ver o Cosme ou não?
— Você tem dinheiro para o táxi?
— Que táxi, está maluco? A gente vai é de ônibus.
— A essa hora? Vai você, eu não.
— Ah, é? Ok. Estou indo, então. Tchau.
— Calma aí, espera!

Estevão acende o abajur. Amanda não gosta.

— Apaga essa luz!
— Entra e fecha a porta.

Ela obedece, impaciente.

— O que foi? Fala logo, anda.
— E se ele já estiver mesmo em casa dormindo?
— A gente reza uma ave-maria pela alma da Dona Carlota e volta.
— Você quer é ficar perto dele, não é? Pode falar.
— Para, Estevão! Não tem nada a ver. O Cosme perdeu a mãe numa tragédia dentro da própria casa! Dá para calcular o que ele está passando?!
— Quer acordar todo mundo?

Amanda arregala o olho, põe a mão na boca. Continua em voz baixa.

— É que você me tira do sério. E aí? Decide rápido, vem ou não vem comigo?

— Tudo bem, mas você paga o meu ônibus. Estou duro.

Amanda abraça, dá muitos beijos em Estevão.

— Você é o irmão mais lindo do mundo, sabia? Te amo de paixão!

Estevão, entregue, abre sorriso.

— Também te amo. Muito.

— Ótimo. Então põe logo uma roupa e vamos.

— Calma, parece que vai para uma festa!

Com cuidado, abrem a porta de casa e saem fugidos. Já na calçada, tornam a se abraçar e a se beijar, vitoriosa cumplicidade. Pela rua dos Oitis, a essa hora deserta, disparam em direção à praça Santos Dumont.

A primeira noite juntos

O ônibus demora a passar. Estevão, a ponto de desistir, ameaça voltar para casa. Amanda pede um pouco mais de paciência. Nada disso, já esperaram demais. Ela insiste, só cinco minutos. Ok, cinco minutos cronometrados, nem mais um segundo. Contagem regressiva olhando o relógio e, será miragem?!, lá vem ele afinal. O motorista para bruscamente. Pé na embreagem, pisa várias vezes no acelerador, mal abre a porta para apanhá-los e já arranca, diabo no corpo. Pela rua Jardim Botânico e Humaitá, conduz feito alucinado em alta velocidade. Quando entra na rua Voluntários da Pátria, quase perde o controle do veículo. Amanda e Estevão sentem-se em uma daquelas produções baratas de filme de ação norte-americano. Na esquina da rua Real Grandeza, saltam aliviados. Pois é, mas ainda têm de andar um bocado até chegar lá em cima nas capelas do São João Batista. Novo medo, caminho sinistro. Agora, filme de terror nacional. O jeito é encarar e seguir em frente margeando o muro do cemitério. Os mortos não fazem mal a ninguém, os vivos é que são sempre o grande perigo.

Pronto. Linha de chegada. No saguão do maltratado edifício, a atmosfera é diferente, o ar que respiram é diferente. Difícil explicar o que acontece. A impressão é a de que Amanda e Estevão entraram em outro plano, algo fronteiriço entre este mundo e o além. As duas salas do térreo estão vazias e apagadas. Carlota Soares Teixeira está sendo velada em uma das capelas do segundo andar. Ao subirem a escada, os dois se olham com alguma apreensão, começam a se dar conta do que provavelmente os espera. Onde foi parar aquela irreverência de quando saíram de casa? Onde o entusiasmo para vir dar força a quem precisa? É que a realidade não é brinquedo. Quando mostra os dentes, assusta mesmo. Bom já irem aprendendo. Amanda para, retém o irmão.

— Espera.
— O que foi?
— E se o Cosme estiver aí?
— Ué? Não é o que você quer?
— É?
— Amanda, por favor...
— Fiquei travada, Estevão. O que é que eu vou falar? Gosto dele, mas faz tempo que a gente mal conversa, você sabe. É bom dia, boa tarde, oi, tudo bem, uns assuntos bobos que passam de raspão e acabou. Por que é que eu não ouvi o papai? O que é que me deu na cabeça de querer vir aqui a esta hora falar com ele?

Estevão abraça a irmã.

— Calma, não fica assim, vai. Você se preocupou com ele além da conta... Esse seu coração vive aprontando... Fazer o quê?

Amanda se aconchega ainda mais.

— Você é que me entende como ninguém.
— Nós dois viemos aqui para dar um abraço nele, fazer um pouco de companhia e pronto. Só isso. Precisa ficar desse jeito?

Amanda cria ânimo, parece novamente disposta a enfrentar o desconforto de estar frente a frente com Cosme em hora tão adversa.

— Tem razão, vamos lá. O que não se faz por amor ao próximo.

A fala sai gaiata, quase em tom de piada. Despiste? Estevão não liga, até acha graça — o tempero descontraído alivia a tensão. Mas por quanto tempo? Ao chegarem à capela, se surpreendem diante do quadro. Encolhido em um dos bancos que ficam encostados na parede, Cosme dorme profundamente. Amanda se emociona, comenta em voz baixa como se contasse segredo.

— Pensei encontrar tudo, menos isso...

Estevão, no mesmo tom.

— Será maldade acordar ele.

— Claro. Vamos sentar aqui e esperar um pouco. Depois, a gente vai embora.

— Isso. Amanhã, a gente conta a verdade. Diz que veio e ele estava dormindo.

Contrito, Estevão se aproxima do caixão e se benze. Sente pena de Carlota. Tão jovem ainda. Tenta recordar a última vez que a viu. Acha que foi na galeria em Ipanema, na noite da exposição dos quadros de sua mãe Inês. Alegre, cheia de vida... Não. Foi no dia seguinte de manhã. Isso mesmo. Ela ia pelo outro lado da calçada em direção à rua das Acácias. Nem chegaram a se falar. Embora já estivesse com as horas contadas, a mulher de bela aparência andava calmamente. Como se passeasse pela vizinhança e tivesse todo o tempo do mundo...

Sem tirar os olhos de Cosme, Amanda acaba se sentando em um banco próximo. Feito cinema, revê o comportamento dos dois desde que se conheceram: sedução e jogo, troca de olhares, atração e aversão misturadas em doses iguais, as idas dele à biblioteca do pai que, não é boba, sempre foram puro pretexto para vê-la — ela, ainda uma menina de 13 anos! Depois — já adolescente, corpo de mulher — o prazer em se exibir, porque sentia e ainda sente que é desejada. Não que ele lhe tenha verbalizado algo ou sequer insinuado. É a pele — de um e de outro, tem certeza — que sempre dá o sinal. Como neste exato momento. O caixão, a mãe dele morta, o crucifixo, aquele Cristo imóvel sofrendo. E ela ali com suas fantasias... Pecado da carne, virtude da carne? Quem poderá dizer? "Ame e faça o que quiser, pois nada do que você fizer por amor será pecado", Santo Agostinho. Desde cedo lê tanta coisa orientada pelo pai, aprendeu com ele a se indagar, a se questionar... Para quê? Como lidar com o constante turbilhão de pensamentos e sensações? Que gênio da psicanálise ou da filosofia guarda o segredo da paz verdadeira que não a irá reprimir ou violentar? Que monge budista, que religioso? Cosme, o insondável, é literalmente o Cosmo — estamos nele, fazemos parte dele e não o conhecemos absolutamente. Quer algo mais louco e contraditório que isso? Mais sedutor?

Interiormente, Amanda começa a achar graça da situação. Cosme ali deitado, vulnerável. E ela sentindo prazer em velar o corpo errado. O corpo quente, que respira. O corpo que, na realidade, é o que precisa dela. E Estevão ainda diz que seu coração manda e desmanda na cabeça. Pois sim. Manda coisíssima nenhuma. A vontade neste minuto? É ir até aquele Cosme carente, lhe afagar os cabelos, acordá-lo aos beijos e lhe dizer que não se sinta só nem desamparado, porque ela está ali para protegê-lo. Morte nenhuma irá se atrever a lhe causar medo, a lhe fazer mal. Ela não deixa. Mas, e ele? Seria receptivo? Ou se escandalizaria, porque o gesto não é adequado, o momento não é adequado, o lugar não é adequado e o que ele sente por ela é quase nada e...

Como quem interrompe conversa, Estevão vem, senta-se bem junto, encosta a cabeça em seu ombro, pega em sua mão feito namorado. Chegou em boa hora. Amanda gosta desses chamegos do irmão, porque confia nele sem reservas. Cosme, por contraste, são suposições. Melhor manter distância. Por que então não vai embora? Por que insiste em ficar ali feito cão guardando o dono? Já esteve perto, já viu, já tem o que dizer a ele amanhã. Fará bonita figura porque não o acordou. Que beleza de atitude, quanto desprendimento! Então? É tarde e está cansada. A visita está de bom tamanho... Estevão concorda, transmissão de pensamento.

— Vamos? Meu olho está fechando.

— Vou lá dar um beijo nele.

— O quê?

— Isso mesmo que você ouviu. Vou lá dar um beijo nele.

— Não, você não vai fazer isso.

— Claro que vou.

— Ele vai acordar, vai levar um susto.

— Vai, nada. Desde que a gente chegou, ele não se mexe. Está apagado.

Agora, sim, obedecendo a uma ordem do coração, Amanda chega bem perto de Cosme, abaixa-se e, muito de leve, lhe beija o rosto. Como previsto, ele nem sente. O Feio Adormecido. Melhor assim, com ela no controle, a confortá-lo em silêncio. Estevão, caindo de sono, bate em seu ombro, sussurra quase implorando.

— Vamos, Amanda.

Levado pela mão para algum canto fora da capela, Estevão é pego novamente de surpresa. Amanda sentencia definitiva.

— Vou dormir aqui.

— Não é verdade, eu não acredito.

— Calma, ouve. São quase três e meia da madrugada. Não faz o menor sentido voltar para a Gávea agora. A gente deita num daqueles bancos e dorme.

— Isso não vai dar certo.

— Estevão, a gente chegou a um ponto que não tem mais volta.

— Está bem, Amanda, está bem. Boa noite. Durma com os anjos!

Estevão volta para a capela, tenta se acomodar em um dos bancos. Como quem absolve, cara de sono, ainda olha para a irmã e pisca o olho antes de virar para o canto e apagar. Ele quer é dormir, só isso. Amanda acompanha seus movimentos com tamanho amor que todo o ambiente parece se alegrar dentro dela. Estevão, Estevão... Sempre presente, companheiro e cúmplice. Quer tê-lo a seu lado pela vida toda e ainda depois se houver depois.

Deitar-se? Ela? Não agora. Conseguiu o que queria. Pequena amostra de felicidade, pitada daquela paz que tanto almeja... Será? Presta atenção no irmão. Outro corpo quente que respira para ela velar de verdade. Está tudo certo, acredita. Se existe mesmo vida após a morte, se Carlota está ali — não deitada e coberta de flores mortas, mas vigilante a ler pensamentos e a ver intenções —, há de aprovar esse seu gesto de ter convencido Estevão a não ir embora, e de permanecer em vigília para fazer companhia não a ela, mas ao filho. Há de dizer que teria sido perfeito tê-la como nora. Pena que o tempo não permitiu. Apenas o tempo.

Estevão já embarcou em sono pesado. Impressionante. Mesmo no desconforto, entrega-se de imediato ao desconhecido. Depois, para acordar, é um custo. Sempre foi assim. Amanda lembra quando eram pequenos e ainda dormiam no mesmo quarto. Pedro é que os chamava para ir ao colégio. Ela pulava logo da cama, um azougue, pronta para o dia. Estevão? Remanchava, agarrado com o travesseiro e enrolado no lençol. O pai tinha sempre de voltar para lhe arrancar a coberta à força. Só assim o recalcitrante zumbi criava coragem para se levantar. A irmã, muitas vezes com pena, aconchegava-o de volta, cobrindo-o de novo com o lençol, a manta, o que fosse. Dorme, maninho, dorme. Essa cama está tão gostosa... Pedro enlouquecia, ralhava com ela, dizia que aquilo era maldade com o irmão. Maldade?! Maldade nada! Maldade era deixá-lo descoberto daquela maneira! Estevão, com isenção, sempre achou que a maldade era de ambos. Amanda reconhece que, volta e meia, a vida apresenta mesmo essas questões polêmicas. Nem sempre é fácil saber o que é certo e o que é errado. Hoje, quando o dia clarear, por exemplo. Já pensou no aborrecimento, na aflição dos pais quando virem as duas camas vazias?

Ah, as camas... Fontes de prazer e de problemas, sejam de solteiro ou de casal. O pior é que, na alegria ou na tristeza, na saúde ou na doença, os filhos não dão trégua. Longe dali, pela primeira vez, Damiana não quer ficar sozinha em seu quarto. Também se recusa a dormir junto do pai na cama onde sua mãe se deitava, mesmo trocando de lado com ele. Por quê? Medo. Medo de quê? Em vez de responder, ela chora. A solução? A mais inusitada: Damiana cisma de levar o colchão de sua cama para o quarto de empregada e pede ao pai que se deite na cama de Jussara e deixe a luz do abajur acesa. Ali, sente-se segura. Embora constrangido, Zenóbio cumpre à risca todas as exigências. Está disposto a ficar acordado até que sua menina se aquiete e durma. Assim, em vez de velar o corpo da mulher conforme programou, vela o corpo da filha. O corpo certo. Corpo quente que respira e que, na realidade, é o corpo que precisa dele. Carlota há de entender. Ela faria igual.

Cada minuto é hora. Amanda resolve andar pelo saguão superior, ver o que acontece nas capelas próximas. Há mais dois mortos expostos. São homens. Um está em festa, com várias pessoas conversando em torno do caixão — era muito querido ou os herdeiros ficaram bem de vida, deduz. O outro, desacompanhado. Contraste que comove. Nenhum parente, nenhum amigo, ninguém. Este — ela lê na placa junto à entrada — se chamava Pedro. Arrepio, esfrega os braços. Pensa logo no pai, evidente. Quando o irá ver assim? Que ideia mais boba, pai e mãe não morrem nunca. Os das outras famílias, sim. Carlota é prova disso. Melhor voltar para perto de Cosme e de Estevão.

Os jovens agem mais por instinto — sabemos todos. Da razão, só um cheiro, um tempero. Chegam a ser belos o comportamento destemido e a entrega impensada ao que almejam. Ah, a juventude! Imprevisível vento que nos inspira e sopra aonde ir. Direção certa ou errada, tanto faz. Jovens, procuramos é vento que nos liberte e leve rápido ao que sonhamos — as Alturas parecem favorecer toda essa pressa. Portanto, não terá sido apenas a rajada de desejo e rebeldia que trouxe Amanda até aqui. Quis o destino — ou algum poder maior que nos rege — que ela, Estevão e Cosme passassem sua primeira noite juntos assim, diante da morte. Que ela, secretamente, admitisse o que sente por um e por outro assim, diante da morte. Que a tempestade que cairá sobre os três e suas famílias se armasse assim, diante da morte.

Enquanto vela corpos vivos, Amanda cria história, inventa romance só para ela, porque o que fica guardado dentro do coração não machuca nem ofende ninguém. Se o futuro lhe parece assustador, o presente a enternece. Dois anjos, dois homens, dois meninos indefesos... Tão lindos! Jamais imaginou vê-los desse jeito, dormindo sob sua guarda. Sobre o prazer que ambos lhe despertam? O óbvio. Um é sinal verde; outro, vermelho. Um é o que se espera; outro, o que se condena. Um será prêmio; outro, punição. E que ninguém lhe venha citar leis e mandamentos, ela os conhece muito bem. Deus! O que fazer se seu corpo pede o corpo e o amor de Cosme, mas não abre mão do corpo e do amor de Estevão? Por ele, que conhece desde sempre, escreveria infinitas linhas de não devo, não devo e não devo no caderno em branco do que há de vir. Cosme é ainda misterioso desejo, atração inexplicável, sentimento volúvel... e o que mais?

Amanda permanece sentada, olhos fechados. O cansaço chega e a surpreende feito nevoeiro. Primeiro, encobre imagens do pensamento. Depois, o próprio pensamento. A partir daí, é o sono. Talvez, sono de anestesia — que é breu e nada. Ou sono de cura — que é sonho, desejo liberto. Nenhum comando, nenhum controle, mente à deriva. Viagem.

O certo é que o quebra-cabeça começa a ser montado. Amanda, Estevão e Cosme, três peças essenciais, dormem juntos pela primeira vez. Almas que naturalmente se encaixam antes mesmo de os corpos se tocarem.

Irmandade

Sem ter se deitado, no pouco que terá dormido ou em pensamento, Amanda reviveu cena de infância com o pai. Os dois em uma piscina, ele flutuando com a filha enganchada na cintura. Ficam assim por longo tempo, risos, brincadeira boa. Até que ela pede para nadar sozinha. Pedro não deixa, explica que onde estão é fundo e ela não tem pé. Insistindo para se soltar, a menina põe os pés para fora da água e, categórica, prova que o pai está errado. Quem disse que ela não tem pé?! Quem disse?! Ele dá uma gargalhada e a enche de beijos. Essa é a sua filha! A que não perde chance, a que sempre quer a palavra final! Amanda estranha a recordação logo agora. Terá sido pelo Pedro morto e abandonado na capela vizinha? Terá sido pelo Pedro que se recusou a trazê-la até aqui? O Pedro que não a deixa seguir sem ele, porque a vida é perigosa e funda demais? A figura do pai, a imensidão do pai — triângulo onisciente com aquele olho atento que não pisca.

Amanhece. Luz que chega sem esforço. Estevão ainda dorme. Cosme abre os olhos. Amanda sorri ao vê-lo acordar — aquela mesma cara amarrotada de quando se conheceram. Ela: um aperto no peito, um levantar-se devagar, um aproximar-se amoroso, uma expectativa, um receio. E ele: um surpreender-se, um não acreditar, um bom demais para ser verdade. Como é possível a morte da mãe lhe trazer vida? Como é possível seu coração cheio de dor acelerar daquele jeito? Como é possível tamanha liberdade ao aconchegar-se nos braços de Amanda e ela o receber na mesma sintonia? Não se trata de simples impulso de juventude. Não. É algo mais forte — ele sente. E o choro brota incontido. De cansaço, de sofrimento, de gratidão, de esperança, de paixão, de carência, de felicidade, de medo e muito mais, tudo misturado. Ela lhe afaga os cabelos porque, no íntimo, separou e identificou cada nuance do choro. Ele não retribui o carinho, porque entende que foi afago diferente. Afago de conforto, afago de eu estou aqui, afago de isso vai passar, afago de você é muito especial. Não foi afago que pede carinho em troca...

E depois, Cosme? E depois? O que acontecerá ao fim deste longo e silencioso abraço? Embora relutem, mais cedo ou mais tarde seus corpos terão de se separar. Então? Não se prenda tanto, não a prenda tanto. Afaste-se com cuidado e olhe para ela, revele-se para ela. Quem sabe assim, olhares à queima-roupa, venham as palavras certas, o gesto que seduz e criará vínculo?

— Eu ainda não estou acreditando. Parece sonho.
— É, parece.
— A que horas vocês chegaram?
— Um pouco depois das duas.
— Seus loucos.
— Somos, sim. Estevão e eu. Por isso nos entendemos tão bem.

O comentário provoca ponta de ciúme. Cosme desconversa.

— Você conseguiu dormir?
— Tirei só uns cochilos, mas tudo bem. Vim para te fazer companhia.
— Você devia ter me acordado.
— Vontade eu tive.

Ele esboça um sorriso, volta a ficar sério.

— Papai levou Damiana para casa, ela não está nada bem. Talvez nem venha para o enterro.

— Também, pudera. Que barra.
— É. Barra mesmo. Para todos nós.

Silêncio. Os olhares vão juntos para Carlota. Os pensamentos é que se separam. Amanda, pela primeira vez, repara naquela que deveria ser a razão de sua presença. A expressão do rosto, a posição das mãos, o terço entre os dedos, o vestido, as flores... Inicia uma ave-maria, mas não termina — é que a cabeça toma outro rumo no "bendito é o fruto do vosso ventre". Tão bonita... Que pena, que absurdo... Cosme e Damiana já não têm mãe... Crueldade... A vida é surreal... Bigodes de Salvador Dalí... E em casa? Seu pai já terá se levantado? Começa a prever o que virá pela frente: sermão, discussão na certa — porque ele terá razão e ela, também. Por outros caminhos, desdenhando a morte, Cosme pede à mãe que o oriente. Só ela tem a exata dimensão do que ele está vivendo, da montanha-russa em que se encontra. Como é que em tão pouco tempo a mente de alguém consegue processar tanta informação, tanta mudança? Ontem, a esta hora, tudo certeza, o futuro todo programado: investir no trabalho, tornar-se independente, morar em Botafogo, afastar-se de Amanda como estratégia... E agora os dois fazendo par só por causa de uma escada, uns degraus desatentos e uma fatalidade. E Estevão dormindo diante deles. Os três reunidos ali feito família. Aquela intimidade na dor é surpresa que o desconcerta. Quais serão os próximos passos desses irmãos que, de tão apaixonados, andam sempre juntos, e, de tão imprevisíveis, lhe inspiram os sentimentos mais diversos?

Ainda não se dá conta? Sua mãe morreu e você aí elucubrando sobre o futuro? Egoísmo, fuga ou o quê? Sua mãe morreu, Cosme. Olhe bem para ela, morreu, fim. Tem noção do que isso significa ou vai continuar...

Corte súbito. A realidade age rápido e chama a atenção para o que acontece no mundo do lado de fora. Sinal de vida: Estevão acorda, sorri preguiçoso ao perceber que está sendo observado. Apruma-se no banco, boceja enquanto esfrega o rosto. Estica-se todo, o corpo dói. Sonolento, levanta-se para cumprir ritual. Amanda não se move, deixa que o irmão venha até eles. Cosme é que toma a iniciativa de se adiantar alguns passos. Os dois se cumprimentam, abraço sincero e desajeitado.

— Sinto muito. Nem sei o que te dizer, cara.

— Não diz nada. O importante é vocês terem vindo, estarem aqui comigo... Papai me contou da ajuda que vocês deram a Damiana e a ele. Valeu mesmo. Não vou esquecer isso nunca.

— A gente tinha mais é que dar apoio mesmo.

Depois da fala, Estevão não sabe para onde olhar ou o que fazer. Natural ficar sem jeito nessas horas, e mais a pouca idade, a inexperiência. Cosme vira-se para Amanda, ela logo entende que é para se aproximar, chegar mais junto deles — sua presença é que trará conforto e os deixará à vontade. Então, como se há muito houvessem combinado, com as mãos nos ombros, formam um círculo de afeto e cumplicidade. Por instantes, os três ficam assim, se olhando em silêncio, lendo pensamentos, se decifrando, talvez. Cosme é total entrega.

— Vocês não imaginam o bem que estão me fazendo.

Por instinto, Amanda e Estevão fecham o círculo um pouco mais, apertam os ombros de Cosme. Ele sente boa vibração, claro — é que na dor e na perda, bichos e anjos afloram nos seres humanos, se dão as patas e as mãos. Tomam conta, protegem, facilitam o entendimento.

— Estranho. Muito estranho. A impressão que tenho é de que somos parentes. Que sou o irmão mais velho e preciso tomar conta de vocês dois. No entanto, são vocês que estão aqui me dando força. Complicado, não é?

— Tudo é complicado. A gente sabe disso faz tempo, não é, Estevão?
— É. Faz.
— Nós aqui nesta capela, abraçados assim... Quem diria? Vocês me surpreendem, me tiram do rumo, sempre.
Amanda gosta do que ouve, acha graça.
— Sério?
O círculo se desmancha naturalmente, embora os três permaneçam bem próximos.
— Sério. Nesses anos que a gente se conhece, vizinhos de porta, nas vezes que frequentei a casa dos seus pais... Para mim, a alegre casa amarela... E também nas vezes que os vejo andando na rua, vocês dois parecem tão unidos, tão seguros de si, tão independentes... Não há espaço para mais ninguém.
Amanda e Estevão se olham com expectativa, a respiração muda. Cosme não dá trégua.
— De repente, sinto que não é nada disso. Que a casa não é tão alegre nem tão amarela... Que vocês precisam de um amigo. De alguém para conversar, que não seja pai nem mãe. Tentei chegar perto. Teve um momento em que vocês foram receptivos, mas depois... Se afastaram, não sei o motivo.
Amanda solta sem querer o que deveria ficar guardado.
— A gente se defende e se protege, só isso.
Se defendem e se protegem de quê? Cosme quase pergunta, mas sente que a revelação foi sobre algo delicado, a fala saiu espontânea, e ele não deve ser frontal. Segue por outro caminho, tenta criar afinidades.
— Sei como é. Também me fecho e vou me defendendo como posso. Mas isso não é bom, eu acho.
Estevão alivia, sincero.
— Engraçado, você dizer que tem a sensação de que somos parentes.

— Eu, a irmã mais nova...

— Falei sem pensar... Fiz mal? Se fiz, me desculpem. Eu apenas...

Amanda impede que ele continue.

— Não, claro que não! Fez muito bem! Você falou com verdade.

— Eu também curti. Amanda e eu sempre imaginamos como seria ter uma irmã ou um irmão com mais idade que a gente...

Inacreditável. Mesmo apaixonado por Amanda, Cosme deixa escapar que a vê como sua irmã. E ela não se decepciona com a afirmação, pelo contrário. Estevão, em vez de se sentir enciumado, aprova a ideia de ter um irmão que, ainda por cima, seria o primogênito, rivalidade nenhuma. O que se passa na cabeça desses três? Por que lhes é tão prazeroso o vínculo familiar? No tanto que se conhecem — com todos os choques e curtos-circuitos —, é por essa irmandade simbólica que a conexão entre eles finalmente se estabelece. A conversa continua sem esforço. Falam de tudo um pouco, com intimidade caseira. Como se estivessem em seus quartos, em suas camas, à espera do lanche da tarde preparado por suas mães — felicidade trazida por elas de bandeja.

Assim, pela primeira vez desarmados, Cosme, Amanda e Estevão descobrem a irmandade que transcende o sangue. Tão simples, tão fácil, tão ao alcance. Entretanto, é bom lembrar, a confraternidade que aqui se forma é à flor da pele, de alto risco, porque com um ingrediente a mais: o tato. Ingrediente que, liberto, desconhece precauções e cuidados e avisos e limites impostos.

Duas senhoras entram na capela. É Joana, irmã de Carlota, com a acompanhante. Cosme vai recebê-las. A preocupação agora está em consolar a tia fragilizada e comovida que há muito não via. Está em contar a ela, sem muitos detalhes, o acidente. A tia é igual à Carlota, só que bem mais velha. Cosme se dá conta de que sua mãe jamais terá essa idade. Nó na garganta. Os critérios do tempo, seus acertos com a vida, seus conchavos com a morte. Vá entender.

    Parentes e amigos chegam aos poucos em uma leva e outra. Cosme vai falando com todos, repete que a irmã talvez não venha, mas o pai não deve demorar. De mãos dadas, Amanda e Estevão observam o movimento. Decidem que ficarão até o fim. Convicção de que agem certo na desobediência. Bom estarem ali. Experiência única, aprendizado. Contidos, a emoção que sentem, ninguém percebe. E daí? Juntos, ousaram. Venceram o medo. De mãos dadas.

Sem tirar nem pôr

Jovens de hoje, jovens de qualquer tempo — anjos camicases, bichos sem coleira. Uma simples brecha para se aproximarem do amor que almejam é o quanto basta. Atiram-se na aventura movidos pela curiosidade, pelo excitamento do aprendizado a dois. Não medem consequências, porque o ato de amar é bem maior que o maior risco. Quando suas escolhas vão pela contramão do que é tido por certo, dão de ombros e seguem adiante. Para se defenderem, se põem à margem. E silenciam. Como revelar vontades secretas ainda que passageiras, desejos proibidos? Silenciam não tanto pela censura alheia, mas bem mais pelos quereres desencontrados. Sim, os quereres desencontrados — de todos os que habitamos este temperamental planeta. Se, em passe de mágica, os infinitos quereres coincidissem, nossas fantasias se manifestariam às claras. Livres, soltas, permitidas. Nos amaríamos uns aos outros sem culpas, e a humanidade cumpriria o seu propósito. Mas assim, do jeito que somos, há que se recorrer às guerras — individuais ou coletivas —, há que se inventar o pecado, há que se esconder o fato, há que se exibir a aparência — ancestral desacerto de nossa trágica incompletude.

Nessa encenação coletiva, Amanda e Estevão se envergonham do papel que representam. De que adiantam a atenção dos pais, a educação e os bons colégios, se não podem contar ao mundo o que sentem um pelo outro? Portanto, nenhuma chance de felicidade compartilhada, sonho banal de qualquer um. Amanda acredita que chegou a hora de definir caminhos, encontrar alguma saída que os liberte. Mal entram em casa, pede ao irmão que vá a seu quarto. Precisa falar, é importante. Sobre a conversa que tiveram com Cosme, o abraço que os três se deram lá no velório. Mas há o perigo de o assunto desandar e os arquivos secretos se abrirem em voz alta, não dá para falar com os pais por perto. Algo inédito começa a se processar dentro dela — pressentimento recalcitrante. Não, nada de ruim. Ao contrário. É certeza que os fortalece, certeza de que, a partir daquele abraço circular, os dois estarão irremediavelmente ligados a Cosme. Como? Não faz ideia. É como se a irmandade selada entre eles os tivesse atado pelo mesmo cordão umbilical.

Por enquanto, Amanda silencia sobre a atração por Cosme — ou o que mais seja e não sabe definir. Sincera, com ansiedade, segura as mãos de Estevão, diz que precisa muito de sua ajuda. Logo depois do almoço, quando estiverem sozinhos, conversarão com calma e tudo se esclarecerá, confia.

Três da tarde, já não há ninguém em casa, os dois no sofá da biblioteca. O ambiente agora é tenso. Os livros por testemunhas.

— Estevão, a gente precisa conversar, é sério.

— Está tudo bem com a gente, não está?

Amanda levanta-se de pronto, afasta-se.

— Não, não está. Aliás, nunca esteve. Se estivesse, não viveríamos desse jeito.

— Não temos culpa nenhuma, não forçamos nada. E é lindo...

— Lindo para você e para mim. Não para o papai, a mamãe, os nossos amigos. Qualquer um que souber vai se escandalizar.

— Se quiserem ver feiura onde não existe, o problema é deles.

— Ah, Estevão, você parece que mora em outro planeta! As coisas não são tão simples! Será que você não entende a que ponto a gente chegou? Para e pensa.

Afetuoso, Estevão tenta se aproximar.

— Quantos carinhos desde criança? Quantas noites dormindo juntos no maior amor?

Amanda cuida de manter distância.

— Acontece que já não somos crianças e nossos corpos começam a querer mais e mais. Daqui a pouco, sei lá... É perigoso... Você não percebe?

— Claro que eu percebo. Mas isso não significa que o amor tenha ido embora, significa? Nossos corpos só querem se expressar de forma diferente.

— Diferente é você, diferente sou eu. E o pior é que não podemos dividir isso com ninguém.

Silêncio demorado. Estevão arrisca.

— Foi o Cosme que deixou você assim, não foi?

— Foi. Não vou mentir.

— Nem precisa. Ele é vidrado por você, a gente sabe.

Para não magoar, Amanda apenas registra o comentário. Como verbalizar que a atração é mútua? Prefere insistir no que pode ser dito de coração aberto.

— Nada vai mudar entre a gente. Você é meu companheiro para sempre. Confia em mim.

— Então? Qual o problema?

— Cansaço. Cansaço de viver como a gente vive. Fico imaginando como seria dividir esse peso com alguém. Nossa, que alívio!

— Você não está pensando em falar nada para ele, está?

— Estou, e é sobre isso que eu quero conversar.

— Nem pensar, esquece!

— Pode ser bom para nós dois, Estevão. A gente teria um amigo para nos ouvir. O primeiro a saber a verdade.

Por um instante, Estevão volta à cena do velório, quando os três se mostraram totalmente desarmados. Cosme foi verdadeiro, inspirou confiança, reconhece em silêncio. Mas há o medo.

— Não, de jeito nenhum. É muito arriscado.

— Ele sabe que a gente se liga demais um no outro. Desde aquela vez que nos afastamos dele...

— Mas não tem certeza de nada. Bem diferente de você contar... E se ele sai por aí espalhando para todo mundo?!

— Ele não vai fazer isso.

— Você está gostando dele, confessa!

— Gosto dele como amigo. Alguém que pode nos ajudar. Um irmão mais velho, como ele mesmo disse.

Os dois se calam. Depois, se abraçam, cada um com suas questões, os ombros como travesseiros. Para Amanda, tudo parece desconexo no mundo, imagens que nunca se completam. Estevão e ela são milagre, acredita. Assim feito duas peças de um imenso quebra-cabeça que se encontram por acaso e conseguem formar algo minimamente compreensível, fragmento de um desenho sem limites, quem sabe? Imagina que Cosme possa ser um terceiro pedacinho desse eterno e incompreensível jogo de adivinha. Que fazer se o encaixe parece dar a ela novo sentido? Tão bom se pudesse desligar os pensamentos! No abraço siamês, as questões de Estevão são outras. Ao contrário da irmã, vê a existência sem mistérios. Tudo seria bem mais simples, se quiséssemos. Por que se preocupar com o que se explica naturalmente ou nunca se explica? Para ele, perdemos tempo precioso com os desimportantes da vida e nos esquecemos de aproveitar o que ela nos oferece de melhor.

— Por mim, ficaria abraçado assim para sempre, mandaria todos esses nossos medos embora... Você me faz tão bem, Amanda...

— Você também me faz. Nem sei dizer o quanto...

— Queria ser bicho. Viver seria tão mais fácil...

Ainda entrelaçada ao irmão, Amanda segura-o agora pela cintura, olha bem em seus olhos.

— Tem razão. Não sei por que estudamos tanto, lemos tanto... Parece que, quanto mais a gente quer entender o que se passa na nossa cabeça, mais a gente se perde e se aflige.

— Papai diz que cabeça é terra a que ninguém vai.

— Mas ele vai. Vive falando da importância do autoconhecimento, a corajosa viagem para dentro de nós mesmos. Começo a achar que o bilhete é só de ida. Maior roubada...

Estevão se desconsola. Amanda começa a rir.

— Está rindo de quê?

— É que você fez uma cara engraçada de coala carente.

— Coala carente... Você inventa cada coisa.

— Fez a cara de novo, agora!

— Para, Amanda! Sai pra lá, não quero mais abraço. Um saco quando você me trata feito criança.

— Ué? Você não queria ser bicho? Coala é um bicho bem simpático.

O clima fica descontraído — irmãos serão sempre irmãos. Estevão observa as estantes da biblioteca, acaricia a fileira de livros na prateleira que está ao alcance.

— Lembra quando começamos a passar para um caderno trechos de livros que papai nos dava para ler?

— A gente já procurava uma explicação...

— Complicamos tudo mais ainda, isso sim.

— Nossos bichos nos abandonaram.

— Nossos anjos, também. Ficamos sozinhos como todo mundo.

Os dois permanecem calados por um bom tempo. Amanda volta a animar o irmão, provoca, lança desafio.

— Fala o primeiro trecho que a gente escreveu no caderno.

A provocação funciona, pergunta fácil. Estevão abre sorriso apaixonado, responde de imediato.

— "A caverna que lhe mete medo guarda o tesouro que você procura", Joseph Campbell, *A jornada do herói*. Maravilha de livro. Amei.

— Pois é. Mas entra na caverna e vê o que acontece. Acho que o papai está perdido lá dentro até hoje procurando o tal tesouro.

— O tesouro dele são esses livros, somos nós, a mamãe...

— E algumas alunas.

— Esse lance acabou, Amanda. E também não quero saber, não é assunto meu.

— Desculpa, saiu sem querer.

— Lá no enterro, ele foi legal demais, nos surpreendeu como sempre. Em vez de nos dar uma bronca, reconheceu que fomos corajosos. Que pai agiria assim com os filhos depois do que a gente aprontou?

— Poucos, nenhum, sei lá.

— Então? E ainda disse para o Cosme que fomos sozinhos de madrugada porque ele teve preguiça de nos levar.

— Falou a verdade.

— Verdade que o diminuía e nos valorizava, será que você não vê?!

— Já notou uma coisa?

— O quê?

— Em toda conversa, a gente acaba falando no papai. Incrível.

— Sinal de que ele é importante para nós.

— A mamãe também é, e a gente quase não fala nela.

Estevão acha graça, justifica com o que lhe vem à cabeça.

— É que ela também parece filha. Deve ser isso.

Amanda aproveita, volta à carga com uma pitada de maldade.

— A filha perfeita. Porque é a aluna que ele pode levar para a cama sem culpa nenhuma.

— Lá vem você de novo com isso! Desde que a gente se mudou aqui para o Rio, os dois estão ótimos. Carinhosos, alegres...

— Está certo. O problema sou eu. Fazer o quê? Não sei o que acontece comigo. Tão difícil separar esses "Pedros" todos! O pai amoroso, o pai vigilante que dá bons conselhos, o professor querido e admirado na faculdade, o homem, o amante conquistador... São muitos "Pedros", entende?

— Entendo que você tê-lo visto beijando aquela garota dentro do carro deve ter sido horrível. Mas é passado, Amanda. Ficou lá em Curitiba. Fim. Esquece!

— Eu tento, mas não consigo.

— Ele é assim: esse eterno apaixonado... Por isso é que ele dá assunto.

Amanda tira um livro da estante, folheia-o por folhear e o acomoda de volta.

— É, pode ser.

— Você parece longe. Está pensando em quê?

— Idiotice minha achar que a gente deveria contar ao Cosme sobre nós dois. Ele não ia entender nunca.

— E ainda por cima íamos ficar nas mãos dele, mesmo que ele não contasse nada a ninguém.

— Como será que vai acabar esta nossa história?

Ao acariciar os cabelos da irmã, Estevão é luz e puro afeto.

— Nossa história não vai acabar nunca. Porque nosso amor é único, é maior que tudo.

— Amor que assusta.

— Não fala isso.

Amanda se aconchega em Estevão. Sob o olhar compreensivo da velha e experiente biblioteca, os dois se beijam, comovidos.

— Vai dar tudo certo, acredita. Não estamos fazendo nada de errado... Nesse mundo tão cheio de ódio, que mal existe em duas pessoas se amarem do nosso jeito ou seja lá do jeito que for?

— Nenhum. Mas põe em votação e você vai ver o resultado.

Amanda se solta, enxuga as lágrimas, muda radicalmente de assunto. Refugia-se no que é concreto e está ao alcance.

— Amanhã, papai e mamãe vão levar tio Afonso e tia Nair a Petrópolis, querem que a gente vá junto.

— É, eu sei. Já fui convocado.

— Eu não vou.

A recusa de Amanda tem explicação. Afonso, irmão de Pedro, e a mulher são difíceis de aturar, chatíssimos com as críticas e ostentação de riqueza. Chegaram de Curitiba justo no dia da morte de Carlota, daquela confusão toda. Vieram passar os feriados de Páscoa e, mesmo hospedados em hotel, terão de receber alguma atenção. Hoje, pela manhã, conheceram a casa e viram os sobrinhos, que, por sorte, conseguiram escapar da programação de almoço em Santa Teresa. Portanto, Amanda terá de encontrar pretexto convincente para não subir a serra.

— Resfriado não cola. Mamãe já sabe que é alergia que você provoca.

— Tenho uma desculpa ótima. Estarei aflitíssima, porque tenho de apresentar uma redação de Português na segunda-feira e ainda não consegui escrever uma só palavra.

— E se ela quiser ligar para o colégio?

— Pode ligar, é verdade mesmo. Só que a redação já está pronta faz tempo.

Estevão não consegue esconder o fascínio que sente pela irmã. Sempre pronta a levar seus planos adiante. Queria ser assim, sem tirar nem pôr. O curioso é que o fascínio é recíproco. O sonho de Amanda também era ser igual ao irmão. Sem tirar nem pôr.

Quatro paredes, chão e teto

Ninguém me convence de que o caminho desimpedido para Amanda não tenha sido armação do destino. Damiana, a conselho do pai, vai passar o domingo no Recreio com a amiga Márcia — pelo passeio saudável, a boa companhia. Zenóbio talvez dê um pulo ao clube e almoce por lá. Tem certeza de que sair e ver pessoas lhe fará bem. Cosme, ao contrário, não se anima a ir a parte alguma. Que ninguém se preocupe. Prefere ficar só, organizar papéis, pôr o quarto em ordem, apenas isso. Apenas isso? Mal saem Damiana e Zenóbio, ele pega o telefone e liga para Vicenza. Tanta coisa a dizer, tanta. E dá sorte — ela atende de imediato. Conversa longa, que vai da morte de Carlota, e da cena do pai ao lhe dar a notícia, à inesperada presença de Amanda e Estevão no velório. Conta tudo com detalhes: os dois chegaram de madrugada, isso mesmo, de madrugada e sozinhos. O inacreditável? A comoção no abraço que ele e Amanda se deram, e o que foi dito e vivido em momento de tamanha perda e dor, vida e morte de mãos dadas a desconcertá-lo e mais isto e mais aquilo... Vicenza se preocupa com Cosme — conhece-o bem. Para a ligação não ficar muito cara, faz com que ele desligue e o chama de volta. A conversa ainda segue por um bom tempo. Até o generoso oferecimento para que ele vá a Paris quando quiser, poderá contar com as passagens e a hospedagem. Só então, os dois se despedem. De lá, conselhos, recomendações e uma boa dose de aflição... Cuide-se, menino. Cuide-se muito. Daqui do Rio de Janeiro, imenso beijo agradecido e nó na garganta. Depois, o estirar-se na cama, o perder-se em pensamentos. O procurar sentido para separações, despedidas, ausências.

Volto a repetir: armação do destino, sim. Que outra explicação para Cosme e Amanda estarem sozinhos? Justo hoje, domingo de Páscoa, dia forte que significa recomeço, renovação, renascimento. E por que ocorre a ela bater na casa ao lado sem ter ideia do que irá encontrar? Zenóbio e os filhos estarão recolhidos? Haverá amigos, parentes a lhes fazer companhia? A imaginação vai longe e até certo ponto a inibe, mas Amanda, sabemos todos, não se deixa intimidar quando se trata de levar adiante o que tem em mente. No caso, aproximar-se de Cosme, abrir-se com ele sobre o drama que vive com o irmão. Desastre ou acerto, ela aproveita a oportunidade, cria coragem e sai como está: rosto lavado, cabelo informalmente preso, roupa de andar em casa. Ela.

Dez e meia da manhã, um pouco mais, talvez. A mão ousa a campainha. Da casa, nenhuma resposta ou indicação de movimento. Pelo visto, não há ninguém. Ansiedade. A mão tenta outra vez, agora com mais demora e força — não por impaciência, mas quase por súplica. Susto, a porta se abre. Expressões de espanto e incredulidade: Cosme! Amanda?!

O diálogo começa tímido. Ela, que pensou que todos tinham saído e já ia embora, percebe o rosto de choro, diz que só foi dar um alô, não quer atrapalhar. Ele, lá em cima no quarto, estranhou a campainha, não esperava ninguém. Esfregando os olhos, a faz entrar, o pai e Damiana foram passar o dia fora. Se tivessem combinado não teria dado tão certo, ambos pensam.

Cosme e Amanda, a sós pela primeira vez, vão tateando o encontro. Melhor abrir as janelas para arejar um pouco e clarear, ele sugere. Ou prefere ir lá para o jardim? Dentro de casa talvez seja melhor, Amanda acredita. Ficam ali mesmo, então. Engraçado conversarem na sala, parece meio cerimonioso. Estranho, não acha não? Ela concorda, sem jeito. Ainda por cima, as lembranças de anteontem, quando esteve naquele ambiente com o irmão, a mãe e Damiana. Que tal a cozinha? Tem a mesa da copa, mais confortável se quiserem beber ou comer alguma coisa. Não, obrigada, ela tomou café nesse instante. Indecisos, acabam se rindo do impasse bobo. Cosme aproveita a pitada de descontração. Só se forem para o seu quarto. Garante que é bem-comportado, digno de confiança. Amanda acha natural o convite, problema nenhum. Então, pronto, resolvido. Solene, Cosme afirma que ela será a primeira garota a entrar lá. A informação agrada e muito. Ao subirem a escada, silenciam — os pensamentos vão para Carlota, é inevitável. Mais adiante, no corredor, os retratos dele com Damiana ainda bem pequenos divertem e alegram a passagem. Finalmente, chegam ao "esconderijo". O cosmo! O quê? O cosmo, Amanda repete ao ver as paredes e o teto cobertos de pensamentos, histórias e poemas. Encanta-se. Nunca havia imaginado algo parecido. Palavras, estrelas? Frases, constelações? Os textos mais extensos serão galáxias? Universo, multiversos? Como pode o quarto todo assim?! Cosme sente-se O Criador, artista e arteiro, o autor do livro gigante. Em voz alta, Amanda lê o que foi escrito ao lado do interruptor de luz e que — por coincidência? — tem tudo a ver com a imagem que compôs:

Pare de dizer que somos menos que poeira, que a Terra é minúscula e o Sol é estrela mínima se comparada a outras, e que nossa Via Láctea é tão insignificante! Qual fita métrica se ajusta ao que vai por aí afora e não se vê? Se o infinito transcende medidas e na eternidade o tempo não conta, estamos desmesuradamente inseridos nesta aventura humana, intemporais e pronto! A certeza que me anima? Sem seu tamanho amor e meu amor tamanho, nada disso importa um tico.

Expressão que aprova, Amanda se felicita intimamente: veio parar no lugar certo, no momento exato — obrigada, anjos e bichos! Pura mágica! E puro perigo também, pondera. Porque é história rodando na hora, sem ensaio. No improviso, viverá sabe-se lá o quê. Cosme se pergunta como é possível estarem os dois sozinhos em seu quarto. Se sua mãe não tivesse morrido, o encontro não aconteceria. Mas ainda assim seria preciso Amanda tomar a iniciativa de ir visitá-lo. Antes, naquele mesmo espaço, apenas lembranças de dor, o vazio, o nada. E agora, mais uma vez, é ela que lhe dá sentido e vida. Ela, seus discretos movimentos, o olhar sempre atento às paredes e ao teto, como se procurasse algum pensamento ou poema que lhe tivesse sido dedicado.

Amanda não repara na cama por fazer, na sensualidade do lençol jogado e solto, e do travesseiro à mostra. Cosme também não se dá conta da intimidade exposta. Ambos estão conectados pelo que está visível mais acima, e é nessa faixa de sintonia que vem a primeira fala, e a segunda que dá forma ao diálogo, e a terceira e a quarta e todas as demais que hão de nos contar a história. A conversa entre eles flui com facilidade. Sinceros, vão desfiando arranhões, implicâncias e desacertos desde que se conheceram. Somando e subtraindo, não sobra ressentimento, porque afinal de contas não houve nada assim de tão grave. Até acham graça daquela aversão inicial. Tudo bobagem, jogo de sedução, carência, imaturidade de ambos, reconhecem. Sentam-se na cama como se sentariam no chão, totalmente à vontade, enquanto lembram as coisas boas também, é claro. Amanda recorda aquela tarde com ele e o irmão na Órion. Afasta o lençol sem nenhum constrangimento, pano qualquer. Recosta-se na cabeceira, usando o travesseiro como almofada. E Cosme, descalço, pés em cima da cama, se acomoda naturalmente diante dela. Interessado no que ouve, não perde palavra. Tão envolvidos estão um com o outro que se esquecem do que existe ao redor. Assunto puxa assunto. Colégio, estudos, projetos profissionais. Ainda pensa em ser estilista? Amanda suspira, sorriso desanimado. Sim, seu sonho é entrar para a faculdade de moda. Mas tem consciência de que o caminho é longo e espinhoso. Há alguns meses, matriculou-se em um curso livre, só para manter a prática de desenho e criação de modelos. O professor pediu aos alunos um trabalho sobre luvas femininas. Que moda criariam para que, a exemplo dos anos 1950, as luvas voltassem a ser acessório valorizado? Os modelos deveriam estar de acordo com o estilo de vida atual, traduzindo a personalidade da mulher dos anos 1980. Ganhou zero. Sério?! Por quê?! Porque desenhou um par de luvas de boxe cor-de-rosa estampado de flores miudinhas. Cosme acha graça. Maior injustiça, insensibilidade do professor. Ela merecia a nota máxima pela originalidade — ingrediente fundamental para uma estilista. Amanda diz que não se importou e até se divertiu com o episódio. E ele? Sempre às voltas com os textos e as imagens? Com certeza. Só que agora os planos de se mudar para Botafogo terão de esperar um pouco. Como assim?! Estava pretendendo sair de casa e ir para outro bairro?! Meio sem graça, mentindo, Cosme tenta se explicar. Seria por motivos profissionais apenas, pela conveniência de morar ao lado do trabalho. Mas, depois do que houve, não há a menor possibilidade de deixar a irmã e o pai, pelo menos por enquanto.

Bom demais ele não ir embora — o contentamento no rosto de Amanda é indisfarçável. Depois do tanto que já conversaram, ela se pergunta se não será amizade o que Cosme lhe desperta. O conforto que sente, mesmo estando sozinha ali com ele, escondida dos pais e do irmão. Vontade de lhe abraçar e lhe cobrir de beijos? Sim! Mas é abraço, beijo e carinho de doação. Hora de contar toda a verdade? Os dois se olham em silêncio. Falaram sobre suas famílias, a relação com os pais, pequenos conflitos domésticos, sonhos, questionamentos... Mas ainda não se testaram para valer. Nenhum dos dois tocou em sua vida pessoal. Medo de que o encontro se estrague, talvez. Cosme parece lhe adivinhar o pensamento, porque a iniciativa de abrir a intimidade é dele. Começa por Vicenza, sua primeira paixão e grande amor. Não se sente envergonhado ao contar as loucuras que fazia para estar com ela. E o tanto que sentiu quando se separaram. Muita saudade. Ainda há pouco, se falaram por telefone, amizade que permanece. Amanda faz perguntas e mais perguntas — por ponta de ciúme, talvez. E depois? Houve mais alguém? Não. Apenas alguns namoros sem importância. No momento, está só e abandonado, diz em tom de brincadeira. E ela? Já se apaixonou alguma vez?

Já esperada, a pergunta permitiria a mentira confortável. Uma simples e monossilábica negativa levaria a conversa adiante sem machucar ninguém. Tão mais fácil se esconder, manter a ilusão presente. Tão mais cômodo fingir que está tudo bem...

Conflito, emoção que aflora — o optar pela verdade será insensatez. Silêncio demorado, e nada. Curiosidade, expectativa. Então, menina? Já se apaixonou alguma vez?

Como se tivesse ativado algum comando interno, olhos cheios d'água, Amanda levanta a cabeça. A resposta sai automática.

— Já. Paixão antiga que continua. Paixão que não me dá um minuto de paz.

A revelação causa impacto. Principalmente, pela tristeza com que é feita. Cosme quer entender a contradição.

— Paixão não correspondida?

Amanda assume o controle das palavras. Liberta-se com fala pausada.

— Ao contrário. Plenamente correspondida. Paixão que me alegra e me envergonha. Que me inspira o que há de mais puro na vida e, ao mesmo tempo, me desespera. Paixão que me fortalece, que me fragiliza, que me confunde e me dá sentido. Que me ilumina e me prende no escuro...

Com dificuldade, Cosme verbaliza o nome que já é certeza.

— Estevão...
— Ele mesmo.

Amanda tem consciência da gravidade do que foi revelado, chora copiosamente. Assustada, implora a Cosme que não conte nada a ninguém, pede desculpas por tê-lo envolvido em algo tão íntimo. Loucura ter exposto o irmão! Sem conseguir pôr em ordem seus próprios sentimentos, Cosme tenta ajudar. Desculpas por quê? Fez muito bem em dividir aquele peso com ele. Os dois se abraçam — ternura de amigos. Apenas amigos, nada mais que amigos? Difícil conceber. Se estão assim entregues um ao outro, como definir limites do corpo? Mas definem. Aparentemente, definem. Por defesa ou por cautela, amizade é desapego, amor sem cobranças, lugar seguro, acreditam.

Por enquanto, é certo: os gestos acalmam, as palavras confortam. Cosme garante que o segredo continuará muito bem guardado. Nada com o que se preocupar, portanto. Não contará a Vicenza? A ninguém, nem a Vicenza. Palavra? Palavra. O essencial continua sendo que ela e o irmão decidam o que querem para suas vidas. E que estejam preparados: opção traumática, qualquer que façam. As dores é que serão diferentes. Permanecerem juntos e corajosamente levarem a relação adiante ou terminarem em definitivo. Quem sabe a separação durante algum tempo? Uma viagem, talvez... Não cabe a ele julgar, muito menos interferir. Como intitulado irmão mais velho, promete total apoio e o estar junto. É o que tem a oferecer. Feito menina, Amanda aconchega-se no corpo que tem à mão, e nele se vai apascentando. Temia que, depois da confissão, Cosme a respeitasse menos, desdenhasse Estevão, e os passasse a ignorar. Imaginou mil horrores. Ao mesmo tempo, algo dentro dela lhe dava a certeza de que com ele poderia se abrir, se aconselhar.

E Cosme? Esse que se mostra forte, mesmo fragilizado. Como é que fica? Em quem se escora? Amanda é o oposto de Vicenza. Os papéis se invertem. Ela, a que recorre, a que precisa ser ouvida. Que ironia! Quando poderia prever que alguém da casa amarela viria pedir auxílio à tediosa casa cinzenta? Ainda mais em dias de luto e de perda. Nosso poeta pensa e repensa no que será dele. Solidão maior se não se contentar com a amizade concedida — que é a presença ao alcance. Afinal, o mundo dá voltas. Portanto, a renúncia momentânea há de valer a pena — a vaidade lhe sopra ao ouvido. E o amor-próprio por fim alardeia: a recompensa é visível! Amanda acaba de lhe conferir o prêmio maior: sua irrestrita confiança. Confiança que o torna insubstituível. Além dele, quem conhece o segredo dos irmãos? Quem imagina o que se passa ali dentro daquele quarto? Nem o próprio Estevão, que, segundo ela, está longe em Petrópolis com os pais e os tios! A lufada de convencimento o anima. A partir de agora, é ele o senhor da ação. Com ele, as rédeas do que acontecerá na casa amarela. A todos os passos dos irmãos amantes, estará atento. Cuidará deles dia e noite com devoção. O "irmão mais velho", repete. Que sorte não ter verbalizado o que sente por Amanda! Quase o fez depois de falar de Vicenza. Teria se declarado inutilmente, total desastre. E, a ela, teria faltado coragem para revelar seu segredo. Sorte, mil vezes sorte.

Esconder-se na amizade para, com amor desmedido, atuar na insólita história de Amanda e Estevão. Coadjuvante ou protagonista, o tempo dirá.

    O relógio. Quase três da tarde. Já?! Precisam comer alguma coisa. A geladeira está abastecida, mas Cosme não se atreve a encarar o fogão. Jussara só vem amanhã, segunda-feira. Amanda se oferece para improvisar algo, ver o que é possível fazer. Ótimo. Melhor que almoçar fora. Enquanto põe algo no forno e prepara mais isto e aquilo, explica que, em sua casa, ninguém se aperta na cozinha ou em serviços domésticos. Ela e o irmão foram acostumados pelos pais a serem independentes desde pequenos. E Jussara é mesmo competente, deixou tudo praticamente pronto. Questão de minutos, podem se sentar, comida na mesa. Viu? Fácil demais. A fome muda a direção do vento. Antes, prioridade ao coração. Agora, o que importa é cuidar do estômago e falar amenidades que distraiam a mente. Terminada a refeição, Amanda põe o amigo para lavar a louça. Ele refuga: não precisa, é só colocar dentro da pia, a Jussara cuida disso. O quê?! Não é capaz de lavar um par de pratos, de copos e talheres? Cosme se encabula ao ver Amanda tomar a iniciativa de pegar esponja e detergente. Tudo bem, pode deixar que ele lava. E ela deixa de imediato. Ao vê-lo tão desajeitado, até se enternece com a cena. Ao fim, tudo limpo em seus devidos lugares. Tão bom se pudéssemos fazer assim com nossos sentimentos...

    Satisfeita com o desfecho do encontro, Amanda dá sinais de que é hora de voltar para casa. Cosme resiste, sugere caminharem até o Jardim Botânico, ali perto. Tanto ainda para conversar... Melhor não. Fica para a próxima vez. Os pais e o irmão já devem estar voltando. Só mais um pouco, é cedo, ele pondera. Inútil insistir, o pedido de abraço encerra a visita.

Colados, os corpos se apertam demoradamente. Ela, por amizade descoberta, gratidão. Ele, por paixão represada, tempestade que se adia.

Amanda se vai, porta fechada. Cosme sente dificuldade para se desencostar, soltar-se, voltar à realidade da casa cinzenta. Ainda mais agora, sem a mãe por perto. Ainda mais agora, com a partilha, o inventário, o ter que lidar com o pai nessas questões dolorosas e aborrecidas. Ainda mais agora, que deverá guardar segredo sobre seu drama pessoal. Nada poderá falar a Vicenza. A ninguém, deu palavra. Como encarar o silêncio? Escreverá novos poemas em seu livro gigante? Espaço há de sobra. Quatro paredes, chão e teto. Sim. Talvez escreva novos poemas. Sua saída sempre, sua libertação.

Mais cedo ou mais tarde

Tudo deve voltar ao normal. A vida maior que a morte, sempre. *Ecce locus in quo habitamus* funciona assim de modo obstinado. Compreende-se, portanto, aceitarmos o inaceitável e seguirmos adiante, não importa o tamanho da perda. Não há como agir diferente, há? São os compromissos, as responsabilidades, o trabalho, a hora marcada. Engrenagem em moto-perpétuo. Quem partiu entenderá que a dor dos que ficaram foi de bom tamanho, agora basta, página virada. E alívio, ainda que provisório. Além dos deveres, os humanos prazeres até a próxima chamada. Sem que ninguém perceba, aquela dor vai virando saudade, vai ficando distante, quase esquecida.

Difícil acreditar. Faz um ano hoje que Carlota morreu. Sério? Isso mesmo. 24 de março de 1990. Zenóbio sempre foi péssimo para datas, não sabe aniversário de ninguém e, verdade se diga, não se lembra nem do próprio. Seria pedir demais que registrasse aquele dia fatídico. Damiana, ao contrário, nunca o esquece. Grande foi o esforço para superar o trauma. Reconhece iniciativas do pai e do irmão como fundamentais para a sua cura. Cada um do seu jeito. Zenóbio, em dia de fúria, mandou arrancar a velha escada de madeira e redesenhar o acesso ao segundo andar. Nada que lembrasse o triste cenário da queda. Danem-se a beleza e a raridade da peça! Aos infernos, balaústres, corrimãos e degraus! Não é que a decisão radical deu certo? Ninguém mais naquela casa haveria de passar pelo habitual calvário. Damiana, ainda bastante fragilizada na época, criou coragem e voltou a dormir sozinha em seu quarto. Para completar, Cosme deu a ela de presente o tal filhote de basset. Uma fêmea, coisa mais linda do mundo. O nome veio de imediato: Pepita.

Bem ou mal, Cosme e Zenóbio, temperamentos opostos, vão tentando se acertar. Concessões recíprocas tornam possível o convívio. Implicâncias, às vezes. Posições antagônicas, quase sempre. Damiana invariavelmente tomando o partido do pai. O primeiro descompasso começou no 11º Ofício de Notas, durante a leitura do testamento. Não, à toa. É que, escritas à mão, as últimas vontades de Carlota definiram vidas e rumos.

Boa parte da fortuna ficou para Jussara. Isso mesmo. A invisível e dedicada Jussara herdou o suficiente para não precisar mais trabalhar como empregada doméstica. Os aluguéis das três lojas em Copacabana passaram a lhe dar renda mensal infinitamente superior ao seu salário. E, com o apartamento que recebeu na Tijuca, realizou o antigo sonho da casa própria. Zenóbio se surpreendeu com a prodigalidade de Carlota. Contido na frente de Jussara, mal conseguia disfarçar a expressão de incômodo. Damiana aceitou a decisão materna em silêncio, nada em seu rosto que indicasse aprovação ou desagrado. Cosme, por contraste, até se emocionou durante a leitura do tabelião.

"Deixo esses bens para minha querida Jussara, companheira de todas as horas. Ajudante incansável, de confiança irrestrita. Sempre com um conselho pertinente, uma palavra boa. Sempre aparando minhas arestas e atenuando desavenças familiares. Jussara me conhece na intimidade. É mais que irmã. Presença essencial em momento decisivo de minha vida, quando estive a ponto de desfazer meu casamento. Esses bens pouco valem se comparados com os bens maiores que dela recebi: o afeto e a incondicional amizade."

Cosme beijou e abraçou Jussara, que chorava ao seu lado. Lembrou-se da batelada de perguntas que fizera à mãe quando pirralho. A Jussara é da nossa família, não é? Quase? Como assim, "quase"? Carlota se atrapalhou um bocado para explicar ao filho que ela cuidava de todos ali, sim, mas era empregada. Tinha o quarto dela, sim, com cama e tudo, sim, mas era quarto diferente. "Diferente?" É que ela tem a casinha dela. Não sei onde é a casinha, filho. É longe, sim, muito longe; por isso, ela dorme aqui de vez em quando. Por que ela não mora com a gente? Porque não é preciso. Ela vem trabalhar, faz o serviço e depois vai embora. Ah, Cosme, eu sei lá quem cuida da casinha da Jussara! Ela mesma deve cuidar, assim como cuida da nossa. Não, ela é solteira, vive sozinha. A família dela mora lá no Nordeste, um lugar muito, muito, muito mais longe. Está bem, Cosme, já chega de tanta pergunta. Amanhã eu falo com ela e faço o que você está me pedindo: se ela quiser, ela fica sendo da nossa família, pronto. Não, morar aqui não pode. Ela vai ser da família, mas morando lá na casa dela, ok? Agora, vamos para a cama, que já é tarde. Sua irmã já está dormindo faz tempo.

Extraordinário ver como nascem os vínculos de afeto, os laços de amizade. As atrações, as afinidades. E o que lhes dá força: a confiança — alicerce de qualquer relação. Entre pais e filhos, marido e mulher, entre amigos, irmãos, sócios, patrão e empregado, e até entre países, a confiança é o item que rege. Quando se perde a confiança, nada resta. Acaba o amor, acaba o respeito, acaba a própria relação. Embora poucos saibam, no caso de Jussara, foram as inúmeras provas de confiança que ela deu a Carlota que forjaram a sólida amizade entre as duas. Amizade que permanece, porque a empregada de anos se comove, mas não se deslumbra com a herança recebida. Diante de todos ali no cartório, diz que, por sua vontade, e se a quiserem, claro, continua a trabalhar na casa com o mesmo salário. Zenóbio acha que não faz sentido, já que a partir de agora ela terá outro padrão de vida. Mas depois, pensando melhor com seus botões — aqueles que quer sempre muito bem pregados —, afirma, com ar condescendente, que não vê impedimento para que ela continue no emprego. Então, ótimo, assunto encerrado. Todos se alegram com o consensual acerto. Só que, a partir desse momento, será uma nova história — Cosme calcula satisfeito. O tom e o modo de falar do pai para conseguir as coisas terão de ser outros. Pedirá com educação em vez de ordenar com impaciência e destempero. Por quê? Ora, que pergunta! Com a bela herança recebida, a invisível Jussara — a quase inexistente — ganhou corpo, alma, visibilidade. Talvez até se tenha tornado mais bonita. Embora continue sendo rigorosamente a mesma.

De fato, as últimas vontades de Carlota definem vidas e rumos. Cosme compra um sobrado na rua Conde de Irajá, em Botafogo, abre uma pequena empresa de comunicação e começa a produzir vídeos publicitários e institucionais. Com a parte que recebe, Damiana também poderá investir em seu sonho: montar no futuro uma clínica veterinária. Por vontade do pai, herda ainda as joias de Carlota. Chamado a escolher algo de estimação ou de valor equivalente, Cosme pede a caixa de prata com os restos dos antúrios *Cuore* e *Amore* e o quadro *Amor impossível*, comprado pela mãe na exposição de Inês Paranhos. Por ser mais que justo, seu desejo é imediatamente atendido. Ficam para Zenóbio as salas comerciais no centro da cidade, a casa cinzenta da rua dos Oitis — metade já era dele — e o prédio de quatro andares na rua Vinicius de Moraes, em Ipanema. Ações e investimentos são divididos entre os três de acordo com a lei.

Assim, nesse primeiro ano da morte de Carlota, tudo foi voltando ao normal. Apesar de alguns arranhões aqui e ali, mudanças e novas rotinas acabam sendo assimiladas. Embora se tenham tornado financeiramente independentes, Cosme e Damiana continuam a morar com o pai. Mesmo porque os mimos de Jussara viciam. Por mérito, e com absoluta discrição, ela é a nova dona da casa. Até Zenóbio lhe reconhece as qualidades, vive a lhe elogiar o serviço, os cuidados. Com ela no comando, vai-se desenhando outro homem. Mais acessível, parece. Prova concreta? Pedro e Inês conseguem se entender com ele e, de comum acordo, decidem pintar as casas geminadas em tom de areia — que aliás era a cor preferida de Carlota. Com algumas mãos de tinta, as famílias Paranhos e Soares Teixeira, pelo menos na aparência, voltam a se unir em incipiente harmonia. Na casa de cá, há também os latidos de Pepita sempre que alguém toca a campainha. Novos ares.

Mundo à parte

Difícil arrancá-lo de lá. Do universo particular que Cosme cria e recria ao redor de si mesmo. Desde quando? Pelo que sei, desde muito menino, quando o pai, por acidente, quebrou o cavaleiro de porcelana que ficava em um console à entrada da casa — o soldado que o fascinava pelas histórias que a mãe lhe contava. Vez ou outra, com o maior cuidado, era-lhe permitido vê-lo de perto e a emoção era grande. Nunca lhe passou pela cabeça que aquela figura mítica pudesse cair e quebrar bem diante de seus olhos. Apressado para o trabalho, o pai ia vestindo o paletó pelo caminho. Zenóbio, cuidado!!! Tarde demais o aviso. No gesto largo, o desastre aconteceu. O soldado, espatifado no chão. O pai dispensou alguns segundos para ver o estrago? Mal olhou. Estava atrasado para compromisso na empresa. O resultado? Cosme aos prantos e Carlota tentando explicar o inexplicável. Jussara recolheu os cacos em um saco plástico e o jogou no lixo. Pronto, acabou. Beijo na testa, abraço apertado. Depois, mamãe arruma outro soldado para assumir o posto. Acabou? Não para o garoto imaginativo que, sem ser visto, foi ao jardim, destampou a lixeira, pegou o saco com os cacos, levou-o para o quarto e o escondeu muito bem escondido. Depois, o drama que segue, quando Jussara em dia de limpeza descobriu o saco plástico e o entregou a Carlota, e ela fez ver ao filho que ele não poderia ficar com aquilo porque iria se machucar. Quando implorou à mãe que não jogasse os cacos fora e foi atendido, quando o pai — seu super-herói, o mais forte e inteligente dos homens — esbravejou e provocou escarcéu por achar todo o episódio uma insanidade e, muitos anos mais tarde, quando recebeu os cacos de volta — que fizesse com o lixo o que bem entendesse. Lixo?! Para ele, o presente mais valioso que guarda até hoje como se fosse relíquia.

Cosme nunca imaginou cavaleiro e cavalo remendados com cola. Nunca. Decidiu que, aos pedaços, seu herói se multiplicava em curiosas possibilidades e se renovava. Os cacos poderiam se juntar à sua vontade, ainda que os encaixes não se dessem com perfeição. A cabeça do homem no corpo amputado do cavalo sempre o encanta — centauro? —, e as patas dianteiras ao lado das botas ficam divertidas. Que outras tantas interpretações para o que não está mais inteiro? Quanta poesia será necessária para, pelo menos no sonho, recompor a integridade do que foi destruído?

Naquele primeiro encontro em seu quarto, Cosme mostrou o soldado a Amanda. Não é que as certezas de qualquer um poderiam acabar assim de repente? Amanda se impressionou com os cacos. Era como se sentia ligada ao irmão e agora também a ele: três fragmentos partidos que se encontravam por acaso e, desajeitadamente, procuravam se encaixar para compor algo que lhes desse um mínimo de sentido. Com essa intenção, pegou o rabo do cavalo e, riso bobo, o colocou atrás da cabeça do soldado — era o cabelo masculino da moda. Mais uma interpretação para os cacos, mais uma tentativa de nexo. Cuidado, não vá se cortar!

Pelas tantas afinidades, Cosme e Amanda passam a se ver às escondidas. Como amigos, é essencial frisar. Quando juntos, conversas intermináveis, porque se entendem na mesma língua, raridade. O lugar mais frequente para os encontros? O Jardim

Botânico. Escolheram até recanto afastado para voltarem sempre, para chamarem de seu. Amanda sente-se cada vez mais atraída por esse mundo à parte. Nele, se liberta. Já fala sem receios sobre sua intimidade, ouve conselhos, contesta, admite, aceita. Cosme sabe como seduzi-la, cativá-la. Está perfeito no papel que ora lhe cabe. E não tem pressa. O romance acontecerá, questão de tempo, ele confia. É ela que o procura na maioria das vezes. As saídas sigilosas a motivam e a cumplicidade é por boa causa, acredita. Física e emocionalmente, é saudável ter com quem falar sobre Estevão, alguém que não os recrimine, que chegue a ver beleza no drama que protagonizam, e ainda invente enredo para justificá-los: seriam ela e o irmão a versão reencarnada do amor impossível de Romeu e Julieta? Teriam os amantes de Verona voltado para dar desfecho luminoso ao que, por ódios ancestrais, terminara em tragédia? Louco, sim! Que importa? Histórias curativas que ela precisa ouvir, porque a absolvem.

Quando está longe de Amanda, Cosme passa a maior parte do dia em sua produtora. O sobrado da rua Conde de Irajá tornou-se a extensão de seu quarto. Felicidade por não escrever apenas em quatro paredes e teto. A criatividade se expande. As encomendas para a elaboração de roteiros e produção de vídeos vêm aumentando bastante. Diz-se que o que faz é lírico, tem estilo, visível assinatura. E assim, aos poucos, vai ganhando nome. Às vezes, para cumprir prazos de entrega, é obrigado a trabalhar de madrugada e a contar com a ajuda daquele amigo da Órion, o Maurício. Os dois se dão muitíssimo bem e têm planos de, em futuro próximo, abrir sociedade, expandir o negócio. Tudo para dar certo. Na vida pessoal e profissional, estrategista. O comando agora é seu. Que lhe enfiem a realidade olhos adentro, goela abaixo. Está pronto para transformá-la com jeito. Do seu jeito.

O que Cosme parece ter esquecido? É que na casa de lá, embaixo da nova pintura cor de areia, ainda se esconde o amarelo que sempre nos foge ao controle. Na casa de lá — não foi ele mesmo que disse? — tijolo é carne, cimento é pele. Lá, Amanda pertence a Estevão. Que outra saída senão aceitar essa irmandade às avessas?

Dezembro de 1990. A primeira viagem ao exterior — presente de Pedro e Inês aos filhos aplicados que concluíram o ano letivo com excelentes notas. A surpresa chega na hora certa. Os dois sozinhos em Nova York, parece mentira! Não conhecem a cidade, tanto a ser descoberto! Quem sabe a grande maçã mordida os inspire nos caminhos a seguir? Duas semanas só para eles! Sinal verde para serem o que são.

Com os pais, o entusiasmo é outro. Museus, cafés, restaurantes, livrarias, galerias de arte! O Central Park! Não deixem de ir ao Soho, Pedro sugere. A visita ao MoMA é obrigatória, acrescenta. Bem ao seu estilo, Amanda abraça o pai e o cobre de beijos. Pode deixar, farão tudo o que ele mandar. Inês aproveita para frisar a importância da viagem que é prêmio, mas também prova de confiança. Que aproveitem bastante a oportunidade e aprendam o máximo com a experiência inédita. Estevão contém a emoção. Para ele e Amanda, as experiências inéditas serão muitas, pressente. Pena não poderem compartilhar o que guardam no coração. Um dia, quem sabe? Discreto, vai, abraça e beija a mãe. Agradece. Promete que voltarão cheios de novidades.

Em silêncio, os casais trocados deixam-se estar na velha biblioteca. Pai e filha, mãe e filho. Aninhados, entocados, quietos. Paz animal. As crias protegidas de todo e qualquer perigo. Além dos livros, bem provável que bichos e anjos, rondando atentos, estejam ali a lhes fazer companhia.

A despedida

O desapontamento de Cosme é visível, mas Amanda não percebe. Fala da viagem o tempo todo, abraça seu melhor amigo, o de verdade, o único a conhecer o real significado daquela ida a Nova York. Cosme se esforça, participa do entusiasmo. A que preço mantém a estratégia? Amanda se aventurando na cidade mais endiabrada e festiva do planeta, a cidade ovelha desgarrada — bem ela! Inveja de Estevão, doloroso admitir. Por que a reversão de expectativa quando tudo parecia ir tão bem? Precisa acreditar que o que prevalece entre os irmãos é o sentimento de posse, mais que a alardeada paixão. Insiste em apostar que o tempo se encarregará do desgaste natural e que, mais cedo ou mais tarde, cada um tomará seu rumo. Ele e Amanda, sim, talhados para os papéis de Romeu e Julieta reencarnados. Mas haverá esse último capítulo? Talvez não haja sequer a história por ele revisitada...

Que razões nos levam a idealizar e eleger o outro? Algumas, de tão íntimas, nem chegamos a identificar. Para Cosme, não são os encantos óbvios de Amanda. É o mistério que o enfeitiça. O não ter ideia do que será dele sem ela ou, ainda mais assustador, do que será dele com ela. Lembra a principal receita de Vicenza para relacionamentos amorosos — manter-se independente, livre! — e não contém o riso. Antes, parecia tão fácil seguir o conselho... Hoje? Bastou a notícia da viagem para que suas certezas se desfizessem como o soldado de porcelana. Como é possível ausência rápida causar aflição? Duas semanas apenas — tenta se convencer. Inútil. Com Amanda e Estevão soltos em Nova York, duas semanas serão a eternidade.

Suposições chegam sem avisar: longe dos pais, hão de brigar por qualquer coisa, desentendimentos são comuns entre irmãos. Adianta? Logo farão as pazes ainda mais apaixonados. À noite, os dois no mesmo quarto, lençóis, roupas de baixo, banheiro em comum, toalhas misturadas, cheiros íntimos, a sonhada privacidade... Droga! Não lhes deseja mal e, ao mesmo tempo, não admite que sejam felizes sem ele. Quer saber? Preferível passar vergonha, declarar-se de vez. Amizade desinteressada? Olhos nos olhos, dirá a Amanda que é mentira. Puro pretexto para vê-la, tê-la por perto, melhor que nada... Questão de minutos, desconsidera o arrebatamento. Abrir o jogo arruinaria seus planos. O ideal é manter a amizade, seu único trunfo. E se fizesse surpresa, provasse que é de fato o "irmão mais velho", o que não precisa ser bancado, o que se dispõe a lhes fazer companhia? Isso! Passaporte na mão, comprará a passagem e irá com eles celebrar a chegada de 1991, os três hospedados no mesmo hotel, quartos colados. Será bem divertido e... De repente, leva as mãos à cabeça. Que desatino é esse?! Jamais se atreveria a sugerir algo assim. Faria papel ridículo a troco de nada. Impressionante como o amor nos estimula a pensar loucuras...

Embora abatido, Cosme não esmorece. É que a produtora lhe ocupa a mente, trabalho não falta no sobrado da Conde de Irajá — há pouco, finalizou com Maurício a edição de mais um vídeo. Já sozinho, hora de ir embora, organiza papéis para a reunião que terá na manhã seguinte logo cedo. Pronto para sair, assim do nada, encontra a maneira mais saudável de lidar com a ausência de Amanda. O simples gesto de fechar o zíper da mochila o inspira: o ausente será ele! Viajará uma semana antes e chegará uma semana depois. Um mês de merecido descanso. Onde? Em Paris, é claro. Comentará sobre sua viagem com igual entusiasmo, os passeios programados e seu reencontro com Vicenza.

O encontro no Jardim Botânico é rápido e tenso. Cosme embarca à noite para a Europa. Felicidade por rever sua grande amiga e primeira paixão. Quando se separaram, ele tinha apenas 17 anos! Agora, aos 22, os sentimentos voltam embaralhados. Pelas mãos de Vicenza, tudo será novidade e aventura também. Mas as fortes lembranças estarão presentes. Por isso, os dois novamente debaixo do mesmo teto gera ansiedade. Amanda, que semanas antes havia reagido com naturalidade a ele também viajar, admite agora que está com ciúmes. Ciúmes da amizade, logo esclarece. Que seja, não importa. Cosme parece ter conseguido a independência que queria. No dia em que comprou a passagem, sentiu-se livre. Por fim, o desabafo sincero que surpreende: quem sabe fica mais tempo em Paris?

Com um graveto, Amanda faz rabiscos na terra enquanto fala.

— Se acontecer, sentirei demais a sua falta.

— Será bom para nós dois.

— Não para mim. A viagem a Nova York será decisiva, você sabe.

— Por isso é importante eu estar longe quando vocês voltarem.

— Ao contrário. Mais que nunca, vou precisar de você por perto.

— Amanda, ouve: dou todo o apoio e toda a força. Mas não quero nem posso interferir no que você e Estevão decidirem, entende?

— Desculpe, estou sendo egoísta.

— Não, não está. Está sendo honesta como sempre.

Os dois se dão abraço comovido. Impossível verbalizar tudo o que ainda precisariam dizer. Por que a vida os põe à prova assim?

Cosme precisa ir. Amanda prefere ficar mais um pouco. Sem olhar para ele, volta a se sentar à beira do gramado, torna a pegar o graveto e a rabiscar na terra. Desta vez, desenha um coração. E depois outro, e ainda um terceiro. Levanta os olhos e sorri. Cosme ensaia se aproximar. Vontade de sentar-se ao lado dela, beijá-la, transpassar com flecha o coração que seja o seu. Sai antes.

Amor demais

Aconteceu o que já era previsto. De nada adiantou Pedro ter naturalmente pedido camas separadas ao fazer a reserva do hotel. Fantasias adolescentes são águas de rio que correm para a foz — empecilho algum as detêm. Mal pousa as malas no chão, Estevão faz graça.

— Nem nos sonhos mais criativos imaginei algo assim. Nossas camas de solteiro no mesmo quarto!

Amanda ignora o comentário, está mais interessada na vista, abre as cortinas. Da janela, veem-se o Lincoln Center e o movimentado cruzamento das avenidas Columbus e Broadway. Verdadeira festa.

— Estevão, olha que lindo!
— Ali não é a Metropolitan Opera House?
— Só pode ser. Por isso, o papai escolheu esse hotel. Lembra o que ele disse? Primeiro, um concerto, uma ópera e um balé. Só depois estaremos liberados para os musicais.

Estevão abraça a irmã, acha tudo divertido.

— Hoje mesmo vamos ver a programação e comprar os ingressos.

Receptiva ao gesto de carinho, Amanda suspira, está feliz.

— O Central Park é aqui ao lado. Podemos ir lá várias vezes.
— Quantas você quiser.
— Vamos sair?
— Já?!

Amanda vai puxando Estevão.

— É. Deixa tudo aí, depois a gente desfaz as malas.

Amor demais. Por isso, aconteceu. Não na primeira noite ou na segunda. Tão fascinados estavam pelos dias de inverno, tão irmanados nas descobertas lá fora, tão distraídos nas andanças para cima e para baixo, que o quarto era lugar de banho e sono apenas. Beijos e carícias entre quatro paredes, já conheciam. Que graça? A novidade era mostrar ao mundo que se amavam. Andar de mãos dadas ou abraçados feito namorados diante de todos, sem medo e, portanto, sem culpa. Tão fácil, tão simples! Ah, quem os visse! Nos restaurantes, nos museus, nas livrarias, dois amantes, dois adolescentes ingênuos! Como esquecer os beijos em público e o mais apaixonado? Estavam no East Village, na esquina de Bleecker e MacDougal, bem em frente ao Le Figaro. Sabiam, pelos pais, que Henry Miller e Anaïs Nin se encontravam ali. Decidiram entrar e pedir chocolate quente e croissants — homenagem a Pedro e a Inês, e a Henry e a Anaïs, e a todos os amantes loucos e transgressores. Tinham bem a quem sair!

— Como teria sido a "república dos sentidos" que a mamãe fundou com colegas de faculdade?

— Sei lá, Estevão. Ela diz que eram amigos que "se amavam sem posse, sem exclusividade".

— Não ia gostar disso, não. Ciumento do jeito que eu sou...

Amor demais. Por isso, aconteceu. Não na terceira noite ou na quarta. Tão encantados estavam com a semana do Natal, as vitrines decoradas como verdadeiras obras de arte, as luzes, o vaivém nas ruas e avenidas. No Rockefeller Center, aventuraram-se no rinque de patinação no gelo. Riram-se dos tombos. Entre erros e acertos, saíram-se razoavelmente bem. No dia 25, embora não tivessem formação religiosa, foram à catedral de Saint Patrick. Contritos, acenderam velas e fizeram lá os seus pedidos. Discretos, se deram um selinho. O melhor presente? A neve inesperada que cobriu a cidade de branco. Paramentado assim, o Central Park parecia outro.

— Que silêncio, que sensação incrível... Acho que não estamos mais na Terra...

— Olha aquele esquilo, Amanda! Mais um aqui, pertinho!

— Lindos!

— Vem, vamos lá até a fonte do anjo!

Amor demais. Por isso, aconteceu quando menos esperavam. Na primeira madrugada do ano. Passaram a meia-noite em Times Square, gritaram com a multidão quando viram a maçã dourada cair, beijaram-se como todos os casais, fizeram juras. Já no hotel, se deram conta de que em três dias estariam voando de volta para o Brasil, para a casa dos pais, cada um no seu quarto. Abraçaram-se forte como se quisessem proteção — a certeza de que o sonho estava por terminar. Não, não e não! Que força seria capaz de separá-los? Que sentimento maior que o amor dentro deles? Precisavam de prova física, palpável, concreta. Precisavam de seus corpos para extravasar tanta emoção contida. Só por alguns minutos, só até o gozo que lhes desse alívio. E o momento era aquele, nem um segundo a mais.

Depois do êxtase, a realidade. Os dois na mesma cama, nus, deitados de barriga para cima, mãos dadas, cobertos pelo lençol. Estevão arrisca.

— Você está bem?

— Hum, hum. E você?

— Hum, hum.

Silêncio. Olhos abertos e fechados se revezam. Às vezes coincidem e se encontram no teto.

— Tem noção do que aconteceu?

— Tenho, claro. Eu sinto paz, muita paz... Você?

— Um pouquinho de medo, só isso.
— Bobinha. Medo de quê?
— Da volta para casa. Do papai, da mamãe. Do futuro. Tudo.
Estevão vira-se, beija e acaricia a irmã.
— Não pensa nisso agora. Foi tão bonito...
— Tenho medo de te perder um dia.
— Tira isso da cabeça. Vai dar tudo certo.
— Acho que o mundo e a vida vão nos castigar...
— Não diz bobagem.
— Te amo muito, Estevão.
— Eu também te amo. Muito, muito, muito... Amor demais.

Entrando em casa

Amanda toca a campainha várias vezes, enquanto Estevão mete a chave na porta. Chegam largando as malas na sala e fazendo estardalhaço. Ela, como sempre, no comando.

— Anybody home?! Hello?!
— Mum?!
— Estou aqui na cozinha! Vocês entendem português?!

Os dois correm e se atiram ao mesmo tempo nos braços da mãe. Inês faz a festa.

— Que bom que vocês já chegaram! Que bom, meus filhos!

Amanda repara no corte radical do cabelo, espanta-se.

— Dona Inês, que doideira foi essa?! Não gostei, não.
— Ah, com esse calor infernal, piquei mesmo. E, se você quer saber, seu pai adorou.

Estevão olha para a irmã com riso de bem feito, quem mandou se meter onde não é chamada? Sem dar importância ao comentário, Inês os vai trazendo para a sala.

— Mas, me contem, como é que se saíram lá nas terras do Tio Sam?
— Muitíssimo bem. Estevão e eu aprontamos tudo a que tínhamos direito!
— Mãe, que cidade! Nos lembramos de você e do papai o tempo inteiro. Visitamos todos os lugares que vocês nos indicaram, todos!
— Onde é que ele está?

— Na faculdade. Eu disse que vocês iam chegar para o almoço, mas ele vai comer por lá mesmo.

Amanda desconfia.

— Trabalhando nas férias?

— Ah, filha, sei lá. Parece que tinha uma reunião importante de diretoria.

Barulho de chaves na porta. Pedro surpreende, tem uma garrafa de vinho em cada mão. Eufórica ao vê-lo, Amanda vai direto abraçá-lo. Abraço rodopiado, quase se desequilibram. Estevão se diverte com a cena. Inês se desconcerta com a chegada inesperada.

— Fala no diabo, ele aparece. Você não disse que ia almoçar na faculdade?

— Disse. Mudei de ideia, não posso?

— Ih, já vão começar?

— Não se preocupe, filho. Sua mãe e eu estamos numa fase ótima!

Pedro vai até Inês e lhe dá vigoroso beijo na boca, exibe as garrafas, trouxe o melhor dos vinhos para celebrarem a volta dos fujões. Ganha de Estevão o mais forte, másculo e emocionado dos abraços. Um homem! Os dois se olham com amor e admiração, saudade grande, novo abraço. Amanda vai logo mostrando os presentes. Para a mãe, pincéis e mais pincéis, tintas e mais tintas além da encomenda. Inês parece criança de tão alegre. Para o pai, a caixa embalada com capricho. Tem certeza de que vai gostar. Ele diz que já sabe o que é. Estevão aposta que não. São CDs. Ah, isso é óbvio, o papel é da Tower Records. Mas que CDs? Não vai acertar nunca. Depois de vários palpites errados, todos concordam que o melhor é abrir a caixa. Expressão de felicidade: várias interpretações cantadas e orquestradas de foxtrote, da década de 1920 até os anos 1960.

Pedro e Inês não acreditam. O ritmo favorito deles, o ritmo que marcou o primeiro encontro e a primeira noite juntos, o ritmo que até hoje atiça a paixão dos dois. Como foram encontrar tal preciosidade? Ideia de Amanda, que já conhecia essa história de foxtrote etc. e tal. Contagiado pela animação dos pais, Estevão já vai abrindo o vinho. Amanda põe um dos CDs para tocar. Irresistível! Pedro dança sozinho enquanto canta, com Cass Elliot, "Dream a Little Dream of Me". Sabe a letra de cor — não é para menos, fartava-se da mesma música madrugada adentro. Inês vai até o bar pegar as taças. Com autoridade, avisa alto que a próxima faixa ela escolhe. Admirado com o gesto inédito, Pedro aguarda. Todos aguardam. Expectativa, clima de paixão adolescente. Sem que os filhos percebam, Inês pisca o olho para o marido, novamente a aluna enamorada e Frank Sinatra cantando "The Way You Look Tonight". A recordação é fatal, o tiro é certo.

— Bandida. Isso é golpe baixo.

Pedro puxa a mulher para si. Complementando o gesto brusco, os corpos colam e frisam com encenada dramaticidade. O casal começa a dançar com a elegância e os ares que o ritmo exige. Estimulados pelos pais, Amanda e Estevão também se arriscam a dançar, só que, para eles, a demonstração de afeto é bem mais importante que o virtuosismo dos passos. Quase não saem do lugar. Amanda pousa a cabeça no ombro do irmão, que a conduz com imensa ternura. Depois de algum tempo, Pedro toma a iniciativa da troca de pares. Abraçados, Inês e Estevão praticamente observam o exibicionismo de Pedro e o divertido esforço de Amanda para o acompanhar. A música termina com o pai girando a filha várias vezes e a fazendo cair em seus braços às gargalhadas. Estevão e Inês aplaudem com entusiasmo.

— U-hu!
— Bravo!
Tomando fôlego, Pedro e Amanda se beijam carinhosamente.
— Obrigado, filha!
— Eu é que agradeço, pai. Com você, tudo vira sonho!
Inês serve o vinho, enquanto Estevão beija a irmã. Pedro presencia a cena com encantamento.
— Que momento abençoado!
Cada um já está com sua taça. Estevão propõe o brinde.
— A esta família, que é a melhor do mundo!
Pedro suspira, teatral.
— E a mais apaixonada!
Amanda não contém o riso.
— E a mais doida!
Inês resume com gratidão.
— E única!
Todos batem as taças e bebem. Dia de festa!

Crianças grandes

Natural que se queira saber o que acontece em Paris, mas Cosme não dá notícias. Muito estranho, esse silêncio. Já estamos em fevereiro, mais de mês que ele saiu do Brasil, portanto. E nada, nenhum sinal. Em frente de casa, Amanda encontra Damiana. É a oportunidade de perguntar por todos e, claro, por quem lhe interessa. Faz tempo que as duas não se veem. A última vez? Cumprimentaram-se de longe na Marquês de São Vicente, muito antes do Natal. Damiana parece feliz, sente-se realizada porque finalmente conseguiu montar sua clínica veterinária. Quase não vê o pai, os horários não combinam. Mas Zenóbio está bem, com saúde, graças a Deus, e sempre bastante ocupado. Cosme? Quem é Cosme? Ah, sim, o irmão! Esse desapareceu no mundo, ela ironiza. Telefonou no dia em que chegou a Paris só para avisar que havia feito boa viagem e pronto. Depois, sumiu. Deve estar se divertindo com sua amiga cantora. Falta de notícias são boas notícias, não é o que se diz? Na verdade, ele escreveu, sim, um postal para a Jussara. Souberam apenas que está aproveitando a temporada de férias e não tem data para voltar. Decepção. Amanda diz que precisa ir. Resume o seu lado e encerra a conversa. Em casa, também estão todos bem, felizmente. Beijos e lembranças, até qualquer hora, a gente se fala. Tchau. Bye.

Segunda quinzena de março e Cosme continua sumido. Sua ausência machuca. Chega a ser maldade, Amanda já interpreta dessa forma, porque é ausência com jeito de afastamento propositado. Nem ao menos uma palavra. Por quê? Não estavam brigados nem nada. O pior é que não tem com quem se abrir. Vai acabar contando para o irmão, é o jeito. Afinal, mais cedo ou mais tarde, ele terá mesmo que saber da amizade mantida em segredo. Talvez agora seja o momento certo.

Manhã de domingo, Amanda sugere passearem no Jardim Botânico. Estevão aprova a ideia na hora, pensa ser alguma escapada para ficarem mais à vontade. Ilusão. Ela chega a levá-lo ao recanto onde sempre se encontrava com Cosme, mas toma logo outro rumo — é que, ao lado do irmão, as recordações a incomodam. Contradição. Quanto mais sonha a liberdade, mais se enreda em tramas de afeto e se aprisiona. Estevão senta-se no primeiro banco que vê.

— Chega, já andei muito. Se é para ficar assim calada com essa cara, por que me chamou para passear?

Calada? Mal sabe ele o tanto que fala aquele silêncio. Amanda abre um sorriso que é quase pedido de desculpas. Senta-se ao lado do irmão e lhe dá um beijo, um cheiro no pescoço. Estevão se arrepia, encolhe o ombro, acha graça, embora pressinta que há algo no ar.

— Você quer me dizer alguma coisa, aposto.
— Não.
— Quer, sim.
— Tem bola de cristal, é?
— E precisa? Basta olhar para você.
— Ok, tudo bem. Quero conversar, sim.
— Sabia. Seria milagre se a gente viesse aqui só para curtir.
— Assim você me deixa sem coragem.
— É tão sério?

— É.

— Então, fala.

— Primeiro, descruza esses braços e olha para mim.

Estevão obedece com expressão gaiata e aquela má vontade típica dos irmãos. O clima de brincadeira faz Amanda soltar a informação com espontaneidade, sem nenhum cuidado.

— Seu bobo, você vai gostar de saber. Ganhamos um aliado importante.

— O quê?! Você contou para o papai?!

— Calma, Estevão. Não contei nada para o papai.

— Para a mamãe!

— Claro que não.

— Que aliado importante é esse? Espera aí, nem precisa dizer, já sei. O Cosme.

— O próprio.

— Eu não acredito que você foi capaz de fazer isso! Não acredito!

Estevão se levanta, sai andando rápido, pisando forte. Raiva, indignação, decepção, tudo misturado. Amanda vai atrás com aflição.

— Estevão, espera! Ao menos ouve o que eu tenho a dizer.

Ela o alcança, segura-o pelo braço.

— Deixa de ser infantil e me ouve!

— Me solta!

Estevão livra-se da irmã com estupidez.

— Eu posso explicar, você vai me dar razão!

— Não explica nada, não confio mais em você! Não confio!

Sem dar ouvidos, Estevão continua andando. Parada onde está, Amanda fala alto para que ele ouça.

— Se não fosse o Cosme, não tinha acontecido o que aconteceu em Nova York!

Estevão para, volta-se de imediato.

— O quê?!

— Isso mesmo que você ouviu. Foi o Cosme que me deu força para eu assumir a relação com você. Foi ele que me tirou os medos, a culpa...

Estevão, perplexo, passa as mãos na cabeça, respira fundo, não sabe o que dizer. Quase inaudível, só faz repetir a mesma palavra.

— Doideira, doideira, doideira...

— Doideira coisa nenhuma. Lucidez. Você não tem ideia de como foi difícil contar para ele. A vergonha que eu senti, o medo por me arriscar, por expor você.

— Mas se arriscou e me expôs.

— E você só se beneficiou. Sem estresse nenhum. Ficou com esta Amanda que tenta a todo custo achar tudo natural.

— Quando foi isso?

— Logo depois que a mãe dele morreu.

— E você não me disse nada todo esse tempo!

— O tempo de eu me livrar do peso que eu carregava sozinha.

— Sozinha?! E eu, não conto?!

— Você era o peso, Estevão. E de certa forma ainda é. Será que é tão difícil enfiar isso na sua cabeça?

— Eu, o peso. Entendi. E é o Cosme que ajuda você a me carregar.

— Ajudava, entendeu? Para o Cosme, o peso era eu, que falava de você e de mim o tempo todo. Deve ser por isso que ele foi embora e não dá notícias. Cansou! Talvez, lá em Paris, ele tenha uma amiga de verdade, que se preocupe com ele.

— Ainda não estou acreditando. Você fez tudo errado.

— Posso ter errado, sim. Mas foi para ter alguém nos apoiando. E, de certa forma, consegui, poxa! O Cosme não nos condenou em nenhum momento! Ao contrário, deu força, principalmente por saber do risco que a gente corre.

— Você não podia ter me deixado de fora, ficar se encontrando com ele sem me dizer!

— Fiz por nós dois. Com o Cosme, me senti uma garota normal. Dá para calcular o bem que isso me fez? Ou, melhor, o bem que isso nos fez?!

Estevão prefere se calar e Amanda desiste de se defender. Os dois chegam a um lugar recolhido. Sentam-se em um banco próximo ao roseiral. Depois de algum tempo, retomam a conversa.

— Não quero ser peso para você.

— Me referi ao peso do segredo que a gente carrega. O viver se escondendo de todo mundo. Você entendeu muito bem.

— Não importa. De hoje em diante, eu vou ser outro.

A ingênua promessa não convence.

— Você não vai conseguir, nem eu. Nos vemos todos os dias.

— Vou tentar, pelo menos. Não estudamos mais juntos, horários diferentes...

— É pouco.

— Pouco, mas foi o suficiente para você e o Cosme se tornarem amigos sem que eu desconfiasse.

— É isso o que mais te incomoda, não é? Pode falar.

— É isso também.

Silêncio demorado. Birra de irmãos que se amam acima de tudo.

— Quero ver quanto tempo você aguenta sem bater na porta do meu quarto de madrugada pedindo para dormir comigo.

— Eu vou me esforçar, Amanda. Pode acreditar.

— Não estou obrigando você a nada, ok? A decisão é sua. Se você se arrepender, não se maltrate.

— O oferecimento vale para você também.

— Nunca bati no seu quarto de madrugada.

Estevão abaixa a cabeça, sabe que é verdade. Amanda se arrepende do que disse, aconchega o irmão. Afagos, carinhos fraternos. Os dois se beijam e se abraçam como se fizessem as pazes. Duas crianças grandes, apaixonadas.

Avulso

Finzinho de março. Ao desembarcar no Rio de Janeiro, Cosme sente-se pronto para retomar a lida. Tem consciência do que o espera. Bem provável que Amanda e Estevão estejam lá, ligados um ao outro. E ele? Avulso — admite para si mesmo. Continua a se ver como aquela peça na caixa de ferramentas que não casa com nada. Mas reconhece agora as vantagens de se estar solto. Muita coisa aconteceu nesses meses longe do Brasil. As experiências vividas em Paris provocaram verdadeira revolução dentro dele. Olhar mais atento para tudo, faro mais apurado.

Domingo, o trânsito do Galeão até a Gávea flui com relativa facilidade. Tristes paisagens se sucedem como quadros expostos, impossível ignorá-los. A extrema pobreza de favelas periféricas, o emaranhado de elevados de concreto, as construções que se deterioram, o oceano de casas e mais casas sem árvore ao alcance, amontoado infinito de tijolos superpostos. Novos ou antigos, que moradores são esses? Nomes, idades, histórias. Que sonhos vivem ali? Que destinos deverão se cumprir? Se ao menos... De repente, o Rebouças, túnel do tempo que conduz à estonteante Lagoa e aos encantos da Zona Sul — contraste. Outro universo. A feiura e os maus-tratos ficaram lá para trás. Alívio aparente.

O táxi chega à rua dos Oitis. Ali à esquerda, por favor, depois daquele portão verde. Aqui está ótimo. Cosme paga a corrida, pega as malas e salta. Olha ao redor, tudo igual. Alguma saudade não sabe de quê. De um tempo em família que gostaria de ter vivido e não viveu, talvez. As casas geminadas unidas pela mesma cor areia não o convencem. Pura aparência, só fachada.

Chave na porta. De longe, Pepita fareja a chegada do amigo, e o recebe aos pulos e latidos, abana o rabo, demonstra afeto. Zenóbio e Damiana não estão, embora soubessem do seu regresso — natural, cada um nas suas obrigações cotidianas. Mas sempre há quem esteja a postos para abraçá-lo e beijá-lo.

— Até que enfim, meu moço voltou!

— Só para te dar trabalho.

— Trabalho, nada! É alegria! Fez boa viagem?

— Excelente. Voo tranquilo, dormi direto.

— Preparei panquecas com carne moída para o almoço. Sei que você gosta.

— Jussara, Jussara, você é mesmo especial.

— Senti sua falta. Precisava ficar tanto tempo com as francesas?

Cosme acha graça.

— Precisava, sim. E como!

— Então, fico feliz. Mas posso ser sincera?

— Claro. Você pode tudo!

— Não gostei dessa sua barba. Prefiro o rosto limpo. Nem se compara.

— Qualquer hora eu tiro. É só onda.

— Amanda não vai aprovar.

— E daí? Amanda é apenas uma boa amiga.

Pela expressão, Jussara desconfia. Cosme insiste.

— Estou falando sério. Esse tempo fora me ajudou a organizar as ideias...

— Você é novo, muita vida ainda para viver.

— E tem o meu trabalho, que eu amo. Estou pensando até em me mudar de vez lá para a Conde de Irajá.

— Nem vou comentar esse desaforo.

Cosme começa a rir, tenta argumentar.

— Desaforo? Já não sou criança, Jussara. Não posso ficar a vida inteira agarrado nas calças do meu pai.

— Se você continuar com essas ideias, quem vai comer panquecas de carne é a Pepita.

Ao ouvir seu nome, a cadelinha é só contentamento. Esperta, parece entender a conversa. Cosme chama por ela e, enquanto a cobre de festas, quer saber do pai e da irmã. Jussara resume.

— Estão bem. Mas por causa dos horários pouco nos vemos. Quando chego, quase sempre estão de saída. Quando voltam, já fui embora.

— É a sina desta casa.

Jussara aborta o que poderia ser dito em seguida.

— Deixa de história. Sobe, vai tirar essa roupa e tomar um banho para relaxar, enquanto eu termino aqui.

Cosme levanta-se de imediato, perfila-se, bate continência.

— Sim, comandante, agora mesmo! Anda, Pepita! Vem me ajudar a desfazer as malas.

E lá vão os dois feito crianças. Jussara sacode a cabeça ao ver a cena. No íntimo, agradece aquela felicidade que chega e se instala de graça. Lembra-se de Carlota e se comove. Enxuga os olhos com o canto da mão, volta para a cozinha.

Ao entrar no quarto — o teto e as paredes cobertos de textos —, Cosme vai direto ao único que não foi escrito por ele e que está quase colado à cabeceira da cama. A caligrafia é de Amanda.

Paixão, amor ou amizade, tanto faz: impossível resistir. Em diferentes graus, predestinados, nossos corpos apenas obedecem a comando superior. Nada que possamos controlar.

Cosme passa a mão sobre o que acaba de ler — a autora nunca deixou claro se o desabafo se referia a ele, a Estevão ou aos dois. Recordações daquele primeiro encontro que agora parece distante, quase sonho. Pepita, enxerida, desaprova o ar tristonho de seu amigo. Sim, porque ao pular para a cama faz cair no chão o passaporte e alguns papéis que estavam dentro dele com o retrato de uma jovem — aquele instantâneo tirado no Café de Flore! Cara de satisfação, o pensamento de Cosme vai para Simone Trenet, atriz que logo se tornou sua melhor companhia em Paris, a ponto de, em menos de uma semana e com as bênçãos de Vicenza, ele se mudar para o apartamento dela no Quartier Latin. Dias de aventuras e descobertas, noites de festa! Sua maluquinha, o que estará aprontando? O beijo no papel já é saudade. Pepita abana o rabo, também quer ver o retrato. Cosme lhe explica que aquela é uma garota maravilhosa, levadíssima da breca. Alegre, inteligente e — importante lembrar — avulsa como ele, mas por convicção. Para ela, dar-se a alguém por amizade é verdadeira entrega. Só os amigos se permitem esse amor sem posse e sem ciúmes. Ao contrário dos amantes, amigos não se sentem donos de ninguém. Vão para a cama sem cobranças, corpos fáceis que se doam apenas pela cumplicidade e pelo afeto, livres para ter e dar prazer.

Amanda e Cosme

3 de abril de 1991. Quase quatro meses desde que estiveram juntos no Jardim Botânico. Precisavam se ver. Por sugestão dele, marcaram o encontro perto de casa, na Bookmakers — primeira livraria da cidade a inaugurar espaço com bar e café para clientes. As mesinhas situavam-se ao fundo, em área bastante acolhedora. O pouco movimento no início da tarde e em dia de semana permitiria que conversassem sossegados. Perfeito, ficaram combinados assim.

Cinco minutos adiantada, Amanda é a primeira a chegar. Acomoda-se com a naturalidade de quem já conhece o ambiente. Diz ao rapaz do balcão que prefere esperar o amigo para fazer o pedido. Cosme entra quase em seguida. Surpreende-se ao vê-la já sentada. Os dois sorriem com indisfarçável felicidade.

— Acabei de chegar. Continuamos em sintonia.
— Pois é, continuamos.
— Deixou crescer a barba. Deu ar de seriedade, gostei.
— Para mudar um pouco.

Olham-se como se não acreditassem ser verdade estarem frente a frente. Por puro instinto, se dão as mãos ao mesmo tempo. Algum nervosismo, agora.

— Você está ótima. Pelo visto, Nova York lhe fez imenso bem.
— Fez, sim. Às vezes, parece ter sido sonho...

A resposta rápida resume em segundos o que Cosme já dava como certo. Amanda desconversa. Acha que seria indelicado, logo de início, falar de Estevão.

— Primeiro, Paris. Estou curiosa para saber o que você fez por lá.

As mãos se soltam. Cosme sugere pedirem alguma coisa antes. Dois cappuccinos, duas águas sem gás e copos sem gelo, concordam. Nada mais? Não, obrigado, por enquanto é só.

Amanda insiste.

— Mas vai, me conta, quero tudo com detalhes. Poxa, você poderia ter me mandado pelo menos um postalzinho. Fiquei triste.

— Eu precisava de tempo, você sabe. A morte de mamãe causou um terremoto dentro de mim e...

— Falei por falar, esquece.

Cosme esfrega os olhos, passa as mãos pelos cabelos.

— Teve a ver também com a gente. Você, o Estevão... Muita coisa me martelava a cabeça ao mesmo tempo.

— Você não tem ideia do quanto sua amizade e seu apoio foram importantes para mim. E justo num momento em que você estava tão fragilizado...

— Pois é. Paris me fez renascer.

— Ou terá sido Vicenza?

Cosme sorri.

— Ela teve participação, é claro. Sempre generosa. Retomamos a intimidade como se a gente tivesse se visto na véspera, impressionante... Vicenza foi e será sempre um grande amor.

— Entendo.

Os cafés e a água chegam na hora certa. Permitem o silêncio sem constrangimento, a pausa necessária para que as emoções se acomodem.

— Mas você tem planos de voltar para lá e morar com ela?

— Não, por quê?

— Você acabou de dizer que retomaram a intimidade, que ela será sempre seu grande amor.

— "Um" grande amor, foi o que eu disse. Nada de "seu" ou de "meu", nada de pronomes possessivos. Por isso, Paris me deu vida. Lá, com as amizades que fiz, confirmei que o amor que sentimos não impede outros amores. Ao contrário, novos amores são sempre saudáveis e bem-vindos!

— Parece minha mãe falando do amor livre dos anos sessenta, do tempo em que morou com os colegas de universidade!

— A famosa "república dos sentidos"! Você me contou a história, acho ótima.

— Só que, ao conhecer o papai, ela abandonou todos esses sonhos de liberdade.

— Trocou os amigos pelo amante. A opção é válida.

— Se você estiver disposto a pagar o preço.

— E a conviver com o inevitável sentimento de posse.

Amanda se cala, mexe lentamente o café. Ela e Estevão vivem essa contradição — prazer e excessivo apego, sentem-se donos um do outro. Cosme lhe adivinha o silêncio, mas é cuidadoso.

— Fale um pouco de você.

Primeiro, os lábios na porcelana, o gole cuidadoso, palavras que esperam a vez. Então, no pouso da xícara, a verdade em voz conformada.

— Se Nova York com Estevão foi sonho e mágica, aqui em casa é realidade sem graça. E muito medo. Às vezes, me pergunto que amor é esse que nos maltrata tanto.

— Não fale assim.

— Mas é verdade, já tentamos até nos afastar. Esforço inútil. Estamos fatalmente ligados pelo destino ou sei lá o quê.

Atenua o arremate com sorriso.

— Mas também temos alegrias. Com todos os fantasmas que nos assombram, vamos vivendo nosso lado luminoso.

— Então tem dado certo, porque, repito, você está muito bonita.

Ela sorri desconcertada.

— Para com isso.

— Falo sério. Nunca te vi tão bem, tão tranquila.

Os dois se dão novamente as mãos. Em silêncio, ficam assim entrelaçando os dedos de várias maneiras, inventando modos de se tocarem.

— O Estevão já sabe sobre nós?

— Sabe. Contei faz algum tempo.

— E ele?

— Primeiro, ficou com raiva, lógico. Mas depois aceitou e entendeu. Hoje ele reconhece que é importante ter você do nosso lado.

— Você disse que a gente ia se ver hoje?

— Disse. Ele queria vir também para te deixar sem graça, mas aí a gente achou que não tinha nada a ver.

Cosme sente alívio.

— É. Foi melhor sem ele.

Amanda concorda, Cosme se apressa a fazer a ressalva.

— Mas, da próxima vez, tudo bem.

— Os três juntos de novo com tudo já esclarecido.

Cosme sabe que não é bem assim. Solta delicadamente a mão de Amanda, bebe um pouco mais de café. Olha ao redor, diz que gosta dali. Pelo aconchego, o acolhimento. E estar rodeado de livros é privilégio. Pena que agora não poderá vir com tanta frequência. O quê? Isso mesmo. Decidiu mudar-se de vez para Botafogo. O casarão da Conde de Irajá tem espaço de sobra para abrigar o escritório e a residência. Lá, poderá cuidar melhor da produtora. Depois desses meses fora, há bastante trabalho esperando por ele.

— Poxa, que pena. Por essa eu não esperava. Mas compreendo. Afinal, é o seu futuro.

— Espera aí, não estou indo para o polo norte!

Amanda explica que, pelo vínculo de amizade que criaram, será bem difícil olhar a casa ao lado sabendo que ele não está mais ali. Cosme surpreende.

— Podemos dar uma festa de despedida! Que tal?

— Sério?

— Por que não? Lá no sobrado em Botafogo. Será uma bela inauguração!

Amanda vai mais rápido.

— Nada disso. A festa será lá em casa! Papai e mamãe vão adorar.

— Mas tem o Estevão.

— Você não conhece a figura. Tudo é pretexto para celebrar. Ele vai amar a ideia, aposto.

Decidido, então. Festa na casa de lá. Por instantes, Cosme volta ao passado. A casa de lá! A casa das muitas aventuras de adolescente, a casa onde fez amor pela primeira vez, a casa que até hoje considera sua. Nela, o tijolo é carne, o cimento é pele. Nela, tudo respira, tudo transpira. A casa de lá. Para ele? Sempre atrevida, imprevisível, dionisíaca. Ora, vejam só: será ela a lhe dar as boas idas, o adeus festivo. O até breve?

Três irmãos

Como esquecer aquele sábado? Todas as luzes acesas, a casa de portas e janelas abertas, pronta para receber os mais de cento e vinte convidados. Pedro e Inês capricharam na organização da festa. Com a habitual generosidade, fizeram questão de bancar toda a despesa. Decisão tomada não só porque Cosme merecia o carinho, mas também pela boa oportunidade para reunir as amizades dos filhos e as tantas que fizeram aqui no Rio — saudável mistura. Entusiasmado, o velho Orlando Andretti logo confirmou presença. Virá com a mulher, Luísa. E pensar que, em igual momento de celebração, os anfitriões entraram ali pela primeira vez e se encantaram com tudo o que viram — o futuro lar!

Por outro lado, ausências, sempre há. Algumas mais sentidas que outras. Da casa de cá, apenas Jussara comparece — impôs que iria para ajudar. Embora tristíssima com a partida do "filho querido", marca presença com o trabalho que sempre a diverte. Zenóbio agradeceu o convite e a recepção para o filho, disse que talvez desse uma passada rápida, porque era dia da tradicional roda de pôquer com os amigos. Damiana? Justo naquela noite, teria casamento de grande amiga, compromisso agendado há mais de mês — enfim, os conhecidos desencontros da família.

Como homenageado, Cosme é o primeiro a chegar. Toca a campainha, porta encostada, vai entrando. Chama por Inês e Pedro — estarão em outro canto. Amanda e Estevão também não respondem. O coração aperta. Emoção ao se dar conta de que, pelo menos por alguns segundos, sua antiga casa quer ficar a sós com ele. Acaricia a parede nua ao alcance. Beija-a com revisitado ardor de adolescente. Afasta-se, olha à sua volta. Observa detalhes daquela que por um bom tempo lhe foi abrigo e esconderijo, declara-se.

— Você está linda! Obrigado por se enfeitar assim para me ver!

Inês avista-o da sala ao lado e logo lhe dá as boas-vindas. Não há flagrante, portanto.

— Cosme, querido, que bom que chegou mais cedo! Ouvi você chamar, mas estava no telefone.

— Nem sei o que dizer, Inês. Vejo tanto afeto, tanto amor aqui dentro! Obrigado!

Os dois se abraçam e se beijam.

— Você merece. Afinal, é uma nova etapa de sua vida que se inicia. Sua mãe há de estar contente se estiver vendo.

— Com certeza.

— Amanda e Estevão estão acabando de se vestir e o Pedro está lá na cozinha separando umas bebidas com os garçons. Sinta-se à vontade, a casa é sua.

Cosme e a casa sabem disso. Ainda assim, ele agradece. Prontifica-se a ficar por ali para receber algum convidado que chegue. Ótimo. Qualquer coisa, é só chamar. Ela estará na sala de jantar, organizando o bufê. Para surpresa de ambos, Estevão acaba de descer. Fala com Cosme com familiaridade — nos últimos dias, por conta dos tantos preparativos, encontraram-se com frequência e se entenderam bem. Só hoje já se viram duas ou três vezes, sempre em função de uma providência ou outra.

— O gelo acabou de chegar, acredita?

— E a gente fez o pedido com antecedência.

— Pior foi o papai nos meus calcanhares: liga para lá, reclama, cobra de novo! Um saco.

Os dois acabam se rindo daquele e outros sufocos. Na véspera, por causa de uma obra de emergência, cortaram a água da rua inteira. Já pensou se tivesse acontecido hoje? Enfim, tudo certo agora. Será uma noite e tanto. Estevão põe a mão no ombro de Cosme.

— Agora que a gente ficou amigo, você vai embora.

— Que isso, cara, vou continuar perto. Vocês sabem que podem contar comigo para o que for preciso.

Quatro rapazes e cinco moças chegam ao mesmo tempo. São amigos de Cosme, ex-colegas de faculdade e companheiros de escaladas. Cumprimentos efusivos. Outra leva de jovens faz alarde. É Estevão que os recebe. Falação alta, gozação geral. A festa começa, a festa promete.

Ao descer, Amanda já vê a casa repleta de amigos, torna-se o centro das atenções. Bem ela. Estevão vai ao seu encontro, declara que ali está a irmã mais maravilhosa do mundo! Cosme os observa de longe. Que futuro os aguarda? Ciúmes afloram, mas já não o maltratam como antes. Pensamento distante, esbarra em um dos garçons que transitam servindo bebidas e salgados, mal se desculpa e é puxado por animado grupo de rapazes. Mais gente vai entrando, idades variadas. As amizades de Pedro e Inês se acomodam nas salas próximas à entrada e na biblioteca. Os jovens seguem direto para o espaço aberto para a dança. Da bandeja que passa, Estevão alcança outro copo de vinho, toma-o todo, canta alto, aumenta o volume do som. Amanda lhe chega ao ouvido e o aconselha a ir devagar.

— Fica tranquila, maninha. Eu me cuido legal.

— Acho bom.

Orlando e Luísa chegam. Não imaginavam o tamanho da festa. Como é que conseguiram convidar aquela quantidade de pessoas e organizar tudo em tão pouco tempo? Pedro valoriza os filhos.

— Ah, meu amigo, quando a Amanda e o Estevão põem algo na cabeça não há jeito. Entusiasmo de gente moça. Me convenceram, inclusive, a convidar amigos meus e de Inês, acredita? Tem de tudo hoje aqui: artistas, professores e essa turma jovem para nos alegrar!

Depois de conversa rápida, com novidades ouvidas e contadas, Pedro pede licença, precisa falar com Inês. Orlando olha o amigo com admiração. Família abençoada. Que bom estarem felizes aqui no Rio de Janeiro. Há tantos anos se conhecem, viu as crianças nascerem! Passando com a mulher pelos vários ambientes, lembra os meses em que esteve ali no comando da obra. O trabalho valeu a pena. Cosme o descobre à distância, vai direto falar com ele. Que máximo! Abraço forte, demorado.

— Você está ótimo, rapaz! Essa barba lhe caiu muito bem.

Cosme agradece, é apresentado a Luísa. Muito prazer, já se conhecem de ouvirem falar um do outro. Só que, com relação a ele, as referências não devem ter sido das melhores.

— Poxa, Orlando, nunca me esqueço da primeira vez que nos vimos! Que vergonha!

Orlando atenua. Vergonha coisa nenhuma, foi cena engraçada. Aliás, conversou outro dia com Vicenza e já sabe que estiveram juntos em Paris. Pois é. Foi maravilhoso. A viagem o ajudou a superar fase bem difícil. Claro. Não foi na missa de Carlota que se encontraram pela última vez? Nossa! Faz esse tempo todo? É, meu querido, a vida é um susto. Amanda chega, vai puxando Cosme pela mão.

— Desculpe, tio Orlando, vou roubar esse moço um pouquinho.

E lá vão os dois ventando pelo meio dos convidados.
— O que é isso?! Sequestro?!
— Calma que eu explico.

Conseguem canto mais reservado. Onde? Na varanda próxima ao jardim, justo ao lado do vaso de antúrios que eram de Carlota. Cosme se espanta com o acaso, mas não há tempo para comentário. Amanda, à queima-roupa.

— Preciso da sua ajuda.
— Fala.
— Sabe a Soninha, aquela garota que foi namorada do Otávio, seu colega de faculdade?
— Sei, o que é que tem ela?
— Voltou com ele, e estão morando juntos.
— E o que é que eu tenho a ver com isso?
— Em princípio, nada.
— Em princípio?
— Acabei de saber que o Otávio montou um esquema parecido com o seu. Saiu da casa dos pais porque reformou parte do estúdio de fotografia dele para morar com ela.
— Nossa, que romântico.
— Se você ficar com ironia, eu não falo.
— Tudo bem, vai, continua.
— É só uma ideia que eu tive, ok? Assim, de estalo.
— Sei. Uma ideia.
— Me dá esse resto do seu uísque.

Depois da talagada, a careta gaiata e novo tiro.

— Eu e o Estevão sempre sonhamos com um lugar onde a gente pudesse se ver sem tanto medo...

Cosme abaixa a cabeça, vira o rosto. Amanda sente-se mal com a reação do amigo, informa em tom de quase súplica.

— Só de vez em quando...

— Não sei se vai dar certo.
— Estou sendo egoísta, eu reconheço.
— Não se trata disso. O Estevão está de acordo?
— Acabei de ter a ideia, já disse. Mas é evidente que ele vai concordar.
— Não fala nada com ele por enquanto. Me dá um tempo.
— Não quero estragar a noite. Estou tão feliz com a festa! Foi ideia sua, lembra?

Cosme não responde. Festa, que festa? A mente continua ligada ao pedido descabido.

— Dá um sorriso para mim, vai.

Cosme alivia a expressão.

— Quero que você e o Estevão sejam felizes. Muito. Mas também preciso pensar em mim, entende?

Com arrependimento sincero, Amanda o abraça com força.

— Desculpa, vai.

Receptivo, Cosme também a abraça. A respiração é outra. Paixão outra vez desperta.

— Não precisa se desculpar, a gente vai encontrar um jeito.

Amanda não diz palavra. E precisa? Ali com ela, seu melhor amigo, seu anjo, seu irmão mais velho. Carinhosamente, Cosme toma a iniciativa de afastá-la.

— Vamos?
— Só se for para dançar comigo.

A pista ferve com hits dos anos 1980. Quando Amanda e Cosme ensaiam os primeiros passos — novamente a mão da sorte? —, Pedro toma a iniciativa de mudar o ritmo das músicas. A sequência agora é para os que quiserem dançar de rosto colado. Vaias iniciais cedem aos aplausos da maioria e os casais se rendem ao som de "Feeling Good", com a inigualável Nina Simone. Parece de propósito. Como evitar o contato dos corpos? Mãos que se tocam são prenúncio da nudez que se anseia? A proteção dos panos de nada serve. Ao contrário, incendeia, estimula as fantasias da carne e lhe apura o gosto. Cosme reluta. Movendo-se discretamente entre os pares, conduz Amanda até Estevão — que já os acompanhava com olhar atento.

— Tema perfeito para vocês. Letra e música.

Estevão aprecia a fala e o gesto. Ao tomar a irmã pela mão, lembra que o CD faz parte da coleção que trouxeram de Nova York para o pai.

— Olha lá a paixão dele com a mamãe, o bárbaro e primitivo, como ela diz!

— Tal pai, tal filho.

Levado na brincadeira, como deveria ser, o comentário provoca reações diferentes. Para Estevão, elogio. Para Amanda, aviso. Cuidado, menina, com sentimentos. Adianta? Cosme, que já os deixava, é surpreendido por ela, que o alcança, segurando-o pelo braço.

— Dança com a gente.

Recusa imediata. Não, nada a ver. Pela irmandade, ela insiste. Dança com a gente, vai. Dúvida, o sim e o não se digladiam. Primeiro round, tentação vencida — não, dancem vocês, preciso pegar uma bebida. Sincero, Estevão lhe estende a mão, reforçando o pedido. Pela irmandade, pelo segredo compartilhado, dança com a gente. Que mal tem?

Assim — força do desejo —, amor, paixão e amizade se misturam. Cosme acaba cedendo. Que mal tem? Os três se entrelaçam em círculo de imantado afeto. Cúmplices, precipitam-se no desconhecido, embalados pela voz da negra diva.

Quase ao alcance

Em seu quarto, Cosme repassa momentos da festa e os embaralha com imagens desordenadas. A infância, alegrias e tristezas de longe. A adolescência, que lhe acrescentou desejos, lhe deu pelos e lhe engrossou a voz. De repente, Vicenza! A felicidade por debaixo dos panos, a vida descoberta, a ausência de culpas e proibições. Sempre a casa de lá! A lhe inspirar aventuras, a lhe propor desvios. Deliciosa teia. Dela, tentar se desvencilhar é esforço inútil. Nem pretende, se lhe dá prazer deixar-se enredar pelos fios da trama. Amanda é prova real.

Voltam as cenas do encontro terminado há pouco. Os dois ao lado dos antúrios! Muita coincidência ter sido guiado até ali. O pedido que o envolve e complica ainda mais — o sobrado de Botafogo para encontros dos irmãos! Ela, aparentemente arrependida, se desculpando e o abraçando forte, demorado. E ele, embora surpreso, dizendo que iria pensar. No íntimo, já aceitava o trato e conjecturava possibilidades. Porque, mais que o abraço dado, mais que o sonhado beijo e o sonhado sexo, como todo amante, quer a posse. Sim, porque Paris, Simone Trenet e aquela história toda de amizade — o tal amor livre que não impede outros amores — não se aplica a Amanda. Dividi-la? Nunca. O objetivo é tirá-la do irmão, admite para as paredes, o teto, a cama e o travesseiro. Reside aí o conflito. O que foi aquele convite para que dançassem juntos?! Em nome da irmandade, do segredo compartilhado! Como esquecer a mão de Estevão estendida a quem lhe quer roubar seu amor confesso? As recusas, o prazer que sentiu com as insistências e ao unir-se a eles no papel de irmão mais velho, experiente. Aquele que, pelas regras do jogo, avaliza o incesto, porque questão de tempo Amanda será sua. Já não é o que ela deseja? Estevão há de ser feliz com alguém. Há de compreender e perdoar. Para o bem dele, para o bem de todos.

A porta do quarto aberta — coisa rara — permite que Jussara o veja ao passar pelo corredor. Mesmo assim, bate antes de entrar.

— Quase sete da manhã e ainda com essa roupa? Não vai dormir?

— Não consigo. A cabeça está a mil.

— Sei bem o porquê.

— Senta aqui comigo. Vem conversar um pouco.

— Isso lá é hora de conversa, menino? Vai dormir, que você está aí com cara de morto-vivo.

— Espera, não vai embora, não. Deixa eu perguntar uma coisa rapidinho.

Má vontade encenada, Jussara se encosta na porta, cruza os braços.

— O que é?

— Você conheceu o Silvano Bellini, não conheceu?

— Muito pouco. Estive com ele duas, três vezes no máximo.

— Mentira.

— Cosme, vai dormir, vai.

— Calma aí. Desculpa, eu só queria...

Jussara dá as costas e sai. Cosme acha graça do jeito dela. Virou mãezona mesmo. Vai sentir falta da companhia. Fazer o quê? Já é mais que tempo de viver independente. Da casa de cá, queria ainda desvendar esse mistério: Silvano Bellini. Nunca se convenceu de que o italiano tenha sido apenas paixão platônica da mãe. Lá em Paris, tentou tirar de Vicenza alguma informação que não soubesse, uma pista ao menos de que o romance tivesse acontecido. Nada. A amiga, discretíssima, apenas confirmou a versão de Carlota. Agora, com a proposta que Amanda lhe fez tendo os antúrios por testemunhas, quer saber se a história irá se repetir com eles. Sempre atento a sinais, quer entender a razão de terem parado bem ali em momento decisivo de suas vidas. Sim, decisivo. E assustador. Gela só em pensar na hipótese de Pedro e Inês descobrirem o combinado. Portanto, se apega aos antúrios, mecanismo de defesa que lhe garante que nada de mal irá acontecer. Havia dois deles que, juntos, se destacavam entre os demais pelo tamanho e pelo vermelho vivo. Então? Não seriam os novos *Cuore* e *Amore*? Aquela paixão renascida e que agora teima em se concretizar? Não terá sido por acaso, se convence, que a caixa de prata com aquelas flores dentro — hoje, dois corações murchos e desbotados — lhe coube como herança. E também o quadro *Amor impossível*, que sua mãe comprou de Inês pouco antes de morrer. A razão? A explosão de vermelhos com traços de amarelo que lhe lembravam os antúrios e Silvano Bellini — palavras dela. O quadro, que já está na produtora, bem à entrada, causa impacto. Devia ter comentado tudo isso com Amanda, mas naquela hora não havia espaço para arrebatamentos poéticos. Sua mente estava ocupada com outras fantasias.

O cansaço bate, os olhos pesam. Cosme deita-se do jeito que está, agarra-se ao travesseiro, que ganha vida, outra consistência — Amanda, quando a conheceu. Ah, menina, sua história é sonho!

Cosme não se aquieta. Revira-se na cama feito amante ansioso, premente, em busca de algum alívio. É que a história — o sonho — vai se tornando real. Quase ao alcance.

Três dias depois da festa

Quarto de Amanda, como é hábito. Duas da madrugada. Estevão não aceita a ideia de se encontrarem escondidos em Botafogo, prefere correr risco ali mesmo. E também não é certo envolverem Cosme daquela maneira. Que ciúme, nada. Vai se sentir envergonhado, só isso. E quer saber do que mais? Está firmemente decidido a fazer o que, por ele, já deveriam ter feito há muito: conversar com o pai e a mãe, olhos nos olhos, na honestidade. Amanda reluta, não está preparada para enfrentá-los.

— Sem a menor condição. Esquece a fantasia.

— Vai chegar a hora em que a gente vai ter que abrir o jogo, sim. Contar tudo desde o início e mais o que aconteceu em Nova York.

— Pelo amor de Deus, Estevão, fala sério!

— Não dá mais para continuar nesta situação, Amanda. Eles vão entender o que a gente sente... eu acho.

— Você acha? Está bem, vai achando. Eles vão é surtar, isso sim.

Estevão concorda que existe a possibilidade do desentendimento, da violência e até do horror. Por outro lado, acredita que, dependendo de como tratarem o assunto, há alguma chance de receptividade, de aconselhamento. Afinal, não é isso que todos os pais querem dos filhos? Que falem sempre a verdade e assumam os seus atos? Amanda se mantém cética. Estevão insiste.

— A gente começa levando um papo assim, mais cabeça, como o papai gosta.

— Tipo o quê?

— Sei lá. Tipo defender as ideias de escritores que ele ama. Bukowski, William Burroughs, Henry Miller...

Amanda usa de ironia.

— Ginsberg e os beatniks todos!

— Por que não? Acabei de ler *Off the road*, da Carolyn Cassady. É genial.

— Papai e mamãe também leram. E amaram.

— Então?! Dos livros que trouxemos de Nova York, foi o que eles mais curtiram. Incrível a relação dela com o marido e o amante. Pessoal fora do padrão.

— É outro lance, Estevão. Nada a ver com incesto de irmão com irmã. Você não tem noção da coisa. Ainda não caiu a ficha.

— Claro que caiu! Se a gente quiser que papai e mamãe entendam a nossa relação, vai ter que ser por esse caminho dos escritores. Fulano disse, beltrano escreveu... Daí a gente engrena, dá o nosso exemplo. Fim.

— Fim, porque a mamãe cai dura para o lado e o papai põe a gente para fora de casa. Excelente ideia. Brilhante.

— Você é gozada, bota pilha em mim e, quando eu penso numa saída para a gente ficar na paz aqui em casa, você amarela.

— Estevão, alô! Eu estou com sono!

— Não foge do assunto, não. A gente vai ter que se abrir com eles, sim. Estou falando para o nosso bem.

Amanda olha o relógio.

— Sabe que horas são? Duas e meia da manhã. Toma rumo, anda, que amanhã eu tenho que acordar cedo.

Estevão se aninha na cama com a irmã.

— Vou dormir aqui com você.

— Nem pensar. Anda, vai saindo para o seu quarto, que eu estou morta de sono.

— Eu fico quieto, não faço nada, juro.
— Ah, que saco! Tudo bem, pode ficar!

Estevão se levanta. Amanda se arrepende da estupidez.

— Desculpa, foi mal. É que às vezes você tem umas recaídas de irmão chato e pentelho.

— Mas eu sou o irmão chato e pentelho. Também.

— Prefiro quando você fica mais sério, mais homem.

Estevão gosta do que ouve. Sensualidade natural, esboça um sorriso que seduz. Amanda logo o quer de volta, faz lugar na cama.

— Vem, deita aqui comigo.

E ele deita e, no corpo da irmã, se aquieta. O encaixe é perfeito, duas peças que se encontram e se dão algum sentido em desmesurado quebra-cabeça. E se beijam e se segredam falas de amor.

— Você mudou minha vida, Amanda. Desde que você me ouviu e aceitou meus medos, minhas fraquezas, sem nunca me fazer sentir vergonha.

Amanda cobre o irmão de beijos e lhe acaricia os cabelos e o olha fundo nos olhos.

— A minha também mudou. Da água para o vinho. Meu Dionísio.

— Desde Nova York, eu não sou mais o mesmo, minha irmã.

Amanda abaixa a cabeça.

— E, por mais que você não goste que eu use essa palavra na cama, eu digo e repito, sim: irmã. Minha maninha querida. Você me fez uma pessoa melhor. Com você, me sinto mais bonito por dentro, mais seguro. Sempre foi assim.

— Para com isso, seu bobo. Você é o homem mais forte, mais inteligente e mais honesto que eu conheço.

Os dois se abraçam e se beijam apaixonados, mas logo se separam. Amanda tem o controle.

— Nós somos loucos. Já pensou se um deles entra?

— Talvez fosse até melhor. Ia acabar logo com essa tortura. Não sei explicar, mas acho que um dia a gente vai mesmo ter de sair aqui de casa.

— Você diz isso da boca para fora.

— É sério. Por mais que a gente sinta amor por eles, vamos ter que cortar o cordão umbilical. Não tem outra saída. Não tem.

A afirmação assusta. Amanda encolhe-se na cama em posição de feto. Estevão deita-se por trás dela e a cobre com seu corpo.

— Não precisa ter medo. Falar a verdade vai nos dar coragem.

— Você está certo. Não tem outra saída.

— Te amo. Muito. Amor demais.

Amanda vira-se, beija o irmão.

— Também te amo. Nossa, como eu te amo.

Luzes transgressoras que não se apagam. Às claras, misturam-se os corpos, entregam-se sem reservas e sem pudor. Por ímpeto ou audácia. Ingenuidade, talvez.

Estava escrito?

Não é o que eu queria contar, mas sou obrigado. A vida às vezes não nos oferece opção. Predestinados, cumprimos nosso papel e pronto. Pedro acende a luz da mesa de cabeceira, olha o relógio. Recosta-se na cama, pega o livro que está à mão. Inês acorda.
— Você está bem?
— Não consigo dormir, vou ler um pouco. A luz incomoda?
Inês ajeita o travesseiro, vira-se para o canto.
— Depende do livro.
Pedro, que já conhece a resposta, diverte-se com o bate-pronto habitual, põe os óculos, começa a ler. Depois de algum tempo, Inês se volta com preocupação que lhe ocorre.
— Você pagou a faculdade da Amanda?
— Não, o vencimento é hoje. Por que é que foi se lembrar disso agora?
— Sei lá. Precisa de explicação?
Inês tenta se acomodar de um lado e de outro. De repente, parece inquieta, afasta o lençol, levanta-se da cama.
— O que foi?
— Vou beber água.
Pedro acompanha a mulher com o olhar — sua jovialidade natural sempre o fascina. Em pensamento, lhe faz companhia até perdê-la de vista. Retoma a leitura. Mal sabe que, fora daquelas páginas, questão de minutos, a vida de todos naquela casa será outra.

Meio do corredor. Pela fresta do chão, Inês vê a luz que vem do quarto de Amanda, a luz pela fresta, a luz... Vai até lá, sente movimento. Diferente movimento, algo lhe diz. Duas batidinhas, gira a maçaneta e — cuidado materno — abre a porta. Os filhos nus, amorosamente entrelaçados — inútil, excessiva e descabida poesia.

— Mas o que é isso???

Estevão se cobre, apavorado.

— Mãe, calma, pelo amor de Deus, eu explico. A gente vai contar tudo, eu juro!

Amanda não entende. Segundos atrás, em estado de graça com o irmão. Agora, atirada ao inferno com vergonha e pavor. Por quê?! Inês, atônita, voz trêmula e baixa.

— Vou ter que chamar seu pai.

— Não, mãe! Não faz isso comigo e o Estevão! Não chama o pai!!!

Indignação e choro incontido.

— Pedro!!! Pedro, vem aqui!!!

Amanda também começa a chorar, enquanto Estevão surpreende. Mudando radicalmente a postura, abraça a irmã, sente-se forte. Apesar do medo, parece pronto para o embate.

— Calma, Amanda. Foi melhor assim, a gente conta logo tudo de uma vez.

Inês não se move da entrada do quarto.

— Não acredito no que estou vendo. Não acredito, não acredito...

Pedro entra. Diante do quadro, demonstra a mesma incredulidade.

— O que está havendo aqui?!

— Amanda e eu nos amamos deste jeito. Aconteceu, pronto!

Atordoado com o que lhe parece absurdo, Pedro investe intempestivo contra o filho.

— Estevão, sai dessa cama! Já!

Estevão não atende a ordem recebida, abraça a irmã com mais confiança — apenas o lençol a lhes esconder a nudez. Pedro, possesso, tenta separar os filhos. Amanda agarra-se ao irmão.

— Não, pai! Por favor, não! Para, meu pai, eu estou pedindo, por favor! Não!!!

— Larga ele, Amanda!!! Larga!!!

Estevão não consegue resistir à fúria do pai. Puxado violentamente, cai no chão.

— Vai já para o seu quarto! Agora!

Ainda caído, Estevão não se intimida diante da presença paterna. A honestidade lhe dá coragem.

— Não fala assim comigo. Tenho barba na cara, sou homem!

— Homem?! Que homem?! Pelo que eu estou vendo, você não passa de um garoto medroso que precisa de sexo escondido para se satisfazer com a irmã!

A expressão de Amanda é de mágoa e raiva. Mais mágoa que raiva. Muito mais mágoa.

— Não diz isso dele, pai! Não diz!

— Digo e repito: arremedo de homem, cópia malfeita que me envergonha!

Humilhado diante da irmã, Estevão parte para cima do pai, que, no revide, o acerta e derruba com forte golpe. Inês se desespera.

— Parem com isso! Por favor, parem com isso!

A situação-limite assombra, porque traz à tona o inesperado, o pior de cada um. Pedro logo se dá conta. Afasta-se, apoia-se na parede ao alcance, procura se controlar.

— Não entendo. Eu simplesmente não entendo...

Ao ver o irmão sangrando na boca, Amanda sai da cama para se pôr a seu lado. Aos prantos, incontida, beija-o e o acaricia e o protege com sua própria nudez. Volta-se para o pai com olhos do passado.

— Eu odeio você!!! Odeio!!!!!!

Todos se calam por alguns segundos, cada um tentando digerir a sua dor. Pedro respira com dificuldade.

— Vocês deturparam tudo. Tudo.

— Não deturpamos nada. Estevão e eu pusemos em prática o seu discurso, só isso. Mas agora a gente sabe que essa liberdade toda só vale para você.

— Vai se compor, menina. Vai se compor!

Chorando muito, sempre abraçada ao irmão, Amanda afronta a autoridade que agora não reconhece.

— Olha para mim, pai. Olha. Eu já estou composta.

— Amanda, eu estou mandando. Ponha uma roupa já!

— O professor intelectual que sabe tudo sobre sexo! Que convida as alunas para passear de carro e para outras coisas mais! E pior. Que vive seduzindo a própria filha!

A acusação é devastadora. O tiro é certeiro, causa maior estrago que todos os espantos ali reunidos. Pedro fica sem reação. A voz quase não lhe sai.

— Eu não ouvi o que você falou. Não ouvi.

— Já que estamos na hora da verdade, por que você não admite? Sempre me desejou. Desde menina.

— Continuo sem ouvir. Não ouço nada do que você diz, Amanda.

Estevão, perplexo com a revelação. Inês, em súplica.

— O que você está dizendo, filha? Pelo amor de Deus, o que é que você está dizendo?!

Amanda chora copiosamente, não responde. Estevão pega o lençol, cobre a irmã e a abraça. Não tira os olhos do pai. Desnorteada, Inês procura uma explicação qualquer.

— Pedro, que acusação é essa?! Diz alguma coisa, pelo amor de Deus...

A resposta sai lívida, com frieza que impressiona.

— Dizer o quê? Que é mentira? Que é desatino?

Ninguém fala, ninguém se move. Cada segundo é século. Irreconhecível, Pedro olha fundo nos olhos da filha e se retira. Inês insiste, tenta com Amanda uma última vez.

— Eu vou entender se você estiver mentindo. Diz que não é verdade, filha. Eu preciso ouvir isso de você.

Agarrando-se ao irmão, Amanda esconde o rosto, cai em pranto convulsivo. Inês ainda espera. Finalmente, sai. Nada mais a fazer naquele quarto. Nele, resta o desalento. Terra arrasada.

— Eu estraguei tudo, Estevão. Tudo...

— Não estragou nada. Você fez o certo. Por que nunca me falou, por quê?!

Amanda não consegue parar de chorar. Só repete a mesma fala.

— Eu estraguei tudo, tudo, tudo. Não tem mais volta, Estevão. Fim. Eu estraguei tudo.

— Fica calma, a gente vai encontrar uma saída. Vamos procurar o Cosme.

Amanda faz que sim.

— Se ele deixar, a gente fica lá em Botafogo uns dias. Daí a gente volta a falar com a mamãe e vê o que faz. Com o papai, não tem mais conversa, não tem. Para mim, ele morreu. Nunca mais eu vou...

Estevão não termina a frase. Chora a perda do melhor amigo — seu exemplo, sua referência sempre. Luto inesperado.

O rescaldo

Pedro está na biblioteca, serve-se generosamente de uísque. Uma boa talagada e outra. Senta-se em sua poltrona, pensamento longe. Amanda, uma menina... Queria nadar sozinha porque achava que tinha pé, mas corria para o seu colo quando trovejava... E cobria o irmão para que ele não se levantasse da cama para ir à escola... Já moça, petulante, respondia, ficava de mau humor quando algo lhe era negado... Em seguida, vinha e lhe dava beijos e o abraçava forte... Com ele, aprendeu a dançar... Em exibidos rodopios, seus corpos se entendiam com perfeição e... Um bom gole, a dor no peito, o respirar fundo, outro gole. Inês chega, senta perto. Não se olham em momento algum. Falta coragem.

— Acabou, Inês. Nossa família acabou. Assim, no virar de uma página.

— Não foi no virar de uma página, você sabe disso.

— É mentira. O que Amanda afirmou é mentira.

Inês leva a mão à testa, já não tem lágrimas. Silêncio.

— Não acredita mesmo, não é? Não culpo você.

Pedro serve-se de mais uísque.

— Quer?

— Não, obrigada.

Os dois continuam sem se olhar. Pedro fala devagar enquanto bebe, sua calma impressiona.

— O que mais me dói nem é os dois terem essa relação. O que mais me dói é nossa filha ter me caluniado para se justificar.

— Se você quer saber, o que mais me dói é tudo. E eu assim, imobilizada, sem saber o que fazer.

Com suas mochilas, Estevão e Amanda passam pelo hall de entrada. De onde estão, Pedro e Inês os podem ver. Ele, com indiferença. Ela, com aflição.

— Para onde vocês vão a essa hora? São cinco da manhã!

— Amanda e eu ficaremos bem, não se preocupe, mãe.

— É claro que eu me preocupo.

— Deixa eles fazerem o que querem, Inês!

Em voz alta, o pedido soa como comando, surpreende pelo descaso. Inês atende, não vai adiante. Estevão puxa carinhosamente a irmã pelo braço. Ela ainda se volta para os pais à espera do gesto, do sinal impossível que a redimisse e os reconciliasse. Os dois saem em silêncio. Inês sobe para o quarto. Estirado na poltrona, inerte, Pedro fecha os olhos com uma das mãos, como se quisesse se dar a morte de presente, descansar em paz.

Pedro e o falar a verdade

Dia claro. Pedro não se levantou da poltrona. Olhos fechados, volta à infância: "Vai ficar aí o dia todo, sentado de braços cruzados?" — a mãe o pôs de castigo. Castigo que ele não merecia. Para qualquer um que perguntasse, ele deveria dizer: "Papai não está, saiu." Não entendeu a ordem, o pai estava em casa, ele mesmo o viu, lá dentro, no quarto dos fundos. Não importava. Tinha de dizer que não estava. Tudo bem, não discutiu. Mãe é mãe. Voltou a empurrar seus carrinhos pelo chão da varanda aberta que dava para a rua. Azar o dele que, mais tarde, chegou o homem tão íntimo que parecia amigo: "Oi, garoto, papai está em casa?" Ele, feliz da vida com a visita, se esqueceu e disse a verdade. "Está, sim. Está lá dentro, no quarto dos fundos." Azar o dele que o homem não era visita, era o credor atrás de quem lhe devia há tempos. Azar o dele que o pai era brigão e o credor, também. Azar o dele ter falado a verdade. Apanhou muito por ter falado a verdade. Depois da surra, ainda ficou de castigo. "Vai ficar aí o dia todo, sentado de braços cruzados?" A mãe já o tinha liberado do castigo bem antes. Mas ele não aceitou aquela liberdade: uma liberdade assim do nada, de uma hora para outra, sem mais nem porquê. A surra tinha sido injusta, o castigo, também. Logo, aquela liberdade era falsa, não lhe inspirava a menor confiança. Continuou ali, sentado no mesmo lugar onde a mãe o havia posto. Só descruzou os braços quando quis. Só se levantou da cadeira, muito tempo depois, quando quis. Ele se deu a merecida liberdade.

Pedro abre os olhos. Levantar da poltrona, não quer. Para quê? Os filhos não estão. A mulher estará ou não. O corpo moído se deixa ficar. Melhor assim. A cabeça é que não dá trégua, as lembranças lhe repassam filmes inteiros. Ele e Estevão, ali mesmo na biblioteca, um ano antes.

— É por isso mesmo que eu vim conversar com você. Nunca transei com ninguém. E o pior é que ela também não.

— Ouve bem o que vou te dizer, filho: isso é um presente! Você e a sua menina fazendo sexo pela primeira vez! Vai ser um momento único, mesmo com todo o nervosismo, com todas as dificuldades...

— Eu tenho medo do que pode acontecer depois... Não quero só sexo. Quero muito mais, quero uma vida inteira com ela!

— Como você é diferente de mim! Na sua idade, eu já era tão rodado, tão pervertido...

— Quando foi sua primeira vez?

— Foi com uma puta, uma polaca. E eu, um moleque de treze anos, imagina! Eu vinha do colégio e dei com ela na porta de um casarão que hoje já nem existe. Ela se ofereceu, respondi que não tinha dinheiro e continuei andando. Ouvi ela dizer que comigo faria de graça. Parei alguns metros adiante. Fiquei ali encostado numa árvore, me borrando de medo, esperando que ela tomasse alguma iniciativa. Meu tesão era muito maior que o medo, muito maior. Ela veio e me perguntou se era minha primeira vez. Eu menti, disse que não. Tomei um esporro que você nem imagina. Como eu já conhecia mulher, ela não ia me querer. Eu era igual a qualquer um.

— E você?

— Eu estava completamente extasiado diante daquela mulher imensa que queria trepar comigo e ao mesmo tempo me tratava como se fosse a mãe que ensina ao filho que mentir é feio.

Estevão não perde palavra. Pedro relembra detalhes.

— Os lábios grossos, o batom bem vermelho, o cheiro de perfume barato. Tudo me convencia a dizer a verdade. Ali, naquele confessionário de calçada. Ela, a puta beatificada que me daria a absolvição. "Diz a verdade para mim, diz." Ela me provocava com aquela batina bem curtinha, no meio das coxas, "diz a verdade para mim, que eu te levo para o céu...". E aí eu disse a verdade, que eu não conhecia mulher... E ela honrou a palavra de puta, cumpriu a promessa e me levou ao paraíso! Minha primeira comunhão foi num puteiro. A puta com quem me confessei foi que valorizou minha castidade.

— Eu não conhecia essa história. Nem se compara com a minha...

— A sua, meu filho, é diferente! Começar com essa menina que é tão inexperiente quanto você... É um aprendizado muito lindo!

Estevão embarca na viagem do pai. Esquece, por um momento, todo o drama que envolve sua paixão por Amanda. Anseia pela mágica, pelo entusiasmo de poder depois contar a experiência.

— Eu queria que fosse o momento mais bonito de nossas vidas... Que ficasse para sempre na lembrança... Mas não sei.

— Não se preocupe. Vai dar tudo certo, você vai ver.

— Tomara.

— Estou aqui pensando em te dizer uma coisa...

— O que é? Diz.

— Se vai ser a primeira vez de vocês dois, não usa camisinha.

— Ahn?!

— Você vai sangrar a menina que você ama. E ela vai se tornar mulher nas suas mãos. E vai ser a primeira vez que vocês vão se sentir um dentro do outro.

— Pai, você está falando sério?

— Estou. De verdade. Você mesmo falou que não quer só sexo com ela. Quer muito mais, uma vida inteira! Então?

— Ok, pode deixar. Você está certo. Certíssimo.

— O único risco que vocês correm é de uma gravidez precoce. Mas, se isso acontecer, pode contar que o vovô aqui dá uma força para o bebê!

— Pai, você é uma figura, sabia?

— Você é que é especial, Estevão. E você sabe disso.

Pedro, no mesmo cenário. Só que Estevão não está, foi embora e levou sua menina, seu primeiro amor. Viviam juntos para baixo e para cima, Inês e ele nunca suspeitaram de nada, nem lhes passava pela cabeça. Sempre amorosos um com o outro — sonho de qualquer pai. Mas também brigavam, discutiam, coisa normal entre irmãos. A viagem a Nova York... Só pode ter sido. Essa conversa que tiveram foi mais ou menos nessa época. E a verdade que tanto preza? Adiantaria se Estevão corajosamente a tivesse contado? Validaria o incesto?

Recomeço

Inês volta ao quarto de Amanda. A cama desfeita, o lençol jogado no chão. Reflexo condicionado, ela se abaixa e o apanha, começa a dobrá-lo. Que pesadelo é esse? Antes, conversas normais de mãe e filha, assuntos cotidianos, comentários até ingênuos sobre atribulações de adolescente. E Estevão? Para ela, eterno menino, com suas tiradas de humor, seu modo especial de chegar e fazer carinho. Que mal existe em não se ter dado conta de que já era homem feito? Não serão assim todas as mães? Como é que uma história comum, semelhante a mil histórias, súbito, se transforma nisto? Dois jovens afetuosos, saudáveis, exemplares. Nunca envolvidos com drogas ou más companhias. O que se passa na cabeça de nossas crianças — crianças, sim — e não sabemos? O que se passava na cabeça de nossos pais e nunca cogitamos? Pela porta, nesga de felicidade revisitada, Inês vê Amanda entrar, radiante, exclamativa.

— Dez, mãe! Tirei dez com o modelo que eu mesma criei! O único dez da turma! A professora me fez os maiores elogios!

Inês se lembra de que ficou feliz com a notícia, mas repreendeu a filha pelo desmazelo.

— Ah, mãe! Dá um tempo, vai. Eu sempre te ajudo a arrumar a casa, até na cozinha eu dou força. E o quarto não está tão bagunçado assim. Você sabe que eu odeio fazer a cama.

— Eu também odeio fazer muita coisa e faço.

— Deixa esse lençol aí, anda. Depois eu mudo a roupa de cama e arrumo tudo direitinho, prometo.

Amanda puxa Inês pela mão e a faz sentar na cama.
— Deixa eu te contar uma coisa.
— O que é que você já aprontou, Amanda?
— Ai, mãe, para com isso. Não aprontei nada... Mas pretendo.
— Pela cara, tem a ver com a conversa que a gente teve ontem.
— Isso mesmo. Só que agora eu estou um pouquinho nervosa. Acho que é ansiedade, sei lá!
— Bobagem, fica tranquila. Deixa as coisas acontecerem naturalmente. Minha primeira vez foi com um colega de turma. Nem era namorado, apenas um amigo. E foi ótimo.
— Claro! A famosa "república dos sentidos"! Só que, depois, chegou o professor Pedro Paranhos e a história foi outra.
— Bem outra! O mesmo homem esses anos todos!
— Muita coragem para a sua idade. Ainda mais naquela época.
— Nem parece que você conhece seu pai. Se hoje ele é assim, imagina com vinte anos menos. Bem, mas o assunto aqui não sou eu nem ele. A menos que você queira me dizer que também está apaixonada por algum homem mais velho.
— Não, mãe, isola! Ele é um ano mais novo que eu!
— Um menino!
— Também não exagera. Se bem que o jeito dele é de menino, sim.
— É coisa recente?
— Não, já faz tempo.
— Seu irmão conhece ele?
A pergunta surpreende, Amanda se desconcerta.
— Quem? O Estevão? Conhece, sim. Eles se dão até muito bem.
— Você e seu irmão... Sempre cúmplices.
Amanda anda pelo quarto, muda o tom.
— Mãe... Não conta nada para o pai, ok?

— Por quê? Seu pai vai apoiar sua decisão, com certeza.
— É que eu tenho vergonha...
— Vergonha?! Vergonha de quê, Amanda?
— Vergonha, ué. É uma intimidade minha. Com você, tudo bem, eu falo. Você é mulher, é minha mãe. É diferente, poxa!
— Está bem, não precisa ficar assim. Pode deixar, eu não comento nada com ele.

Amanda dá um abraço apertado na mãe.
— Você é a melhor mãe do mundo, sabia?

Inês volta ao presente. Com gestos conformados, tira as fronhas dos travesseiros e solta o lençol de forro para dobrá-lo também. O colchão despido é voo à adolescência: Ela e aquele colega de faculdade que mal conhecia se espremiam na mesma cama de solteiro em busca do êxtase. Depois, a paz, o sono agradecido. Na manhã seguinte, o se dar conta sem culpa, o arrancar os panos sujos de sangue e pronto, só lavar. Água e sabão servem para isso. Só que as manchas aqui não estão na cama. Lá, a juventude, o prazer, a poesia na contestação, no afrontar os intolerantes e preconceituosos. Os sonhos de mudar o mundo! Aqui, a dor, a decepção, a desesperança, por quê? Não teriam os filhos recebido dos pais a rebeldia, a audácia, a mesma paixão pelo risco? E a obsessiva busca da verdade, não terão também herdado?

Pedro, o "bárbaro" que sempre se propõe a conduzi-la por caminhos outros... O viajar ao âmago de nós mesmos, onde se encontram todos os males e todos os medos. O trazê-los à luz, o libertá-los, porque o mal liberto morre, desaparece. E o bem liberto vive, permanece. Assim evoluímos, desde a pedra lascada, a pedra polida e as outras muitas pedras do caminho. Se é essa a filosofia que inventou e pratica, por que então nunca lhe disse que seduzia a própria filha?! De todas, teria sido a verdade mais dura, mais cruel. Mas, se verbalizada no ato de amor, não o redimiria? Não encontrariam juntos a saída para libertá-lo?

    Inês desce até a área de serviço, põe a roupa de cama na lavadora. A pequena tarefa doméstica é o que lhe dá agora algum sentido à vida. Novamente, a água e o sabão a postos. Depois, o apertar o botão da máquina e, feito passe de mágica, o funcionamento automático. Ilusão de conforto. Recomeço. Não é sempre assim?

Amor de sangue

Manhã bem cedo. Ainda abalados, como se perdidos, Estevão e Amanda já no sobrado em Botafogo. Cosme os acomoda no andar de cima, espaço que reformou para morar. Não precisam se preocupar com nada, enfatiza. O importante agora é terem abrigo até a situação se resolver. Oferece o quarto e a cama de casal comprada recentemente. Estevão e Amanda preferem ficar no chão, falam sério. Por isso, levaram sacos de dormir, voltarão aos tempos em que acampavam nas férias. Cosme insiste, não faz sentido deixarem a cama vazia. Pelo menos, um deles, Amanda. Tudo bem, acabam concordando. Há tristeza estampada nos rostos, nos olhos cheios d'água. Cosme os abraça, irmão mais velho. Consola, bate na mesma tecla: nada acontece por acaso. Questão de tempo, todo aquele drama será superado, eles vão ver. Histórias de amor, quantas há que não sabemos? Amores proibidos, envergonhados, escondidos, quantos! O que importa é que o amor dos dois está sendo vivido e não apenas sonhado. Se foram descobertos, tanto melhor. Às claras, as aflições serão outras, o que de certo modo traz alívio. Estevão e Amanda ensaiam sorriso em sinal de assentimento, criam ânimo. Cosme aproveita, pega o jogo completo de lençóis amarelos — na viagem a Paris, Vicenza lhe deu as fronhas e o forro. Que tal já fazerem a cama? Agora?! É, agora, os três juntos, para dar esperança, plantar felicidade, dia que começa, sem medos ou mentiras — ele faz os votos enquanto abre o pano. Estevão é indisfarçável admiração.

— Você não existe, cara.

Assim, com empenho e capricho, a cama é arrumada. Parece até serviço de hotel, Cosme brinca enquanto põe a fronha em um dos travesseiros. Embora não verbalize, Amanda aprecia o trabalho coletivo.

No mais, as orientações básicas para os hóspedes. O funcionamento do gás e das torneiras do chuveiro. As toalhas de banho e o sabonete, que já foi usado uma vez, se não se importam. Intimamente, Cosme se compraz com o retorno simbólico ao início da trama. E a certeza de que, desta vez, além de misturar as peles, os cheiros, a libido, aquele sabonete exalará afeto. Feito em seguida, o convite para o café da manhã ali por perto é mais que bem-vindo. Depois, a sugestão de darem um pulo rápido ao supermercado para abastecer a geladeira e a despensa. Cosme não lhes dá trégua, a ideia é os manter ocupados — o entrosamento dos três é fundamental neste primeiro dia. A estratégia dá certo. Embora exaustos, ninguém pensa em dormir à tarde. Ao fim, Estevão e Amanda nem sabem o que dizer. Prometem que, em dobro, irão lhe retribuir o tanto de carinho.

Já de noite, a despedida emocionada. Últimas recomendações e conselhos. Têm certeza de que ficarão bem? Qualquer coisa, é só ligar. Os telefones da produtora ficam no térreo, mas há uma extensão instalada no segundo andar. Estevão agradece, não será preciso, confia. Cosme sugere que se distraiam um pouco, que vejam alguma bobagem na televisão. O importante agora é tirarem da cabeça o que aconteceu. Mais cedo do que imaginam, tudo se acertará. Amanda não acredita muito nisso. Estevão silencia. De mãos dadas, os irmãos o acompanham até a saída. Acenos de lá e de cá, porta fechada. Já no girar da chave, a tensão é inevitável. Amanda logo se afasta. Intui que, como estão sozinhos, o irmão voltará com perguntas que machucam: por que nunca contou nada a ele sobre o pai? Por que ninguém jamais suspeitou de coisa alguma?

— Não me conformo, é muita decepção. Como é que o papai foi capaz de uma coisa dessas? Ele sempre foi tão amoroso comigo e com você...

— A aparência engana. Será que você não entende?

— É exatamente o que eu quero: entender a aparência.

— O que é que ele e a mamãe viram quando nos pegaram juntos, hein? Aparência. Só aparência. Não foi o amor que a gente sente um pelo outro, a amizade, as aflições. Nada disso eles puderam ver. Só viram os nossos corpos nus na mesma cama. A aparência!

— Mas você tinha tantos momentos de carinho com ele. Na festa, por exemplo, quando vocês dançaram, pareciam tão orgulhosos um do outro!

Amanda se recusa a ir adiante.

— Chega, Estevão! Chega de falar de mim e do papai, chega!

— Tudo bem, não vou falar mais nada. Só que o nosso combinado nunca foi esse. Sem segredos, lembra?

— É que dói muito falar sobre isso. Me dá um tempo, por favor.

Estevão atende, encerra o assunto. Pelo menos por enquanto.

— Vou ver um pouco de televisão. Se mudar de ideia e quiser conversar, eu estou no quarto.

O comportamento de Estevão desconcerta. Desde que foram flagrados, distanciou-se emocionalmente da irmã e do pai, passou a vê-los com outros olhos. Sente-se enganado por ambos. Imaginação? Volta à cena de infância, com Pedro a lhe puxar a coberta para lhe arrancar da cama, enquanto Amanda — por zelo ou maldade — o tornava a cobrir. As camas. Sempre as camas. Nelas, as sensações de abandono e de aconchego que se revezam ao infinito e, ao disputá-lo, não lhe dão sossego.

Faz tempo e Amanda não se mexeu do lugar, a sala da recepção lhe apetece. Cosme acertou em cheio ao colocar o quadro *Amor impossível* na parede principal. E pensar que ela o conheceu ainda no cavalete, apenas esboço. E pensar que Dona Carlota o comprou na exposição e não o levou para casa. E pensar que ele veio parar ali, com todo aquele vermelho que incendeia, aquelas faíscas amarelas, elétricas — sua mãe Inês, sem tirar nem pôr. E Pedro, seu pai, tal qual. E ela mesma e o irmão. *Amor impossível* é espelho que não mente, a família retratada. Seria uma história de paixão e êxtase. Será outra, de decepção e dor. Por que foram punidos assim, se apenas se amavam? Inconformado, seu coração ainda teria muito com o que se indignar, mas a cabeça exausta lhe dá um basta. Amanda sobe, vai direto para o quarto. A televisão, desligada. Estevão dorme de bruços sobre o colchonete improvisado. Sono dos justos? Vontade de se deitar ali no chão a seu lado, revisitada inocência. Depois de tanta vergonha e humilhação? Impossível. Aquele amor de sangue não mais haverá, ela pressente. Nem o toque que acendia a pele e conectava os corpos. Que importa se o tato, mais que prazer manifesto, era a tradução de suas almas? Os pais viram maldade onde não havia. A feiura dos humanos venceu, foi mais forte que a beleza dos bichos. E os anjos, ausentes, não tomaram partido, assim ela crê. Melhor então deitar-se sozinha, puxar cuidadosamente o lençol amarelo e, recurso de criança, meter-se debaixo dele como se fosse tenda. Mal sabe que nada poderá contra o destino que a governa. O futuro dos irmãos está traçado e espanto maior virá. Se Céu e Terra estão de acordo, que força irá impedir o inelutável amor de sangue? Gênese talvez de um novo tempo.

Cosme e seus dois quereres

Cosme vai a pé para casa. Da Conde de Irajá até a Oitis é chão que não se acaba. A distância a que se obriga é essencial para que se recomponha e organize os pensamentos. Há três dias, Pedro e Inês mais que próximos, íntimos. Agora, vizinhos de porta e assim distantes. Vontade de os ver não lhe falta. Mas como mostrar solidariedade, se acobertou os filhos e continua a lhes dar suporte? Voltam cenas dos preparativos para a festa e da própria festa, voltam a união e o entusiasmo de todos na casa de lá. Imagens de uma família como qualquer outra, com seus códigos, hábitos e picuinhas. Volta Amanda a idealizar fugas a Botafogo para se encontrar às escondidas com o irmão, volta o susto que levou com a ousadia da proposta e, por fim, sua disposição para a cumplicidade. Adiantou? Súbito, do instante apaixonado fez-se o ultraje. O caos, no abrir a porta de um quarto. Como se conformar com o triste capítulo inserido? Os berros vazando pelas paredes, as luzes da casa de cá se acendendo, Pepita latindo assustada. Chega, Pepita! Quieta! Que loucura é essa?! Zenóbio e Damiana espantadíssimos, tentando entender que inferno era aquele às cinco da madrugada. Feito dois zumbis, iam e vinham pelo corredor, colando os ouvidos nos pontos onde podiam escutar melhor a discussão, os insultos, o horror inédito. Até que a irmã, mãos na boca e olhos arregalados, conseguiu decifrar o que ele já sabia: Estevão e Amanda estão tendo um caso! Não é possível, que mundo é esse?! Espera, que tem mais coisa! Pouca vergonha! Ah, que boa surra! Assim eu não ouço nada, para de falar, pai! E Cosme, encostado na parede, sem saber o que fazer. Prostrado em silêncio conivente. Silêncio comovido. Silêncio denunciador, portanto. Impossível esquecer o olhar do pai com a pergunta, quase acusação: pelo jeito, você sabia, não sabia? E ele, cabeça erguida, confirmou com tal naturalidade que desconcertou e enraiveceu ainda mais o inquisidor. Impossível esquecer a reação de Damiana, seu olhar de repugnância. Que nojo! E o pai, fazendo coro, são doentes, minha filha, doentes. Sim, doentes! Bem que ela desconfiava! Desde o início percebeu algo anormal entre eles, aquela coisa de sempre andarem grudados um no outro já era doença! Cosme não revidou. Com Amanda e Estevão no coração, seus pensamentos já iam longe. A mudez súbita da casa de lá lhe dizia mais que toda a gritaria de antes. Foi para o quarto, vestiu-se como pôde e desceu rápido para a sala. Bem a tempo, que nessas horas o amor presente não tarda. A campainha tocou fraca, inibida, com medo. Eram eles. Como esquecer o abraço que se deram, o pedido desesperado de ajuda? Como esquecer o choro convulsivo dos três? Como esquecer o juramento de que, na alegria e na tristeza, na saúde e na doença, estariam sempre juntos nesta vida? Foi assim que caminharam até a praça Santos Dumont, onde pegaram o táxi que em boa hora passava. E seguiram para Botafogo. Lar provisório. Tudo em menos de 24 horas, e já parece século.

Fim da longa caminhada, a rua dos Oitis, a casa de cá. Cosme mete a chave na porta e entra, ainda atordoado por aquelas imagens. Jussara, aflita, logo o vem prevenir que as notícias não são boas.

— Seu pai continua furioso com o que aconteceu. Principalmente, pelo apoio que você está dando para o Estevão e a Amanda. Quer que você pegue o resto das suas coisas e saia imediatamente.

— Ele está aí?

— Não, no clube. Disse que de lá vai direto para o jogo de pôquer com os amigos. Deve chegar tarde, você sabe.

— E Damiana?

— Ainda não voltou da clínica.

— O que eu ainda tenho aqui é muito pouco. É só pôr em uma ou duas malas e pronto. O que eu preciso agora é de tinta.

— Tinta?!

— É. Você sabe se tem alguma sobra lá atrás no depósito?

— Ah, Cosme, só indo ver.

Sorte que ainda havia dois galões quase cheios. Um, cor de areia, que fora destinado à pintura da fachada da casa. Outro, branco fosco, usado na reforma de acesso ao segundo andar. Perfeito. O branco fosco, que é o que ele quer, dá e sobra. Agora, é só pegar o tabuleiro, o rolo, a escada e ir para o quarto. Inconformada, Jussara o acompanha.

— Vai apagar todos os seus escritos?

— Eu ia mesmo pintar o quarto. Só que teria tempo de passar alguns textos para o papel, não ia ser assim na correria. Mas, pensando bem, melhor não guardar registro. O que está nessas paredes é passado, não interessa a ninguém.

— É tudo muito triste. E agora mais esse drama com os nossos vizinhos aqui do lado.

— Fazer o quê?

— Tenho pena do professor Pedro e de dona Inês. Não mereciam passar por isso.

— Tenho pena de todos. Estevão e Amanda estão muito assustados com tudo.

— Opção deles.

— Ninguém manda no coração, Jussara. Muita pretensão achar que temos algum comando sobre ele.

— Se quer minha opinião, acho que você está se envolvendo demais com os problemas dessa menina. Pensei que ela pudesse lhe trazer felicidade, mas me enganei.

— O que você queria? Que eu a deixasse desamparada na rua com o irmão?

— Sem a sua ajuda, eles não iam ter coragem de sair da casa dos pais. Iam ter que enfrentar a situação de outra maneira.

— Eles não tinham escolha, Jussara!

— Claro que tinham!

Cosme se dá conta de que ninguém na casa de cá sabe da grave acusação que pesa sobre Pedro — real motivo para que Estevão e Amanda tenham vindo lhe pedir ajuda. Desconversa. Diz que fez o que a consciência mandou, que fique tranquila que ele os irá aconselhar, que tudo acabará bem.

— Agora, por favor, deixa eu começar o meu serviço? Quando o papai voltar, espero não estar mais aqui.

— Não vai comer antes? Se você quiser, eu ponho o seu jantar.

— Não, obrigado, Jussara. Estou sem fome.

Cosme já preparou a tinta, forrou o quarto com jornais, está a postos. Assim, por suas próprias mãos, os textos começam a desaparecer, um a um. O branco fosco se vai expandindo, apagando a memória registrada nas paredes. Jussara balança a cabeça, mais em sinal de tristeza que de reprovação. Sai, prefere não presenciar a cena.

Damiana chega, sobe direto para o quarto. Vê o irmão ao passar, mas segue em frente sem se dirigir a ele. Inútil tentar o diálogo. Para quê? Depois do que aconteceu, fica mais do que provado que os dois não falam a mesma língua. Criados pelo mesmo pai e pela mesma mãe, como é possível? Enfim, que seja feliz lá com as esquisitices dele e a deixe em paz com seus bichos, é o que ela quer. Pepita vem para perto, a dona logo se abaixa para lhe fazer festa. O que é, querida? O que aconteceu, me conta. Pepita abana o rabo, lambe o rosto e as mãos da amiga, parece que lhe quer dizer algo. Damiana a põe no colo e, assim do nada, recorda o dia em que a ganhou de presente. Que coisa mais linda! Foi Cosme, inclusive, que lhe escolheu o nome. A vida tem mistérios. A lembrança teria sido fala silenciosa de Pepita? Sim, porque logo em seguida ela salta do colo de Damiana, vai e volta pelo corredor, como se a estivesse chamando para o quarto de Cosme. O recado foi entendido.

— Não, Pepita, deixa, volta aqui. Ele está ocupado, a gente vai atrapalhar. Vem para cá, anda.

Com ganidos chorosos, a cachorrinha insiste com novos argumentos. Só um pouquinho, o que é que tem? A gente vai lá, dá um alô rápido e pronto.

— Anda, Pepita, vem! Deixa de ser teimosa!

Ela não desiste. Entra no quarto de Cosme, late, chama a atenção. Ele acha graça, mas não interrompe o serviço.

— Oi, Pepita! O que é que você está fazendo aí? Cuidado, não vai me entornar a tinta que eu só tenho essa.

Ela ainda late algumas vezes chamando. Nada feito. Damiana tem razão, ele está mesmo ocupado. Que pena, temperamentos difíceis. Bom, pelo menos ela tentou que os dois se falassem.

Já passa de uma da madrugada quando Cosme termina a pintura do quarto. Não fica grande coisa, mas serve para limpar as paredes. O pai que depois contrate um profissional. O que ele precisa é sair daquela casa o quanto antes. Jussara o ajuda no arrumar as malas e ainda consegue que ele coma alguma coisa.

Buzina. O táxi, já na porta. Da janela do quarto, luzes apagadas, Damiana espera para ver o irmão sair. Vá entender o porquê.

— Tchau, Pepita. Comporte-se, menina. Acho que agora a gente vai ter que se dar um tempo. Tchau, Jussara. Para de chorar e me dá um beijo, vai. Eu ligo e dou notícias. E você vê se vai lá também me visitar.

— Vou, sim. Qualquer hora dessas. Vai com Deus, meu filho. E, por favor, não invente mais problemas. A vida já nos dá tantos!

— Pode deixar. Tudo vai se resolver.

Mal o táxi dá a partida, o carro de Zenóbio mostra os faróis. Desencontros muito bem programados. Sina da casa de cá.

Cosme quis poupar Estevão e Amanda de novo constrangimento, por isso não os avisou que voltaria para Botafogo naquela mesma noite. Nem precisava. No andar de baixo, na sala de edição de vídeos, há um sofá-cama bastante confortável. Quantas vezes virou madrugada para terminar algum trabalho e acabou tendo que dormir lá mesmo? Já eram quase duas horas quando, caindo de sono, chegou à produtora. Entrou sem fazer barulho e foi logo se deitar. Tão exausto estava que apagou junto com a luz. Antes, teve o cuidado de deixar um bilhete para os hóspedes.

Estevão e Amanda, não se assustem. Aconteceu um imprevisto lá em casa e tive de vir dormir aqui. Estou bem acomodado na sala de edição, fiquem tranquilos. Amanhã, nos falamos com calma. Devo acordar mais tarde. Beijos do mano!

Curioso. Perto de Amanda, Cosme se transforma. É o irmão mais velho, o amigo, o que torce sinceramente pela felicidade dela. Afastado, torna-se o ciumento rival de Estevão, o que planeja tomá-la para si. Acontece que, às vezes, a situação se inverte. Longe dela, o amor que sente é genuinamente fraterno, seu coração se aquieta. Perto, o coração acelera, a paixão toma conta. Se os dois quereres são verdadeiros e equivalentes, como explicar a contradição? Como conviver com ela?

Juntos

Se os filhos saíram de casa, Pedro não quer saber. Já estão criados, maiores de 18, que vivam a liberdade deles onde e como for. Quer ver quanto tempo dura a insensatez — com aparente indiferença, tenta fechar a ferida. Inês, ao contrário, pensa e repensa saída digna para a família. Quem dera pudesse provar a inocência do homem a quem se deu sem limites, ter os filhos de volta, vê-los todos reunidos novamente debaixo do mesmo teto. O que ela tem agora? Nada além da realidade que a desacredita e desmente. Domingo é uma dor inútil, um dia parado. Segunda, recomeça. Terça, a felicidade está perto. Quarta, não é bem assim. Quinta, nada faz sentido e ela se desespera. Sexta, cria ânimo, se recompõe. Sábado, sente-se melhor, sai um pouco à rua e logo volta. Domingo é uma dor inútil, um dia parado. Segunda, recomeça. Quem dera pudesse provar a inocência do homem a quem se deu sem limites, ter os filhos de volta, vê-los todos reunidos novamente debaixo do mesmo teto... Mais uma noite que se arrasta. Justo na biblioteca, a gota d'água.

— A culpa é desses malditos escritores.
— Não, Inês. Não é.
— Nacionais ou estrangeiros, não importa. Toda a culpa é deles. Fizeram de nós e de nossos filhos o que somos hoje.
— E nem assim os culpo. Pelo contrário, os admiro e lhes agradeço. Se há culpados nesta história, somos nós, alunos desatentos e arrogantes.

Pedro vai até uma das estantes, passa a mão sobre os livros como se os acariciasse.

— Nossos queridos autores... Já nos ensinaram tanto, reconheça.

— Nessas prateleiras? Nenhuma conversa que preste. Nenhum escritor que, agora, seja capaz de nos aconselhar, de nos fazer companhia ao menos. Pode escolher. Qualquer um.

— Qualquer um?

Pedro puxa ao acaso.

— Vejamos este. André Gide. Texto escrito em 1897, imagina. "Agir sem ajuizar se a ação é boa ou má. Amar sem a inquietação de saber se é ser bem ou mal..."

Inês sabe de cor a frase seguinte, surpreende em voz alta.

— "Mandamentos de Deus, magoastes a minha alma. Mandamentos de Deus, sois dez ou vinte?"

Emocionado, Pedro deixa que Inês complete o que foi dito. E ela segue em triste sintonia.

— "Até onde os vossos limites? Ensinareis vós que há sempre mais coisas proibidas?"

Ele a provoca novamente.

— "Novos castigos prometidos à sede de tudo quanto achei de belo na terra? Mandamentos de Deus, tornastes a minha alma doente."

Inês interrompe o jogo, sente-se desconfortável.

— Pode parar. Esse texto não nos diz nada de novo.

— Absolutamente nada. E nem assim pusemos em prática o que aprendemos com ele.

Pedro devolve o livro à estante, conclui com ressentimento.

— Não devíamos ter tido filhos.

— Fale por você, não por mim.

Pedro leva a mão à testa, parece não se sentir bem. Toma fôlego, ainda assim a fala sai com dificuldade.

— Duro afirmar, mas hoje me arrependo. O maior equívoco? Ter posto Estevão e Amanda no mundo.

— Impressionante. Você ainda consegue me machucar.

Pedro não dá ouvidos ao comentário. Continua como se fizesse exame de consciência.

— E pensar que honestamente eu acreditava ser um bom pai. Chega a ser engraçado de tão patético. Sempre fui excessivo, reconheço. Mas não eram só os beijos, os carinhos e o colo disponível. Munido de livros e saberes, tentava transmitir a eles minha experiência capenga. Vivia provando que a leitura lhes daria asas e os libertaria...

— E quando eles, libertos, nos provaram que podiam voar sozinhos, mais rápido até do que você e eu, nós os alvejamos em pleno voo.

— Difícil mesmo conciliar discurso e prática.

— Esse texto de Gide não os absolve?

— Absolve. Claro que absolve.

— Então? Começo a pensar que nossos filhos foram apenas alunos aplicados.

— Pena não terem assimilado o gosto pela verdade.

— Será que não?

— Nunca escondi nada de você, Inês. Quantas vezes me revelei no pior de mim mesmo, quantas? Cumpro nosso trato à risca: nos dar a conhecer por inteiro, sem medo e sem reservas. A verdade dita, por mais dura que seja. Até hoje nos entendemos assim. Nas brigas, nas pazes. Nosso prazer vem dessa ousadia. Ou não?

— É diferente, não se compara com o desabafo de Amanda. Palavra, choro, confissão instintiva de filha.

Pedro demonstra cansaço, a reação é mecânica.

— Pela última vez: Amanda mentiu. Eram carícias inocentes. De uma pureza que não é minha, pureza que eu nem conheço...

Inês tem os olhos cheios d'água. Seu silêncio, sinal de dor, de suspeita que se mantém. Inútil argumentar, Pedro dá a conversa por terminada. Por terminada, também, a relação. Vozes baixas, quase inaudíveis.

— Cheguei ao meu limite, Inês.

— Chegamos juntos.

Adão e Eva

Julho. Quase três meses que Estevão e Amanda deixaram a casa dos pais. Não recebem nem dão notícias. Cosme vive situação parecida. Desde que se mudou para Botafogo, fala vez ou outra com Jussara por telefone. Na casa de cá, segue tudo igual. Da casa de lá, diz ela, nada sabe. Nunca mais encontrou dona Inês ou o professor. Não há movimento algum, acha estranho. Férias de julho na universidade, talvez tenham viajado. É, pode ser. Seria bom mesmo mudarem de ares.

No sobrado da Conde de Irajá, ainda é tempo de aprendizado e superação. Amanda e Estevão foram convencidos a permanecer no quarto do andar de cima, embora nunca tenham dormido juntos na cama de casal. Inacreditável. Sem discussão, em simples conversa, ambos decidiram assim. Uma noite, ela dorme na cama, e ele, no chão. Noite seguinte, trocam de lugar. Os dois na cama de casal, nunca. Onde foram parar os planos secretos de se encontrarem ali com a cumplicidade de Cosme? Onde o romantismo mágico? Antes, naquele refúgio, haveriam de ser o que realmente são: jovens saudáveis, alegres e sonhadores, irmãos apaixonados, cheios de esperanças e projetos para o futuro. Estevão chegava a se perguntar se, de certa forma, não iriam recriar a "república dos sentidos". Lá, a mãe pregava o amor livre. Ali, também sem culpas, eles viveriam seu próprio amor, experiência única, histórica. Que romance fantástico daria! — Amanda acrescentava. Cosme seria o autor, é claro, e ganharia todos os prêmios e se tornaria famoso!

Hoje, a realidade é outra. O sobrado serve apenas como abrigo temporário. Nele, bem ou mal, os irmãos firmam posição de independência com relação aos pais, tomam fôlego para o que ainda terão de enfrentar. E o principal: não precisam voltar à rua dos Oitis por arrego. Mas, se ainda se amam como dizem, por que o afastamento espontâneo? Se ainda imantados por desejo carnal, por que se vigiam os corpos e se policiam os beijos e os abraços? Desde que foram flagrados, sumariamente julgados e punidos, não são mais os mesmos, isto é certo. É como se tivessem sido expulsos do Paraíso por terem ousado chegar à árvore da sabedoria, provado o fruto proibido. É como se tivessem então conhecido a vergonha da nudez, o pecado original. É como se tivessem de recriar agora uma nova humanidade. Adão e Eva revisitados no exílio, à procura de algum novo rumo, ansiando pela liberdade que é sempre miragem.

Para Cosme, período de resistência e renovação. Sente-se útil, fortalecido, apesar de tudo. Procura aliviar o estresse emocional dedicando-se ao trabalho. Começou também a cuidar mais do corpo e estimula Estevão e Amanda a fazerem o mesmo. No último fim de semana, voltou às suas caminhadas e os convidou a passarem o dia na floresta da Tijuca. Domingo inesquecível em contato com a natureza. Também nos projetos da produtora, Cosme conta com a ajuda de um e de outro. De férias na universidade, ambos dispõem de mais tempo para novos aprendizados. Estevão se interessa principalmente pela edição de vídeos. Amanda, pela produção. Combinação ideal.

Cosme tem o comando daquela família improvisada, nascida às pressas, feita literalmente da noite para o dia. Como provedor, determina o que deve ou não ser feito. Ele, o responsável pelo andamento da casa, o funcionamento da empresa. Ele, o irmão mais velho, desempenhando com gosto as funções de pai. Sem lhe desmerecer os gestos de afeto, a verdade é que ter os irmãos sob sua guarda lhe satisfaz. Sensação de poder, ainda que não tenha consciência disso. Quem diria? Hoje, mesmo dormindo sozinho em um sofá-cama, não se considera mais aquela peça avulsa que não casava com nada. Ao contrário, tornou-se peça essencial na caixa de ferramentas. Assim, a seu ver, no indefinido e imprevisível triângulo amoroso, o casamento quase perfeito. Por que então, em sábado de calmaria, a súbita desavença? Por que a confissão que de repente desnorteia e obriga novas decisões?

Fim de tarde. Deitada na cama, olhos fechados, Amanda ouve música com fones nos ouvidos. Estevão entra, expressão de cansaço e felicidade ao mesmo tempo — o vídeo que ele ajudou a editar deu trabalho além da conta, mas ficou ótimo, tem certeza de que o cliente vai aprovar de primeira. Ela precisava ter visto o abraço que Cosme lhe deu, e os elogios que fez à parceria. Agora, um bom banho é tudo de que precisa e...

— Amanda?

No entusiasmo, Estevão não percebeu que falava sozinho. Vai até a irmã e a surpreende com um beijo. Ela abre os olhos, interrompe a música.

— Oi. Acabaram a edição?

— Acabamos, ficou ótima. Que cara é essa, estava chorando?

— Nada não. Bobagem.

— Conta aí, vai. O que aconteceu?

— Deixa para lá. Não é nada, já disse. Besteira minha.

— Duvido. Eu te conheço.

Ela demora, prepara terreno.

— Tenho pensado muito no papai e na mamãe, não consigo tirar eles da cabeça.

— Melhor tirar, porque depois do que aconteceu não tem volta.

— A gente precisa ligar para mamãe, saber como ela está.

— Deve estar ótima. Discutindo a relação com o papai, como sempre. Brigam, se acusam e fazem as pazes. Eles se entendem muito bem lá nas escolhas deles. Só que não entenderam a nossa. Os dois se merecem.

— Você nunca falou deles desse jeito...

— Queria que eu falasse como? Nosso pai abusou de você, a mamãe ficou sabendo e não fez nada. Não dá para perdoar.

Expressão de contrariedade, Amanda levanta-se da cama. Estevão tenta entender o que se passa.

— É ele que você quer ver, não é?

— Não!

— Claro que é. Você muda completamente quando a gente fala nele, nem consegue disfarçar.

— Não é nada disso!

— Então por que essa cena?

— Saudade, tristeza... É natural, não é?

— Não, não é. Saudade e tristeza por alguém como ele? Por quê?!

— Por amor!

— Amor?!

— É. Amor. Amor de menina que corre e dá beijo no pai, beijo sem maldade nenhuma!

— Desculpa, Amanda, mas não dá para acreditar, não dá! Alguma coisa aí está errada, não bate, não faz o menor sentido!

Longo silêncio. Amanda finalmente admite.

— Eu menti.

— O quê?!

— Eu menti. Papai nunca me fez nada. Papai é inocente.

Estevão se exaspera, segura a irmã pela blusa e a prende contra a parede.

— Repete! Eu acho que não ouvi direito! Repete!

— Estevão, para! Está me machucando!

— Repete, Amanda!

— Eu menti, eu menti, já disse!

O murro na parede é indignação, extravasamento. Estevão solta a irmã jogando-a para o lado. Amanda, aos prantos.

— Estevão, por favor, me entende! Eu não tive escolha!

— Como não teve escolha?! Como?!

— Foi para te defender!

— Me defender?!

— É, te defender, sim! Você estava sangrando, caído no chão! Eu fui te proteger! E ele aos berros, querendo nos separar!

— Você não tinha esse direito, Amanda! Não tinha! Você me fez acreditar que nosso pai abusou de você! Que maldade, que loucura! Você destruiu a imagem que eu tinha dele! O homem que eu amava e respeitava passou a me dar nojo!

— Eu não queria ter falado nada daquilo, juro! Foi mais forte do que eu, acredita!

Estevão chora toda a raiva que sente.

— Eu saí de casa sem querer olhar para ele! Você tem noção do mal que causou?! Como teve coragem?!

— Coragem?! Eu estava em pânico, Estevão! Pânico!

— Isso não justifica a calúnia, nada justifica!

251

— Foi muita humilhação, já se esqueceu?! Eu, nua, abraçada com você! Nua diante dele, nua! Desprotegida! Diante do nosso pai!!!

O choro de Estevão agora é outro. Naquela madrugada foram mesmo tomados de vergonha e pavor. O flagrante lhe volta nítido, com cores mais fortes, traumáticas. Tem consciência de que, das agressões, dos insultos, do desmonte da família, todos participaram, cada um do seu jeito. Que importa? Vítimas de enredo que lhes fugiu ao controle, todos. Por isso, o choro que brota da memória. Choro que o torna mais compreensivo.

— Não fica assim, vai.

— Fiz por você, fiz por mim! Eu estava desesperada!

Estevão vai até ela e a abraça.

— Eu sei, eu vi.

— Eu não queria causar o mal que causei, não queria! Foi tudo tão de repente! Os gritos, os medos, aquela violência toda! Me perdoa, vai. Me perdoa!

— Eu perdoo, claro. Perdoo.

Amanda acaricia o rosto do irmão, os dois choram copiosamente.

— Meu irmão querido, te amo muito, muito, muito.

— Irmão... Faz tempo que você não me chama assim. Eu gosto.

— Gosta?

— Muito.

— Você é meu irmão muito amado e querido, sabia?

— E você sempre será minha irmã de sangue, de corpo, de alma, de tudo. Companheira de vida. Te amo demais.

Os dois se dão um abraço apertado e se demoram nos beijos. Duas crianças grandes que se saciam de apaixonado afeto. Aninham-se um no outro, deixam-se estar assim por longo tempo, quietos. Súbito, caem em sono profundo, juntos pela primeira vez na cama de casal, sobre o lençol amarelo. Alívio dos céus? Talvez, Adão e Eva numa infância inventada ou na adolescência que não tiveram. Adão e Eva nascidos da carne e não do barro ou da costela. Dispostos, sim, a criar nova humanidade.

Redomas precisam ser quebradas

Horas depois, a realidade que exige atitude. É preciso forças para sair do quarto, conversar com Cosme. Estevão fala sem rodeios, prevê a reação do amigo. O quê?! É exatamente o que ele acaba de ouvir: o pai foi caluniado. Quer dizer então que o professor é inocente? Sim, Amanda mentiu para se defender. A revelação causa impacto, difícil acreditar. O pior é que já se passaram quase três meses, precisam fazer algo urgente. Amanda reconhece que terá de contar a verdade o mais rápido possível, mas como? Ir à rua dos Oitis?! Nem pensar. Cosme sugere ligarem imediatamente para lá, pelo menos para saber notícias, retomar o contato. Tem certeza? É o mínimo! Estevão aprova a ideia, dá força à irmã. É uma boa hora inclusive, já devem ter jantado. Amanda sente-se insegura. Tensão.

— O que é que eu falo, Estevão?

— Diz que sentiu saudade... fala normal.

— Só falo se a mamãe atender.

— Tudo bem. Vai ser mesmo mais fácil conversar com ela.

— Acho que eu não vou segurar essa onda, não.

— Vai, sim. Tem mais é que segurar. E eu estou aqui do seu lado. Fica tranquila.

— Nem sei o que ia ser de mim sem você.

— Ia ser filha única. Uma garota normal, vivendo bem com os pais e indo ao cinema com o namorado.

Mais afastado, Cosme acha graça do comentário, mas acelera a decisão.

— Melhor ligar logo.

Amanda está nervosa, é natural. Resiste o quanto pode. Na pressão, acaba ligando. O telefone chama várias vezes.

— Não atende, não tem ninguém em casa. Vou desligar.

— Calma, espera mais um pouco.

Sem pressa, indiferente à insistência das chamadas, Inês se dirige ao telefone.

— Alô?

Assustada, Amanda tampa o bocal, fala baixo para o irmão.

— Atendeu. É ela.

— Fala, anda.

— Mãe...?

— Amanda?!

— Oi, mãe, sou eu... Tudo bem com você?

Inês se emociona, parece não acreditar.

— Difícil dizer, filha... Vivendo um dia de cada vez... E vocês? Como é que estão?

— Com muita saudade, mãe. A gente sente falta aí de casa... O Estevão está aqui do meu lado.

Inês, voz embargada.

— Ele está bem?

— Está. Está te mandando um beijo.

— Manda outro para ele.

Amanda começa a chorar. Estevão pega o telefone.

— Oi, mãe.

— Quanta saudade, meu filho.

— Também, mãe. Muita mesmo.

— Nem acredito que estou falando com vocês. Tanto tempo sem notícias...

— Perdoa a gente, mãe.

— O que está feito, está feito.

— A gente quis falar antes, mas faltou coragem.
— Mas agora vocês ligaram, e isso é o que importa.
— O papai está bem?
— Não sei.
— Como não sabe?
— Faz duas semanas que seu pai saiu de casa.
— Papai saiu de casa?! Por quê?!

Aflita, Amanda chega perto. Com impaciência, Estevão faz sinal para não ser interrompido, quer ouvir.

— Desde aquela noite, seu pai mudou muito. Ficou difícil para nós dois, entende? Muita acusação, amargura, todo dia uma briga... Não quero falar sobre isso agora.
— Mas vocês ao menos têm se falado? Você sabe onde ele está?
— Não faço a menor ideia.
— Mãe, escuta, amanhã eu e a Amanda vamos aí ver você, ok?
— Venham, sim. Quero saber o que andam fazendo...
— Estamos bem, mãe. Fica tranquila.
— Vocês estão morando com o Cosme, não estão?
— Como é que você sabe?
— Encontrei com a Damiana e ela me contou.
— Sei, a Damiana.
— O Cosme é um excelente rapaz, por isso não me preocupo tanto. Mas não acho correto vocês estarem aí.
— Amanhã a gente conversa sobre isso também.
— Está certo.
— Vamos chegar antes do almoço, pode ser?
— Claro. Espero por vocês então. Dá um beijo na Amanda.
— Eu dou. Tchau, mãe.
— Tchau, querido. Até amanhã.

Estevão desliga o telefone.

— Papai saiu de casa.

— Foi para onde?!

— Ela não sabe. Não faz ideia.

Não pode ser verdade. Como saiu de casa?! Como deixaram de se falar?! Que absurdo é esse?! Justo agora?! Amanda não esperava ser punida assim. O pai ausente, o pai inacessível, o pai inalcançável, por sua causa. E a mãe, disponível, compreensiva, à sua espera. Que nova lição é essa? O exemplo vem de casa? Às vezes. Quantas coisas lhe foram ensinadas e a verdade depois não era nada daquilo? Quanto discurso convincente que logo adiante foi desmentido? Faça o que eu digo, mas não faça o que eu faço. Perdeu a conta dos tantos. Não era igual no tempo dos avós e ancestrais? Por que a vida apronta tanto com ela? Por que une e desune, atrai e repele, junta e espalha, acaricia e agride, explica e confunde, tudo ao mesmo tempo? Por que a induz ao erro, se lhe cobra acertos? Por que lhe oferece prazeres, se lhe exige abstinência? Por que lhe dá a pele, a carne, o tato — tão fáceis, de graça! — se a faz sofrer com emoções inexplicáveis, sentimentos contraditórios? Por que, com requintes de maldade, lhe tranca a alma a sete chaves e mil segredos, se a faz crer que a felicidade está em libertá-la? Droga! Por que tanta violência contra os nossos corpos, hein, Cosme? Responde, Estevão! Quem determina o que pode ou não pode ser feito? Quem manda no amor? Deus, as religiões? A lei, os juízes? Os pais, a família, os vizinhos? Amor é bênção ou maldição? Se nos desviamos do caminho, é problema nosso, exclusivamente nosso? Amanda não se conforma. Então por que se importaram tanto com os pais? Por que se esforçaram sempre para não os desapontar? Se sufocaram o que sentiam por tanto tempo, não foi pensando neles? E aí, é tragédia quando são descobertos, não se odiando, mas se amando demais! E, no desatino, ela mente, calunia e põe fim à família... É justo mais este castigo?

Estevão volta a consolar a irmã, aconteceu, pronto. A falta foi grave? Lógico que foi. Agora, nada mais a fazer senão procurarem o pai, inocentá-lo e ela lhe pedir perdão. Será que depois, pelo amor que sentem, não merecem um pouco de paz? Tanta ingenuidade houve. Chegaram a imaginar que o embate na família seria digno dos mais célebres romances. Afinal, estariam pondo em prática a tal busca incessante do autoconhecimento — sombras e luzes trazidas à tona! O desfecho idealizado? Os quatro se abraçando comovidos. Os pais dispostos a ajudá-los e a lhes dar apoio. Algum orgulho até pelos filhos, por enfrentarem os seus fantasmas e assumirem sentimento impossível de ser definido, de ser defendido. Atração inelutável, nascida certamente da infância amorosa, da formação livre, da criação sem mentiras, sabe-se lá!

Sem mentiras... Para Cosme, este é o principal ponto que os une, embora os atormente — lidar com a verdade é perigoso demais. Não é o que Pedro e Inês se propuseram desde sempre e, pelo menos entre eles, vinham conseguindo? Não é o que ele, Cosme, tentava em casa inutilmente? Com a mãe, ainda sonhava quebrarem juntos as redomas. Chegaram perto, mas a morte prematura frustrou o sonho. Será? Estevão vê diferente. Se ela não tivesse ido embora tão cedo, os três não estariam ali. O casarão, nada daquilo existiria, pensa bem. A conversa que estão tendo, o teto que os protege e tudo o mais devem a ela, que, mesmo em outro plano, pode estar olhando por eles, quem sabe? Portanto, o sonho de quebrarem as redomas continua vivo. Há consenso quanto a isso? Sim, há consenso, as redomas precisam ser quebradas. Mesmo pondo em risco a irmandade? Frio na espinha. Sim, mesmo pondo em risco a irmandade.

À espera

Inês sabe de cor e salteado: por mais rótulos que nos ponham, nada nos define por dentro. Em nossos silêncios, tudo pode ocorrer e de modo imprevisível — é o que nos humaniza e nos nivela a todos. Um delírio lógico, um raciocínio desvairado, qualquer loucura cabe em nossas criativas cabeças. Por isso, é importante cumprir rituais cotidianos. O vestir a roupa adequada, o estender a toalha e o pôr a mesa. O dar de beber às plantas quando tenham sede. Os compromissos, as horas marcadas, o relógio, o calendário. É essencial essa ordem aparente das coisas. Principalmente hoje. São seus filhos, ora! E estão chegando daqui a pouco! Voltando para casa, talvez... Ninguém precisa vir dizer, ela sabe que erraram. No entanto, irá recebê-los com toda a naturalidade. Com a naturalidade possível, ao menos. Só não poderá se exceder no carinho, porque não será bom para eles. É preciso que reconheçam a decepção que lhe causaram. Por mais que se esforce, como apagar o espanto ao vê-los na cama feito dois amantes enamorados? Não. Não podem ir chegando assim e tudo bem como se nada tivesse acontecido. Foi fato visto, presenciado. Personagens reais, de carne e osso. Não foi invencionice saída dos tantos romances que se enfileiram lá nas prateleiras da biblioteca. O súbito desmanche da família e a presente solidão? Provas definitivas de que ela não tem o controle ou o comando de coisa alguma. Aliás, nem Pedro nem ninguém — o que pelo menos lhe serve de consolo. Admite também que, por ser filha única, não consegue se pôr no lugar de Amanda, imaginar-se apaixonada por um irmão ou irmã. Não adianta fechar os olhos para voltar à adolescência e compor a cena, a experiência nunca lhe será permitida: achar absurdo ou engraçado ou repulsivo. Terá que compreender a opção dos filhos apenas com coração de mãe — sempre suspeito, parcial, inclinado ao perdão.

Assim, ali na sala enquanto os espera, Inês visualiza irmãos e irmãs espalhados agora pelos quatro cantos do mundo. Vínculos de todos os matizes. Os que se amam com genuína e abençoada fraternidade e se reúnem amiúde, os que se dão bem sem grandes aproximações, os que mal se veem, os que não se falam, os que sequer se conhecem e até mesmo os que visceralmente se odeiam. Quantos enredos desde os tempos bíblicos! Quantos destinos envolvidos! Se tivesse tido mais filhos, certamente a história teria sido outra. Houve escolha ou, como diz o ditado, por causa de nossos avós pagamos nós? Difícil aceitar que Amanda e Estevão se amem desse jeito, conceber o futuro por esse caminho tortuoso. Quem entenderá o drama que está vivendo? Quem chegará perto? Quem lhe estenderá a mão? Os parentes? Vieram, sim. Todos correndo para saber detalhes. As caras do Afonso e da Nair quando souberam... impossível descrevê-las. Muitos outros vão querer distância. Ela até entende, escândalo em família bem estruturada e de renome, gente conhecida. Quem vai procurar convívio? Nestas horas é que se conhecem os afetos verdadeiros. Sabe de uma coisa? Chega! Não vai mais pensar em nada, não. Tudo minúcia. O que importa é que seus filhos estão vindo ao seu encontro e a solidão lhe dará trégua. O que importa é ter a mesa posta, ainda que com o pai ausente. Mesa do dia a dia, para que tudo pareça normal, ainda que com o pai ausente. Comidinha caseira, para que se sintam à vontade, ainda que com o pai ausente. Paciência, nada de reclamações. No momento, é o que pode ser feito. Pedro seguiu o caminho dele, não houve perdão possível — era sua filha! Mesmo assim, por vício, ainda lhe quer bem. Que seja feliz. E ela não precisa ficar nervosa. O instinto materno há de prevalecer e ela saberá abrir aquela porta. Saberá, sim. E vai receber seus dois queridos na medida certa do amor. Por instinto materno.

De volta à rua dos Oitis

Já estão prontos para sair. Tensos, ansiosos, cheios de expectativa.
— Vamos, Amanda, mamãe já deve estar nos esperando.
— Devíamos ter comprado um presente para ela.
— A gente compra umas flores no caminho. Anda, vamos.
Amanda sente-se insegura, reluta em sair.
— Cosme, vem com a gente?
— Eu?!
— É, você mesmo, por favor!
— Que maluquice é essa?! O Cosme não tem nada a ver com isso!
— Estevão tem razão, é assunto de família.
— Ninguém é mais da família que você!
— Não acho boa ideia. E ir assim, sem avisar sua mãe...
— Melhor ainda. A surpresa vai dar alegria a ela, aposto.
— Amanda, não é justo você pôr o Cosme nessa situação. Deixa de besteira e vamos embora. Não vai ser legal a gente se atrasar.
— Eu só vou se você vier junto, Cosme. Ela vai gostar de te ver. O que é que custa?!
— Não, sei, Amanda. Fico meio constrangido de chegar lá desse jeito...
— O papai saiu de casa, vou ter que contar que caluniei ele, pensa bem. Me ajuda! A mamãe tem tanto carinho por você!
Cosme sente-se dividido.
— E aí, Estevão? O que é que você diz?
— Você decide, cara. Mas decide logo.

— Por favor, Cosme, pela irmandade! Você é ou não é o mano mais velho?!

— Tudo bem, fica tranquila, eu vou.

Amanda abraça os dois ao mesmo tempo. Eles são os irmãos mais maravilhosos do mundo. Mas é melhor irem rápido — ela agora os apressa. Ainda têm de comprar flores, se esqueceram? A cara de Estevão diz que é preciso paciência. A expressão de Cosme concorda.

Compram as flores na Cobal da Voluntários da Pátria — rosas brancas — e de táxi seguem rumo à rua dos Oitis. Sentam-se os três no banco de trás, Amanda no meio, apreensiva. Chegam na hora. Ainda bem.

Faz tempo que os filhos possuem as chaves de casa, mas hoje não as irão usar, Inês tem certeza. Porque hoje é diferente. Porque hoje requer cuidados. Porque hoje cada iniciativa, gesto, palavra deverão estar voltados para as pazes, o entendimento possível. Por isso, hão de tocar a campainha, hão de aguardar do lado de fora a permissão para entrar. E, nos longos segundos de espera, hão de imaginar a reação da mãe ao revê-los e, mais que tudo, hão de ansiar pelo abraço e o beijo.

A campainha! O coração acelera, Inês se levanta para atender, assume postura de mãe à moda antiga, como lhe ensinaram. Dá os primeiros passos, emociona-se, desfaz a postura — melhor ser ela mesma. Acalma a respiração, segue com a naturalidade possível e abre a porta. Amanda, mais à frente, toma a iniciativa do abraço, desconfortável, comovido. Depois, a vez de Estevão — terno e demorado acolhimento. E as primeiras palavras.

— Que alegria, nem acredito!

Cosme é surpresa boa — cabe a ele entregar as rosas. Inês as recebe e agradece. Repara melhor nos filhos, tentando encontrar a tal medida do amor. Como se chegassem de viagem, vão todos entrando, revisitando o passado, sentindo o cheiro familiar da casa. No ar, percebem diferentes saudades. Cada um a sua.

— Felicidade estarmos juntos de novo! Parece até que voltei no tempo... E você, Cosme, sempre amigo e generoso, eu sei.

— Mãe, você precisava ver como o Estevão e eu somos tratados lá. Ele assumiu mesmo o papel de irmão mais velho.

Cosme releva, Amanda está nervosa e falou por falar, ainda assim se constrange com o comentário, rebate de imediato. Que exagero. Como comparar com o carinho que recebiam ali? Para descontrair, Estevão dá apoio, pisca o olho para o amigo. É isso mesmo, debaixo das asas da mãe era bem melhor. Inês não presta muita atenção no que dizem, está mais preocupada em pegar o jarro para acomodar as flores. É importante valorizar o presente, que também é, agora, prova real de afeto. São lindas, ela repete. E tão perfumadas! Todos a acompanham até a cozinha, passam pela sala de jantar, notam a mesa posta com três lugares. Amanda se emociona, a lembrança do pai é inevitável. Inês, que parece ler pensamentos, preenche o vazio com delicada informalidade.

— Desculpe, Cosme, não sabia que você vinha. Amanda, põe mais um prato na mesa, por favor?

A fala traz alívio, porque confirma as boas-vindas ao inesperado visitante, cúmplice dos filhos. E o pedido, que é ordem, felicita, porque é sinal verde para que armários e gavetas sejam abertos como antes. Amanda sente-se em casa, ou quase. Pergunta baixinho ao irmão se ele reparou que os panos do jogo americano foram trazidos por eles de Nova York. Como não iria reparar? Tem certeza de que ela os escolheu de propósito, evidente desejo de reconciliação. Gesto típico da mãe, artista sensível. Embora não de forma explícita, o agradecimento sai incontido, os olhos molhados.

— Dona Inês, a senhora continua a mesma.

— Isso é elogio ou crítica?

Pronto. Como explicar? Feita com ternura e graça, a pergunta deixa fluir o que estava represado em Estevão. Ele abraça a mãe, começa a chorar — choro que os justifica.

— A gente não tem culpa. Amor que não se explica, aconteceu e...

— Eu sei, meu querido. Está tudo certo. Eu sei, eu entendo.

— Obrigado por nos receber, por todo esse carinho...

A cena comove e surpreende, Amanda também chora. Precisará de coragem para contar a verdade — sempre a verdade a desafiá-la e a lhe testar os limites. Valerá a pena causar nova decepção justo quando os ânimos tendem a se apaziguar? Cosme chega perto para confortá-la. Beija-lhe o rosto, conhece sua aflição. Ela é receptiva ao irmão mais velho que sempre lhe transmite força. E o mais? O mais é sentimento que em ambos permanece guardado, mas não oculto, porque seus corpos se comunicam em silêncio. Se a razão os inibe, a emoção os liberta — este, o maior conflito. O conflito permanente que os turva e os une ao mesmo tempo. O conflito que envolve Estevão e o futuro dos três.

— Não consigo ver como será daqui para a frente, mãe. Amanda e eu não podemos voltar para cá. Seria complicado...

— Claro. Queria ajudar, oferecer alguma opção... Mas confesso que estou tão perdida quanto vocês...

Novidade nenhuma. Inês sabe que vamos por este mundo feito cegos. As bengalas brancas tateando aqui e ali para imaginar onde pisamos. Cuidado, não vá cair, não vá se machucar! Todos se perguntando que lugar é este. É por lá que se vai? Tem degrau? Tem escada? Se somos todos cegos, quem indicará o caminho? Não há saída visível para ninguém, há? O tato é a bengala que precariamente nos apoia e orienta. Nem sempre é confiável, mas é o que temos de concreto. Carícias, socos, beijos, tapas, mãos dadas, abraços... Presos a sentimentos, são eles que afinal nos guiam e, muitas vezes, nos conduzem aonde não imaginamos.

Estevão solta-se da mãe. Por instinto, Amanda solta-se de Cosme, decide terminar de vez com sua angústia, ainda que novamente ponha tudo a perder. É agora ou nunca.

— Mãe, preciso falar uma coisa para você.

— Fale.

Medo indisfarçável. A verdade ainda custa, debate-se, demora. Até que se liberta.

— Papai é inocente. Nunca me assediou. Nem uma simples insinuação, nada. Eu menti.

Inês tenta assimilar o que acaba de ouvir, as mãos recorrem ao espaldar da cadeira mais próxima. Olha para o filho sem acreditar. Amanda se apressa em inocentá-lo.

— O Estevão não sabia de nada. Só ontem contei a verdade para ele e o Cosme. Foram eles que me fizeram ligar para você e vir até aqui.

— Por que só agora?

— Eu queria falar, juro! Mas não conseguia, era uma tortura diária! Mãe, por favor, me perdoa!

Inês não reage. Nenhuma expressão em seu rosto. Sinal algum de dor ou de revolta ou de assentimento.

— Na hora em que o papai agrediu o Estevão e me disse todas aquelas coisas, eu fiquei desesperada, não sabia o que fazer e revidei!

— Revidou com calúnia.

— Mãe, entende. A Amanda estava fora de si. Todos estávamos...

Inês se afasta, distante em pensamentos. Amanda se desespera.

— Eu quero ver o papai, preciso falar com ele!

— Não sei de seu pai, Amanda.

— Não tem problema, eu vou à universidade e encontro ele!

— Perda de tempo. Pedro pediu licença agora nas férias, não dará mais aulas na universidade.

— Mãe, vai ficar tudo bem, eu prometo. O Estevão e o Cosme vão me ajudar. A gente encontra ele, você vai ver!

— Por favor, Amanda. Não é hora de fantasias adolescentes.

— Eu não queria ter feito o que fiz.

— Imagino que não.

— Mãe, olha para mim.

Inês atende.

— Eu só vou pedir perdão ao papai se você me perdoar primeiro.

— Perdoar você? Preciso antes saber como perdoar a mim mesma.

Amanda não para de chorar. Estevão e Cosme, abalados, sem reação. Inês conclui com fala baixa e pausada.

— Seu pai e eu sempre nos questionamos se era amor o que sentíamos um pelo outro, porque, pelo que se diz, amor não fere, não maltrata. A verdade, muitas vezes, sim. E, por mais dura que fosse, era a verdade que nos alimentava o desejo. Inferno ou paraíso, com ela nos mantínhamos vivos e apaixonados. Sermos transparentes: esse era o nosso aprendizado diário, a nossa cumplicidade. Você e seu irmão sabiam disso muito bem. E veja só que ironia: com a verdade, Pedro me foi fiel até o fim. E, com a desconfiança, eu o traí.

Coincidência ou não, as palavras de Inês completam a conversa de Cosme com Amanda e Estevão pouco antes de saírem da produtora. O aprendizado a que ela se refere é o deles: o se dar a conhecer, o quebrar as redomas apesar de todos os riscos. Cosme tem acompanhado a aflição dos irmãos, é testemunha do quanto ansiavam por contar a verdade e do temor reverencial que os inibia. Porque o Pedro amigo, aberto ao diálogo, era também o pai cioso, onipresente, e o professor carismático, que os orientava nas leituras e lhes instigava a curiosidade com assuntos polêmicos. A Inês artista, que, transgressora e provocativa, pregava o amor sem preconceitos, era também a mãe diligente que tinha o comando da casa, cobrava tarefas domésticas, exigia disciplina, horários... Entre eles, prevaleciam a relação vertical, a admiração, o respeito. Ainda assim, os dois já haviam decidido que, mesmo sem ter ideia de qual seria a reação dos pais, iriam conversar e expor sua intimidade com coragem. Não aconteceu como planejaram. No flagrante, pela aparência, todos foram punidos injustamente — impossível avaliar o pior castigo: se a dor dos pais ou o pavor dos filhos. No flagrante, pela aparência, a falsa ideia prevaleceu à verdadeira. No flagrante, pela aparência, gerou-se o caos, recorreu-se à mentira que trouxe a dissolução da família. O oposto do que todos queriam.

— Pode acreditar, Inês. Como você e o Pedro, a Amanda e o Estevão sempre quiseram a verdade, verdade que nos dê algum sentido. Esse também é o meu desafio. Parece utopia, loucura...

— E é. Utopia e loucura. Por isso, chegamos a este ponto.

— Devemos desistir, então? Nos acomodar com as aparências?

— Não. Vocês, não. Vocês ainda têm fôlego de sobra. Eu é que preciso de um tempo para reorganizar as ideias, repensar os meus atos. Mas não agora...

Todos permanecem calados. Inês vai até a mesa onde pôs as rosas e as acaricia ao lhes sentir outra vez o perfume. A fisionomia e a voz se suavizam.

— Que horas são?

Cosme e Estevão olham o relógio ao mesmo tempo, respondem juntos.

— Uma e vinte e cinco.

— Perfeito, já podemos servir o almoço. Amanda, por favor, faça o que lhe pedi. Ponha mais um lugar à mesa. Cosme, Estevão, vou querer uma ajuda na cozinha. Vocês vêm comigo?

Inês precisa ser prática. Mais que nunca, é importante tratar de assuntos que não deem muito o que pensar, pôr a casa em movimento, fazer com que todos se sintam integrados e úteis. Durante o almoço, conduzida por ela, a conversa acaba que flui com alguma facilidade. Detalhe: Pedro é assunto proibido. Mesmo quando ensaiam alguma lembrança boa, Amanda e Estevão são imediatamente cortados, Cosme nem se dispõe a tentar. Logo percebem que o pai deverá ser mantido fora do alcance. Como se Inês o quisesse proteger, ainda que ausente. Guardá-lo só para si.

— Mas me contem. O que andam fazendo agora que estão de férias?

Os três se revezam a desfiar amenidades cotidianas — temas fáceis para dissertação. E, diga-se, saem-se razoavelmente bem ao seguir à risca o roteiro que lhes é sugerido. Durante a visita, impressionam-se com a atitude de Inês, seus gestos de legítimo comando, e o afeto caseiro, apesar de tudo. Entendem, enfim, que ainda é preciso soprar os machucados que ardem sem sinais de cura, de guardar os fatos não digeridos, de aceitar os propositais esquecimentos. Portanto, melhor permanecerem à tona com verdades inofensivas que flutuam. Nada de arriscar mergulhos à cata de outras tantas que os possam surpreender.

Companheiros de estrada

Sim, para ela foi difícil vê-los sair ao fim da tarde, fechar a porta, encarar a casa deserta, os quartos desertos, as camas desertas novamente. Ao mesmo tempo, viu o inesperado reencontro com bons olhos. Considerou que, somando e subtraindo, a visita até que havia sido positiva. Os filhos ao alcance, afetuosos, e em boa companhia. Não sabe explicar, mas Cosme sempre lhe inspirou confiança. Logo que o conheceu, algo dentro dela já lhe dizia se tratar de alguém que de alguma forma faria parte da família. Certa vez, ao ver a filha conversando com ele na biblioteca, tanto se encantou com a cena que chegou a imaginá-los casando naquela igrejinha da Marquês de São Vicente em cerimônia repleta de amigos. Só mesmo achando graça do despropósito. Tão liberal consigo mesma e tão conservadora com Amanda, por quê? Será que as mães são todas assim? Sonham ver as filhas iguais às avós, que eram as mães com quem se antagonizavam?

Sim, foi difícil vê-los sair ao fim da tarde, imaginar os três sozinhos debaixo do mesmo teto, compor o impensável triângulo amoroso. Já foi jovem apaixonada, sabe que o coração concebe desfechos imprevisíveis. Difícil, portanto, vê-los sair assim, atirando-se ao desconhecido sem rede que os amparasse. Desaconselhados, desprotegidos, inexperientes, vivendo sonhos sem nenhum cuidado. Despediram-se com a maior naturalidade, como se estivessem indo a uma sessão de cinema ali perto — a naturalidade que ela não conseguiu em momento algum, porque consciente do drama e do desgosto, porque o pensamento longe às vezes, porque Pedro não mais viria para revezá-la no comando da família. Vazio compreensível. Seu companheiro de estrada — sempre intuiu e agora sabe — transcendia o pai, a mãe, os filhos, o sangue. Companheiro de estrada, ela cisma. Bela expressão. Que estranho ser é esse que, mesmo ausente, ainda lhe preenche a vida muito além do sexo? Companheiro de estrada. Por onde andará agora? Ele, visceral comunhão que lhe apascentava a carne e lhe dava conforto à alma neste misterioso e atribulado trânsito terreno. Ter alguém assim ao lado, ter alguém assim dentro dela era prazer que desprezava as leis da física: dois corpos, espíritos tão díspares, que ocupavam o mesmo lugar no espaço, na cama, onde fosse. Companheiro de estrada, o seu.

Todos se foram? Voltarão mais cedo do que pensam, ainda que outros, Inês decide. Aparentemente hermética, chaves e trincos nas portas, a casa de lá verá, em contraste, a família revelada. Também com os filhos, não mais haverá arquivos secretos. Não foi o destino que assim impôs? Os destrutivos arsenais, todos expostos. Sentimentos, ressentimentos, deslizes, desvarios, tudo às claras. E o romantismo, o afeto, os ideais que também vicejam dentro de cada um, manifestados sem inibição. Não é com isso que sonha desde que se conhece por gente? Quando saiu da casa dos pais batendo porta e, libertária, fundou a "república"? E ainda depois ao abandonar os colegas quando Pedro cruzou o seu caminho? Não foi o duro aprendizado que com ele pôs em prática? Pois então. Desta vez, a verdade nascerá ali dentro. Gerada a partir do incesto que gerou o caos que gerou a calúnia que gerou a desconfiança que gerou a separação que gerou o desmanche de tudo de que ela cuidava com tanto zelo. Sim, desta vez a verdade e o amor, geminados. Porque Amanda,

Estevão e Cosme também querem assim. Pode parecer utopia, loucura, como dizem. E é — ela tem certeza. Mas que fazer se chegaram ao ponto de onde não há retorno? Estará ao lado deles e, como eles, buscará forças para não se acomodar com as aparências. Quem sabe, juntos, se darão a conhecer e quebrarão as redomas e se farão ouvir apesar de todo o risco? Quem sabe assim, na casa de lá, em busca do abraço e do beijo sem paredes, chão e teto — céu e terra — consigam a aproximação impossível, a união inédita?

Não custa tentar — Inês repete feito mantra para si mesma. A prova mais difícil será, olhos nos olhos, perdoar Amanda, relevar-lhe a calúnia sem guardar mágoa. Dói o coração só em pensar o tanto mal causado por aquelas poucas palavras proferidas. Mas não se engana: por mais árduo, será preciso este trabalho antes de tudo. Depois, sim, cuidará de entender o amor incestuoso dos filhos. O porquê, o como, o desde quando. Quem sabe, como amiga, tenha com eles o diálogo que nunca foi possível com os pais e, no papel de mãe, consiga compreendê-los com generosidade? Quem sabe a vida não lhe esteja dando nova oportunidade de aprimoramento? Quem sabe não seja o primeiro passo para reencontrar seu companheiro de estrada, tentar reavê-lo? Porque, sem pudor algum, lhe pedirá que seja bom em vez de justo, e lhe releve a desconfiança sem guardar mágoa. E, olhos nos olhos, ele a perdoará, porque em algum lugar desta nefanda e abençoada trama está escrito que são companheiros de estrada. Até o fim. E muito além.

Meses a fio

Amanda e Estevão à procura do pai, e nenhuma pista. Isso mesmo. Pedro Paranhos tomou rumo desconhecido, se despediu dos alunos e se desfez da família sem deixar traços. Foram com ele os documentos e o essencial para vestir. Vive agora cercado de objetos sem história, no apartamento que alugou já mobiliado em bairro distante. Acha significativo o fato de nenhum vizinho poder devassá-lo ou ser devassado, já que as únicas janelas de que dispõe dão para a parede de concreto do edifício ao lado — melhor assim, ele deduz, sem intimidades expostas, sem curiosidades. Ali, apenas o esconderijo e abrigo para sua ausência. Mas que ausência é essa, se passa os dias figurando Inês com suas telas, pincéis e tintas? Que cores, que inspirações na presente fase? Estará no ateliê, no jardim, na cozinha? Para quê? Para quem? Na certa, amaldiçoará também os livros de receitas. Arriscará então as delícias de algum prato desconhecido saído de sua própria cabeça? Pouco provável. Só arriscamos delícias desconhecidas se temos alguém para correr o risco conosco. Senão, qual o prazer? Inês, vezes mãe, vezes mulher. Será que ainda se atormenta com dúvidas e desconfianças? Afinal, era a palavra de Amanda contrapondo-se à dele. E Inês, a mãe, prevaleceu à Inês mulher. Não a culpa por isso. No fundo, até a admira por ter dado crédito à mentira da filha — desabafo sincero, ela insistia. Inês, aluna e mestra, vezes menina, vezes senhora — todas o encantavam. Sem fazer alarde, ela era a dona dele, a dona da casa, a dona de tudo. Tão pouco tempo e já sente falta do cheiro, do tato e dos ciúmes. Ciúmes bobos por deslizes seus. Ciúme até dos escritores — homens e mulheres! Ciúmes que o atiçavam, admite. Vida a dois com quem é muitos — ela compreendia a equação perfeitamente. Como aceitar então que, naquela madrugada, ao acender insone a luz do quarto, o caos se tenha instalado em sua casa e os bens que lhe eram mais caros se tenham perdido todos? Contraste inimaginável: estava na companhia de Romain Rolland, *A vida de Ramakrishna* (indicação de Henry Miller no seu *Paraíso refrigerado*), quando ouviu a voz de desespero que vinha do corredor, a voz de Inês a chamar por ele. Levantou-se imediatamente, largando o amigo sobre a cama, e só foi vê-lo bem depois, quando nada mais restava de sua família. Reencontrou-o no ponto em que o havia deixado e se surpreendeu com a fala: *"Atuar sem temor ou desejo é atuar sem apego aos resultados, sem ansiedade nem expectativa. Na calma da entrega total, renunciamos aos frutos de nossas ações e assim alcançamos o Conhecimento."* O recado havia sido dado e lhe havia servido com precisão. Nada a acrescentar. Assim, em silêncio solidário, o amigo voltou à biblioteca e, em alguma prateleira, se acomodou entre seus pares. E ele, o frágil e irrequieto professor Pedro Paranhos, por alguns minutos se apascentou. Por alguns minutos. De uma forma ou de outra, seu trabalho com Amanda e Estevão estava concluído. Fora de casa, o que fizessem não lhe diria mais respeito. Hoje, com dificuldade, ainda tenta seguir o bom conselho: desapegar-se dos resultados, da ansiedade, da expectativa, renunciar aos frutos dos esforços que fez para lhes dar amor, felicidade, o que fosse... Acontece que a última lembrança o assalta com frequência. Estevão é lástima, decepção. Por onde andará agora? Morando de favor? Tudo o que não sonhou para ele. Sair de casa assim com a irmã a tiracolo. Arremedo de liberdade. Deturpou tudo mesmo. Tanta leitura para quê? Zero em interpretação de texto. Zero. Amanda? Desenho a lápis que prefere apagar, porque a simples imagem o machuca, e fere. Dia desses, ela lhe veio alegre, ainda menina, inadvertido pensamento. Sentiu-se mal. Tanta mágoa, que o coração descompassou. Parava e disparava, parecia lhe sair pelo peito. Pôs o almoço para fora. Pôs a alma, mesmo sem tê-la. Pôs o resto de pai que havia nele. Golfadas de afeto inútil. Depois, lavou bem a boca e o rosto com água fresca, e os enxugou sem se olhar no espelho — não quis se reconhecer. A exemplo do Pai Eterno Sempre Ausente, continuará assim: o que permanece em silêncio, o que cala diante de toda injustiça. Pai Omisso em seu infinito conforto, endereço ignorado. Perdão nenhum, castigo nenhum. Que todos façam o que quiserem e ajustem lá suas contas por si mesmos. Não é assim que, órfãos, funcionamos?

Mas nem tudo está perdido, consola-se. Restam as livrarias que encontra por onde passa. E a companhia de novos livros — brochuras simples com títulos sugestivos e capas que o atraem. Amizades de conteúdo, sólidas, sempre disponíveis. Amizades de papel, boas de pegar e cheirar. Ai dele se não fossem elas.

Em compasso de espera

Todos sem exceção. Como se participassem de misterioso jogo e fossem peões estrategicamente dispostos em um tabuleiro, todos aguardando a Grande Mão que os irá mover para onde lhe aprouver. Depois, será a vez de cada um responder ao movimento que lhe foi determinado. Tempo de agir, tempo de esperar, pendulares sempre. Dá medo, mas é assim que o jogo funciona: destino e livre-arbítrio, destino e livre-arbítrio... A Grande Mão versus os peões no tabuleiro. Quem entende o propósito do jogo?

Enquanto espera, Inês voltou a pintar, passa os dias no ateliê. É que a confissão de Amanda trouxe alívio e turbulência, trouxe a inocência de Pedro e a sensação de impotência diante dos fatos: o incesto, a calúnia, a desconfiança, a separação, a casa vazia — todos alheios à sua vontade. E, de repente, a inesperada volta dos filhos, os esforços de reaproximação, os avanços para o entendimento, e recaídas que sempre a desanimam. As visitas cada vez mais frequentes, a presença de Cosme, firme e constante, a ponto de, pela afinidade, já o considerar seu primogênito. E, à mesa, deixá-lo sentar no lugar de Pedro. Melhor que a cadeira vazia, a dor da ausência? A sofisticação do jogo que ela não compreende... Por isso, passa os dias no ateliê. As grandes telas de impacto, de cores fortes e gestos largos? Acabaram-se. Nada de desabafos ou arrebatamentos apaixonados. Sua pintura agora está ligada à precariedade das relações afetivas, à fragilidade humana. Abstracionismo lírico de cores suaves, que traduza sua resignação à finitude. Abstracionismo de poesia fácil, que exponha, a óleo, no linho, no cânhamo ou no algodão, o vidro ordinário de que é feita — mais difícil de quebrar, é verdade. E que também imprima nas novas telas o cristal da ambicionada transparência. Títulos? Nenhum. A contradição é esta. Se somos todos cegos, e é o tato que nos guia, que cada um imagine o que quiser. Alguma liberdade sempre é possível.

Enquanto espera, Cosme continua a se equilibrar entre as responsabilidades na produtora e seu crescente envolvimento com Amanda e Estevão. Se por um lado ambos o ajudam, e muito, nos trabalhos que recebe, por outro, são motivo permanente de preocupação e desgaste. O fato de Pedro ainda não ter sido localizado é quase sempre estopim de brigas, e pequenas bobagens podem causar desentendimento. Estevão sente-se de certa forma culpado pela separação dos pais, mas atribui maior peso à mentira da irmã. Pronto. É o quanto basta para que comecem discussão. Felizmente, as idas à rua dos Oitis têm sido positivas e ajudam a acalmar os ânimos, mesmo sendo visível a dificuldade de Inês em lidar com a filha. O trato mais fácil com Estevão desperta ciúmes, claro, e é Cosme, sempre atento, que faz com que Amanda compreenda a situação, reconheça os esforços da mãe, tenha paciência com ela. O perdão virá, ele confia. É questão de tempo. Por enquanto, a todos, só cabe esperar.

Dezembro, semana antes do Natal. Cosme, Estevão e Amanda estão ocupados na produção de mais um vídeo. Os três na sala de edição quando toca o telefone. Amanda atende, é Inês.

— Que bom que foi você que atendeu. Precisamos conversar.

— Mãe, agora não posso. Estevão e eu estamos ajudando o Cosme a separar material para edição de um documentário. É trabalho importante e tem prazo de entrega.

— Não é agora nem por telefone. Quero falar com você pessoalmente. Só nós duas. Quando pode ser?

Amanda se surpreende. Insegura, demora a responder.

— Amanhã, talvez. Eu falo com o Cosme, acho que não vai ter problema.

— Ótimo. Você me liga e combinamos a hora.

— Tudo bem.

— Beijo.

— Beijo.

Cosme e Estevão não dão importância ao telefone nem se interessam em saber quem é. Atentos ao monitor, selecionam as imagens para o vídeo, opinam, trocam ideias — muitas horas gravadas, vão precisar de tempo e paciência para avaliar todo o material bruto. Amanda sabe disso, não comentará nada sobre a mãe por enquanto. De longe, os observa com a habitual admiração. Tanto carinho por eles... Dois irmãos. De sangue, de pele, de alma, de quê? Tudo trocado, como é que pode? Deu no que deu. Lembra-se de quando dormiram juntos pela primeira vez. Foi no velório de Dona Carlota. Maior inocência. Maluquice aquela madrugada. Um e outro ainda eram só fantasias, sonhos seus de adolescente. Quase três anos, tudo muito rápido. Tanta coisa aconteceu. Já não vê Estevão tão desprotegido nem tão apaixonado, e o curioso é que se alegra com a transformação. Desde que se mudaram para o sobrado, só uma noite se deitaram na mesma cama. Foi quando ela lhe contou que havia caluniado o pai e brigaram feio. Típica briga de irmãos, mas que acabou em pazes feitas no ato de amor. Foi inesperado, bonito demais. Sente que ele se fortaleceu com a fragilidade dela. E o mais incrível foi ela ter sentido prazer com sua própria fraqueza, seu desamparo, sua total entrega. Estevão, maior que antes, mais maduro. E ela, agarrada a ele. Vá entender cabeça e coração.

Hoje, menos arrogante, tem consciência de seus limites, já não se acha dona de tudo e de todos. É como se participasse de um jogo que, às vezes, a obriga a aguardar o movimento seguinte. Depois, sim, caberá a ela decidir se nesta ou naquela direção — destino e liberdade sempre querem mostrar quem manda mais...

— Amanda, qual a próxima fita?

A pergunta de Cosme é chamada para a volta ao trabalho. A resposta sai quase que de imediato.

— "Externas — Praias — Nordeste". Quer agora?

— Quero.

— Já está na mão.

A fita é entregue com informação complementar.

— Uma hora e quarenta minutos de imagens gravadas.

— Isso é que é eficiência. Está vendo só, Estevão?

— É, parece que a contratação valeu a pena.

Amanda sente-se valorizada. O reconhecimento em clima de brincadeira lhe faz bem. Ali, com ela, seus dois homens, seus dois meninos — sentimentos expressos de maneira tão incompreensível. Seria tão mais fácil se a irmandade houvesse se manifestado de outra forma. Cosme e Estevão, Estevão e Cosme. Dois irmãos, dois amigos, dois amores. Por quê? A sofisticação do jogo que ela não compreende...

Apenas pense com carinho

Dia seguinte. Mãe e filha se encontram — combinaram no fim da tarde, era melhor para as duas. Amanda desce do ônibus na praça Santos Dumont e vai a pé pela rua dos Oitis. Ansiedade e alguma tensão por não fazer ideia da conversa que terá. No meio do caminho, desacelera o passo, respira fundo. Tenta se convencer de que o pior já passou, ainda que o pai não tenha sido localizado. Novas acusações? Impossível. Não há mais nada a ser revirado em sua vida, toda sua intimidade já foi dolorosamente exposta. Notícia boa? Acha difícil. Qual seria? Não acredita no perdão da mãe, mesmo depois de meses. A relação das duas continua difícil, e entende perfeitamente a razão. Reconhece que a culpa maior do desmanche da família recai sobre ela. Enfim, vai desarmada, pronta para ouvir, embora assustada com a evolução do jogo que, repito, ela não compreende. E também com as surpresas pelo caminho...

Ao chegar em frente de casa, dá de cara com Damiana. Esboça um sorriso, faz menção de cumprimentá-la, mas o que recebe de volta é o acinte do rosto virado com desprezo. Poxa vida, mais essa agora. Tudo de que ela não precisava antes da conversa. Gesto automático, olha para o céu.

— Valeu. Obrigada pela força.

Caminha até a porta de entrada, toca a campainha. Espera com pitadas de impaciência, mexe no cabelo, olha para a casa vizinha, repassa a cena com Damiana, que droga. Melhor tivesse ficado na dela, não ter dado oportunidade para a desfeita...

Alívio, Inês vem atender, e a recebe com boa expressão. As duas se beijam normalmente, seguem em direção à biblioteca enquanto falam.

— Tudo bem?

— Tudo. Muito trabalho com as edições de vídeos. Mas eu gosto, tenho aprendido bastante lá na produtora, mesmo não sendo a minha área. E ainda dá para ganhar uma graninha bacana.

— Que bom, fico feliz.

Sentam-se nas duas poltronas próximas à janela principal. Cortinas abertas, horário de verão, ainda há bastante claridade. Como quem se prepara para pôr cartas na mesa, Inês ajeita as revistas que estão sobre a mesa ao lado.

— Anteontem, Estevão veio me ver. Fez surpresa.

— Não me falou nada, não.

Volta-se para a filha, olha em seus olhos.

— Conversamos muito. Foi ótimo.

— Legal. Você se entende bem com ele, não é?

— É. Nos entendemos bem, sim. Apesar de tudo.

Amanda não esconde o nervosismo, engole em seco, vai logo ao ponto.

— Você disse que precisava falar comigo. Então? Qual é o assunto?

— Ah, Amanda... O assunto é longo. Teremos de ser pacientes uma com a outra.

— O que foi que eu fiz de errado agora?

— Você não fez nada de errado. Ao contrário.

Amanda relaxa, acomoda-se melhor.

— Nossa, que milagre.

Inês se levanta, anda pela biblioteca.

— Estevão não veio aqui para uma simples visita. Veio para falar de você e de seu pai.

— Ahn? De mim e do papai?

Inês segura a emoção.

— Por que você nunca me contou nada?

Silêncio. Amanda sabe muito bem o que é. Ainda demora.

— Vocês tinham brigado feio. Não quis piorar as coisas.

— Você tinha apenas 12 anos...

— É, tinha.

— Preferiu falar para o seu irmão, que também guardou segredo. O normal teria sido virem correndo me contar.

— Ficamos com medo de perder vocês.

— Estevão me disse o mesmo.

Inês volta a se sentar ao lado da filha, cria coragem.

— Acontece que aquela aluna que você viu seu pai beijar no carro não teve culpa de nada.

— Não?

— Eu sabia de tudo. Eram fantasias minhas e de seu pai, jogo combinado. No fim das contas, a garota é que foi usada. Prepotente, pensava que havia seduzido o professor de renome, mas foi exatamente o contrário.

O impacto é grande. Olhos cheios d'água, Amanda leva algum tempo para assimilar a informação.

— Ela soube?

— Não. Seria cruel demais. Ela nos ajudou a viver a nossa fantasia, e nós deixamos que ela vivesse a dela. Ninguém saiu machucado.

— Bem criativo. Parece romance de Henry Miller e Anaïs Nin.

— É, parece. Naquela fase, Pedro e eu vivemos outras histórias desse tipo. A tal briga feia não teve nada a ver com essa aluna que você o viu beijar. O caso durou pouco.

Amanda continua tentando processar o que ouve.

— E pensar que eu senti tanta raiva dela. E do papai, mais ainda.

— Mesmo assim, guardou segredo. Fiquei impressionada quando seu irmão me contou. Sobretudo pelo cuidado que tiveram comigo.

— Porque para mim e para o Estevão você era a vítima, ia sofrer muito se soubesse.

— Vítima, imagina. Eu era cúmplice e sentia prazer no papel que me cabia.

— O pior é que a raiva virou ressentimento. No fundo, nunca perdoei o papai, nunca consegui apagar aquela cena do beijo...

Inês se emociona. Vulnerável, sustenta-se na transparência, nos arquivos que abre corajosamente. Amanda sente dificuldade em continuar, embora não veja outra saída. Sabe que é hora de exorcizar o mal dentro dela.

— Eu estava conversando com duas amigas na praça quando o vi parar o carro do outro lado da rua, quase em frente à nossa casa. Ele estava acompanhado, achei que era você. Me despedi das minhas amigas e fui correndo falar... Só que, quando cheguei perto, não era você, era essa tal garota. Sorte que eles não me viram, porque estavam se beijando e se beijando e se beijando... Sem a menor preocupação e tão perto de onde a gente morava... Fiquei paralisada, não sabia o que fazer. Só chorava. Ainda demorei a voltar para casa. Foi difícil tocar a campainha, dar um alô rápido para a babá e ir direto para o quarto. O Estevão entrou em seguida para me ver. A babá tinha avisado que eu estava com cara de choro. Contei tudo para ele, com raiva, com dor, com tristeza... A gente já tinha um trato.

— Trato?

— É, um trato. Quando teve aquela confusão toda no colégio e eu peguei castigo pesado por ter defendido ele.

— Pudera. O garoto chegou a desmaiar com a garrafada que você deu na cabeça dele.

Amanda acha graça, funga, enxuga as lágrimas, continua.

— Mesmo assim, achei que o castigo tinha sido injusto, e o Estevão, também. Até se ofereceu para ficar no meu lugar, lembra?

— Claro que lembro. A diretora do colégio não permitiu, fez bem.

— Quando eu acabei de escrever a milésima linha de "não devo", custei a acreditar que estava livre. Esperei o intervalo da aula contando cada segundo. Quando vi o Estevão, fui correndo para ele. E nos abraçamos e nos beijamos na frente de todos os colegas. Beijo na boca, beijo demorado. Teve muita palma, muito assobio. Daí a gente fez um trato de sempre se defender, de nunca se separar. E, o principal, de contar tudo um para o outro. Sempre. Foi muito forte e foi na hora.

Bastante comovida, Inês precisa que a filha vá até o fim.

— Foi por isso que você contou a ele que viu seu pai beijando a aluna dentro do carro...

— Aos prantos. Mas ele não deu a mínima para a história. Incrível. Só estava preocupado comigo e pedia para eu parar de chorar. Aflitíssimo, dizia que beijo não fazia mal nenhum, ruim seria se os dois estivessem se agredindo, se batendo. Pode uma coisa dessas, mãe?

Inês chora, sorri ao mesmo tempo.

— Pode, sim. É bem a cabeça dele.

— Daí eu comecei a achar que era mesmo exagero meu, que o melhor era esquecer, deixar para lá. Estevão me convenceu de que o importante era vocês ficarem amigos e não brigarem mais... E agora, depois desses anos todos, fico sabendo que a briga foi por outra história... Sofri à toa.

Inês não se contém, levanta-se, abraça a filha.

— Seu pai e eu nunca quisemos fazer mal a você ou ao Estevão, nunca. Nosso amor por vocês sempre foi maior que todas as nossas loucuras. Maior que tudo, acredita.

— Eu sei, mãe. Não precisa dizer, eu sei.

— Agora eu entendo tudo o que se passou naquela madrugada, você abraçada com seu irmão defendendo ele, a raiva, as acusações contra o seu pai.

— Eu não queria. Eu juro que não queria. Saiu de dentro de mim sem nenhum controle.

— Não lembra mais isso, acabou, fim, esquece.

— A gente precisa encontrar o papai.

— A gente vai encontrar, fica tranquila.

O abraço finalmente se desfaz. Ainda de mãos dadas, as duas se olham com alívio, sorriem emocionadas. Inês respira fundo.

— Que bom falar tudo isso para você! Parece que tirei uma tonelada dos ombros.

— Eu também me sinto mais leve. Prefiro a história real do que a que eu criei na minha cabeça. Você fica muito mais bonita no papel de cúmplice que de vítima.

Inês torna a abraçar a filha, solta-a em seguida,

— Você e seu irmão são mesmo especiais. Só não quero que sofram como estão sofrendo.

Amanda se recompõe, esfrega os olhos, ajeita o cabelo.

— Nunca pensei que pudéssemos ter uma conversa assim, franca e aberta, sobre nós mesmas. Achava que as pessoas só se revelavam nas brigas, nas ofensas. Aí, sim, podem se machucar à vontade, se dizer tudo sem nenhum cuidado. Como na madrugada em que você me viu com o Estêvão na cama...

— Mais fácil sermos liberais na teoria. Na prática, é outra história. Principalmente quando entra filho no meio. Um dia você saberá.

É inevitável o pensamento que ocorre às duas.

— Só me aflige o fato de...

— ... Estêvão e eu sermos irmãos.

— Prefiro nem pensar.

— Não se preocupe com isso. Não há a menor hipótese de acontecer. Mesmo porque Estevão e eu já nos vemos de forma diferente.

— Como assim?

— Depois de tudo que aconteceu, muita coisa mudou entre nós. Ainda mais quando soubemos que o papai havia saído de casa por minha causa.

— Não foi só por sua causa.

Amanda volta a se emocionar.

— Foi, sim. Todos nós sabemos. E o Estevão não me perdoa.

— Como não perdoa, se veio aqui só para me contar essa história que, de certa forma, a absolve?

— Porque, acima de tudo, ele quer ver você bem e ainda tem a ilusão de que nossa família possa voltar a ser como antes...

— Como antes, não será. Mas tenho esperança de que um dia Pedro dará notícia. E aí conversaremos e então, quem sabe...

— Para mim, ainda é um sonho distante.

— Não estamos aqui conversando normalmente sobre assuntos tão íntimos?

— Tem razão.

Agora, é Inês que se comove.

— Quando somos transparentes e estamos desarmados, o tempo se encarrega de curar as feridas, perdoar nossos tropeços... Isso eu já aprendi.

Amanda entende, pega a mão da mãe.

— O papai vai voltar, você vai ver.

— Vai, sim. Afinal, somos companheiros de estrada.

— Gosto quando você usa essa expressão: companheiros de estrada.

— Alguma razão especial?

— Me transmite a ideia de liberdade, aventura, descobertas, uma porção de coisas, sei lá. Fico imaginando alguém assim seguindo junto comigo.

— Pelo que eu entendo, você já elegeu seu irmão como companheiro.

Amanda se levanta.

— Esse é o problema. Não me vejo longe do Estevão nem por um minuto. Nem consigo imaginá-lo em outra estrada que não seja a minha. Ele é meu grande companheiro, mas...

— ... o Cosme apareceu.

— Exato. O Cosme. E eu quero ele também.

— Muito cuidado, Amanda. Esse terreno é perigoso demais.

— Não precisa me dizer, eu sei.

— Menos mal. Sua equação já é complicada o suficiente.

Amanda sorri sem convicção.

— Fica tranquila. Não tenho absolutamente nada com ele. É só desejo, fantasia minha. Mas já que estamos na hora da verdade...

— E ele?

— Também me quer e deseja. Acho que desde que nos conhecemos. Mas nunca falamos nada abertamente. Nem precisa. Nossos corpos escancaram o que a gente sente.

— E o Estevão?

— Percebe que há uma atração, é claro. Já sentiu muito ciúme. Hoje, menos, porque confia em mim e no Cosme. Tem certeza de que não faríamos nada para magoá-lo.

— Por que você e seu irmão não voltam para cá? Cada um no seu quarto como antes.

— Não acho boa ideia, mãe.

— Por quê? Não seria mais fácil para repensar essa ligação que vocês têm? Quem sabe até facilitaria para você e o Cosme se acertarem no futuro?

— Mãe, entende. Gosto de estar perto do Cosme, do convívio diário. Morar debaixo do mesmo teto, participar da vida dele. Não ia conseguir ficar feliz deixando ele sozinho. E lá também posso ter o Estevão junto de mim.

— Meu Deus.

— É muito doido, eu sei. Mas, acredita, tem dado certo. Até agora, pelo menos.

Silêncio demorado. Inês conclui com o argumento que ainda tem.

— Enfim, você é quem sabe. Anteontem, fiz o mesmo oferecimento ao seu irmão. Ele foi mais que receptivo à ideia, mas disse que só viria se você concordasse em vir também.

— Tudo bem. Vou pensar com carinho, ok?
— Ok.
— Mas não prometo nada, não.
— Nem precisa. Apenas pense com carinho.

Damiana

Se na casa de lá, Inês e Amanda, ao mesmo tempo, na casa de cá, Jussara e Damiana. Novamente, as peças começam a se movimentar no tabuleiro induzidas por situações inesperadas. No jogo que segue, sentimentos vêm à tona. O passado assombra com seus arquivos secretos. E as peças reagem, cada uma a seu modo.

— Tinha de ser comigo. Dar de cara com a Amanda depois de um dia de horror. Eu mereço.

— Não precisava ter virado o rosto. Cumprimentava e pronto. Que mal ela te fez?

— Ah, Jussara, me poupe. Essa garota é doente, ela e o irmão. O pior é que conseguiram envolver o idiota do Cosme.

— Pare com essa mania de julgar os outros, Damiana. Cada um sabe de si. E o Cosme se envolveu porque quis, ninguém obrigou ele a nada.

— Como é que pode? Os três morando juntos lá na produtora e ela de caso com o irmão. Faço ideia do que deve rolar entre eles. Ainda bem que a mamãe não está mais aqui para ver isso.

— Conheci sua mãe muitíssimo bem. Carlota era uma mulher generosa. Tenho certeza de que não ia atirar pedra. Ao contrário, ia tentar entender o drama da família e até relevar.

— Pois eu atiro pedra, sim. E eles que fiquem longe, porque tenho boa pontaria.

O revide infantil irrita. O olhar de Jussara assusta, e a dureza da fala põe Damiana em seu devido lugar.

— Muito cuidado com o que você fala, menina. A vida não costuma perdoar tanta soberba.

— Nossa, Jussara! Também não precisa rogar praga com essa cara. Falei por falar. Eu não queria ter encontrado essa garota, me senti mal, que culpa eu tenho?

— Por não querer se encontrar com ela, culpa nenhuma. Só não precisava destilar tanta maldade.

— Quer saber? Tive um dia péssimo lá na clínica, estou exausta. Não tenho que ficar aqui ouvindo pito como se fosse criança. Vou para o meu quarto, tchau.

— Ótimo, faça isso.

Jussara já conhece a figura. Perda de tempo dialogar com quem não se dispõe a ouvir. Só mesmo sacudindo a cabeça e pedindo a Deus paciência. Melhor voltar ao serviço. Acontece que palavra justa dita com firmeza sempre impressiona. Já ao subir as escadas, Damiana revê o olhar recebido na cozinha. A advertência volta nítida, e não adianta querer abaixar o volume, porque a voz agora ecoa por dentro: "Muito cuidado com o que você fala, menina. A vida não costuma perdoar tanta soberba." Neste exato momento, passa pelos retratos dela e de Cosme quando crianças que Jussara — com autoridade materna — impediu que fossem retirados do corredor. Vira o rosto como sempre faz. Por ironia, o recado principal vem logo em seguida: a porta do quarto de Cosme, aberta. Lá dentro, encolhida debaixo da janela, Pepita. A cena inédita causa impacto, principalmente porque o espaço está inteiramente vazio. Por ordem de Zenóbio, todos os móveis foram retirados e doados — como se o ato extremo pudesse apagar a história.

— O que é que você está fazendo aí, querida? Vem aqui com a mamãe, vem.

O chamado carinhoso é inútil. Pepita permanece onde está. Olhos tristes, apenas levanta e torna a baixar a cabeça.

— Pepita, deixa de bobagem. Vem aqui, anda!

Nenhuma reação, nada. A resistência passiva obriga Damiana a entrar no quarto. Forte arrepio percorre todo o seu corpo por sentir a presença de mais alguém. Assim, a contrariedade inicial é substituída por apreensão e até receio. Cuidadosa, ela pousa a bolsa no chão, abaixa-se, acaricia sua filhota. Muda o tom da voz, pergunta o que está havendo, e como conseguiu entrar ali se a porta está sempre fechada. A resposta se limita a um ganido baixo que combina com a expressão do olhar. Damiana não compreende o que ela diz, por isso se impressiona, e a põe no colo.

— Conheço muito bem suas manhas. Sei que doente você não está. O que aconteceu, hein?

Pepita enfia a cabeça entre os braços que a aconchegam, demonstra não querer conversa — o gesto de se esconder não chega a ser hostil, Damiana entende e aceita.

— Tudo bem, sua chata. Se não quer falar, não fala. Eu também tive um dia péssimo. Não sei se foi você que passou para mim ou se fui eu que passei para você.

Mais uns ganidos curtos, agora solidários. Pepita é generosa, lambe a mão que a acaricia e volta a se esconder.

— Tem razão. Devo ter sido mesmo eu que passei minha tristeza para você. Não foi fácil sacrificar aquele moleque orelhudo. Tão lindo e tão novinho... Mas não tinha jeito. Fiz tudo o que eu podia, tudo. Pior foi ter que convencer o amigo dele, um menino de dez anos. Pode? Chorava com a cara enfiada no colo da mãe, igualzinho você está fazendo agora. Eu explicava a razão do procedimento, a mãe explicava, o pai explicava, e ele inconsolável. Por que a vida tem que ser assim, Pepita? Por quê? Tantas vezes a gente se esforça para acertar e erra feio. Ainda mais eu, você sabe. A Jussara diz que tenho temperamento do cão. Concordo. Talvez por isso eu me entenda melhor com vocês do que com gente. Gente me cansa demais. É tudo tão complicado. Não tenho paciência, não. Eu até que tento melhorar, mas não consigo. Meu pavio é curto, fazer o quê? E a vida está sempre me testando, sempre. Saco! Por que eu tinha que dar de cara com a Amanda logo hoje?! Meses que eu não cruzo com ela, meses! Parece coisa-feita. E você, hein? O que é que veio fazer aqui, me diz.

Diante do silêncio, já perdendo a paciência, Damiana pega Pepita pela cabeça e põe seu focinho bem junto do rosto, as duas se encaram, as cobranças são inevitáveis — cobranças de amor, cobranças de atitude. E aí o primeiro latido. Firme, no tom certo, enquanto se olham nos olhos. A fala é clara, não deixa a menor dúvida. Sim, você tem o temperamento do cão, cão feroz. Sim, eu lamento que você tenha tido um péssimo dia lá na clínica, mas estou do seu lado, não estou? Sim, entrei aqui de propósito para obrigá-la a vir também. Era preciso que você pisasse neste chão, sentisse o vazio que ficou com a saída do seu irmão, expulso daquela maneira injusta, e você apontando o dedo sem piedade e, depois, lavando as mãos, omissa como de costume. Quer ouvir mais?

Não, não quer. Já ouviu o bastante, por isso rosto e focinho se esfregam, e uma torna a se aninhar na outra. Damiana reconhece que Cosme faz falta. Achou exagero o pai se ter desfeito de tudo o que sobrou dele. Ainda mais para deixar o quarto vazio — arrebatamentos de Zenóbio. Mas como criticá-lo se saiu igualzinha a ele? Depois, se arrepende, mas aí já é tarde.

— Naquela noite que ele apagou todos os escritos da parede com rolos de tinta branca, lembra? Pois é, eu sei que você me chamou, me pediu para vir até aqui tentar impedir ou pelo menos dar uma força. Não precisa me olhar com essa cara, eu sei que tive medo de falar com ele, levar um passa-fora. Fazer o quê? E não ia adiantar nada, ele ia apagar tudo do mesmo jeito. Conheço meu irmão, também não é nenhum santo. Você sabe que sofri como um cão — cão fiel e manso, bom que se diga — quando ele saiu porta afora. Sem acender a luz, fui para a janela do meu quarto vê-lo tomar o táxi. Chorei cachoeiras, você viu, estava comigo. Choro sentido, foi ou não foi? Ele nem se despediu de mim. Tudo bem, não estou acusando ele, não. Se eu botei lenha na fogueira, não tinha como ele vir me dar beijinho ao ir embora. Desde então, nunca mais nos vimos ou nos falamos. Sinto saudade do cretino. Merda! Queria não sentir coisa nenhuma, só indiferença. Ele só vem aqui para ver você e a Jussara quando sabe que eu e o papai não estamos. Isso é o quê? Ressentimento, mágoa guardada. Se ele não quer voltar a falar comigo, não sou eu que vou tomar a iniciativa. Pode me chamar de orgulhosa, sou orgulhosa mesmo. Mas é assim que tem que ser: ou a vida cria a oportunidade para a gente fazer as pazes ou não tem conversa.

Carente, Damiana abraça sua amiga, abraço apertado, de sufocar. Quer prova de carinho, prova de que ela concorda com tudo o que acabou de ouvir. Pepita abana o rabo, late uma, duas vezes, faz que sim sem reservas. Admite que o desabafo foi honesto. No mesmo instante, Jussara aparece na porta do quarto.

— Que milagre é esse, as duas aqui dentro?

Damiana, meio sem jeito, tenta se explicar sem passar recibo de afeto. Pepita parece se divertir com o embaraço que causa. Late, diz para Jussara que é verdade, fez de propósito, só para despertar sentimento bom. Tem certeza de que conseguiu porque, ao ver a cena, Jussara também amolece o coração.

— O jantar está pronto. Se você quiser, ponho separado para você antes de ir embora.

— Não precisa, ainda vou tomar banho. Prefiro esperar o papai. Ele deve estar chegando, aí a gente come junto.

— Está tudo no fogão, é só servir.

— Obrigada, Ju.

— Desculpe o mau jeito de falar com você lá na cozinha. Foi para o seu bem.

— Eu sei, está tudo certo.

Jussara gosta do tom carinhoso, sorri. Olha ao redor, volta a ficar séria.

— Não gosto de ver esse quarto assim.

— Nem eu.

— Nem o turrão do seu pai, aposto.

Pepita late. Jussara ganha mais um voto.

— Nem você, não é, Pepita?

Mais latidos de apoio. Damiana não disfarça a paixão.

— É muito linda a minha filhota, muito linda! Não é, Ju?

Faz tempo que a casa de cá não vê tanto amor manifesto. Tinha de ser ali, naquele quarto, no espaço que agora vazio se abre para o novo. As duas saem animadas falando ao mesmo tempo. Pepita olha para trás, vê que esqueceram a porta aberta, não diz nada. É bom sinal, ela deduz. Damiana sente-se outra. Nem parece que teve o dia que teve. Pepita: que presença abençoada! Veio pelas mãos de Cosme, sempre reconhece. Veio para ela: Damiana.

O trato é para sempre

Estevão toma a iniciativa da conversa. Momento ideal, ele e Amanda já estão no quarto prontos para dormir, porta fechada, privacidade. Faz mais de uma hora despediram-se de Cosme, que está lá embaixo também recolhido no canto dele.

— Fico feliz por você e a mamãe terem finalmente se entendido.

— Dedo seu.

— Foi só um empurrãozinho. Ainda bem que deu certo.

— Tanta coisa foi dita, tanta coisa que estava presa na garganta.

— Parece que estamos passando a família a limpo.

— Ela ter sido transparente comigo e com você, falar abertamente da relação dela com o papai... Muita coragem.

— Você chegou a ver os quadros novos?

— Claro, fomos ao ateliê, são lindos. Diferente de tudo que ela já havia feito.

— Mudança radical. Amei.

— Vou te dizer uma coisa, Estevão: se nossa família não acabou agora, não acaba nunca mais.

— Falta encontrar o papai.

— Falta encarar o papai.

— E nenhuma ideia de onde ele possa estar. Maior pesadelo isso.

— Um dia ele aparece, você vai ver. Não por nós, mas pela mamãe.

— A questão é essa, Amanda. Difícil aceitar que os dois estão separados por nossa causa.

— Difícil mesmo, mas fazer o quê?

— Um primeiro passo a gente pode dar.

Amanda sabe qual, deixa escapar uma pitada de irritação.

— Voltar para casa.

— Mamãe ia ficar feliz.

— É, ela me disse.

— Você não parece muito animada com a ideia.

— Acho complicado, a gente já conversou sobre isso.

— A situação é outra, ela nos perdoou.

— Não vai dar certo, nós não somos mais os mesmos. Não tem cabimento a gente voltar a representar papel de rapaz solteiro e moça solteira dormindo em quartos separados. Aquele Estevão e aquela Amanda não existem mais há muito tempo.

— Desde que viemos para cá, dormimos no mesmo quarto com cama de casal, é verdade. E daí? Quando foi a última vez que deitamos juntos?

— Por mil razões, suas e minhas. Sem cobranças, ok?

— Não interessa. Me diz, quando?

A resposta custa a sair. É dada com má vontade.

— Quando eu te contei que havia mentido sobre o papai.

— Pois é. Momento seu de carência total.

Amanda silencia. Estevão não se conforma.

— Amor demais, lembra?

Amanda faz que sim.

— Desde Nova York, sempre foi a nossa desculpa: amor demais.

— E também sustos demais, fantasias demais, tesão demais... A lista é imensa.

Estevão completa.

— Cosme demais, admiração demais, medo de te perder demais...

Amanda vai para o irmão e o silencia com um demorado beijo na boca. Acaricia seus cabelos, abraça-o com força, cobre seu rosto de aflitos beijos.

— Não, não e não. Não repete mais isso. Cosme é diferente! Você nunca vai me perder! Nunca, está me ouvindo?!

Estevão afasta a irmã. Caminha até o outro lado do quarto.

— Você prefere ficar aqui por causa dele. Simples assim.

— E por sua causa também. Complicado assim.

— E se eu decidir voltar sozinho para os Oitis?

— Não existe essa hipótese.

— Por quê?!

— Você morreria de infelicidade lá, e eu aqui.

Cansaço. É isso mesmo, não há saída. Estevão respira fundo, solta o ar com força. Senta-se na ponta da cama, as mãos na cabeça. Amanda chega perto.

— Vamos dar mais um tempo aqui. É o melhor para todos.

Contrariado, Estevão se levanta e concorda, encerrando o assunto.

— Hoje é minha vez de dormir no chão.

Amanda não se dá por satisfeita. A conversa não pode terminar desse jeito.

— Cosme nunca encostou um dedo em mim, você sabe muito bem.

— Claro que sei. Lealdade demais.

— Ele é o irmão mais velho.

— Irmandade demais.

Amanda volta a se aproximar de Estevão. Desta vez, com maior cuidado, encosta a cabeça em seu peito. Não há abraço.

— Como posso provar que nosso trato é para sempre?

— Não precisa, eu confio.
— Dorme comigo.
— Não, Amanda.
— Só esta noite.
— Por favor, Amanda, não...
— Amor demais. Repete.
A certeza demora, mas vem forte.
— Sim. Amor demais, demais, demais.

Os dois colam os corpos, os rostos, as bocas. Lágrimas e salivas se misturam — sal e doce, os temperos de sempre. Deitam-se sobre o lençol amarelo — posto naquele dia. Por acaso? Por amor demais?

A caixa de prata

Se, no quarto de cima, Estevão e Amanda, ao mesmo tempo, no andar de baixo, em seu quarto, Cosme e suas lembranças. As peças continuam a se movimentar no tabuleiro induzidas por situações inesperadas. No jogo que segue, sentimentos vêm à tona. O passado assombra com seus arquivos secretos. E as peças reagem, cada uma a seu modo.

Cosme abre a caixa de prata. Surpresa. Lá dentro, murchos, os antúrios *Cuore* e *Amore* se uniram em um coração roxo quase negro. Faz tempo que ele não os via, e, é certo, da última vez que os guardou, teve o cuidado de sempre: colocá-los um ao lado do outro. Como é possível terem se misturado assim? Mistério e poesia que atiçam a curiosidade e o inspiram a causar estrago. Sim, causar estrago, repito: o coração roxo quase negro lhe sopra que o forro — preso à caixa feito pele — esconde algo. Como não pensou nisso antes?! O avesso da pele, que ninguém vê ou acaricia, prende desabafo que anseia por liberdade. Onde a tesoura? Não, faca fará melhor serviço.

— Mãe, me desculpe, vai ser preciso rasgar sem pena.

Feio de se ver o primeiro corte; e o segundo, ainda maior. Com ansiedade, o parteiro abre a fenda, agora com as mãos. De lá de baixo, retira o papel dobrado feito fosse recém-nascido. A caixa de prata dá à luz a carta e é Cosme quem chora no instante em que nasce a verdade. Dedos trêmulos abrem a folha amarela vinda de Roma em 6 de outubro de 1976. Folha amarela que conta o romance em detalhes. A triste e brevíssima história de Silvano e Carlota — história de paixão vivida e de amor recusado. O primeiro encontro, as mãos sujas de terra, a química, o tato, o prazer desmedido e os encontros na casa de lá! Os antúrios, o verde, os projetos sonhados! Cosme, Damiana e os novos filhos que viriam! Vicenza e Jussara, amigas e cúmplices! Os sustos, as incertezas, a súbita e traumática despedida... Tanta paixão, tanta beleza, tanto amor para nada? É justo? Última tentativa de contato. Alguma esperança de se tornarem a ver, alguma oportunidade de recomeço? Adeus ou até breve? Para sempre seu, assina, Silvano Bellini.

Cosme chora por sua mãe Carlota e por aquele futuro idealizado que não houve. Por Silvano, com quem teve alguns momentos de afeto — brincadeiras de criança. E também por seu pai Zenóbio, que poderia ter valorizado a felicidade ao alcance e a deixou escapar. Por Vicenza e Jussara, sempre silenciosas. Com elas, acaba de aprender que nem tudo deve vir à tona. O segredo que se revela a uns não se revela a outros. Se não lhe contaram o que viram na intimidade, não foi por falta de confiança. Foi para preservar a amiga, protegê-la de juízos prematuros ou equivocados.

— Obrigado, mãe, por me contar no tempo certo, quando já tenho discernimento para entender suas razões e também silenciar. Não se preocupe. Nenhuma palavra com ninguém. Nem mesmo com Vicenza ou com Jussara, que continuarão a ser suas únicas cúmplices.

Cosme decide guardar apenas a caixa de prata com os dois antúrios que se tornaram um. A carta e o forro cumpriram finalidade, serão queimados. Por isso, vai até a pia da cozinha, acende o fósforo. A pequena chama na ponta do papel é ritual de cremação. Enquanto o fogo transforma em cinzas o que foi indício de vida, impossível não pensarmos em seu envolvimento com Amanda e Estevão, o novo e imprevisível triângulo amoroso, porque nascido de relação tida como perversa, porque o jogo se pretende aberto, porque os vértices são jovens e inexperientes. Quanto tempo irá durar a explosiva irmandade, com suas disputas caladas e paixões à flor da pele? Quem será o primeiro a detonar o que guarda dentro? Que verdades, que sentimentos poderão ser revelados a um ou a outro? E quando? Tanto perigo há na honestidade, tanto! Mesmo com quem está de fora... Antes de se separar de Inês, Pedro desabafou todo o seu drama familiar com o irmão Afonso. Foi inútil, foi desastre. Deixaram de se falar. Orlando também está a par de tudo — pela amizade e a convivência, não houve como esconder. Solidário com Pedro e Inês, faz duras críticas a Estevão e Amanda, revolta-se, não se conforma com a situação inusitada. Dois jovens bonitos, saudáveis, inteligentes, criados com tanto afeto, com tudo do bom e do melhor, não consegue entender a afronta. Por tamanha tristeza e decepção, prefere nem os ver por enquanto... Assim é o jogo, assim se movimentam as peças no tabuleiro, cada uma reagindo a seu modo e aguardando os próximos lances.

Cosme volta para o quarto, precisa dormir. Já passa de uma da madrugada e o dia amanhã será de trabalho cansativo. As palavras de Silvano soam como alarme, avisam que é hora de pôr ponto final em seu plano descabido — não há como separar Amanda de Estevão, terá os dois ou nenhum deles, fato provado. Os olhos pesam, mas a mente criativa não lhe dá trégua: danem-se alarmes e avisos. De onde está, não há retorno possível. Só lhe resta seguir adiante, dobrar a aposta, pagar cada vez mais alto e ver onde vai parar o jogo. Enquanto se despe e puxa o lençol para se deitar, premedita: Semana que vem é Natal, Inês já os convidou para passarem a noite juntos e aceitaram, mas há o detalhe que desconhecem: para ele, a reunião familiar será na produtora ou não será. Ficarão mãe e filhos lá com suas tristezas e ausências sentidas, ou virão celebrar ali o novo tempo, a esperança de dias melhores, a volta do Pai — assim maiúsculo —, tão certa quanto dois e dois são quatro. O sobrado coberto de pequenas luzes coloridas, árvore com enfeites e presentes, presépio, nozes, castanhas, rabanadas — não era Carlota que, remando contra a maré, assim insistia? Pois, agora, o comando é outro. Ele, o anfitrião que irá receber a nova família, com a formidável promessa de, no Natal seguinte, estarem reunidos com Pedro na rua dos Oitis. Aí, sim, todos na casa de lá — atrevida, imprevisível, dionisíaca! Proposta irrecusável, confia. Resta avaliar com quem falar primeiro. Talvez Amanda. Ou Inês, em boa hora. Hão de concordar, hão de se alegrar com o oferecimento. Quase duas da madrugada, e ele ainda acordado, luz acesa, engendrando o próximo movimento no tabuleiro, um passo de cada vez em terreno firme. Não é assim que vem avançando e conquistando espaços?

Com luz apagada, o sono bate, a mente se liberta — sem plano, sem estratégia, sem controle algum. No sonho, território livre, a razão silencia e a loucura é quem decide: figura mitológica de grandes asas, Cosme voa até o quarto de Amanda, que fica onde escadas não dão acesso. Ao entrar pela janela, se surpreende ao vê-la deitada, nua, já à sua espera em uma cama sem limites. Sobre ondas de lençóis amarelos, ele a possui diante de Estevão, que não apenas permite como sente prazer ao ver a cena. Os três estão prestes ao orgasmo quando vulto escuro, que não se define, surge ameaçador e lhes interrompe o gozo. Amanda se torna Carlota, e ele se torna Silvano, estão assustados, presos na caixa de prata. Em nicho de igreja, feito imagem de santo, embora esteja nu, Estevão sorri e os observa de longe com uma menina no colo. Súbito, a caixa se abre e liberta incontáveis corações. São antúrios que voam, borboletas vermelhas. A menina escapa do colo de Estevão e voa atrás das borboletas... Cosme acorda. A lembrança do sonho — que ainda estimula desejos e o excita — será mantida em segredo, é natural. Tantos sonhos não contamos a ninguém. Tantos.

O Natal de cada um

Como era de se esperar, o intento de Cosme dá certo. Com a ausência de Pedro, Inês sente até algum alívio por não ter de passar o Natal em casa. Outras razões a fazem aceitar o convite: conhecer o lugar onde os filhos moram e trabalham, avaliar se estão bem acomodados — coisas de mãe. E, é claro, ser visita e não anfitriã, vivenciando pela primeira vez reunião preparada por eles. A família nunca foi religiosa, mas a noite de 24 de dezembro sempre serviu como pretexto para se reunirem em torno de reminiscências divertidas e histórias caseiras. Assim, se não celebravam o nascimento de Jesus, punham em prática o seu recado. As conversas haviam de terminar na biblioteca, com livros de presente.

Tudo pronto. Cosme é puro contentamento. Receber Inês ali em sua casa, os filhos morando com ele... Quando poderia imaginar algo parecido? Pensa no adjetivo que Zenóbio lhe atribuía na adolescência: avulso. Nenhum ressentimento, até acha graça — passado distante. Ele agora é o pai precoce, o que está no comando, o que formou a própria família. Não importa se família torta, às avessas. Ela é sua e por ela está disposto a tudo.

Oito horas, como foi marcado. Ansiedade repartida. Ouvem a campainha. Inês! A figura mais importante, a instância superior que dará legitimidade à celebração. Cosme se posiciona de modo a deixar que Estêvão e Amanda a recebam. Os primeiros beijos são deles. Muita emoção, principalmente quando, ao abraçar os filhos, ela dá de frente para o quadro *Amor impossível* — Carlota lhe vem à lembrança. Portanto, o abraço mais demorado e o beijo mais comovido vão para aquele que no momento representa a figura do pai.

— Obrigada, Cosme. Muito obrigada por toda essa sua generosidade com a minha família. Nossa família.

— Tem razão: nossa família. E não precisa agradecer nada. Dou o carinho que sempre recebi de vocês. Lembra aquela festa de despedida quando me mudei para cá?

Inês faz ligeiro afago em seu rosto, volta a abraçar os filhos, olha ao redor, aprova o que vê. Parece feliz, todos parecem, apesar de tudo. Mistura de alegria e nervosismo. Amanda chama pela mãe.

— Vem ver o resto.

As duas seguem pela produtora; Estevão, atrás. Cosme prefere ir à cozinha ver como está a ceia que encomendou. Foi Amanda que sugeriu o fornecedor, escolheu o cardápio e preparou a mesa. Quer fazer bonito, mostrar à mãe que aprendeu as lições de casa — algumas, pelo menos. E ele lhe deu força, lógico. É importante que as duas também se entendam nesses pequenos assuntos domésticos que, por contraditório que pareça, são a base de todo o resto. Abre a tampa de uma e outra panela. Cheiro bom que lhe desperta o apetite.

Lá em cima, no segundo andar, minutos de constrangimento. Ao mostrar o quarto onde foram instalados, Amanda se limita a dizer que o cômodo é bastante silencioso. E ventilado — Estevão logo completa abrindo a janela que dá para o terreno dos fundos. A cama de casal é ignorada. Mas Inês não deixa passar a oportunidade, faz questão de mostrar que inexiste censura, calca o colchão. Parece confortável, segundo ela. Estevão pensa em comentar sobre se revezarem a dormir no chão, mas prefere evitar o assunto. Amanda pisca o olho, melhor mesmo ficar calado, será mais honesto. Afinal, há duas noites apenas, foi ali o amor mais luminoso e apaixonado que fizeram. Inconsequentes, não se deram limites. Pode ter sido o nunca mais — como apalavrou Estevão —, pouco importa. Embalados pelo desejo, ou talvez por desígnios celestiais, cumpriram destino. No sagrado e no carnal.

Assim, concluída a inspeção materna, voltam para o primeiro andar, onde Cosme já os aguarda com discurso ensaiado: se não há motivo de festa, pela ausência de Pedro, a reunião se justifica pelas pazes feitas a partir das verdades reveladas, pela superação das mágoas e dos desentendimentos havidos, pela cura das tantas feridas que se abriram. Tudo condiz com o espírito de uma noite de Natal. Ou não?

Inês concorda. Por isso, o esforço de ir até eles, de buscar sentido para seguir adiante sem o companheiro de estrada — não tanto porque ele se foi, mas pela forma com que se foi. Não faz ideia de como estará na noite de hoje, a primeira longe da família...

— A vida é engraçada. Quando eu era criança, amava os Natais na casa da vovó Aída. A mesa imensa com a parentada toda. Tios e primos que mal conhecia. Crianças correndo para cima e para baixo, incansáveis. Depois da ceia, a misteriosa chegada do Papai Noel, sempre na penumbra. Tínhamos de esperar as doze badaladas do carrilhão. Era o sinal de que ele estava por perto. O medo se misturava ao excitamento pela quantidade de brinquedos que ganhávamos. Depois que vovó morreu, a família se dividiu. Mamãe bem que tentava manter a tradição, mas já não era a mesma coisa.

— Comigo e o Estevão é que a tradição sumiu de vez.

— Nunca tive a pretensão de trazer o passado de volta. Seria uma caricatura do original. Mas seu pai e eu sempre fizemos questão de que estivéssemos juntos.

— Não tinha árvore enfeitada nem luzes coloridas, como tem hoje aqui.

Estevão compensa.

— Mas tinha rabanada, bolo de nozes. E livros de presente.

Cosme completa com autoridade.

— Tinha o principal: o seu pai e o carinho que ele dava a vocês.

Amanda se arrepende de ter sido espontânea, conserta sincera.

— É verdade. Ele sozinho já era uma festa.

Em seu silêncio, Inês esconde saudade. Quantas vezes se pergunta se Pedro já terá encontrado alguém. Foi preciso perdê-lo para constatar que o amava tanto? Amor sempre perverso — acaba de descobrir —, porque prefere vê-lo alegre e acompanhado, que só e infeliz.

Acontece que sobre Pedro Paranhos não nos é dado falar nada por enquanto, paciência. Há apenas a torcida para que esteja bem, enquanto insiste em se manter afastado assim. Como se fosse possível apagar o passado, esquecer-se de tudo e de todos. Perda de tempo, trabalho inútil. Tanta inteligência, para quê?

Mais fácil sabermos de Zenóbio, que há tempos voltou a se entender com a amante histórica. Sim, porque ali é outro casamento. Mais de vinte anos juntos, é só fazer as contas: começaram o enredo pouco antes do nascimento de Cosme, que acaba de completar 23. Ele e a companheira — Yolanda — fogem das festas de fim de ano. Criaram o hábito depois da morte de Carlota. Como gostam de praia, sempre escolhem alguma lá pelo Nordeste, onde as águas são tépidas. Este ano, foram para Porto de Galinhas, perto de Recife. Só retornam ao Rio de Janeiro na segunda semana de janeiro.

Damiana detesta a época de Natal. Maior chatice. Por ela, detonava o mês de dezembro, com suas caixinhas, gratificações e amigos-ocultos. As luzes, os enfeites, a decoração das lojas, tudo de extremo mau gosto. Jussara, que sempre vai para a casa da prima, a convida para passarem juntas a data. Deus que a livre! Prefere ficar em casa com Pepita, noite como outra qualquer. Tudo bem, há de se respeitar sua opinião, que aliás é a de muita gente. Mas então por que ficar magoada ao saber que Cosme receberia Inês e os filhos em sua casa? E ainda impreca: não são parentes nem nada! Bando de loucos, para dizer o mínimo. E ela, que é a única irmã, quase irmã gêmea, não recebe dele o menor gesto de aproximação. Quer saber? Que se danem! Se estão juntos, se merecem... E por aí vai, em seu rosário de lamentações. Vá entender. Ainda bem que santa Pepita se dispõe a lhe fazer companhia e a lhe dar incondicional afeto.

Inês olha o relógio, 11 da noite, hora de ir para casa. Já?! Amanda pede que fique mais um pouco, pelo menos até meia-noite. Estevão faz coro, é cedo demais. Nada disso, estão de conversa desde as oito, visita de bom tamanho. Cosme se oferece para levá-la em casa. Estevão e Amanda se animam a também lhe fazer companhia. Inês gosta da ideia, mas...

— Cabemos todos no táxi?

Cosme assegura de imediato.

— Vocês três vão atrás. Eu, na frente.

E assim fica decidido, embora Estevão reclame.

— Cosme, você precisa comprar logo um carro, cara. Que adianta ter tirado carteira se só anda de ônibus e de táxi?

Nem recebe resposta. Cosme acha graça do comentário, diz que vai ao quarto pegar a carteira e já volta.

Há fatos que não têm explicação. Difícil acreditar que são apenas coincidências. O táxi chega à rua dos Oitis no mesmo instante em que Damiana vai à janela de seu quarto. De espreita, vê todos saltarem, certamente para as despedidas. Não perde tempo, decide rápido, corre, desce as escadas.

— Pepita, vem comigo, anda! Vamos lá fora!

O plano é sair como se estivesse levando Pepita para passear. Irá se fazer notar para, em seguida, tomar direção oposta a eles. Frieza calculada, acinte perfeito. Só que, como não há tempo de pôr coleira na atriz principal, o número sairá bem diferente do imaginado. Que improviso formidável! Ao ver seu amigo tão perto, Pepita corre para ele, abana o rabo. Quanta saudade! Meu Deus, quanto tempo! — ela late. Pego de surpresa, sem acreditar no que vê, Cosme abre os braços, abaixa-se para recebê-la. Beijos, lambidas, afagos ouriçados. Que melhor presente poderia ganhar? Alegria incontida, a cena dos dois encanta a plateia ao redor. E Damiana, que se acreditava autora e diretora da peça, torna-se mera espectadora, lá atrás, em pé na última fila. Atônita, apenas observa o impensado quadro. Não se enraivece, não emite voz de comando, sequer um chamado ou pedido de atenção. Pepita é dona e senhora de si mesma, se decidiu assim, está certa — conforma-se. Cosme se levanta e só então vê a irmã posicionada distante, no escuro entre a porta de casa e a luz do poste mais próximo. Dela, nenhum aceno, nenhum mínimo gesto. Não importa. Movido por não sabe que força, preparado mesmo para a desfeita ou o destrato, caminha devagar em sua direção. Pepita o acompanha em silêncio. Tensão, expectativa. Desta vez, não foi iniciativa dela querer aproximá-los. Portanto, com olhos molhados — instintiva forma de oração animal —, pede ao Criador que os proteja.

Cosme e Damiana estão agora frente a frente. Pouca luz — o bastante apenas para se notarem as expressões de rosto.

— Bom ver você aqui, minha irmã.

Damiana se comove. Quer dizer algo, mas não consegue. Cosme percebe intenção de afeto. Por isso, acrescenta seu desejo.

— Quero o melhor para você. Pode acreditar, de coração.

Ela faz que sim com a cabeça. Cosme lhe estende a mão e completa.

— Feliz Natal.
— Feliz Natal.

A resposta murmurada, simples repetição, consegue sair com algum esforço. Prova maior será permitir a pele, o tato de quem lhe é avesso. Cosme espera, mantém a mão estendida, confia que ela não será deixada assim no ar. A demora o decepciona. No instante em que, também comovido, ele recolhe o gesto, Damiana vai e o abraça forte — como se os panos a preservassem do contato dos corpos, mas permitissem a entrega tão desejada. Ao retribuir o abraço, Cosme se sente ainda mais apertado e querido. Deixa-se estar. Afinal, quando terão vivido algo assim? Saciada, Damiana decide soltá-lo. Os dois se olham, o choro secou no rosto de um e de outro — sinal de que fará bom tempo. Nada mais se oferecem ou dizem. Nem seriam capazes — pelo histórico e temperamento de ambos, foram além do possível para quebrar resistências.

Damiana se vê presenteada. Vontade de andar um pouco, aproveitar o ar da noite. Assim, num estalar de dedos, o que seria mentira se torna verdade.

— Vem, Pepita. Vamos passear.

Cosme volta à sua nova família, que ainda o aguarda na calçada. Despedidas. Inês entra em casa, os três companheiros seguem a pé pela rua dos Oitis. Decidem esticar em algum lugar. Ainda é cedo. Muito a dizer. E a ouvir.

Positivo

Terminadas as festas, a rotina se impõe. Na produtora, o telefone não para de tocar. Janeiro já movimentado, o ano de 1992 promete. Cosme se entusiasma com o volume crescente de trabalho e a chegada de novos clientes. Já não cogita abrir sociedade com Maurício, que, agora, é chamado apenas para produções menores. É que o fácil entrosamento com Estevão e Amanda o estimula a investir na parceria. Não interessa o risco que corre com a relação cada vez mais conflituosa entre os irmãos, o misturar vínculo pessoal e profissional. No íntimo, gosta do desafio de lidar com o destempero e a rebeldia dos dois, fruto da inteligência e da curiosidade que possuem. Tê-los a seu lado o enternece. Domá-los o excita. Portanto, depositará todas as fichas neste negócio em família. Negócio movido a mágica de sabonete usado, lençol amarelo furtado, guerreiro de porcelana quebrado, antúrios secretos e caixa de prata que dá à luz verdades. Negócio em família movido a *Amor impossível*. O seu.
    Telefone de novo. Estevão atende.
    — É para você, Cosme. Simone Trenet, de Paris.
    Alegre surpresa. Conversa longa, faz tempo que não se dão notícias. Controlada pelo ouvido atento de Amanda, a fala deste lado da linha é cuidadosamente editada, não para esconder coisa alguma, mas para despertar ciúmes. A francesinha virá rever o Rio de Janeiro e visitar o amigo, chegará na primeira semana de fevereiro para passar quinze dias. Nada de hotel, imagina! Ficará

hospedada com ele o tempo que quiser. Gargalhadas de lá e de cá. Tudo bem, então. É só avisar o dia e o voo, e ele a irá buscar no aeroporto. Beijos e saudades. Indisfarçável entusiasmo.

— Minha amiga Simone vem ao Rio me ver. Ficará aqui conosco. Pessoa incrível. Tenho certeza de que vocês vão gostar dela.

Estevão se interessa.

— Ela fala português?

— Arranha direitinho. Já esteve no Brasil estudando nossa cultura, principalmente teatro e cinema.

Amanda é direta.

— Espero que não seja do tipo que deixa louça suja na pia para os outros lavarem.

Cosme acha graça.

— Moramos juntos em Paris, e ela é um pouco bagunceira, sim.

Estevão acha melhor voltarem ao trabalho antes que a conversa acabe em discussão. Pode deixar que, quando chegar, a hóspede entra na linha. É bom mesmo, Amanda arremata. Mal termina a frase, lhe vem ânsia de vômito. Ela disfarça, vai e se tranca no banheiro. Respira fundo, procura relaxar, sente-se melhor. Olha-se no espelho. Pressentimento.

— Droga. Não pode ser verdade, não pode.

No dia 19 de janeiro, vem a confirmação. Já havia os sintomas que desde a semana anterior a assustavam: enjoos acompanhados de azias fortes e o atraso no ciclo menstrual. Não teve coragem de contar a Cosme ou à mãe, só ao irmão, que, negando todas as evidências, ainda acreditava no rebate falso. Agora, com o resultado do exame de sangue, não há mais dúvida. Positivo. Apavorado, Estevão torna a olhar o papel, não acredita no que lê.

— Foi naquela noite, uma única vez. É muito azar.

— Não botou camisinha porque não quis.

— Porque não quis, não; porque não tinha. Há quanto tempo a gente já nem se tocava? Foi você que insistiu, lembra?

— Ótimo, agora a culpa é minha.

— Culpa de ninguém. Se aconteceu, a gente faz desacontecer, é o jeito.

— Para você, é tudo fácil, não é? Estevão, põe uma coisa na cabeça: eu tenho uma criança dentro de mim. E eu quero ela.

— Mesmo correndo risco!

— Qualquer um pode nascer doente. E hoje já tem muito recurso para saber se o neném vai nascer perfeito ou não.

— Não tem garantia nenhuma, Amanda. Garantia nenhuma!

— Nada na vida tem garantia nenhuma!

— Pensa bem, Amanda, a gente não tem a menor condição de bancar esse filho, desiste. Mesmo morando de graça, o dinheiro que a gente ganha mal dá para nós dois.

— A mamãe vai ficar aflita quando souber, muito aflita, eu sei. Mas tenho certeza de que ela vai me dar apoio e vai me ajudar.

— Deixa a mamãe fora disso, Amanda, por favor. A gente já causou sofrimento demais. Ela não precisa ficar sabendo de nada. Nem o Cosme nem ninguém. Fica tranquila, eu cuido disso para você, vai dar tudo certo.

— Eu vou contar para ela, sim. Chega de mentir, chega de me esconder! A verdade e a transparência não são os temas favoritos das nossas conversas?

— Não é justo. A gente acabou com a relação dela e do papai. Os dois podiam brigar, fazer todo tipo de loucura entre eles, mas se entendiam. Dois apaixonados... E a gente estragou tudo, Amanda. Você ainda fez pior, mentiu. Caluniou ele.

— A mamãe já me perdoou faz tempo, mas você não esquece.

— A mamãe perdoou, eu sei. E o papai?! Cadê o papai, hein?! Cadê?! Também faz tempo que a gente procura ele, não faz?

Quantas vezes eu saí por aí feito detetive? Andando para baixo e para cima naquela universidade, falando com os professores, telefonando para os amigos... Maior vergonha.

— Não é só você, eu também vivo procurando por ele.

— Não interessa. A verdade é que a mamãe está sozinha naquela casa. Sozinha, entende? Por culpa nossa! Mais sua que minha.

— Acabou? Falou tudo o que tinha que falar?

— Falei.

— Então agora ouve, mas ouve com atenção porque eu não vou repetir. Primeiro: eu não vou fazer aborto, esquece isso. Segundo: eu vou ver a mamãe e vou contar para ela, sim. Se ela aceitar minha gravidez, eu fico morando lá até o neném nascer. Se ela for contra...

— Se ela for contra... Continua, essa parte aí me interessa.

— Se ela for contra, eu dou um jeito.

— Um jeito... Nem precisa dizer qual, eu sei: Cosme. Nosso irmão endinheirado. O provedor. O pai de todos.

Amanda agarra o ventre, mostra os dentes.

— Para ter esta criança, eu faço qualquer coisa. Não duvide. Qualquer coisa.

Agora mais que nunca

Dito e feito. Dia seguinte, logo cedo, Amanda vai ao encontro de Inês. Impressiona vê-la. Ganhou estatura. Embora consciente do impacto que a notícia irá causar, fala sem rodeio, sem culpa, sem drama. Como futura mãe, olha nos olhos de igual para igual. Pois bem: está grávida, Estevão é o pai. Não pede conselho, porque a decisão já está tomada. Terá a criança com a promessa de fazê-la a mais feliz do mundo, custe o que custar. Contra tudo e contra todos, se for preciso. A reação de Inês surpreende. Aconteceu o que ela mais temia. Noites e noites sem dormir imaginando a terrível possibilidade. No entanto, agora — recursos insondáveis da alma — recebe o erro como se fosse acerto, a dor como se fosse prazer, a aflição como se fosse alívio. Que aquela nova vida seja bem-vinda. Por isso, aprova a postura da filha. Não nega o medo imenso que sente, mas a esperança é igual, avalia. Quer saber de Estevão. Amanda esboça sorriso de conformação. O pai? Está apavorado. Por ele, fariam o aborto em segredo, não dariam à família mais esse desgosto. Compreensível. As responsabilidades serão imensas, pesadas. Caminho sem volta, admite. Cosme já sabe? Ainda não. Quando souber, será por ela. Estevão jurou que não abrirá mais a boca sobre a questão. Com ninguém. Acha maluquice pôr esse filho no mundo, covardia até. Qual será seu destino? Em casa, na escola, na vida... Dirão a verdade a ele, que o tio é também o pai? O que ficará registrado nos papéis, na certidão de nascimento — a vergonha que ele terá de suportar? O aborto pode até ser doloroso, mas é a solução menos traumática. Já firmou posição e pronto, assunto encerrado. Inês respira fundo, impasse. Se o coração está do lado de Amanda, o cérebro toma partido de Estevão. Que falta faz dentro dela a imparcialidade de um terceiro voto. A lembrança de Pedro é inevitável. Como reagiria diante da situação? O amante da vida iria querer o neto ou a neta, com certeza. O professor racional defenderia o aborto. Enfim, o dilema seria o mesmo. Inútil fantasiar hipóteses, Pedro não está. E, se estivesse, seria outro Pedro bem diferente. Que importa? O comando é dela, que são duas agora. Juntas, Mãe Inês e Avó Inês criam coragem, optam pelo lado do coração e mandam o cérebro para os diabos. Primeiro, a vontade de Amanda, que, dona de seu corpo, opta pela vida que ganhou. Depois, o resto.

— Estou muito, muito assustada. Mas pode contar comigo, filha. Venha para cá se quiser, e quando quiser. Esta será sempre a sua casa.

— E Estevão?

— Fica tranquila, eu vou ligar para ele e ver o que posso fazer.

O apoio e o oferecimento maternos afastam de vez a ideia do aborto. Assim, Amanda já tem seu futuro definido ao conversar com Cosme. Difícil saber o que causa a ele maior espanto, se a gravidez, a decisão de ela ter a criança ou a mudança para a rua dos Oitis. É preciso pensar algo rapidamente, ele não pode perder o controle da família. Ainda mais agora.

— Espera um pouco, Amanda. Não vai ser bom você sair daqui magoada desse jeito.

— Não posso fazer nada. Estevão se recusa a falar comigo.

— Primeiro, deixa a gente conversar. Quem sabe ele me ouve?

— Perda de tempo. Ele criou bloqueio total, está apavorado com a ideia de ter o filho. Diz que, se eu levar a gravidez adiante, vai embora que nem o papai, some, desaparece.

— Ele não vai deixar você, duvido. Ele diz isso da boca para fora.

— Tudo bem que vocês conversem. Mas não tem mais condição de eu ficar aqui.

— E o trabalho?

— Desculpe, Cosme. Nem mesmo para trabalhar. Não dá, o clima ficou pesado demais. Eu não queria que fosse assim, juro.

— Tudo bem, você está certa.

— E ainda tem essa sua amiga que chega na outra semana. Vem de férias, feliz da vida, não é justo ela encontrar todo este baixo-astral. Eu ficando lá com a mamãe, vai ser melhor para todos nós, você vai ver.

— Ok. Eu entendo.

— A mamãe também ficou de conversar com o Estevão. Pode ser que vocês dois juntos consigam que ele fique mais receptivo à ideia de ser pai. Não vai ser legal para o neném essa rejeição. Sei lá, eu acredito muito nisso.

— Pode deixar que eu vou dar uma força. Vai acabar tudo bem, você vai ver.

Comovida, Amanda faz que sim, agradece. Cosme insinua pôr a mão em seu ventre.

— Posso?

— Claro que pode.

O leve toque provoca em ambos forte conexão, e os corpos reagem fustigados pela mesma onda de prazer. Nada semelhante ao que já haviam sentido, porque é prazer que transcende a carne — mais que desejo de união, incontida procura de unidade. Por isso, a entrega espontânea e irresistível, como se a mão de

Cosme houvesse acionado algum comando interior em Amanda que a obrigasse ao primeiro beijo. Beijo que indefine os limites de um e de outro. Viagem ao desconhecido. Ela, ele e a vida que está prestes a chegar — trindade una.

Embora seja preciso, quem quer voltar ao chão? O abrir os olhos, o se dar conta, o reconhecer o pouso. Afinal, onde estiveram? Novamente na sala de edição, sorrisos de cumplicidade, os dois se dão as mãos, sinal de que o inesperado voo terá consequências práticas. Cosme volta a ser Cosme. Amanda volta a ser Amanda. Mas são outros.

— Esse neném virá cheio de luz, pode ter certeza.
— Morro de medo. Por mais que eu não queira, às vezes penso que virá castigo.
— Tira essa bobagem da cabeça. Aconteceu o que tinha de acontecer.
— Por amor demais, para usar a expressão do Estevão.
— Ele vai voltar a acreditar nisso. É só dar um tempo.
— Não quero perder meu irmão. Este filho só faz sentido com ele junto de mim.
— Fica tranquila. Você, Estevão e eu estaremos sempre juntos.
— Promete?
— Prometo. Agora mais que nunca.

Menino de 19 anos, homem de 19 anos

A francesinha chega de Paris. A pedido de Cosme — às voltas com a produção de novo trabalho —, Estevão é que vai ao aeroporto buscá-la, decisão de última hora. No setor de desembarque, segura a cartela com o nome Simone Trenet. Viu alguns retratos dela, poderá reconhecê-la facilmente, mas vale a brincadeira. Levas de passageiros e seus carrinhos de bagagem saem pela porta automática. Estevão está curioso para conhecer a protagonista das tantas histórias contadas por Cosme. Nesta fase de insegurança e desacerto, quando tudo parece dar errado em sua vida, a hóspede parisiense lhe traz a esperança de novos ares, poderá ser companhia divertida que disfarce o vazio deixado por Amanda. Não à toa, corta o cabelo na véspera, demora-se mais no banho e põe roupa que lhe valoriza o corpo. Ao avistá-la, não se identifica de imediato, prefere observá-la à distância. Sim, é ela. Percebe seu olhar ansioso à procura de Cosme e, por alguns segundos, a deixa pensar que foi esquecida. Só então levanta a cartela e se expõe com sorriso de boas-vindas. Ela lhe devolve o sorriso. Sorriso de alívio, seguido de um olá, muito prazer. Cumprimentam-se com alegre aperto de mão e beijos no rosto.

— Muito prazer, Estevão. Sou sócio do Cosme na produtora. Ele não pôde vir porque ficou adiantando trabalho urgente.

— Ótimo. Só assim vamos nos conhecendo e faço mais um amigo.

Estevão logo se voluntaria para empurrar o carrinho com as malas. Sente-se à vontade como acompanhante daquela que até pouco tempo era apenas personagem das aventuras vividas pelo amigo. Uma garota inalcançável. Agora, ela está a seu lado, amável, rindo e falando com seu forte sotaque. A ficção acaba de se tornar realidade. E o encanta. E lhe dá asas à imaginação.

Ao chegarem à produtora, Cosme já tem tudo preparado para receber Simone. Champanhe geladíssimo às dez da manhã? Por que, não? Para eles, o prazer é 24 horas — Paris revisitada. O beijo longo e apaixonado é sinal de que a temporada por lá deixou marcas e saudades.

— Um brinde à sua chegada! E aos nossos dias aqui no Rio!
— Obrigada, meus queridos!

Estevão não consegue disfarçar a alegria por estar ali fazendo parte da recepção. Meus queridos, ela falou no plural! Portanto, ainda que como observador, observador privilegiado, com chance real de vir a ter algum papel na peça. É que, vez ou outra, recebe o olhar de Simone, olhar que sempre lhe é dado sem que Cosme perceba. Olhar de cumplicidade amorosa que lhe confere secreta importância.

Quase meio-dia. Simone diz que precisa de um banho e também relaxar antes do almoço. Ótimo, Cosme concorda. Enquanto isso, ele e Estevão terminam o trabalho pendente. Que tal almoçarem às duas? Perfeito, tempo mais que suficiente, ela decide.

Só que, às duas, Estevão inventa pretexto para não ir. Diz que vai almoçar ali por perto. Prefere passar um pente fino na edição do vídeo, rebobinar fitas, organizar o material para a reunião no dia seguinte de manhã: cliente importante, melhor estarem bem preparados. Simone lamenta. Cosme aprova com admiração e íntimo contentamento. É claro que prefere estar a sós com a antiga companheira.

Mal saem, Estevão sobe para o quarto. Precisava mesmo ficar sozinho, falar e ouvir umas verdades, ajuste de contas. Menino de 19 anos ou homem de 19 anos? — faz a pergunta enquanto se olha no espelho. Aproxima o rosto, encara o que está do outro lado como se fosse oponente pronto para a luta. Bufa, intimida com a arrogância de quem vencerá por nocaute no primeiro round. Saca os sapatos, as meias, a calça e a camisa. Fica só de cueca, mãos na cintura, desafiador. Ergue os punhos, faz pose de pugilista que está sendo fotografado. Gosta do que vê, a Natureza foi generosa com ele. Depois, cansa do exibicionismo infantil, alterna diferentes caretas, como se fizesse piada de si mesmo. Menino de 19 anos.

Atira-se na cama, agarra o travesseiro, que se transforma no oponente nocauteado, e depois naquele garoto que ele gostaria de ter surrado no colégio. Mas foi Amanda que, com a garrafa de guaraná, levou o infeliz à lona. Droga. A briga era dele! Não interessa se estava apanhando de alguém com o dobro do seu tamanho. Reconhece a desvantagem, mas quem mandou ele se engraçar com a namorada do cara? Ele, pirralho, sabia que não tinha a menor chance com ela. Fazer o quê? Era paixão secreta. Por isso, se ofereceu para ficar de castigo no lugar da irmã. Por isso, quando ela correu para ele ao fim das mil linhas de "não devo", tomou a iniciativa de beijá-la na frente dos colegas. Beijo na boca, sim. Beijo de gratidão, sim. Beijo de vergonha, também, por não ter sido ele a derrubar o adversário. Beijo demorado na boca porque, no seu íntimo, não era a irmã que ele beijava, era a namorada impossível e idealizada. E ela, a irmã, com espanto, aceitou o beijo súbito porque o amava de verdade, e não quis que ele se visse rejeitado na frente de todos. Que fazer se a partir desse beijo a irmã se tenha tornado sua nova paixão e, mais grave ainda, seu primeiro amor? Que fazer se nunca teve coragem de dizer a ela que o beijo que os uniu era para outra? Que fazer se já de início não cumpria o trato de ser verdadeiro? Que fazer se o crescente apego se tornou atração irresistível que atormentava ambos? Ela, porque se sentia culpada. Ele, porque não via mal algum naquela ou em qualquer outra forma de afeto. Por isso, agora, o travesseiro se transforma em Amanda, na madrugada de 1º de janeiro em Nova York. Quantos sonhos, quantos planos, os dois juntos para sempre, irmãos completos! Como ver feiura onde só havia beleza? Por que tanta raiva para o que era amor demais?

Ainda abraçado com Amanda, Estevão muda de posição, senta-se, agora encostado na cabeceira da cama. O travesseiro volta a ser travesseiro, é posto de lado. Decepção, revolta, a realidade no colo, filho pesado. Parece pesadelo. Castigo ou o quê? Culpa nenhuma, se até hoje só fez amar e aceitar o amor dos outros. Se Amanda ainda se sente em dívida com alguém, que tenha a criança sozinha, que continue com essa história sem fim. História que só trouxe infelicidade, brigas, desunião. As palavras do pai não lhe saem da cabeça, machucam: arremedo de homem, garoto medroso que precisou se satisfazer com a irmã, cópia malfeita que envergonha. Como provar o contrário? Lembra o diálogo dos dois sobre a primeira vez que fizeram sexo. Experiências tão diferentes... O pai, querendo ter prazer com a puta encontrada na rua por acaso. Ele, querendo dar prazer sem saber como, com medo de desapontar o seu amor. Na conversa, por não saber que amor era esse, o pai não viu mal algum. Ao contrário, viu beleza e poesia. E ainda aconselhou: não use camisinha. O quê?! Vai ser a primeira vez de vocês dois que se amam tanto. Não use camisinha, filho. Se acontecer de vocês fazerem filho, pode deixar que o vovô dará força. Disse isso feliz da vida. Não é que o desejo se realizou? Premonição ou o quê? Só que o vovô não vai estar a postos para dar a tal força prometida. O vovô sumiu e fez muito bem. Agora,

Cosme é quem dará o apoio, tem certeza. Sempre ele, o irmão mais velho, mais vivido. O que o recebeu de braços abertos e lhe deu trabalho e o qualificou. O irmão independente, dono do próprio nariz. O único a aceitar sua relação com Amanda, o único que nunca viu perversão no amor que escondiam. Portanto, o irmão que lhe desperta admiração e inveja, amor e raiva. Tudo misturado e ao mesmo tempo, como é possível? Até quando pode durar amizade assim? Tinha 12 anos quando o conheceu com aquela cara amarrotada e uniforme da Escola Parque. Cosme, com 17 anos, e Amanda, com apenas 13, já trocavam olhares, atraídos um pelo outro. Esse filho deveria ser dele!

Estevão repassa em flashes a trajetória dos três. Reconhece que, se soubesse antes o que sabe agora, a história da irmandade teria sido outra. De início, Cosme representava a figura masculina que novamente o colocava em desvantagem: o dobro do tamanho e mais experiência. Como enfrentá-lo? Acontece que o tempo e a natureza se encarregaram de virar o jogo. Sem esforço algum, tornou-se maior e mais forte do que o concorrente. Embora não haja mérito, pelo menos no físico sai vitorioso. Sabe que a disputa não acaba aí. Aprendeu com o professor Pedro Paranhos, por acaso seu pai, que a vida não é corrida de 100 metros rasos, é maratona — resistência importa mais que velocidade. Pois é, muito chão ainda pela frente. Haja fôlego.

Estevão sai da cama, veste-se. Melhor descer, comer alguma coisa e ir trabalhar. Homem de 19 anos, quer mostrar responsabilidade. Não para Cosme, que já se conhecem de sobra. Não para Amanda, que o deixou e foi morar com o filho na rua dos Oitis. Mas para Simone, que acaba de entrar em sua vida e já provoca mudança dentro dele. Nada de irmandade, nada de planos futuros, nada de amor demais. Simone Trenet faz parte do jogo e chegou na hora certa. Vejamos como se move no tabuleiro.

Gestação

Com o aval e as bênçãos da mãe, Amanda leva adiante o seu propósito e não se intimida com as adversidades. Desde que se confirmou a notícia da gravidez, sua maior preocupação não é com o risco de a criança vir com algum tipo de deficiência genética, já que ela e o irmão são saudáveis. Pelas pesquisas feitas, a possibilidade de doença é a mesma que a de qualquer outro nascimento. A questão que mais a aflige é de ordem moral. Embora exaustivamente discutidos, vários pontos permanecem nebulosos. Portanto, à reunião convocada por Inês, todos comparecem, dispostos que estão a encontrar soluções.

Sempre defendendo o aborto, Estevão com razão se pergunta como seu nome constará da certidão de nascimento. É óbvio que não poderá ser como pai — há consenso. Por que então assumir paternidade de que, para o bem do filho, é obrigado a abrir mão antecipadamente? Se decidem que ficará em branco o espaço destinado a ele, injusto demais quererem que aceite o papel de pai desconhecido, pai fantasma, pai omisso. Amanda é solidária com o irmão, mas não vê saída. Preferível mesmo figurar como mãe solteira, o que não deixa de ser verdade. É quando Estevão se exaspera, demolidor. Que beleza! O que dirão aos parentes e amigos?! Que a criança foi concebida por obra e graça do Divino Espírito Santo?! Amanda e ele sempre foram vistos juntos, a relação dos dois já é do conhecimento das pessoas mais próximas. Se ele não é o pai, quem poderá ser?!

— Eu.

Silêncio. O resoluto oferecimento de Cosme surpreende. Sua monossilábica serenidade desconcerta. Juiz que, ao fim de réplicas e tréplicas, bate o martelo e sentencia. Por que o espanto? Entre eles, também não é constante a sua presença? Há quantos meses os três dividem a mesma casa? Ninguém haverá de desconfiar, ninguém. Nem Jussara nem Damiana. Dá a palavra de que manterá segredo absoluto. Pela felicidade do filho de Amanda e Estevão, ele frisa. E pelo amor que sente por essa família.

— Não imagino o que seria de mim sem vocês.

Amanda se emociona. Naquele instante, a única a compreender a dimensão e o significado do gesto. De imediato, lhe ocorre o guerreiro aos cacos, que Cosme ainda conserva intato. Sim, intato! E que até hoje cumpre finalidade. Aos pedaços, quantas combinações possíveis consegue? Quantos novos e profundos sentidos em pares aparentemente desencontrados? Arte degenerativa. Não é também assim sua família? Não somos todos? Composições quebradas em busca de significado... E as mãos de Cosme sobre o seu ventre com o primeiro beijo que se deram? Outra amorosa tentativa de encaixe no frágil e espatifado quebra-cabeça de porcelana? Amanda se emociona. Naquele instante, a única a compreender a dimensão e o significado do gesto, convém repetir. Por ela e pelo filho, correria para os braços de Cosme. Mas por Estevão, que tanto ama, não vai além das lágrimas. A ele caberá o sim ou o não, a iniciativa de paz ou a reação de fúria. Ou, na pior hipótese, a indiferença, o tanto faz. O silêncio de Inês e seu olhar para o filho são sinais inequívocos de que o próximo movimento terá que ser mesmo dele — o verdadeiro pai. Todos o aguardam, portanto. Cosme, de tão perto, poderia alcançá-lo.

Estevão, menino de 19 anos. Sua vez de se mover no tabuleiro. Raiva escondida dentro, amor guardado dentro, impossível separá-los. Por quê?! Com as mãos, esfrega, enxuga os olhos, impede o choro que estava por vir, homem de 19 anos. Respira, toma fôlego — a vida não é corrida de 100 metros rasos, é maratona. Suor gelado. Todo o seu corpo está voltado para a irmã, eterna companheira, mãe do filho que ele não quer. Ninguém mais ali com eles, só os dois naquela sala, naquela madrugada de 1º de janeiro em Nova York. Sonhos demais, fantasias demais, planos demais... Amor demais. Por que teve de ser assim?! Que destino devem cumprir? Se alegrias foram poucas, quanto mais de sofrimento? Não haverá um basta? Se é preciso falar algo, ele fala. E se posiciona no jogo.

— Perfeito. Cosme sendo o pai, fica tudo resolvido. Assumirei o papel de tio. Brincadeiras de tio, amor de tio que, aliás, eu também sou. Quem sabe não me convidam para padrinho?

A voz firme e sem ironia dá a certeza de sua seriedade e comprometimento, embora a fala não mostre motivo para gratidão. Mais uma vez, o irmão do peito se movimenta com maestria, aproveita-se de situação adversa para ganhar espaço. Digno de admiração, impressionante. A gravidez que poderia ter decretado o fim da irmandade acaba servindo para fortalecê-la. Seu filho terá o sobrenome de Cosme. Vínculo indissolúvel. Que belo lance, e que partida! Contraditoriamente, a irmã se vai afastando aos poucos com naturalidade que assusta. Se ele espontâneo faz o mesmo, não vale lamentar. De repente, parece que suas vidas foram programadas, nenhum controle sobre elas. De quem será a grande mão no tabuleiro? Que desconhecida força os manuseia e os impele a agir com cérebro ou coração? Ontem, deitou-se com Simone Trenet. Fizeram sexo a noite inteira, e os lençóis amarelos presenciaram algo inédito. Amor nenhum, apenas prazer, saudável transbordamento. Ninguém se deu mais que a pele, a carne, os corpos. E algum afeto passageiro, admite. Tão mais fácil, tão mais simples. Cosme terá sabido, é claro, mas não fez comentário. Simone Trenet é assim, livre e descompromissada, não dá explicações dos seus atos. Com ela, vai aprendendo uma coisa e outra. Principalmente, a se preservar — como fez agora ao aceitar o papel de tio. Muito chão pela frente. Maratona.

Pronta para se manifestar e em posição de força, Inês quer acima de tudo o bem da família que, ao fim, é o bem do neto ou da neta que irá nascer. O calculado desprendimento de Cosme é mais que bem-vindo, assim como a emoção de Amanda e a reação aparentemente tranquila de Estevão. Com esses três rebeldes, pôr ordem na casa é o que deseja.

— Fico muito feliz com a decisão de Cosme. E com sua compreensão, Estevão. Vocês estão agindo com maturidade. E sendo generosos acima de tudo.

Os dois não se movem, sequer se olham — paralisias diferentes. Cabe a Amanda lhes dar vida. Mal consegue falar.

— Estevão, Cosme, estou precisando de um abraço... Nós três juntos... Pela irmandade...

Com esforço, Cosme e Estevão seguem na mesma direção. Amanda abre os braços, sabe que seu corpo é que lhes dará conforto e os deixará à vontade. Então, a cena do velório de Carlota se repete: como se há muito houvessem combinado, pondo-se as mãos nos ombros, formam um círculo de afeto e cumplicidade. Por instantes, os três ficam assim se olhando em silêncio, lendo pensamentos, se decifrando, talvez. Cosme é total entrega. Por instinto, Amanda e Estevão fecham o círculo um pouco mais, apertam os ombros do irmão mais velho. Ele sente boa vibração, claro — é que, em momentos assim, bichos e anjos afloram nos seres humanos, se dão as patas e as mãos. Tomam conta, protegem, facilitam o entendimento. E formam o parentesco.

Inês se comove com o que vê, não se sente excluída. Sabe que chegará sua vez — instinto materno. O círculo se abre, Amanda toma a iniciativa de chamá-la.

— Mãe, vem também. A gente precisa muito de você.

Inês obedece feito criança que dá a mão para atravessar a rua. Mas, ao tocá-los, os papéis se invertem. Os três rebeldes é que se aninham e se aconchegam nela. Sentem que ali há espaço de sobra. Como se procurasse por si mesmo, Estevão se encarrega de trazer alguém que completa a roda.

— A gente vai encontrar o pai, você vai ver. Logo, logo esta família torta estará completa.

O desejo de um é desejo de todos. A roda ganha sentido, Amanda ganha confiança. À espera do pai que há de voltar. À espera do filho que há de chegar. Gestação de um novo tempo.

Nove meses

As semanas passam, a barriga cresce, começa a aparecer. Amanda, cada vez mais centrada em ter o filho, principal missão. Alimenta-se de modo saudável, exercita-se, observa as horas de sono e de repouso. O acerto entre Estevão e Cosme lhe fez tão bem que até voltou a trabalhar. Sempre disposta, vai com frequência a Botafogo ajudá-los em alguma nova produção. A gravidez, com o apoio da mãe, também lhe dá fôlego para procurar o pai. Tem consciência de que é tarefa espinhosa. Primeiro, porque já quase se esgotaram os meios de encontrá-lo. Segundo, porque, caso se revejam, não faz ideia de quem a receberá. Animal ferido e ressentido, com certeza. A notícia da gravidez lhe causará espanto, e o que mais? Virá talvez condenação maior. E a calúnia? Algum dia terá perdão? Melhor não se afligir com isso agora. O futuro dirá.

No quarto mês, o ultrassom revela: é menina! Amanda e Inês se abraçam vitoriosas. Precisam contar a novidade a Cosme e a Estevão. O nome já havia sido escolhido e aprovado por unanimidade. Em homenagem ao avô, se fosse homem, iria se chamar Pedro. Sendo mulher, será Petra.

O sexto mês traz surpresa. Além de ganhar bastante peso, Amanda começa a inchar, principalmente nos pés e nas pernas. O médico que a acompanha garante que não há com o que se preocupar. A partir do quinto mês, essas alterações são comuns, não só pela mudança hormonal como também pelo fato de o útero comprimir as vias abdominais, o que resulta em retenção de líquido nos membros inferiores. Entre as recomendações de praxe, pede que ela reduza o sal e beba muito líquido, só isso. Inês, que passou por desconforto semelhante durante a gravidez de Estevão, sugere também que ela vez ou outra ponha as pernas para cima — receita antiga que funciona.

A partir do oitavo mês, Amanda movimenta-se com dificuldade, quase não tem ânimo para sair de casa. Cosme e Estevão passam a vê-la diariamente, costumam ir no fim da tarde. Hoje, para animá-la, chegam brincando e cheios de presentinhos para o neném. Confessam que ela faz falta na produtora, estão com saudades inclusive das picuinhas cotidianas. Pronto, para quê? Amanda chora, abraçada com os dois, queria estar lá para ajudá-los e para implicar com eles. Inês faz graça, comenta que tem sido sempre assim, emotiva demais. Por qualquer coisinha ela abre as comportas. Estevão se aflige ao ver a irmã daquele jeito. Outra sensibilidade, outro corpo, outra pessoa. Simplesmente irreconhecível. Sente-se responsável. Acha que é hora de ele também voltar para casa, ficar mais perto dela. A fala sai sincera e espontânea, mas levanta questão delicada que ainda incomoda: a mentira pregada pelo bem de Petra.

Inês é categórica: por mais que queira ter o filho perto, não faz sentido ele voltar sozinho, poderia despertar suspeitas. Aliás, como pai assumido, Cosme é que já deveria estar ali morando com ela. Tudo bem que no início da gravidez encenaram o número com perfeição, a ponto de irem visitar Jussara e Damiana para lhes dar a notícia. Zenóbio chegou a vê-los juntos umas duas ou três vezes. Todos acreditaram na história da amizade imprudente que havia avançado o sinal e, é sempre bom que se diga, sentiram-se profundamente aliviados. As ponderações de Inês são aceitas sem dificuldade. Para a irmandade, o problema é a divisão dos quartos. Quem dorme onde?

Sem pôr em votação ou querer ideia, Inês decide com autoridade. Amanda continua no quarto dela, que também será o do bebê. Cosme divide o quarto com Estevão, precisam apenas de mais uma cama de solteiro. Sinal de assentimento, os dois balançam a cabeça sem nenhum entusiasmo. Fazer o quê?

Amanda sente pena. Sabe que Cosme e o irmão ficarão mal acomodados. E pensar que há espaço de sobra na produtora. Talvez fosse melhor ficarem por lá um pouco mais. Garante que está bem, é só emoção própria da gravidez. E também ansiedade para que Petra chegue rápido. Tem feito os exames, está tudo certo, a criança mostra-se perfeita e bem posicionada. Como disse o Dr. Caleno, não há motivo para preocupações. Bom, eles é que sabem. Se quiserem vir, ótimo, mas sinceramente não vê motivo para essa pressa toda. Estevão não tira os olhos da irmã. De repente, talvez por nervoso, tem um acesso de riso. Amanda não entende. O que foi?

— Você está muito engraçada com esses pés inchados e esses chinelos ridículos do papai.

Inês e Cosme também riem. Mas logo se controlam ao ver que o comentário magoa. Olhos cheios d'água, ela reconhece que está gorda, feia e inchada. Mas não tem culpa, tem? E os chinelos, foi a mãe que os emprestou. Eles podem ser ridículos, mas são confortáveis. E a fazem lembrar o pai. Quem sabe ele não os esqueceu de propósito, hein? Mal termina a frase, volta a chorar. Embora se compadeçam, todos se esforçam para não rir. Estevão vai, abraça e beija a irmã, pede desculpas. Falou de brincadeira, não foi por mal. Ok, está desculpado, mas devia ter mais cuidado com as palavras. Inês concorda, pisca o olho para o filho. O melhor agora é irem jantar, que o bebê precisa estar forte. Ao fim da visita, Amanda se sente mais animada. Cosme e Estevão decidem que não voltam agora para os Oitis. Vão esperar e ver como as coisas evoluem.

Nove meses completos. Tarde da noite. Sozinha em seu quarto, Amanda se vê dentro de um útero em forma de cubo. Conversa com Petra — outro tipo de parede as separa. Impressão estranha. Ela: bebê esperando bebê. Duas meninas. A filha, quase pronta para nascer; ela, para renascer. No abrir e fechar de olhos, a sensação agora é outra. Já não se reconhece, vê-se mais velha e disforme.

— Petra, filha querida, o que você fez com meu corpo?

Não importa. Amanda acaricia o útero como se fosse o mundo. E o mundo fosse Petra. E Petra fosse a síntese de tudo o que existe em Cosme e Estevão — é assim que vê e sente. Um e outro presentes dentro dela. Sempre. De Estevão, por descuido e amor demais, recebeu a semente. De Cosme, o nome, a mão no ventre e o beijo na boca — de amor tão demorado e intenso que a terá engravidado de outro modo que não sabe. Fraternos e incestuosos sentimentos que se engendram em sua alma. Perversa irmandade que ao mesmo tempo transcende o sangue e a carne. Bendito, portanto, é o fruto desse ventre — que já se manifesta querendo sair, impaciente.

Hora de Estevão e Cosme virem para perto.

Petra é exemplo

A rua dos Oitis, a casa de lá. Duas camas de solteiro no mesmo quarto. Dois pais à espera do nascimento da filha. Por vontade ou sorte, duas peças que, excessivamente próximas, tentam firmar posições de força no tabuleiro. Estevão e Cosme.

— Parece absurdo. Amanda aqui ao lado, prestes a ter o neném, e a gente medindo os copos de refrigerante para saber quem levou vantagem.

— Normal. Não é o que os irmãos fazem o tempo todo?

Estevão silencia. Cosme arremata.

— Nunca iniciei nenhum jogo, porque você e sua irmã sempre estiveram com as pedras brancas. O que fiz, com minhas pedras, foi me defender, responder a cada lance de um e de outro. Não vejo vantagem nisso, ao contrário.

— Quero saber é até onde essa mentira vai nos levar.

— O único aqui a vazar a informação foi você.

— Simone já está longe faz tempo. Nunca mais nos falamos. Já nem deve se lembrar que eu existo.

— Será? Ia ficar quinze dias. Passou dois meses hospedada lá em casa por sua causa.

— Ciúmes da francesinha?

— Dá um tempo, Estevão. Fui paciente até demais. Amanda, principalmente. Pensa que era fácil para ela, grávida e já pesada, ver você e a Simone para cima e para baixo aos beijos?

— Não era o que você, a mamãe e a própria Amanda queriam? Eu no papel de tio brincalhão e irmão exemplar?
— Sensibilidade zero.
— Sensibilidade zero, você, que não conseguiu me enxergar. Eu, o inexistente, o futuro espaço em branco na certidão de nascimento de Petra, e você, o pai de sobrenome bacana. Simone foi a minha salvação, cara. Por isso, me abri com ela e contei tudo. E não me arrependo. Não mesmo.
— Me desculpa.
— Não precisa se desculpar, não. Está tudo certo. De certa forma, Simone foi presente seu.

Cosme acha graça, vê sinceridade no reconhecimento. Logo em seguida, muda de expressão, ar preocupado.
— Você viu Amanda?
— Vi. Está lá recostada na cama, as pernas para cima como a mamãe recomenda.
— Não vejo a hora da Petra nascer e esse sofrimento terminar.
— Agora, é só paciência, falta pouco.

Quase duas da madrugada. Cosme ainda vai vigiar o sono de Amanda. Volta em seguida, apaga a luz. Que seja uma noite tranquila.

Nove meses e nove dias. 22 de outubro de 1992. Contrações regulares, Amanda quer se levantar, mas não consegue. Dor insuportável. Tenta novamente, inútil. Esforço maior, súbita ruptura da bolsa. Enxurrada pernas abaixo, a água inunda a cama, o chão, o quarto...
— Mãe, Estevão, Cosme!

Questão de segundos, os três já em volta. Tentam fazê-la ficar de pé, não conseguem, Amanda sente-se sem forças. Inês pede calma, vão precisar de ajuda urgente, não vê condições de transportá-la ao hospital desse jeito. Preferível mantê-la deitada de costas, com os joelhos elevados, as pernas afastadas. Por instinto e desespero, Cosme escancara a janela que dá para a casa de sua infância. Impulsionado por proteção ancestral, recorre ao berro primitivo que vem do mais profundo de si mesmo.

— Damianaaaaaaaaaaa!

Pepita começa a latir, não para. Assustados, Damiana e Zenóbio acordam com o grito.

— Você ouviu?!

— Claro. Chamaram pelo seu nome, parecia pedido de socorro.

A essa altura, Cosme já está em frente à casa de cá, tocando a campainha e batendo na porta ao mesmo tempo. O pai atende, ele vai direto para a irmã e a segura pelos braços.

— Damiana, por favor, me ajuda. A Amanda vai ter o neném, a bolsa estourou, ela está muito inchada, ganhou muito peso, não consegue sair da cama!

— Calma, Cosme, calma!

— Eu sei que você aprendeu a fazer parto, por favor, me ajuda!

— Fica tranquilo, esse seu nervoso só vai piorar a situação.

— Vamos logo, minha irmã, pelo amor de Deus!

— Pai, vou dar um pulo lá. De repente, ainda há tempo de levar ela para o hospital.

— Se precisarem do carro, eu levo vocês.

Cosme olha para Zenóbio pela primeira vez.

— Obrigado.

Como resposta, um simples aceno de cabeça. Cosme se dá por satisfeito. Enquanto Damiana corre para buscar a maleta de primeiros socorros, ele e Pepita se fazem companhia, ambos estão nervosos. Cada segundo é século.

— Pronto. Vamos?

Na casa de lá, o quadro não é dos mais animadores. Fora do quarto, sem que Amanda perceba, Damiana tenta pôr ordem no caos. Já chamaram o médico e a ambulância? Ótimo. Mas o parto terá de ser feito ali mesmo e o quanto antes. O quê?! É o que ouviram, não adianta espanto, Petra resolveu chegar agora, e daí? Querem que ela se encarregue do procedimento? Inês e Estevão autorizam automáticos. Divisão de tarefas, providências imediatas, todos participam das provas de competência e rapidez: Água morna em bacia limpa, balde limpo, juntar toalhas e lençóis limpos, mais travesseiros para dar sustentação a Amanda, e também algo macio para manter a Petra aquecida assim que ela nascer, e mais isto e mais aquilo. Gincana.

Ao lado de Amanda, Damiana é outra. Fala baixo, transmite confiança e carinho, é preciso que as duas se ajudem até o médico chegar, ok?

— Ok.

— Você está respirando rápido demais.

— É nervoso.

— Eu sei que é nervoso, procura relaxar. Respira pelo nariz e solta o ar pela boca. Isso. Mais devagar, tenta manter o ritmo. Assim, garota, excelente.

Damiana sabe que a natureza tem seu próprio ritmo, essencial deixar que ela faça o seu trabalho. O parto progride. Dor, suor e lágrimas. O topo da cabeça de Petra torna-se visível, Amanda aumenta a pressão para que ela saia, vai empurrando entre uma contração e outra. Dor, muita dor.

— Isso, garota, força, coragem.

Mãos dadas com Amanda, cada um de um lado, Estevão e Cosme dão apoio, acompanham calados, quietos, tensos. Inês faz as vezes de auxiliar, a postos para eventuais surpresas, tão atenta que não pisca. Outra contração seguida de esforço e outra. Amparada pelas mãos de Damiana, a cabeça de Petra sai completamente.

— Força, garota. Só mais um pouco. Nossa menina está vindo.

Mais dor e mais suor e mais lágrimas. A natureza sabe que é hora de acelerar. Amanda libera o grito, sai um ombro e outro e, com facilidade, o resto do corpo — bela e monumental violência que permite a vida e o choro de Petra. Alívio, comoção, alegria, todos choram com ela. O cordão umbilical é cortado, a ambulância chega. Damiana completa a sua parte, pousa e aconchega o filhote sobre a mãe. Parteira e parturiente estão exaustas.

— Parabéns, Amanda. É uma menina linda.

— Que veio ao mundo pelas mãos de uma médica veterinária... Prova que sou mesmo bicho.

— Quem não é?

As duas se abraçam demoradamente. Porque, em momentos assim, bichos e anjos afloram nos seres humanos, se dão as patas e as mãos. Tomam conta, protegem, facilitam o entendimento. E formam nova família. Petra é exemplo.

Para que rezar?

Por contraditório que pareça, se a gravidez libertou Amanda de Estevão e a vinculou definitivamente a Cosme, o nascimento de Petra deu nova feição à irmandade. Estevão sente-se cada vez mais confortável no papel de tio e irmão. Cosme contenta-se com o de pai e pretendente. Sim, pretendente. Porque, sete meses do registro de nascimento, e ele e Amanda ainda não se aventuraram em seus corpos. Pois é. Misteriosos e imprevisíveis são os seres humanos. Bichos assustados, procuram se defender de todas as formas. Ela diz que precisa de tempo, ele concorda. Diz que não está preparada, ele compreende. Convida para passeios com a filha, ele se alegra e aceita, empurrando carrinho, mãos dadas pela orla do Leblon e Ipanema, ou pelo Jardim Botânico, ou em volta da Lagoa, tirando fotos para o álbum "Meu primeiro ano". Risos, conversas íntimas, horas e horas juntos, cumplicidade crescente. Tudo, menos sexo. Por isso, talvez, o triângulo ainda não se tenha desfeito. Para Estevão, Cosme é irmão, não é cunhado. Continuam a dividir o mesmo quarto, camas de solteiro. Amanda e Petra bem ao lado. Cama e berço. A nova família.

Meio da noite. Cosme acorda como se alguém o houvesse acariciado. Tão real! Não se lembra do sonho, só das carícias que recebia. Mãos femininas sem rosto que ousavam pontos íntimos. Calor, excitamento. Novamente, a casa de lá. Atrevida, imprevisível, dionisíaca, a lhe inspirar fantasias, a lhe reimprimir o quase esquecido amarelo. Sua casa! Nela, o tijolo é carne, o cimento é pele. E o que a mantém de pé não é vigamento de ferro, é estrutura óssea. Nela tudo respira, tudo transpira. E o coração bate solto... De onde está, Cosme consegue ver Estevão. O caçula dorme de lado, em posição de feto, com dois travesseiros. Um, ele põe entre as pernas dobradas. Quase não se mexe, quase pedra. Deita e apaga. Impressionante, parece ter interruptor. Cosme sai da cama. De pé e de mais perto, continua a observar o irmão. Também o rival, o verdadeiro pai de Petra, embora não lhe tenha dado nome — o Paranhos da certidão é apenas por parte de mãe, tenta se convencer. A figura que dorme lhe desperta ciúmes, amor... e até gratidão. Acredita que, se não fosse a ousadia de Estevão com Amanda, ele, o triste poeta, levaria hoje vida sem emoção alguma. Talvez ainda morasse com Zenóbio e Damiana, mesmo depois da morte de Carlota, rabiscando os espaços que restassem nas paredes e no teto de seu quarto. Agarrado às saias de Jussara, seria o vizinho cerimonioso de família comportada e sem graça, que não estaria à altura da casa onde hoje ele mora, quase dono e senhor. Quase é questão de tempo, porque, paciente, vai obtendo vitórias, vai ganhando espaço.

Súbito, algo o impele a sair do quarto, rondar a casa. A motivação? Revirar passado, arriscar presente, farejar futuro. Do porão ao sótão, conhece as paredes, os tetos e mais ainda o chão onde pisa. Desce a escada, já com rumo definido: o jardim de inverno, recanto que ainda conserva ares e lembranças adolescentes. Súbito, os ventos sopram em outra direção. Ao passar pela sala, vê que as cortinas abertas da biblioteca deixam entrar a luz que vem do jardim. Encostada em uma das janelas, a silhueta de Amanda completa o cenário incomum. Decide chamá-la em voz baixa. A velha casa o faz acreditar que o momento é oportuno e o encontro é dádiva. Amanda veste apenas a camisola que lhe transparece a nudez. Ao ouvir seu nome, vira-se naturalmente, espera que Cosme se aproxime. Juntos, nada se dizem. Apenas um leve beijo na boca. Criaturas noturnas com corpo de bicho, cabeça de gente e coração de anjo. Do beijo, em hora e local não combinados, nasce o inesperado diálogo.

— Você assim nessa janela, a biblioteca com essa luz que vem lá de fora... Parece a continuação do sonho que eu tive.
— Sonho bom?
— Quase.
— Eu estava nele?
— Quase.
Amanda sorri.
— Defina quase.
— Eram mãos femininas que me acariciavam o corpo inteiro. Só me lembro das mãos. Não havia rosto. Imagino que fosse você.
— Reconheceu minhas mãos...
— Pelo prazer que eu sentia. Acordei antes do gozo.
Amanda não leva o assunto adiante. Cosme entende o silêncio.
— E você?
— Pensando em Petra, em mim, no nosso futuro.
— Defina nosso futuro.
Amanda volta a sorrir.
— Me expressei mal. O nosso é seu também.
— Poxa, que alívio.
— Para falar a verdade, quando você me chamou, eu estava rezando.
— Você sempre me surpreende. Rezando? Para que rezar?
— Para tentar contato com algo maior que me dê sentido, sei lá. Para imaginar talvez que esse Algo exista e que algum dia venha me explicar a razão de toda essa loucura que é a minha vida.

— Não deixa de ser uma tentativa. Meu professor Werneck dizia que a oração é placebo. Se não cura, mal também não faz.

— Você ainda anda com aquele santinho de São Cosme e São Damião na carteira?

Cosme acha graça.

— Ando. Por quê?

— Não reza para eles?

— Quando mamãe era viva, rezava. Mas só de vez em quando. Como foi presente dela, levo eles comigo. É quase amuleto.

— Para mim, é demonstração de fé.

— Quase.

Silêncio demorado. Cosme arrisca.

— Precisamos resolver nossa situação. Só não sei se é o momento certo.

Amanda, de imediato.

— É o momento certo.

— Tenho sido paciente, você sabe. Compreendo todos os seus argumentos: a baixa autoestima por causa do corpo que se modificou, a amamentação, o cansaço, a preocupação com o futuro de Petra, a ausência do seu pai, a sensação de culpa. Tudo isso, eu entendo. Mas acho que já é hora de a gente tentar maior intimidade. Não faz mais sentido eu dividir quarto com Estevão...

— Não posso, Cosme. Me desculpe.

— Aquele beijo que a gente se deu, quando eu pus a mão em seu ventre... Aquele beijo tão demorado, que nos transportou...

— Foi antes de Petra nascer.

Cosme respira fundo, solta o ar com profundo desânimo.

— É, eu sei. Você já me repetiu isso várias vezes. Vou esquecer o beijo.

— Impossível esquecer o beijo. Falo por mim. Só que, agora, existe uma outra Amanda, entende?

— Acho que cheguei ao meu limite.
— É pena. Porque ainda tenho esperança de ficar com você.
— Não assim, Amanda. Não assim.
— Por enquanto, não posso te dar mais do que carinho. Me perdoa.

Amanda começa a chorar. Cosme a abraça forte.

— Ok, eu espero. Mas não aqui. Amanhã mesmo eu me mudo para a casa de Botafogo, que também é sua e de Petra. Vá com ela quando quiser. Eu espero. Sou paciente.

Amanda lhe cobre o rosto de beijos.

— Eu sei, eu sei, eu sei.

Cosme desfaz o abraço.

— Vou voltar para o quarto. Pode continuar sua reza.
— Agora, sou eu que pergunto: para que rezar?
— Para que esse seu algo maior exista e nos dê sentido. Se a reza não vai nos curar, também não vai nos fazer nenhum mal.

Ainda bem

Que Amanda se ofereceu para ir ao Catete buscar uns pincéis e tubos de tinta para Inês — encomenda que havia chegado de Curitiba na véspera. Ainda bem que, ao voltar para casa, tomou o caminho mais longo em direção ao Museu da República, porque queria passar pelos jardins do palácio até chegar à praia do Flamengo. Ainda bem que o sinal abriu justo quando iria atravessar, e ela continuou pela mesma calçada até o quarteirão seguinte. Ainda bem que, lá mais adiante, o rapaz da bicicleta foi imprudente, o carro buzinou com estardalhaço, e ela olhou para onde jamais olharia. E viu o rapaz da bicicleta pedir desculpas ao senhor que, carregado de livros, havia sido derrubado. Ainda bem que não foi nada, apenas o susto. Todos retomaram os seus destinos, menos Amanda. Porque o senhor carregado de livros era o professor Pedro Paranhos.

Pai! Ela grita em silêncio e desembesta em direção a ele sem prestar atenção a ninguém, a coisa alguma. Pai! Ela torna a gritar ainda mais alto em silêncio e chorando — por culpa desmedida, saudade desmedida, amor desmedido. Aflição, pressa, ansiedade. Por que tanto movimento, todos aqueles corpos estranhos entre eles?! Esbarra em um e em outro. Pai! Por favor, me espere, não vamos nos perder de novo, não vá embora! Ele atende, porque diminui o passo e para em uma banca de jornais, os dois agora já bem próximos. Mas não há o encontro, porque ela se esconde — por medo, por não saber ainda o que fazer senão o acompanhar a sobressaltos. Vão assim até a rua Santo Amaro. Ela o vê entrar em um dos prédios. Espera, cria ânimo, vai até lá. Diz ao porteiro que é filha do professor Paranhos que acaba de subir. Há algum tempo não se falam, ela o avistou de longe na rua e gostaria de lhe fazer surpresa. Anunciá-la pelo interfone? Não, de jeito nenhum, estragaria tudo. Como pode provar que é filha? Fácil, a carteira de identidade. É só conferir. Filiação: Pedro Paranhos e Inês Paranhos. Mesmo assim. Não vai subir sem ser anunciada, normas do condomínio. Sabe o número do apartamento? Amanda é sincera, confessa que ela e o pai estão brigados. Foi Deus que lhe deu essa oportunidade de se desculpar e fazer as pazes, maior sorte. O porteiro não se sensibiliza, favor não insistir, não quer complicação para o lado dele. Tudo bem. Ela fica sentada ali nos degraus da portaria até o pai resolver sair. Como não é permitido? Vai chamar o síndico? Ótimo, pode chamar à vontade. Vai ver ele é mais humano e dá permissão. O porteiro já percebeu que Amanda não lhe dará sossego até conseguir o que quer. Está bem, está bem! Apartamento 1004, elevador do lado esquerdo!

— Professor Pedro, uma moça está subindo para falar com o senhor, é sua filha Amanda. Eu avisei que ela tinha que aguardar para ser anunciada, mas ela insistiu tanto que eu acabei dando o número do seu apartamento, o senhor me desculpe. Obrigado, professor. E me desculpe mais uma vez. Obrigado. Ela já deve estar chegando aí.

Raiva e ressentimento que afloram. Pedro se pergunta como é possível. Por que logo ela? A que o caluniou sem medir consequência, a responsável por sua separação, a que conseguiu acabar com o pouco de bom que havia dentro dele. Poderia ser Inês, poderia até ser Estevão. Para eles, talvez ainda reste alguma sobra de afeto. Não para Amanda. Não para aquela que lhe era a mais querida. Como tem a coragem agora, a ousadia, esse atrevimento, depois de tudo...

Campainha. Ainda bem que o Manuel o preveniu. Poderá deixá-la tocar até cansar, mas conhece bem a filha, sabe que não irá desistir. Ficará do lado de fora e não arredará pé enquanto não conseguir o que deseja. Preferível decidir essa questão de vez. Pedro já abre a porta de costas e se mantém assim. Amanda sente o primeiro golpe.

— Pai...

— Pessoa errada. Não tenho filhos.

— Pai, por favor, olha para mim.

— Já disse e repito. Não tenho filhos. Endereço errado. Por favor, vá embora.

— Eu vi você por acaso, só por causa do garoto da bicicleta, da buzina do carro... Nem acreditei... Depois de tanto tempo tentando te encontrar...

— Melhor não tivesse encontrado.

— Pai, me perdoa, me dá uma chance.

— Não me chama de pai, que eu não sou seu pai!

— Olha, eu tenho uma notícia para te dar que pode mudar tudo, pode até fazer você me perdoar.

— Notícia?! Qual?! Quer voltar para os braços do homem que abusou de você?! Ou é outra mentira ainda mais cruel?!

— Nunca pensei que você fosse capaz de guardar tanta raiva, tanto ressentimento.

— Nunca pensou. Eu também não. Por favor, Amanda, sai, me deixa em paz.

— Pelo menos olha para mim, deixa eu ver o seu rosto.

— Ver o meu rosto... Ah, Amanda... Você destruiu o que eu tinha de melhor, que era o meu amor de pai... O único amor que eu acreditava ser capaz de dar... O único!

Amanda chora copiosamente.

— Eu estava desesperada! Falei sem pensar!

— Você não acabou apenas com a relação apaixonada que eu tinha com a sua mãe. Você acabou com o amor que eu sentia por você e pelo seu irmão. Amor que eu pensava ser correspondido. Que idiota, eu! Que idiota!

— Me perdoa, é só o que eu peço. Me perdoa.

— Estou seco, Amanda. Seco, entende? Não há mais nada em mim que justifique o perdão. Absolutamente nada.

Silêncio demorado. O pai sempre de costas, a porta da rua ainda aberta. Amanda sabe que será sua última chance.

— Estevão e eu tivemos uma filha. Você é avô.

A revelação assusta, quebra toda resistência. Por instinto, Pedro se volta de pronto.

— O quê?!

— Isso mesmo que você ouviu. Uma neta. Mulher. Saudável, linda. Chama-se Petra em sua homenagem.

Pedro custa a acreditar no que acaba de ouvir, repara então na filha. O corpo mudou. O rosto, os cabelos, também diferentes. É outra pessoa. Outra. Espanto, perplexidade. Não sabe o que dizer ou fazer. Amanda aguarda apreensiva o próximo movimento do pai. Ele demora a verbalizar algo.

— Faz quanto tempo?

— Completou oito meses, ontem. Já aprendeu a engatinhar...

— Oito meses... Já engatinha... Quanta maldade... Quanta.

— Maldade?!

— Maldade, sim. Maldade do destino. Da qual você mais uma vez é portadora.

— Eu vim trazer notícia de vida! De sua neta! Eu vim ao seu encontro porque vi você na rua! Eu vim pedir perdão, eu vim desarmada!

— Desarmada?! Você veio ver um homem morto, Amanda. Morto! Precisava arma? Notícia de vida. Notícia de vida! Você me privou até de ver o nascimento dessa neta aí que você diz que eu tenho!

Amanda não para de chorar. Pedro é desabafo e pura mágoa. Fala o que lhe vem à cabeça, qualquer coisa que lhe dê alívio à dor.

— Nove meses de gravidez, roupinhas para o bebê, ultrassom, é menina! Onde estava o vovô? Onde? Nasceu! É menina e é linda! Onde estava o vovô? Onde?!

— Você sumiu! Não é minha culpa! Mamãe, Estevão e eu temos procurado você. Nunca desistimos.

— Agradeço tanta generosidade, tanta preocupação.

— Tudo bem, você está certo, não precisa me perdoar. Mas volta para casa, pai. Por favor, volta para a mamãe.

— Cuide de sua vida, Amanda, que já é muito. E dessa pobre criança, que...

Amanda enxuga as lágrimas, fala alto e com firmeza.

— Petra não é "pobre criança" nem nunca vai ser!

— Filha de incesto irresponsável. Vocês vão contar a verdade a ela?! Mesmo que viva enganada, com filiação mentirosa, que destino essa menina poderá ter?!

— Não sei, porque não tenho bola de cristal, mas com certeza vai ser melhor que o meu.

— Chega, Amanda, chega. Eu já disse tudo o que queria dizer e já ouvi tudo o que poderia ouvir. Essa conversa sobre Petra não vai nos levar a nada. Só a mais sofrimento e mágoa.

Amanda volta a chorar. Pedro respira com dificuldade, custa a verbalizar o que sente.

— Desejo a você e à sua filha toda a felicidade do mundo. Não consigo explicar, mas, por incrível que pareça, meu desejo é sincero.

— Posso ao menos te dar um beijo?

— Vá embora, Amanda. Por favor, me dê descanso. Se você ainda tem um mínimo de respeito e de consideração por mim, não me procure mais.

Amanda sai aos prantos. Pedro fecha a porta. Agora, sem que ninguém veja, chora feito menino.

Inês no comando

Amanda chega à rua dos Oitis. Aflita, mete a chave na porta, entra em casa, joga o pacote com as tintas e os pincéis em cima do primeiro lugar que encontra.

— Mãe! Onde você está?! Mãe!

Susto. Inês, que cuidava de Petra, desce esbaforida as escadas.

— O que foi?! O que aconteceu?!

— Encontrei o papai!

Amanda é choro e abraço. Inês, incredulidade.

— Como é que foi isso?! Vocês se falaram?!

— Falamos. Foi horrível, mãe. Ele não me perdoa, não vai me perdoar nunca!

Amanda conta tudo com detalhes. Como o encontrou e o seguiu, a rua onde ele mora, o prédio, a discussão com o porteiro até conseguir o número do apartamento. E, pior de tudo, a conversa que tiveram. Ele sempre de costas, frio, distante. Só se virou quando soube que era avô. Mesmo assim, foi duro, se referiu à neta como uma "pobre criança", filha de incesto irresponsável, que vai viver sempre enganada e... Amanda chora muito, sente dificuldade em continuar.

— Falei que ele não precisava me perdoar, mas que voltasse para você... E ele sempre me mandando embora. Perguntei se eu podia ao menos dar um beijo nele... Nem me deixou chegar perto, mãe. Disse que, se eu ainda tivesse um mínimo de consideração e respeito por ele, que saísse e não o procurasse mais... Acabou, mãe. Perdemos o papai para sempre. E a culpa é toda minha.

— Calma, filha, calma. Eu vou lá falar com ele. Hoje, não, que é prematuro. Amanhã.

— Não vai adiantar nada, mãe.

— Conheço seu pai. Duvido que tenha ficado indiferente a esse encontro. Duvido mais ainda que a notícia do nascimento da neta não tenha mexido com ele.

— Papai está irreconhecível, chega a assustar. Ele não é o mesmo.

— É lógico que ele não é o mesmo. Nenhum de nós nesta família é mais o mesmo.

— Nunca vi tanto desamor. Nunca.

— Todos aqui temos nossa parcela de culpa. Você queria o quê? Depois de tudo o que ele passou? Vai ser mesmo difícil ele deixar chegar perto. Seu pai tem instinto apurado de bicho. Bicho ferido é perigoso.

— Quero só ver a cara do Estevão quando souber.

— Não conte nada a ele por enquanto. Seu irmão é peça importante no tabuleiro.

— Por quê?

— Em uma das conversas que eu e seu pai tivemos, ele se mostrou arrependido de como falou com o filho naquela noite.

— Arrependido?

— Acha que deveria ter condenado, mas não humilhado Estevão daquele jeito. Portanto, seu irmão ainda tem esse crédito com ele. Talvez a aproximação entre os dois seja possível.

— E abra algum caminho para mim, quem sabe?

Inês abraça a filha como quem dá colo e protege. Ficam as duas assim, entrelaçadas uma na outra, em silêncio.

— Petra ficou bem?
— Não deu o menor trabalho. Dormiu a manhã quase toda.
Amanda se desabraça.
— Vou até o quarto ver como ela está.
Inês faz que sim. Deixa-se estar mais um pouco na biblioteca. Esfrega os braços, Pedro parece tão perto e presente... Bicho turrão. Amanhã, sem falta, ela o irá encarar, promete. Quem sabe ele volta para casa? Por ela, os filhos e a neta. Ou pelos amigos da estante. Fantasiar não custa nada.

Louça ordinária

O porteiro vê a mulher que salta do táxi e vem em direção à entrada do edifício. Elegante, modos refinados. Um bom dia, outro bom dia. Por gentileza, o professor Pedro Paranhos. Seu nome? Inês Paranhos.
— Professor, a senhora Inês está aqui na portaria e... Sim, senhor.
— A senhora pode subir, apartamento 1004. Elevador do lado esquerdo.
— Obrigada.
Inês sai do elevador, repara ao redor. Hall bastante simples, quatro apartamentos por andar. Toca de leve a campainha, Pedro abre imediatamente a porta. Os dois se olham algum tempo. Com voz terna, Inês provoca.
— Não vai me convidar a entrar?
Pedro abre caminho. Fecha a porta. De relance, Inês consegue ver todo o apartamento.
— Simpático. Novos livros, novas estantes... Você aproveitou bem o pouco espaço.
— É o suficiente para mim.
— Sempre admirei sua capacidade de adaptação. Sorte sua.
— Sou um cara sortudo. Não posso reclamar da minha estrela. Ou posso?
— Claro que não. Homem especial como você, bárbaro e sensível ao mesmo tempo, vai reclamar de quê?

Pedro se dá conta do jogo, fecha a guarda.

— Inês, nosso tempo de sedução acabou. Como diz essa garotada nova, cai na real.

— Já caí na real faz tempo. O que eu quero agora é me levantar na real.

— Veio pedir ajuda?

— Vim.

A resposta rápida e direta desconcerta.

— Por pouco você não me pegava em casa. Eu já estava de saída.

— De saída...

A ironia irrita. Pedro desaba no sofá sem a menor paciência.

— O que você quer de mim, Inês? O quê?!

— Que a gente consiga conversar feito dois adultos. Será que é tão difícil assim?

— Não temos mais nada o que conversar. Se você veio aqui pedir para eu perdoar a Amanda, desiste. Não tem conserto, não tem. Impossível restaurar cristal que se parte.

— Pedro, por favor... Cristal?! Somos no máximo uma louça ordinária, que qualquer cola vagabunda emenda.

— Tem razão. Louça que não merece ser colada. Não quero nem me dar o trabalho.

Inês não revida. Também não se move de onde está. Pedro se emociona.

— Não entendo que ajuda poderei lhe dar. Você já tem os filhos de volta, a neta. Conheço sua dedicação. Deve estar feliz com eles. No pódio com medalha de ouro por merecimento, lembra?

Inês abre a bolsa, tira o retrato de Petra.

— Nossa neta.

Pedro põe os óculos.

— Poxa, oito meses, Amanda me disse.

— Completou anteontem.

— É grande a danadinha. E bonita, também. Se parece com o pai... E com a mãe, é claro.

Os dois dão um riso contido. Pedro percebe que Inês não tem a menor intenção de ir embora, devolve o retrato como quem encerra a visita.

— Bom... mais alguma coisa?

— Eu sabia.

— Sabia o quê?

— Que nossa representação romântica seria um verdadeiro desastre. Representação amadora e barata.

— Mais que a louça?

— Igual. Ordinária, baratíssima.

Silêncio demorado. Pedro é fisgado pela resposta e o tom da voz. Paixão desperta, desejo à flor da pele. Acariciando os braços, Inês aproveita e arremata.

— Como sou desatenta... Não fiz a única pergunta que deveria ter feito desde que cheguei aqui.

Pedro sabe perfeitamente o que ela quer dizer — no território da paixão, eles se entendem.

— Quer a resposta? Sim, sinto muito a sua falta. Você não faz ideia do quanto.

— Faço, sim. Meu corpo todo faz...

Propensos, os dois se vão aproximando à medida que retomam o antigo diálogo. Pedro começa.

— O teu olhar, o teu beijo.

— O teu cheiro, as tuas mãos.

— A tua entrega sem limite.

— A tua posse com ímpeto.

— A tua posse com ímpeto.

— A tua entrega sem limite.

— Saudade do tato.

— Da pele, da carne, dos corpos, do contato.
— Das palavras ditas no ouvido.
— Dos xingamentos apaixonados, loucura.
— Saudade de misturar os suores.
— As salivas, as respirações.

Os dois se tocam, se acariciam e se completam em demorado beijo.

— É só assim que a gente se entende?

Pedro torna a beijar Inês com volúpia.

— Só assim.
— Egoísmo. Não estamos sozinhos no mundo. Nossos filhos dependem de nós e precisamos nos entender com eles também.
— Engano seu. Já está mais do que provado que eles podem viver muito bem sem os nossos cuidados.
— Estão frágeis e vulneráveis sem você.

Pedro solta Inês.

— Mentira.
— Verdade!

Ele se afasta. Ela arrisca.

— E eu sem você? Como é que eu fico?
— Não posso voltar àquela casa. Preciso de tempo.
— O tempo que você quiser.

Os corpos novamente se unem. Ímãs — lados certos que atraem, fogo sagrado que chama. Companheiros de estrada.

— Você vai continuar vindo aqui?
— Sempre.
— Ótimo. Para mim, é o que importa.

Os dois tornam a ser abraço e beijo. Sem pressa, Pedro desabotoa a blusa de Inês, enquanto ela lhe vai puxando a camisa para fora da calça. Louças ordinárias. Bem coladas.

Não é tão simples assim

Inês e Pedro passam a se ver com frequência. Saem juntos para almoçar ou jantar, o teatro ou o cinema, as exposições ou as livrarias, e também para caminhadas pelo parque do Flamengo, que está mais perto da área onde ele mora. Quase toda programação acaba na rua Santo Amaro, no apartamento 1004. No quarto, na cama — porque amantes imprevisíveis, mais que marido e mulher cotidianos. Assim, sem compromisso ou plano futuro, revisitam os primeiros tempos de Curitiba, quando ainda viviam livremente separados. Portanto, sempre que ela insinua que é hora de ele voltar para a rua dos Oitis, a conversa muda de rumo. Se estão felizes, por que arriscar morar com os filhos novamente? Pior: em situação que ainda lhe parece estranha, quase inaceitável, embora tudo se tenha arranjado de modo harmônico — quer acreditar. Admira a atitude de Cosme, ter dado nome à neta, poupando-a de futuros constrangimentos. A vida é mesmo engraçada, é roda, é caixa de surpresas. Sempre se afeiçoou ao rapaz desajeitado, e chegou a querê-lo como genro, veja só. Haverá chance? Soube por Inês de todo o histórico da irmandade. Uma ou duas vezes, quase discutiram por terem posições diferentes em relação a isto ou àquilo. Mas acabaram concluindo que o problema não era deles. Os três, já bem crescidos, que se entendessem naquele inédito e incompreensível triângulo. Estevão nunca foi vê-lo. Tomou partido de Amanda. Se ela, corajosa e humildemente, havia ido até ele lhe pedir perdão, por que não a perdoar?

Porque para o professor, queridos filhos, a pergunta não é tão simples assim. Desde que Inês lhe devolveu a paixão — a vida e o corpo, portanto —, Pedro é pássaro na muda. Mais: é cobra que troca de pele em processo natural de crescimento e renovação. Não há espanto, acontece com qualquer um em qualquer idade. Pouco importam cabelos brancos, conhecimento acumulado, talento, astúcia. De repente, o inesperado decreta a morte do velho que se agarra dentro de nós e anuncia o nascimento de outro alguém que nos vem habitar. Ponto de mudança, momento de decisão. Pedro já passou por vários deles, tem tarimba. Recente? Os conhecidos fatos que o levaram à experiência de brutal desapego. Agora? A sorte que o obriga a reconsiderar o afastamento. Quer estar preparado para o reencontro com Estevão e Amanda, por isso recorre antes a ato de contrição pagão. Por isso, perdoar e se perdoar não é tão simples — ele presta contas a Inês. O que fez à sua família, o desproporcional revide. Que desperdício! Como explicar tamanho desacerto? Se ele e os filhos foram professores e alunos, humildes em suas carteiras ou orgulhosos em suas cátedras... Se nesse revezamento diário havia tanto zelo, tolerância e paciência... Não. Não poderia ter agido com Estevão e Amanda como agiu — senhor todo-poderoso, dono da verdade. Sem a oportunidade do diálogo, como haver entendimento? O certo, ele deduz, é que em todas as famílias vamos nos amando e aturando até o fim que não sabemos qual. Vamos nos esforçando para domar a fera que mora conosco e vive solta. Porque dentro de nós também há a criança que quer espaço. Criança que vive perguntando se pode brincar com a fera. Quando somos jovens partimos para a arriscada aventura e pronto. Mas quando são nossos filhos... Deixar a criança e a fera brincando juntas? Que mãe ou pai, por mais liberais ou cautelosos, dirão que sim ou que não sem culpa alguma?

O primeiro aniversário

22 de outubro de 1993. Cosme saiu cedo da produtora, veio ajudar nos preparativos. Não tanto pela celebração, que será bastante simples. Toda expectativa está na vinda de Pedro, em sua primeira visita aos filhos e à neta. Tudo pronto. Amanda e Estevão, tensos, ansiosos. Ela não sossega.

— Oito e meia. Será que ele vem?
— Sei lá. Garantiu à mamãe que vinha.
— Ele repete isso sempre. Depois, inventa pretexto e não vem.
— Hoje, é diferente, Amanda. É aniversário da neta, só nós de casa... Acredito que ele venha.

De onde está, Cosme lembra o principal.

— O importante é que, graças à Petra, vocês vão se reconciliar.

Estevão se mantém cético, prefere esperar e ver o que vai acontecer. Amanda faz coro.

— Mesmo que ele venha, não tenho a menor ideia de quem vai aparecer por essa porta.

Naturalmente bem-arrumada, Inês entra e interrompe a conversa, acaba de pôr Petra para dormir.

— Ela apagou. Aquele choro todo era sono, eu sabia.

Amanda concorda agradecida, mas volta à mesma tecla.

— Mãe, já são oito e meia. Papai não disse que vinha às oito?
— Disse, e daí? Você sabe que seu pai não é nada pontual.
— Tem razão. Ele deve estar chegando.

— Vocês se preocupam demais, ficam aí sofrendo por antecipação.

Ouvem a campainha. Alívio e apreensão. Estevão toma a iniciativa de ir abrir a porta, a mãe o impede.

— Não abre a porta.

— O quê?!

— Ele tem a chave.

Amanda se queixa em voz baixa.

— Mãe, por favor, não começa.

Esperam algum tempo. De novo, a campainha. Cosme se diverte com a cena — típica da casa de lá. Estevão passa a mão na testa, não acredita que tenha de representar mais esse número. Segura do que faz, Inês mantém a decisão.

— Ele vai abrir a porta.

Outro intervalo. Pedro toca a campainha com insistência. Amanda, mais aflita ainda, sussurra no ouvido da mãe.

— Ele vai acabar indo embora!

Irritado, Estevão se afasta.

— Eu não aguento vocês dois!

Inês aposta alto, caminha até o hall de entrada, posiciona-se de modo a ser a primeira a dar as boas-vindas ao marido. Barulho de chave na fechadura, Pedro abre a porta. Surpreende-se ao ver todos na sala.

— Ué? Vocês estavam aqui e...

Inês o faz calar com um longo beijo.

— O tempo todo. Achamos civilizado você tocar a campainha antes de usar a chave.

— Não, eu não fui civilizado. Fui bicho medroso.

Pedro tem na mão pequeno presente, pousa-o no móvel mais próximo. Tira o paletó e o acomoda no encosto de uma das cadeiras.

— Fazia tempo que eu não vinha à minha antiga toca. Mesmo assim, pelo faro, senti que a fêmea e as crias estavam por perto.

Pedro olha para os filhos. Estevão e Amanda, assombrados. Como se não acreditassem no que veem: de volta à casa, o pai, o professor, o mágico, o homem contraditório que sempre os enraivece e fascina. Aguardam alguma palavra, algum comando. Ele abre os braços, largo e solene.

— Poderia pedir a vocês dois que viessem me dar um abraço e me perdoassem. Mas não.

Pedro recolhe o gesto.

— Por enquanto, não vamos nos pegar, mesmo estando ao alcance. Vamos nos ver apenas. Como se fôssemos aparições. Não é assim que nos apresentamos a maior parte do tempo? Na rua, não somos todos imateriais? Se por acaso esbarramos em alguém, logo pedimos desculpas. Porque, para os estranhos, nossos corpos foram feitos para serem vistos, não para serem tocados. Tato é coisa séria. Extremamente séria. Do aperto de mão ao abraço, do beijo no rosto ao beijo na boca. Das carícias ao gozo. Quantas regras, quantas proibições para o tato! A atração pelo outro... Quero tanto sentir seu corpo! A aversão pelo outro... Não ponha suas mãos em mim! São nossas emoções que comandam o tato. Elas decidem se é hora da distância, do afago ou do tapa. Por isso, por enquanto, não vamos nos pegar. Vamos nos ver apenas. Porque o que os olhos veem, o coração sente. E meu corpo precisa saber e sentir o que ele perdeu estando longe de vocês, o que ele perdeu tendo se tornado estranho e inacessível.

Fortemente emocionados, impedidos de chegar ao pai, Amanda e Estevão se dão as mãos — o tato possível. Pedro conclui.

— Vontade de receber aqueles abraços e beijos que tão bem conheço! Mas não sei se mereço essa felicidade. Porque me tornei estranho, só me dou o direito de vê-los, mesmo estando perto...

Incontida desobediência, os filhos vão para o pai — anseiam pela prova concreta de que ele está ali, propenso, vivo, carnal. Choram os três abraçados, apertados de sufocar. Se cheiram, se beijam, se reconhecem. Em vez de rostos, focinhos. Bichos com alma. Juntos, mergulham sem medo no mais fundo e escuro de si mesmos. No mais puro, portanto. Impossível saber onde começam e acabam aqueles corpos. Porque, mais que união, unidade que dá sentido. Porque tato é coisa séria. Extremamente séria. Inês junta-se a eles com afagos de compreensão. Tato amorosamente familiar que os resgata e traz à tona, à luz. Renascimentos. Amanda chora copiosamente.

— Me perdoa, pai, me perdoa!

— Pela dor que nos causamos, estamos todos perdoados.

Com os polegares, Pedro enxuga as lágrimas da filha.

— Agora, chega de choro, anda. Que hoje é dia de festa.

Mais afastado, Cosme acompanha a cena, sente-se feliz. Sua casa não o decepcionou, ao contrário. Coração batendo solto por toda parte, provou que ali dentro a alegria e o amor prevalecem. Pedro o alcança com o olhar, também quer o tato do pai adotivo da neta, outro filho. Cosme atende, reverencial. Sente-se privilegiado com o carinho que recebe, porque reconhece a autoridade e o carisma daquele que permanece no comando da família. Por ele, admiração e estima desde que se conheceram.

— Falta você, Cosme. Venha nos completar.

Assim, do perdão coletivo, se faz a luz. A mesma que expôs os males, agora, os releva e apaga. Incrustadas em um só corpo, cinco pedras preciosas — pensem os outros o que quiserem, que os vejam como vidro sem valor. Para mim, que os conheço pelo avesso, repito: cinco pedras preciosas, cinco sentidos apurados. O sexto está lá em cima no berço. E acaba de acordar — o bicho avô pressente. Onde está a aniversariante? Amanda se apressa em responder.

— Lá no bercinho dela, dormindo.
— Em que quarto?
— No que era meu.
— No que era seu...
— É. Ficou bem bonitinho. A mamãe me ajudou a decorar. Pôs minha cama mais para o canto e o berço perto da janela.

Pedro olha para Inês, sorriso que diz tudo. Amanda o pega pela mão.

— Vem comigo, eu te levo lá.
— Posso ir sozinho?

O pedido surpreende, Amanda não sabe o que dizer. Estevão lembra antiga conversa e se antecipa, emocionado.

— Claro que pode, pai. Experiência única, como você diz.

Ainda assim, Pedro espera autorização de Amanda, que vem em seguida com afetuoso imagina, nem era preciso pedir. Ele agradece. Quer estar com a neta antes do bolo cantado, da vela soprada. Pega o pequeno presente e sobe.

Pedro e Petra

A primeira de muitas vezes. Ela já acordada, em pé, segurando-se na borda do berço. Ele entra, todo cuidado. Ela, algum espanto ao vê-lo, alguma curiosidade. Ele, todo encantamento. Oi, princesa! O vovô chegou meio atrasado, não é? Poxa vida, um ano! Mas um ano certinho. Pelo menos, fui pontual no meu atraso. Petra, minha neta! Minha xará! Seu pai e sua mãe é que inventaram essa homenagem. Todo Pedro tem fama de levado, sabia? Portanto, toda Petra também. Dizem que é mal do nome. Mal coisa nenhuma. É assim que eu quero você, levada da breca, correndo para lá e para cá, fazendo travessura. Cuidado, não vai cair! Mas, se cair, pode chorar, não é vergonha. Não pode é ficar no chão, que nem uma boba. Levanta logo e parte para outras travessuras, que a vida é isso.

    Este presente é para você. Um livro. Dei à sua mãe outro igual quando ela nasceu. Olhando assim embrulhado, parece pequeno, mas não é. Quero que vocês dois se conheçam. Preste atenção no que ele vai lhe dizer. Pode confiar, eu garanto. E duvidar também, que é sempre bom. Mesmo que vocês não concordem um com o outro, mesmo que briguem feio, não deixe isso interferir na amizade, seria burrice. Não precisa abrir agora. Depois, vocês conversam com calma. Ele é paciente, espera. Vai lhe fazer companhia a hora que você quiser. Pela vida afora. Histórias sem fim... Histórias que nos dão asas, que nos libertam!

Pedro faz que voa, é pássaro. Petra entende a brincadeira, sorriso cúmplice. Ele pousa bem pertinho, pergunta se ela quer colo — o primeiro tato! Ela logo estende as mãos e ele a tira do berço. Abraço, beijo, cheiro de bichinho novo. Dança, rodopio. Ela gosta, acha graça. Quer mais e mais, não se cansa das voltas da valsa. Das voltas do tempo... Ah, as voltas do tempo!

Petra, vem aqui com o vovô. Deixa de ser preguiçosa. Você já sabe andar, vem! Engatinhando não vale, sua trapaceira. Upa! Que abraço gostoso! Fala vovô, fala: vovô. Maman, não. Vovô, repete. Você falou uouô, Petra, uouô! Menina esperta! Uouô é mais bonito que vovô, bem mais! Quer passear com o uouô? Então tira essa chupeta e me dá um beijo na bochecha! Tem que jogar essa chupeta fora. Tem, sim. Você já está muito grande para ficar de chupeta.

De quem é esse caderno tão caprichado? E essa letra tão bonita? Nota dez no dever de casa, parabéns! Quanto orgulho eu sinto da minha menina! Voltei para a rua dos Oitis por sua causa. Não conto isso para ninguém. Nem para você, é claro. Só eu sei o quanto a decisão foi acertada. Que felicidade ver você crescer, acompanhar cada passo seu. Parece que foi ontem que entrei neste quarto pela primeira vez e tirei você do berço para dançar. Depois, quanta coisa bonita vivemos! O dia do seu batizado — experiência única! Damiana, Jussara e o velho Orlando choravam o tempo todo. Souberam da verdade semanas antes, quando Amanda os convidou para padrinhos. O espanto, quase horror. Pudera. Você não era filha de Cosme, era fruto do incesto de dois adolescentes apaixonados e irresponsáveis. Como?! O quê?! Diálogo espinhoso, esforço de entendimento. Ao fim, amor e solidariedade. E a forte emoção quando aceitaram o convite apesar de tudo. Jussara feliz da vida por ser escolhida madrinha de consagração. Damiana, madrinha de batismo, lembrou detalhes do parto feito por ela, médica veterinária! E do agradecimento de sua mãe que, se dizendo bicho, lambeu antigas feridas e deu início à amizade que perdura. Bom demais ter visto a verdade prevalecer e unir ainda mais nossas famílias. Verdade que um dia será do seu conhecimento, Petra. Compromisso de todos nós.

E seu primeiro dia na escola? A família inteira foi levar você. Que importa se nossa árvore genealógica é meio retorcida? Os galhos se emaranhando uns nos outros, desgrenhados, frutos proibidos. Estávamos todos lá ao seu lado, mais unidos que nunca. Que importa o que falem alguns parentes invejosos e castos? Sabem eles por acaso onde se escondem os sagrados corações? Se Deus é celebridade, mas não distribui autógrafos... Se, na certidão de todos nós, Ele é o Pai Desconhecido... Se não tenho religião e hóstias não caem do céu... Que importa? Nada impede de comungarmos o sonho de nos tornarmos melhores.

Petra, com sua luz e graça, você nos absolve a todos. É bênção da Terra, é vida que me dá oportunidade de recuperar o tempo perdido... Minha neta duas vezes! Por parte de filho e de filha... Dá para imaginar como eu me sinto? Podem dizer que é loucura, desvario, insensatez... Sou seu avô em dobro! Sangue correndo nas veias em dobro! Felicidade em dobro! Petra, você é minha neta demais! Minha neta demais!

Quando

Cosme profetizou que Petra mudaria os hábitos familiares, estava certo. Fez a afirmação naquele primeiro e já longínquo aniversário — reunião caseira com ares de celebração solene porque, salvo ele, os poucos convidados eram também parentes que prepararam ou improvisaram alguma fala, alguma surpresa, algum voto de felicidade. Na hora dos parabéns para você, se comoveram com o bolo aceso e as palminhas bem ensaiadas da aniversariante. E explodiram em vivas e aplausos quando ela, sem ajuda, apagou a vela de número 1 — magnífica estreia! Hora de acender as luzes novamente, de Amanda cortar o bolo e oferecer a primeira fatia para Inês — protagonista essencial, sempre discreta e disponível, lugar mais alto do pódio. Merecido.

Sim, Petra chegou para fazer diferença. Quando, aos 3 anos, pediu à mãe para irem morar no sobrado de Botafogo, porque era lá que o papai Cosme vivia com suas imagens e sons. E, na primeira noite juntos, levou os dois para a mesma cama e, sem conhecer a história, ficou fascinada pelo lençol amarelo, e, madrugada alta, ainda queria brincar de tenda. Quem mandou o pai inventar a folia? Quando caiu em sono pesado, e permitiu que a mãe ficasse a sós com o pai e se sentisse novamente bela e especial e amada como nenhuma outra mulher, e se entregasse sem reservas e sem cuidados porque, liberta de fantasmas, precisava do cheiro da pele e do sabor do corpo daquele seu homem, seu amigo, seu outro irmão.

Sim, Petra chegou para fazer diferença, quando passava fins de semana na rua dos Oitis, para passear com o vovô Pedro, e aprender pintura com a vovó Inês. E dar gargalhadas com as cócegas, correrias e provocações do tio Estevão — o tio que foi morar longe, mas sempre lhe mandava presentes. Quando visitava as madrinhas Damiana e Jussara e a amiga Pepita — visitas de dias inteiros que levaram as duas casas a fazerem as pazes. Quando não ligava para o mau humor do avô Zenóbio, sempre o cumprimentando e lhe dando atenção com afeto gratuito. Não o achava tão zangado e assustador como diziam.

Sim, Petra chegou para fazer diferença. Quando, aos 6 anos, se emocionou ao ouvir as histórias do guerreiro de porcelana e, ao vê-lo aos pedaços, quis saber se ele respirava mesmo assim. E se encantou com os cacos — achou-os tristes, embora fossem divertidos. Quando herdou da mãe o talento para a costura, criando e fazendo roupas para as bonecas. E, influenciada talvez pelo guerreiro quebrado, começou a colecionar retalhos, que eram cacos de pano que lhe permitiam criar quadros abstratos, como a avó Inês fazia com as tintas. E criou gosto pela poesia e, sem pedir permissão, estranhamente começou a escrever poemas e mais poemas nas paredes de seu quarto. Como se atreveu? Puxou a quem, se o pai era de mentira e ela não sabia?

Sim, Petra chegou para fazer diferença. Quando, aos 11 anos, com colegas da escola, foi visitar um orfanato em bairro nobre da cidade. E chorou ao constatar que era real o que lhe haviam dito: que aqueles meninos e meninas estavam ali à espera de alguém que os quisesse adotar, diferentes histórias de abandono. Quando cismou de construir casa tão grande que pudesse reunir as crianças de todos os orfanatos. Não para que fossem separadas e levadas por alguém, mas para que crescessem juntas e formassem nova família. Quando, aos 15 anos, a ideia ganhou força e forma dentro dela, porque passou a se envolver com o drama dos excluídos e — a bom tempo — se deu conta de que família é algo maior e mais complexo, infinitamente maior e mais complexo.

A verdade tão temida

Vem ao acaso, sem assustar, em momento de paz. A verdade tão temida entra desavisada por uma brecha de luz e se expande a perder de vista. A verdade tão temida — que haviam prometido contar a Petra em hora oportuna e, por medo ou para protegê-la, não contaram — chega de presente em 2010. Assim feito pássaro que pousa perto e assombra pela súbita beleza.

    Cosme e Amanda sentem-se felizes e realizados em suas vidas. Ele prospera nos negócios com importantes contratos. Ela, há alguns anos dedicada à moda, torna-se conceituada figurinista, criando modelos principalmente para shows, teatro e televisão — boa parte dos projetos desenvolvidos pela própria produtora. A grande novidade? Depois de dez anos em Paris, trabalhando na área de cinema, Estevão volta ao Rio de Janeiro com a mulher, Simone Trenet. É isso mesmo. Ambos abandonaram o radical discurso de sexo livre e sem compromisso. Suas bem-fundamentadas teorias sobre poliamor foram por água abaixo, porque a pele e a carne falaram mais alto e decidiram que na cama dos dois não caberia mais ninguém. Pois é. O tato os moldou e modificou no esfregar de dedos. Em casa e no trabalho, apego, ciúmes, obsessiva paixão. Entendem-se desse jeito, fazer o quê? Chegaram anteontem de surpresa e ficam até o início de janeiro. Deram-se merecidas férias de presente, tudo muito bem planejado. Nada de se hospedarem na casa da rua dos Oitis ou no sobrado em Botafogo. Agradecem os oferecimentos familiares, mas privacidade é essencial. Por suas fantasias e hábitos noturnos, não são incomodados e não incomodam ninguém.

    Noite de 10 de outubro. No momento, estão na produtora — sempre lar e abrigo. Foram jantar com Cosme e Amanda. Saudade, lembranças fortes, história que não se acaba. Encorajados pelo vinho, todos falam de coração aberto. Não há censura, reserva alguma. Repassam fatos memoráveis, completamente entregues ao que viveram e sentiram. Eram tão jovens, tão arrogantes e ao mesmo tempo tão inseguros! O nascimento da irmandade no velório de Carlota, a viagem de Estevão e Amanda para Nova York, a fuga de Cosme para Paris, quando conheceu Simone graças à amiga Vicenza. Ela está bem? Ótima! Programando imensa festa para celebrar os 70 anos. Tudo tão rápido, montanha-russa... E pensar que, no próximo dia 22, Petra completa 18 anos! Simone custa a crer. Com sotaque carregado, admite que aquela vinda ao Brasil mudou sua vida. Veio para conhecer melhor o país, se divertir com o amigo Cosme e talvez com outros brasileiros... Quando imaginou que iria cair perdidamente enamorada por um garotão atlético metido a conquistador, esse homem que até hoje é amante insaciável? Estevão logo toma a iniciativa do beijo demorado. Simone aceita, envaidecida, dona e senhora. Outro gole de vinho, e continua. A revelação que ele fez sobre a irmã, e a filha que estava para nascer, a nocauteou, não tanto pelo incesto ou pela gravidez, mas pelo sofrimento dele, da família, de todos. Aninhada em Cosme, Amanda concorda. Lembra o desaparecimento do pai, a ausência sentida, a inútil procura, a culpa. Foram dias intensos, sim. Meses e meses de agonia e turbulência. Mas não se arrepende de nada. Por Petra, viveria tudo novamente. Petra é a grande bênção que fez valer todo o desacerto, toda a dor que houve. E Cosme, o melhor companheiro, o melhor pai do mundo, eterno cúmplice. Pode não ser pai biológico, mas é pai por opção. O pai efetivo. Que pareça fantasia, mas em muita coisa a filha puxou a ele e...

Petra aparece sem aviso. Olhos cheios d'água, fala em voz baixa. Pede desculpas, estava no cômodo ao lado, não pôde evitar. A história contada era tão inacreditável que a prendeu até o fim. Que família é essa que desanda de tanto amar? E se perde de tanto se querer... Que família é essa que agora é outra?

Estevão e Simone se levantam imediatamente. Cosme e Amanda correm para a filha e a abraçam e beijam e confortam. Não era esse o roteiro original, ela iria saber a verdade, mas não assim. Falam ao mesmo tempo que a amam mais que tudo na vida, que ela é a luz, a felicidade, o orgulho deles... Misturam as palavras, embaralham as frases, engasgam-se no choro. E Petra só faz repetir, eu sei, eu sei, eu sei... E vão continuar os três se amando muito. Sempre? Sempre. Promete? Ela promete agarrada aos dois.

A ventania arrefece, Petra desaperta o abraço, solta-se dos pais naturalmente. Volta-se para Estevão. E os dois se olham como nunca se olharam. Choram pelo sentimento que os assusta, porque novo. Ele, acovardado, permanece incapaz de movimento. Ela é que caminha em direção a esse outro pai. E chega perto, e lhe faz festa no rosto como se o quisesse reconhecer e identificar. E lhe enxuga as lágrimas que não param, como para lhe assegurar que esforço inútil também vale. Olhos nos olhos, diz que ele continua com cara de tio. Tio de verdade, tio que brinca e faz cócegas e fala bobagens. Tio que deixa imensa saudade quando vai embora. Tio que alegra quando faz surpresa e manda presente que vem de longe pela caixa do correio. Se ele não se importar e quiser, ela lhe guarda lugar de pai escondido no coração. Bem fundo no coração. Porque, aqui fora, ela não quer perder esse tio por nada deste mundo. Nada, entende? Estevão entende, e como. Ninguém ali calcula o quanto ele entende. Os dois se abraçam e se beijam e se tornam a abraçar e acabam rindo e chorando ao mesmo tempo, porque a verdade tão temida entrou desavisada por uma brecha de luz e se expandiu a perder de vista. A verdade tão temida chegou assim, em hora oportuna, feito pássaro que pousa perto e assombra pela súbita beleza.

Nossos corações batem

Mas apanham muito também. Ao pelejarmos uns com os outros, e com nós mesmos, eles nos acompanham e partem para o ataque, como pugilistas que se agridem e se abraçam de cansaço. Entre nossos avanços e recuos cotidianos, nos vão bombeando sangue para o corpo todo, até o inevitável desgaste que nos levará à lona, e à contagem de dez, que nos dará a chance de ainda nos pôr de pé, ou decidirá que não haverá mais luta.

Primeiro de dezembro, Pedro acorda com invejável disposição. Desde que Estevão chegou de férias, os dois se veem com frequência, conversam, descobrem afinidades impensáveis. Hoje combinaram de almoçar juntos em algum restaurante da rua Dias Ferreira, ali no Leblon.

— Mamãe vem com a gente?

— Sua mãe saiu, foi ao Catete buscar umas tintas naquela importadora.

— Vamos então? A gente pode ir caminhando.

Animado, Pedro diz que vai até o quarto buscar os documentos e já desce. Dez minutos e nada. A demora causa desconfiança, Estevão vai ver o que acontece. Encontra o pai sentado na cama, suando frio.

— O que houve?

— Nada não. Senti uma pontada no peito, devem ser gases.

— Pai, você está sem cor, não é melhor a gente ver o que é isso?

— Não é nada, já disse. Semana passada estive com o Fabrício Braga, meu cardiologista, os exames deram todos ótimos. Me traz um copo d'água para eu tomar um comprimido para os gases e, pronto, a gente vai almoçar.

— Ok, fica aí, eu já volto.

Estevão não perde tempo, presume que seja algo grave, liga para a emergência da Casa de Saúde São José. Faz bem, porque Pedro já respira com dificuldade e admite que é melhor mesmo chamar o Fabrício e avisar que estão indo para o hospital. Chega o socorro. Enfermeiros, maca, oxigênio. Estevão tem permissão para ir como acompanhante na ambulância, pai e filho de mãos dadas. A sirene não dá trégua, é assim que tem de ser para abrir caminho. O pensamento não dá trégua. É assim que tem de ser? Para quê? Pedro repassa o filme de sua existência-relâmpago. A infância em Curitiba, o silêncio da avó bordando, a fúria do pai endividado, a tristeza da mãe cozinhando. Onde está Inês? O futebol descalço com os meninos da rua, os joelhos ralados, a surra e o castigo por ter dito a verdade, as pirraças. Onde está Inês? O primeiro beijo aos 10 anos, a Martinha, que lhe ensinou a passar bala de hortelã de uma boca para outra. Dona Mílvia, sua professora mais gostosa, a descoberta do gozo solitário. A primeira mulher, a santa puta que o obrigou a confessar que era virgem. O sexo com esta, com aquela e tantas outras. Enfim, Inês! Entrando em sua vida com volúpia, sem pedir licença, e o transformando em pervertido monogâmico. Amanda, Estevão... amor puro que desconhecia. Bom demais se a infância e a inocência dos filhos fossem eternas — ilusão descabida. Duas crianças grandes se amando na mesma cama?! Onde foi que errou, se zelou por eles e os protegeu tanto? Sente a mão de Estevão na sua. Hora de passar o comando? Onde está Inês? São louças ordinárias... Louça barata não quebra fácil, quem sabe terá alguma chance? O juiz já está contando até dez? Petra... Você já conhece a verdade. Petra...

No hospital, o doutor Fabrício Braga o aguarda. Urgência. Equipe a postos. O paciente é levado imediatamente para a sala de hemodinâmica, cada minuto é precioso. Está lúcido, foi informado de que sofreu um infarto e terá de ser submetido a uma angioplastia para implantação de um *stent*. Fazer o quê? É ateu que confia na sorte, no material vagabundo de que é feito, mais resistente, portanto. Ateu que confia no médico, e mais ainda no amigo que continua firme, ao seu lado, a lhe inspirar confiança. Às 13 horas e 13 minutos, começa o procedimento cirúrgico. Os olhos de Pedro fixam-se no teto. Luz fria. Seja o que Deus quiser, é o que lhe ocorre em pensamento incréu.

Estevão avisa a família. Inês é a primeira a chegar. Depois, Amanda e Petra. Cosme, logo em seguida. Reunidos na sala de espera, custam a acreditar no que acontece. Inês não se conforma.

— Como é que pode uma coisa dessas?! Semana passada ele recebeu os resultados do check-up. Fez eletro, eco, sei lá mais o quê! Os exames de sangue deram excelentes, todas as taxas na faixa do bom e do ideal! Que loucura é essa?!

— Calma, mãe. Papai foi atendido prontamente. Já na ambulância estavam cuidando dele, eu vi. O Dr. Fabrício disse que isso ajudou muito. Pode confiar.

Inês chora, abraça Estevão. Medo da perda irreversível, do vazio irremediável. Medo do para sempre, medo do nunca mais. Muito medo. E saudade antecipada.

O relógio cruza os braços, os ponteiros não se movem, o tempo que não passa. Notícia nenhuma. Cada um agarrado com seus pensamentos. Suas crenças, suas preces — que nessas horas valem. Muito mistério entre o Céu e a Terra. Na perda iminente, o que nos parecia essencial se torna insignificante. Somos assim, não adianta. Só quando a morte nos sombreia nos damos conta da vida que desperdiçamos. Saúde de volta, ilusões de volta. Somos assim. Recalcitrantes. Todos.

Não há mal que sempre dure e... Dr. Fabrício chega com notícias. A cirurgia terminou, correu tudo bem, o professor já está na UTI em observação. As próximas 24 horas vão ser importantes para a avaliação do quadro geral. Se tudo evoluir como esperado, em dois dias ele já estará fora de perigo e poderá ir para o quarto. Alta? Em cinco dias, se tudo continuar dando certo.

Alívio geral, manifestações de alegria. A família se abraça, agradecida pelo luto adiado — por uns bons anos, Inês precisa acreditar. Tanta coisa para viverem juntos! Tantos livros não lidos, tantos filmes não vistos, tantas canções não ouvidas! Tantas conversas ainda, tanto vinho por beber! Tantos passeios de mãos dadas, tanta cumplicidade!

Assim, revigorados de vida, ela, os filhos, o genro e a neta voltam à rotina e à lida. Recomeçam do ponto onde pararam. Não, espera. Mudança de planos. Antes, combinam lanchar em alguma confeitaria. Tarde de céu limpo e brisas amenas. Pressa para quê? Pedro ficará bem. E eles anseiam por doces.

Véspera da alta, logo depois do jantar, Dr. Fabrício chega para visita rápida.

— E aí, amigo, como está se sentindo?

O professor ajeita o fio do soro preso ao braço esquerdo. O problema é todo esse: o estar se sentindo. Há algum tempo chegou à conclusão de que o corpo deseja a imaterialidade — já teve essa conversa com a mulher e os filhos. Agora, depois do infarto, tem certeza: o corpo anseia por não ser.

— Que história é essa, está querendo morrer?!

Nada disso. Ao contrário. Está louco para sair daquele quarto, ir para casa, retomar a atividade. Quer é não estar se sentindo, não pensar no corpo. Com saúde, quem lembra que ele existe?

Fabrício acha graça. Como médico, se alegra com a conhecida disposição do amigo para teorizar e argumentar. Bom sinal.

— Mas, por enquanto, vai precisar de paciência, meu velho. Vai ter que pôr esse corpo para trabalhar. Vai ter que pensar nele, sim. Muita coisa ainda para fazer. Tua mulher, teus filhos, tua neta... Linda, ela! Estão todos confiando em você.

Pedro se emociona. Fabrício lhe dá a mão.

— Deixa de bobagem. Você foi à lona, mas levantou antes dos dez.

— O juiz trapaceou. Contou baixinho até vinte, que eu sei.

Esse é Pedro Paranhos. Ateu que se acredita íntimo do Juiz Lá em Cima. Monogâmico perverso, que só não quer lembrar do corpo quando está sozinho. Que se considera louça ordinária, mas é peça rara — Inês que o diga. Mas não diz, é claro. Esse é Pedro Paranhos. Que, no hospital, sempre dispensa a companhia da mulher. Acompanhante para quê, se naquela cama de ferro, que sobe e desce, não cabem dois? Conforma-se com o botão vermelho, que só pede socorro. Triste chamado. Porque, naquela cama de ferro, que sobe e desce, não cabem dois.

As casas geminadas e outras casas

Como e quando será o fim? Curiosidade que sempre nos acompanha. Queremos desfecho digno para nossas vidas. Arremate sereno, indolor — quietude de areia que se esvai pela ampulheta, ou assim silêncio de vela que se apaga por leve sopro. Nada de adeus protagonizado com palavras de sabedoria até o último expirar — pobres mortais, não sonhamos tão alto. Sentenciados, pedimos apenas o que julgamos justo: final tranquilo para quem, bem ou mal, fez o dever de casa. Pronto, acabou. Se vem algo depois, é outra história.

 As casas geminadas da rua dos Oitis também se preocupam com o que a sorte lhes reserva. Resistem à idade e ao tempo. Querem porque querem que a história continue — muito ainda por viver, garantem. Se contassem o que sabem... Trama que antecede novos e velhos moradores. Afinal, não foi por passe de mágica que se puseram de pé. Quantos dramas vividos pelos operários que nelas trabalharam? Nas paredes, quantas marcas deixadas pelas mãos anônimas que as ergueram? Quantas horas, quantos dias dedicados a elas por essas mãos? Mãos que reviraram marmitas e cimento, que, agarradas em ônibus e trens, chegaram cedo ao batente e voltaram tarde lá para suas casas — outras casas, com outras famílias e enredos. As casas geminadas da rua dos Oitis, com seus temperamentos antagônicos, conhecem muito bem o que se passou naquele pedaço de terra, do fincar dos alicerces aos detalhes de acabamento. Essenciais, cada prego, cada mão de tinta teve seu instante. Cumpriram missão. Portanto, bem depois, quando chegaram, os moradores nada mais viram que o trabalho pronto. Somente o todo silencioso, perfeito e acabado. Obra dos que, sem nome e sem créditos, já haviam ido embora. Acontece que, ainda que desconhecida, a história que fizeram permanece, sustenta a trama.

Recostado na cama, Zenóbio olha para a janela do quarto, mas não vê a paisagem lá fora. Vê a janela. E pensa nas mãos que a teriam posto ali. Faz tanto tempo... Seu dono já terá se aposentado? Estará morto? Que maluquice. Por que o pensamento? Ele, que a vida inteira comandou obras monumentais, impressionado com as mãos dos operários que terão fixado a janela do seu quarto, quarto que terá sido de alguém muito antes dele... Por onde andarão os antigos moradores? Chega! Senil aos 72 anos?! — revolta-se. Oito da manhã, o velho engenheiro se põe para fora da cama, vai atrás da filha, que ainda deve estar em casa. Acerta. Na cozinha, Damiana toma café apressada, precisa sair correndo para a clínica.

— Posso pedir um favor?

— Pode, mas rápido, que eu estou de saída.

— Ligue para o seu irmão, diga que preciso falar com ele. É importante. O dia que puder, a hora que for.

Damiana franze o cenho, estranha o pedido e o modo com que é feito. Mas tudo bem, não custa nada. Pode deixar que ela dá o recado. Estava mesmo precisando ter notícias da família de lá.

— Cuide-se. A Jussara já deve estar chegando.

— Não se preocupe, eu me cuido.

Dia seguinte e Cosme já vai ver o pai. O que poderá ser de tão importante? Mal se falam, a vida toda assim. Nenhuma afinidade entre eles, nenhum diálogo. Hoje, 24 de março de 2014, faz exatamente 25 anos que Carlota morreu. Será que...? Pouco provável. Zenóbio nunca foi de datas, que dirá agora.

Doente e recluso, não quer assunto com ninguém. Com Jussara e Damiana, fala o essencial, e seu estado depressivo só se agrava. Vive repisando que nada mais faz sentido, que não quer ser peso para ninguém, que corta traços na parede como prisioneiro à espera que lhe abram a cela, não para a liberdade, mas para a condenação. Triste convívio.

Cosme entra, encontra-o deitado, que é como passa a maior parte dos dias. Impressiona-se com a fragilidade do pai — o fígado o tem maltratado sem dó. Movendo-se para o lado que era de Carlota, Zenóbio ajeita os travesseiros e se recosta na cabeceira. Convida o filho a se sentar.

— Aí na poltrona, não. Senta aqui comigo.

Cosme obedece. Constrangido, acomoda-se no espaço da cama destinado ao pai. Dá-se conta do significado do gesto, consciente ou não.

— Até os três anos, você chorava para vir dormir nesta cama com sua mãe. Me dava pontapés certeiros a noite toda.

— Conheço a história.

— Parte da história.

Cosme respira fundo, enche-se de paciência. Zenóbio continua.

— Carlota então sugeria ficar no meio e passar você para a ponta do lado dela. Eu não deixava.

— Por quê? Preferia os pontapés?

Zenóbio ensaia sorriso sem estreia.

— Porque aí ela dormia virada para você e de costas para mim.

Surpreso, Cosme acha graça. O pai viaja no tempo.

— É verdade. Ciúmes, reconheço. Qualquer opção me revoltava. Por mim, você ficaria chorando lá na sua cama até cansar. Carlota, não. Um resmungo seu e ela já vinha com você no colo. Minha salvação seria a Damiana.

— Damiana?

— É. Porque meu único argumento era ela. Se um dormia conosco, o outro teria o direito de dormir também.

— Muito justo. E a mamãe?

— Concordava, é claro. Só que Damiana preferia ficar na cama dela. Por mais que eu a chamasse, ela se recusava a vir.

Cosme se diverte com a versão que não conhece.

— Do seu jeito, Damiana sempre foi independente.

— Pois é. E, com isso, eu me sentia duplamente rejeitado. Por você, que dormia abraçado com sua mãe e me dava pontapés. E por sua irmã, que, mais nova, já preferia dormir sozinha.

Silêncio. Cosme tenta amenizar.

— Se de noite eu te dava pontapés, de dia eu te idolatrava.

— Mas não durou muito.

— Tem razão. As decepções vieram cedo.

— Pela ausência?

— Pela presença, também.

— Eu sei. O guerreiro de porcelana, por exemplo. Que eu quebrei sem querer. E você nunca me perdoou por isso.

— Não por isso, mas por sua indiferença e frieza.

— Estava atrasado para uma reunião importantíssima. Não tinha cabeça nem tempo para ficar te consolando por bobagem.

— O nosso problema, e o de todo mundo, aliás, é esse. Bobagens nos dividem. Bobagens deixam marcas que não saem. Principalmente quando se é criança.

— Você está certo, admito.

— Milagre.

Zenóbio dá de ombros. Cosme quer encurtar a conversa.

— Por que você me chamou aqui?

— Por que veio tão rápido?

— Você disse à Damiana que era importante.

— Importante, mas não urgente.

Cosme entende o recado.

— Vim rápido por consideração também. Porque queria ver você, e porque fui chamado.

— Bom saber que ainda lhe desperto algum sentimento.

Silêncio demorado. Cosme cria coragem.

— Faz mais de vinte anos que eu saí aqui de casa e meu antigo quarto continua vazio.

— É, continua. Pensei que você fosse ficar feliz.

— Feliz?!

— Ah, poeta... Onde está sua poesia que não lhe permite entender a homenagem? O que eu poderia pôr ali dentro que não fosse lembrança sua? Ou escrever naquelas paredes? Números? Cálculos estruturais?

Cosme é incapaz de reação. O pai arremata.

— Agora você sabe que meu gesto também foi de consideração.

— Como é possível? Dois estranhos que vivem se machucando por consideração...

Zenóbio pede a ele que vá até a cômoda e pegue o envelope pardo que está na gaveta de cima, do lado esquerdo.

— Por favor, me dê ele aqui. Você já vai saber o que tenho para lhe dizer e mostrar.

Cosme volta a se sentar ao lado do pai, que, ligeiramente trêmulo, mais pela emoção que pela doença, lhe entrega um retrato.

— Yolanda, quando nos conhecemos em 1968.

— O ano em que eu nasci.

— Exato.

— Bonita, ela.

— Aqui, nós dois em Pirenópolis, uma cidadezinha perto de Brasília. Pouco tempo depois, acho que em 1973 ou 1974.

Zenóbio vai passando outras fotos, outras legendas em voz pausada. Precisa deixar algum registro de Yolanda, relembrar intimidades com Yolanda, revelar virtudes e defeitos de Yolanda, a companheira escondida, a companheira proibida que, pela paixão, lhe devolveu a juventude. E o fez feliz e o entendeu como ninguém. Brigavam feio, é verdade, chegaram a se separar por algum tempo, mas voltaram logo em seguida — Yolanda havia se tornado família. A segunda família. A que não deu frutos, só prazer. Houve época em que se culpou e se martirizou pelo romance paralelo, principalmente quando Carlota sofreu o acidente. Hoje, não se arrepende de nada, ao contrário. Sabe que as duas representaram os papéis que lhes cabiam, e ele, o dele. Sabe que, agora, sem elas, a vida é nada, é vazio, é contagem regressiva para o fim definitivo de um personagem amargurado cuja história acabou faz tempo. À medida que fala, vai se soltando, até se despreocupar de todo, como se confidente e velho amigo o filho fosse. Por vezes, tem os olhos molhados. Por vezes, transparece desbotada alegria. Então, a última foto. Yolanda já bastante debilitada.

— Hoje, 25 anos da morte de Carlota, faz um ano que Yolanda também se foi. Crueldade, eu acho. Talvez as duas tenham combinado a coincidência para eu não esquecer a data...

Silêncio demorado.

— Damiana viu essas fotos?

Expressão de dor, Zenóbio ajeita os travesseiros, acomoda-se melhor na cama.

— Não. Nem vai ver. Ela ainda acha que "a tal amante de Brasília", como sua mãe dizia, foi caso passageiro. Não quero desapontá-la.

— E por que me contou?

— Porque precisava desabafar com alguém. Para você, uma decepção a mais não faria a menor diferença.

— E quem disse que me decepcionei? Ao contrário. Se há tanto sentimento e verdade nessas lembranças... Só acho que Damiana também deveria saber.

— Não. Por favor, não. Pegue esse envelope com as fotos e queime.

— Queimar as fotos?!

Zenóbio se comove.

— Prometa-me que vai fazer o que lhe peço.

— Prometo.

— E nenhuma palavra com Damiana ou com Jussara.

— Fica tranquilo.

Por segundos, Cosme revive o segredo da caixa de prata, a carta que Silvano escreveu à sua mãe e que ele decidiu queimar. Era preciso cremar aqueles restos de carne e de paixão impressos no papel. O mesmo destino que, por procuração, dará aos retratos de Yolanda. Zenóbio respira fundo, parece ter tirado toneladas dos ombros. Assunto encerrado, passado enterrado. O que vale é o presente que lhe resta.

— E Petra, a neta que não é minha neta, como vai?

— A neta que não é sua neta vai muito bem. Cada vez mais entusiasmada com o trabalho, o projeto Terraguar vai de vento em popa. Várias empresas vêm dando apoio. Ela está muito feliz.

— E a nova sede?

— Ficou pronta mês passado, uma beleza. Capacidade para abrigar até trezentas crianças. Quase duzentas já foram acomodadas, acredita?

— Queria muito conhecer.

— A gente leva você lá.

— Qualquer dia desses, quando não fizer tanto calor.

Ao fim da visita, o pai faz questão de acompanhar o filho até a porta. Descem a escada devagar, em silêncio, com seus arquivos secretos — Zenóbio agora um pouco mais leve. Jussara vem da

cozinha, insiste para que Cosme fique e almoce, fez panquecas de carne. Infelizmente, não dá. Muito trabalho esperando por ele na produtora. Que leve algumas então, já estão prontas, é só embalar. Tudo bem, os dois se sentam ali no hall de entrada enquanto aguardam. Em pensamento, lembram-se do abraço e do beijo que se deram há 25 anos. Mas não comentam — passado é passado, o que importa é o presente.
— Obrigado por ter vindo.
— Obrigado por me confiar um pouco da sua história.
— Faça o que lhe pedi. É importante.
— Hoje mesmo.
É o que conseguem verbalizar. Jussara chega com as panquecas. Os dois se levantam ao mesmo tempo. Alguma sintonia. O abraço é leve, quase afago. Cuidado, pai frágil. Ainda um adeus que vem lá de dentro. E a porta da casa de cá se fecha.

Uma só casa, uma só família

Zenóbio morreu dormindo, cinco dias depois de receber a visita do filho. Foi Jussara que o encontrou deitado de lado na cama, passava um pouco das nove. Chegou a lhe dar umas batidinhas no braço para que acordasse. Primeiro, o susto. Depois, a tristeza seguida de conformação, porque nas últimas semanas as dores haviam aumentado muito e seu sofrimento era grande. Pela fisionomia serena, descansou finalmente. Portanto — Jussara lembrou — vieram lhe abrir a porta da cela, não para a condenação, conforme ele afirmava, mas para a liberdade. Liberdade que, por incrível que seja, se estendeu a todos os que viviam ao seu redor. Como não deixou testamento, a partilha dos bens foi facílima. Cosme e Damiana se entenderam perfeitamente. A casa, que poderia ser motivo de disputa, os aproximou ainda mais. Cosme queria ficar com ela, e Damiana estava interessadíssima em vender sua parte para comprar o imóvel ao lado da clínica em Santa Teresa. Realizava assim antigo sonho de morar junto ao local de trabalho. Lá, podia ter todos os seus cães e gatos. A bicharada toda pela casa, 24 horas por dia. Nunca disse, mas se sentia bastante culpada por não ter sido capaz de dar atenção integral a Pepita. Depois que ela morreu, preferiu não ter outros animais na Gávea. Por fim, o melhor de tudo: ao se mudar para o novo endereço, assumiu de vez a relação com Romualdo, empregado que já está com ela há mais de vinte anos. Goiano de Catalão, veio para o Rio de Janeiro arriscar a sorte. Damiana o viu pela primeira vez na rua Santa Cristina, sentado na calçada conversando com um vira-lata. Sim, conversando. A cena a encantou de tal maneira que, no mesmo instante, o convidou para trabalhar e morar na clínica. Na semana seguinte, já eram caso apaixonado. Romualdo tornou-se o faz-tudo. Amante, amigo, auxiliar de escritório, bombeiro, eletricista, vigia, tratador e intérprete de animais. É fato. Quando Damiana não entende o que quer dizer um latido ou miado, chama por ele, e tudo se esclarece. Romualdo não é de muito falar. Só com os bichos. Talvez por isso o tratador e a médica veterinária se comuniquem tão bem. A casa nova é o lar de Damiana e Romualdo e de todos os outros bichos que moram com eles.

    A liberdade dada a Zenóbio se estendeu também ao lugar onde morava. Ao passar para as mãos de Cosme, a casa de cá ganhou vida, se reinventou, rejuvenesceu. Quando se olhou refletida em seu novo dono, era outra. Percebeu que o que a mantinha de pé não era vigamento de ferro, era estrutura óssea. Nela, tudo respirava, tudo transpirava. O cimento virou pele, o tijolo virou carne. As portas tinham bocas e as janelas tinham olhos. Seu coração batia solto por toda parte, porque finalmente estava pronta para se unir à casa de lá. Cosme levou a proposta a Amanda, a Pedro e a Inês. Depois, conversou com Petra. Surpresa: Todos, algum dia, já haviam imaginado juntar as casas! Portanto, Orlando Salvatori Andretti ainda teve essa alegria. Dedicou-se ao projeto com entusiasmo adolescente e devoção anciã. E o fez de graça, tal seu contentamento. Dezenove de maio de 2015: a equipe da OSA Engenharia e Arquitetura Ltda. chegou disposta — euforia berlinense de 1989 —, e o muro que separava os jardins caiu em questão de horas. Até os mais humildes insetos ajudaram a derrubá-lo. A mangueira, que vivia imprensada, respirou aliviada, ganhou evidência no centro do terreno, floresceu com generosidade e deu frutos mais doces. Também por dentro, as casas geminadas da rua dos Oitis ficaram mais leves, mais arejadas. Paredes inúteis postas abaixo — vento correndo livre para lá e para cá. Petra foi a primeira a passar de um lado para outro, levou Cosme e Amanda pela mão — três crianças aos olhos de Pedro e Inês. Ao fim da obra, uma só casa, uma só família.

Khaled

Pais nossos que estão na Terra, tantos e tão diferentes... Ainda que nos guardem e nos protejam, não nos contentam. Estamos sempre à procura do Pai Maior que nos reconheça, nos legitime e nos explique a incompreensível filiação. Biológicos ou adotivos, nossos pais menores não nos bastam porque, frágeis e mortais, serão sempre filhos também. Com seus medos, suas desavenças, as questões mais elementares sem resposta. Petra diz que triste orfanato é o mundo inteiro. Sabemos que nenhuma outra casa nos irá adotar e, mesmo assim, não nos tornamos família na propriedade coletiva que, bem ou mal, nos sustenta. Mais fácil sonhar com moradias celestes. Abandonados em galáxia de periferia, crescemos desconfiando de tudo e de todos, ansiando pelo Pai Todo-Poderoso que, ao fim, nos levará a lugar privilegiado. Religioso, Khaled pede permissão para discordar. Esse pensamento é extremo, afirma. Com base no que acredita, rebate, argumenta. Petra ouve, admite algum exagero, e os dois se entendem. Em vez de os afastar, o contraditório os aprimora. É assim desde o primeiro encontro. Para ela, acaso. Para ele, destino. Alguém se anima a provar quem tem razão?

    Tomaram o mesmo ônibus que vai do Leblon em direção ao Centro. Ela, na praça Santos Dumont. Ele, na rua Voluntários da Pátria, equilibrando-se com mochila nas costas e duas crianças no colo. Só há assento disponível ao lado dela. Petra se oferece para pôr a menina no colo. Khaled, com o menino e a mochila, ganha fôlego, se acomoda como pode. Ufa! Que sorte! O muito obrigado e o por nada dão início à conversa — alegria de quem por impressão já se conhece. Reunida assim em um só banco, a nova família misteriosamente se completa. Vida que segue pelo breve trajeto. E, depois, pela viagem terrena.

Khaled é refugiado sírio, chegou ao Brasil há dois meses depois de longa peregrinação pelo Leste Europeu. A mãe era brasileira, de São Paulo, só falava português com ele. O pai, nascido em Alepo, era médico pediatra. Os gêmeos Samirah e Zayn são filhos da irmã Yasmine e do cunhado Samir. Só ele e os sobrinhos sobreviveram à guerra civil. O ano de 2016 mostrou-se o mais cruel e o mais sangrento de todos. Além da família, perdeu os amigos mais queridos, dezenas e dezenas de conhecidos. A cidade, que anos antes havia conquistado o título de Capital Islâmica da Cultura, hoje é ruína e desespero. Irreconhecível.

Petra se compadece de Khaled e seus dois filhos. Filhos, porque prometeu à irmã criá-los e educá-los. Filhos, porque são os vínculos que restam com seu passado, sua família, suas raízes, sua trágica história. Abrigados temporariamente nos fundos de uma igreja em Botafogo, terão moradia e alimentação por mais um mês. Depois, a sorte dirá. No momento, segue para visitar outra casa de apoio a refugiados que, por recomendação do padre Paulo, poderá lhes dar alguma ajuda, quem sabe?

— Tem alguém lá esperando por você?

— Não. Vou para tentar algum auxílio, alguma orientação.

— Então não se preocupe. Vocês já têm onde ficar e pelo tempo que for preciso. Quer vir comigo conhecer o lugar?

Khaled começa a chorar. Fala em árabe com Samirah e Zayn, explica a eles que o choro é de felicidade, que eles acabam de encontrar uma nova casa para morar. É a moça que está convidando. Sem que lhes seja pedido, as crianças tomam a iniciativa de beijá-la. Muito bem, é assim que se faz, ele aprova com naturalidade. Agora, é Petra que se comove com os modos e o carinho daquela inesperada família.

— Feliz acaso este nosso encontro.

Khaled sorri, os olhos ainda molhados.

— Não foi acaso. Estava escrito.

Petra devolve o sorriso, dá de ombros, não lhe interessa o antes ou o depois. Prefere arregaçar as mangas e trabalhar o agora, juntar-se a outros que também queiram chegar ao próximo, com todos os riscos que a iniciativa envolve. Desafio imenso aceitar a ideia de que, na essência, somos mais parentes que estranhos. Que nenhuma cultura ou religião ou ideologia que nos antagonize conseguirá apagar o que realmente nos define: o egoísmo ou a generosidade. Forças que se digladiam em qualquer pessoa, qualquer família, qualquer povo. Optarmos por uma ou por outra é decisão individual e intransferível. Decisão que determina o rumo de nossas vidas. Decisão que transcende fronteiras.

O ônibus chega à Gamboa, zona portuária do Rio de Janeiro. É aqui que eles saltam. É aqui o espaço que abriga o projeto Terraguar. É aqui onde Khaled, Samirah e Zayn ficarão por enquanto. Petra os leva para conhecer as instalações — dormitórios, salas de aula, refeitório e áreas de lazer, a horta e o pomar. Quer que se sintam em casa, novos moradores que são.

Os novos moradores

Sempre nos despertam curiosidade e receio. Supomos que sejam de paz — o mais provável. Nas boas-vindas, o estender a mão é prova de confiança antecipada, desejo de melhor conhecê-los, preparação para a eventual amizade. Quem somos nós? Quem são eles? As respostas vêm com o tempo — no convívio, vamos nos dando, nos descobrindo, nos revelando.

Questão de meses, Petra e Khaled se tornam inseparáveis. De tão próximos, se dizem irmãos — conhecemos esse tipo de irmandade. Amor à flor da pele, corpos imantados, o tato. Não importam brigas, discussões, discordâncias nisso e naquilo. Apesar das diferenças, a generosidade é opção que os vincula e enreda. Logo depois de receber abrigo e confirmar o gesto gratuito, Khaled faz revelação que surpreende. Como o pai, é médico pediatra, trabalhava no hospital universitário de Alepo. No dia seguinte da hospedagem, já organiza atendimento e assistência às crianças do projeto. A dita irmandade resulta em casamento-relâmpago, e, em 11 de novembro de 2016, Khaled, Samirah e Zayn mudam-se para a casa da rua dos Oitis. Quartos não faltam.

Agora, na passagem de ano, a família decide fazer a festa ao ar livre; 2017 será ano de sorte, todos levam fé. A grande mesa é posta no centro do jardim aos pés da velha mangueira, doze lugares certos. Pedro e Inês, Cosme e Amanda, Estevão, Petra e Khaled, Damiana e Romualdo e Jussara. Nas cabeceiras, em cadeirinhas altas, Zayn e Samirah. Os preparativos começam cedo.

A pedido de Inês, Cosme e Estevão põem o pesado vaso de antúrios ao lado da mesa do bufê. Sim, os antúrios que eram de Carlota e que, pelas tantas mudas, foram replantados várias vezes, sempre ganhando espaço. Todos lhes admiram o viço, a beleza, os vermelhos. Mas apenas Cosme lhes conhece o segredo. Petra chega com fios e mais fios das luzes com as quais Khaled cisma de enfeitar a mangueira. Só quer ver como vai conseguir fazer isso sozinho. Ele ri, diz que vão ter de encarar a tarefa juntos. Jussara e Inês, em plena atividade na cozinha. Uma nos salgados. Outra, nos doces. Damiana chega com mais flores — palmas brancas e amarelas. Maravilha, podem ir para o jarrão da entrada. Romualdo, mal dá boa tarde, é chamado a ajudar Khaled e Petra com as luzes porque, pelo que se vê, não é hoje que esse trabalho termina. Pedro toma conta das crianças. Já se cansaram do balanço, vão correndo atrás da bola, dizem uma palavra ou outra em português. O bisavô cismou de aprender árabe. Promete que ainda vai ler *As mil e uma noites* no original.

Mais afastados, Cosme e Amanda descansam um pouco, se abraçam, se beijam de leve na boca, observam o alegre movimento. Estevão os avista de longe, vai perguntar se pode completar o abraço. Que pergunta mais boba. A velha irmandade não se apaga. Além do abraço apertado ganha um beijo em cada lado do rosto. Nó na garganta. Três peças de um imenso quebra-cabeça... Lembram? Em busca de algum sentido, Amanda completa. Estevão agradece pela amizade grisalha que perdura, pela filha tão especial que assumiram e criaram. Vejam só como ela está feliz com Samirah e Zayn. Adotou-os mesmo como filhos. Khaled é bom rapaz. Deu sorte. E ela também, Cosme assegura. O abraço se desfaz. Estevão confessa que, desde que se separou de Simone, não encontrou nenhuma outra paixão. E ela? Também não. Ambos se conformam, até acham graça.

Voltaram ao poliamor. Quem sabe, livres assim da posse e dos ciúmes, algum dia se reencontrem? Paris é uma festa — não é o que se diz?

Meia-noite! Khaled aperta o interruptor e a mangueira se ilumina! Luzes brancas e coloridas piscam por toda a copa, fascinam como se fossem fogos de artifício que não param! Beijos, abraços, brindes a 2017! Quantos anos ainda virão? Quantas alegrias compartilhadas, quantas esperanças, quantas recordações? Cosme e Damiana se dão forte e demorado abraço, no lado do jardim que — por acaso? — era da casa de cá. Emocionados, lembram-se de Carlota e Zenóbio. Estarão vendo toda aquela felicidade? Devem tudo aos pais. Não só o patrimônio. A formação, o estudo e o trabalho também. Se pudessem dar algum sinal de que estão por perto... Coincidência ou não, Jussara chega e os acolhe, filhos queridos. E pensar que os viu nascer e os carregou no colo. Quanta saudade, quantos momentos bons se foram... Pedro e Inês se entrelaçam, segredam algo. Depois, o velho beijo apaixonado. Em setembro, ele completa 80 anos! Passou rápido. Rápido demais. Querem grande celebração com muita gente dançando até o dia clarear... Quanto fôlego ainda lhes resta? Estevão vem para lhes fazer companhia, ouve a velha pergunta e dá a resposta de sempre. Não, não volta a morar no Brasil. Muitos anos fora, não conseguiria mais se adaptar aqui. Samirah começa a chorar, Zayn faz coro. Desde cedo correndo e pulando sem parar, é sono. Petra e Khaled os levam para cama. Jussara se oferece para ajudar. Quase duas da manhã, Damiana e Romualdo se despedem. É 1º de janeiro, mas haverá muito trabalho na clínica. Celular tocando. De quem é? Cosme atende, é o dele. Não acredita quando ouve a voz. Vicenza Dalla Luce! Três horas a mais e ainda acordada? A madrugada é uma criança, ela brinca. Os amigos boêmios se recusam a ir embora. Haja champanhe...

Quando há felicidade, os ponteiros disparam. Quatro da manhã — tarde para quem dorme, cedo para quem madruga, depende de como se leem as horas. De cansaço, todos se recolhem. Cosme quer ficar um pouco mais, precisa estar a sós com o jardim e a casa. Amanda pede que não se demore, lhe dá um beijo e sobe. Momento de silêncio, paz, reflexão. Cosme repassa as lições do tempo. De repente, tudo se torna tão distante... O que na infância lhe parecia eterno desapareceu como por encanto. E o que na adolescência lhe revoltava ficou lá atrás esquecido, irrelevante. Os amigos que escalavam com ele a Pedra da Gávea tomaram outro rumo, perderam contato. A antiga raiva nem lembra a razão do desafeto, e aquela decepção que lhe causou tanta mágoa é agora motivo de compreensivo riso. Sua casa de cá já foi de um cinzento frio e escuro. E a de lá, de um amarelo vivo, escaldante. A reconciliação veio cor de areia. Hoje, aos seus olhos, cor da pele que reveste a mesma carne — poesia que teima, paixão que não arrefece. Quando comprou a parte de Damiana, leu na escritura o nome dos antigos proprietários: Artemis Nogueira dos Santos e, antes dele, Elvira Nunes Barbosa. Depois, seu pai Zenóbio Soares Teixeira. Todos mortos. Ontem, conversou com Amanda, Estevão, Pedro e Inês. De comum acordo, decidiram passar a nova casa para o nome de Petra — nome que bem resume as duas famílias. Engraçado isso. A escritura é ao mesmo tempo certidão de óbito e nascimento: é o registro do velho que abre mão e do novo que toma posse.

Cosme quer ficar mais um pouco. Precisa deste agora em câmara lenta. Enquanto estiver acordado é hoje ainda. No amanhã, sonho, curiosidade, mágica que não se acaba. No ontem, lembranças presentes, cheias de cor e detalhes. É capaz de reproduzir diálogos inteiros com Amanda aos 13, aos 17 anos! Descrever cena por cena. Foi longa a espera até chegar a ela...

Longa e paciente espera. Petra é que faz bem, não se demora. Vive o amor que encontra e pronto. O amor que recebe, o amor que cultiva, o amor que descobre... Foi assim quando soube que era filha de Estevão e Amanda. Foi assim quando começou a se relacionar com Khaled. Foi assim quando lhe propôs assumir Samirah e Zayn. Petra não adia o amor que sente. E, se há amor, não se intimida com os atos — saudável atrevimento. Antes de se casar, contou a Khaled que era filha de incesto. Ele pensou que era brincadeira de mau gosto, não achou graça da piada. Repetia mil vezes que o tio não poderia ser seu pai. Brigaram feio, quase se separaram. Khaled falou alto que ia embora, jamais aceitaria aquilo. Petra falou mais alto que ele. Que fosse para o inferno, os diabos! Não era o raio do destino que decidia tudo?! Depois, chorou feito criança. Sua família era normal como qualquer outra, ou anormal... Que diferença fazia, se todos se amavam e se respeitavam?! Sua filiação o incomodava tanto? Que procurasse então outra companhia e a deixasse em paz. Como médico já legalizado, encontraria trabalho com facilidade. Khaled logo se arrependeu do que disse, foi até ela, pediu desculpas, compreensão. Que fazer se recebeu rígida formação religiosa? Outra cultura, outro modo de pensar... Não tinha mais casa nem família nem país, nada! Estava solto, perdido, inseguro... Que ela o perdoasse por ter sido tão agressivo e hostil. Fizeram as pazes na hora. E fizeram amor, que é o que mais cura.

Cosme gosta dessa história, se alegra, porque Petra e Khaled não estão sozinhos. Em êxtase, incontáveis casais se beijam e se amam agora pelos quatro cantos do mundo. Misturam as raças em busca de nova Humanidade. As idades mais diversas, as crenças mais diversas, os sexos mais diversos em busca de nova Humanidade. Não custa tentar. Todo esforço vale nessa direção. Tempos de transparência. De novas casas e novos moradores.

É hora. Cosme sobe para se deitar. Antes, passa pelo quarto de Samirah e Zayn — quarto que era dele. Pensa em como os pequeninos foram parar ali depois da tragédia que viveram... Acaso ou destino? Pouco importa se sua filha não é filha, nem mãe daqueles netos que não são netos. São gêmeos. Não falsos gêmeos como ele e Damiana. Gêmeos de verdade como sonhava sua mãe Carlota. Família que ele ama porque ama. E isso lhe basta.

Calendário

Anos de nascimento

CASA DE CÁ
1942   Zenóbio
1944   Carlota
1951   Jussara
1968   Cosme
1969   Damiana

CASA DE LÁ
1941   Vicenza
1937   Pedro
1950   Inês
1972   Amanda
1973   Estevão
1992   Petra
1992   Khaled
2014   Samirah e Zayn

Acontecimentos

1970   Zenóbio e Carlota compram a casa de cá.
1985   Vicenza Dalla Luce vende a casa de lá para Pedro e Inês Paranhos.

1989 (24 de março) Carlota morre. Jussara herda boa parte da fortuna. Amanda conta para Cosme sobre a relação dela com Estevão.
1990 Estevão e Amanda ganham a viagem para Nova York. Cosme vai para Paris e conhece Simone Trenet.
1991 (abril) Pedro e Inês descobrem a relação incestuosa dos filhos.
(junho) Pedro sai de casa.
(novembro) Amanda fica grávida de Estevão.
1992 (fevereiro) Simone Trenet vem ao Brasil e conhece Estevão.
(22 de outubro) Damiana faz o parto de Amanda.
1993 (22 de outubro) Pedro conhece a neta. Perdoa os filhos.
1995 Amanda e Petra vão morar com Cosme em Botafogo.
2003 Petra visita um orfanato e se impressiona com o que vê.
2007 Petra começa a se envolver com trabalhos sociais.
2010 Petra descobre a identidade de seu verdadeiro pai.
2014 (29 de março) Zenóbio morre. Damiana vende a parte da casa de cá para Cosme, assume sua relação com Romualdo.
2015 (19 de maio) As casas geminadas se tornam uma só casa.
2016 Petra conhece Khaled, Samirah e Zayn.

Este livro foi composto na tipologia Minion Pro
Regular, em corpo 12,6/16, e impresso em papel
off-white no Sistema Digital Instant Duplex da
Divisão Gráfica da Distribuidora Record.